本著作为“2020年度教育部人文社会科学研究青年基金项目”（项目批准号：20YJCZH075）的研究成果。项目主持人：李飒

清代小说《虞初新志》在日本的传播与接受研究

李　飒　著

吉林大学出版社

·长　春·

图书在版编目(CIP)数据

清代小说《虞初新志》在日本的传播与接受研究 / 李飒著. —长春：吉林大学出版社，2022. 10

ISBN 978-7-5768-0983-1

Ⅰ. ①清… Ⅱ. ①李… Ⅲ. ①笔记小说-小说研究-中国-清代 Ⅳ. ①I207. 419

中国版本图书馆 CIP 数据核字(2022)第 206048 号

书　　名：清代小说《虞初新志》在日本的传播与接受研究
QINGDAI XIAOSHUO《YU CHU XINZHI》ZAI RIBEN DE CHUANBO YU JIESHOU YANJIU

作　　者：李　飒
策划编辑：黄国彬
责任编辑：马宁徽
责任校对：田茂生
装帧设计：姜　文
出版发行：吉林大学出版社
社　　址：长春市人民大街 4059 号
邮政编码：130021
发行电话：0431-89580028/29/21
网　　址：http：//www. jlup. com. cn
电子邮箱：jldxcbs@ sina. com
印　　刷：天津和萱印刷有限公司
开　　本：787mm×1092mm　　1/16
印　　张：19. 25
字　　数：300 千字
版　　次：2023 年 5 月　第 1 版
印　　次：2023 年 5 月　第 1 次
书　　号：ISBN 978-7-5768-0983-1
定　　价：98. 00 元

前 言

《虞初新志》为清初文言小说集，共二十卷，所收各篇均出自明末清初时人之手，多为传奇、志怪之作。其“文多时贤，事多近代”，体现出与以往之作不同的新特点，是“虞初”系列小说发展至清代的标志性作品之一，对后世文言小说产生了极其深远的影响。不仅如此，《虞初新志》还传至海外日本，广为刊刻流传，影响了诸多文人的文学创作活动，渗透至诸多领域。有基于此，本书以《虞初新志》在海外日本所产生的影响为研究视角展开分析，旨在梳理该书在日本的发展脉络，把握其传播与接受轨迹。

导论阐述了《虞初新志》的研究意义，梳理了现阶段中日两国学者围绕《虞初新志》展开的研究，并对其研究视角的差异进行了总结，在此基础上进一步指出现阶段学界对《虞初新志》的研究仍有很大的探讨空间。

第一章“《虞初新志》及作者”，梳理了辑者张潮的生平事略、《虞初新志》的成书背景及编纂过程，从内容题材、写作手法、人物刻画、编辑思想四个方面分析了该书的文本内容与价值所在，并在此基础上进一步探讨了其版本流传情况。

第二章“《虞初新志》的东传”，分析了中日海上书籍之路的形成、大量汉文典籍东传日本的盛况，梳理了在此背景下《虞初新志》的舶载以及其传入日本之后所带来的和刻本的刊刻、汉文仿作的问世、作家作品中的体现等一系列流传盛况。

第三章“《虞初新志》的和刻”，以日本印刷业的发展历程为背景，系统地梳理了和刻本《虞初新志》六种印本的刊刻情况，从其对原作的整合、篇章构成等角度分析了该书的特点，整理了和刻本《虞初新志》对中国本的校正、补充与新增讹误，并进一步按照类别进行了分析。

第四章“《虞初新志》的仿作，”选取了较有代表性的《本朝虞初新志》《日本虞初新志》《译准绮语》《谭海》《谈丛》《当世新话》等几部汉文仿作，围绕其著者、成书、内容、仿作特色等角度展开探讨，总结了各汉文仿作对原作的充分效仿与继承之处，并在此基础上分析了各自的新特点。

第五章“森鸥外与《虞初新志》”，着眼于日本著名小说家森鸥外私人藏书中的《虞初新志》与文学作品中的《虞初新志》两个方面，通过其亲笔圈点、朱批，细致地分析了森鸥外对《虞初新志》的解读情况，并探讨了《虞初新志》对森鸥外的文学作品、特别是其代表作《雁》《性欲的生活》所产生的深远影响。

第六章“芥川龙之介与《虞初新志》”，以日本著名小说家芥川龙之介私人藏书中的《虞初新志》为着眼点，通过其亲笔圈点、朱批，系统地分析了芥川龙之介对《虞初新志》的解读情况以及所作之感，并围绕芥川龙之介读《虞初新志》之时的心境结合其身世背景进行了探讨。

第七章“其他诸家与《虞初新志》”，着眼于《虞初新志》在日本广为传播的其他表现形式，分析了日本著名思想家吉田松阴所作《读〈虞初新志〉》、侦探小说家江户川乱步的代表作《孤岛之鬼》的创作灵感之《虞初新志》以及私人藏书、译作之中所体现的《虞初新志》的传播与接受情况。

结语对《虞初新志》在日本的传播、接受以及该书之所以能够产生如此之盛况的原因进行了分析、总结，以便对其在海外日本所产生的深远影响进行整体上的把握。

《虞初新志》作为志怪类小说的代名词在日本享誉盛名，传入日本之后迅速引起极大的反响，它不仅为日本文学界提供了新的创作范式与文本素材，还渗透至其他诸多领域，传播范围极为广泛。《虞初新志》的日传为日本文学佳作的相继出现做出了不可磨灭的贡献，促进了小说领域不断推陈出新的巨变，是在日本极具影响力的文学杰作。

目　录

导 论

《虞初新志》为清初文言小说集，共二十卷，其中所收各篇均出自明末清初时人之手，多为传奇、志怪之作。虞初是汉武帝时的一个方士，其著作《虞初周说》为应答皇帝提问专门汇编而成的资料集。班固《汉书·艺文志》著录："《虞初周说》九百四十三篇"。后人将他视为"小说家"之始祖，虞初亦成为"小说"的代名词。张衡《西京赋》称"小说九百，本自虞初"。

小说这一文学体裁从出现之初到较为成熟经历了相当长的一个发展阶段，直至明清时期才迎来了其相对的繁荣。在此期间，出现了一系列以"虞初"命名的文言小说集，《虞初新志》便是其中的一部。与以往"虞初"系列小说有所不同，《虞初新志》所收之篇"文多时贤，事多近代"，体现出与以往"虞初"系列小说不同的新特点，可谓开辟了清代文言小说的先河，成为"虞初"系列小说发展至清代的标志性作品之一，对后世文言小说产生了十分深远的影响，极具研究价值。

《虞初新志》研究在中国国内及海外日本等地均有一些研究成果问世，然而无论从数量上还是研究的广度、深度上来看，对其研究可谓尚处于初始阶段，有待进一步展开。有基于此，本书围绕《虞初新志》在海外日本的传播与接受情况展开研究，旨在梳理《虞初新志》在日本的发展脉络，力求补充于现有研究的不足。

一、《虞初新志》的研究意义

小说这一文学体裁在产生之初便被视为"末流"，在相当长的时间内为文人所轻视，长期处于边缘地位，直至明清时期才迎来中国小说发展的空前繁荣。与此相应，小说研究领域的起步亦相对较晚。据曲金燕《20世纪清代文言小说研究述评》[①]一文的量化统计，20世纪90年代以后，清代文言小说的研究论文共800余篇，其中《聊斋志异》的相关研究论文数量为705篇，占83%，在清代文言小说研究中占据主导性地位。此外，《阅微草堂笔记》有研究论文51篇，数量虽谓可观，然而较之《聊斋志异》之研究数量却远不能及。目前清代文言小说的研究范畴基本上都集中于《聊斋志异》这一部小说，对于其他作品则几乎无人问津。诚然，这种状况与文本自身的价值以及人们的喜爱与关注程度密不可分，然而，从明清小说研究的整体性发展这一角度来看，如此之偏重则必然会导致研究比例的失衡，不利于我们从整体上把握清代文言小说的发展状况。

实际上，除了《聊斋志异》以及《阅微草堂笔记》两部小说之外，明清小说中仍有大量成就较高的作品值得进一步的研究与探讨。陈文新《论清代传奇体小说发展的历史机遇》一文在分析《聊斋志异》的繁荣时指出："蒲松龄之所以成为这一时期最杰出的传奇小说家，不是一个偶然现象，较早或同时的若干作家给他的启示和激发不能忽略。"而这"较早"的作家，所指即为《虞初新志》的编辑者张潮。"明末清初的传奇小说尽管不如《聊斋志异》成熟，但为蒲松龄提供了攀登高峰的台阶。"[②]马瑞芳《聊斋志异创作论》中指出："对于蒲松龄来说，如何把情节与人物结合，他有三个'教师'"，其中第二个就是明末以来的志怪诸书，尤其是《虞初新志》，"此书不可不谓《聊斋志异》的一个有主要借鉴意义的蓝本。"[③]在海外日本，《虞初新志》传播极广，与《聊斋志异》多狐仙鬼怪之说相比，大力推崇《虞初新志》据实之风的学者文人不在少数，甚至掀起了一股效仿《虞初新志》的编选体例、旨趣的创作之风。由此可见，除《聊斋志异》《阅微草堂笔记》等热点研究外，尚有诸多有价值的作品有待进一步地分析探讨，如清人张潮的《虞初新志》。

《虞初新志》一书名气甚微，这与其曾被编入禁书书目有很大的关系。《虞

① 曲金燕. 20世纪清代文言小说研究述评[J]. 甘肃社会科学，2006(4)：142-145.

② 陈文新. 论清代传奇体小说发展的历史机遇[J]. 社会科学研究，1994(1)：124-128.

③ 马瑞芳. 聊斋志异创作论[M]. 济南：山东大学出版社，1990：393.

初新志》中传奇小说颇多，并且收录了大量反映明朝时期爱国精神的一些义士、文人的文章，这在精神统治森严的清朝统治阶级看来是绝不容许的。因此，该书于乾隆四十三年(1778)遭禁[①]。而正是有基于此，才更加显示出《虞初新志》反映当时社会生活的现实意义以及存传珍贵作品的文献学价值，颇具研究价值。

《虞初新志》成书之时，不仅在中国广为刊刻、流传，还传至海外日本。日本学者大庭修在其著作《江户时代唐船舶载书籍研究》中对日本江户时期(1603-1867)《商舶载来书目》进行了研究分析，指出："《虞初新志》在桃园天皇宝历十二年(1762)即已被舶载入日。"[②]这是目前所见关于《虞初新志》东传日本最早的记载，而其实际传入日本的时间亦有可能更早。《虞初新志》传至日本之后，很快受到了日本文人的喜爱，产生了很大的影响。日本文人不仅对其进行复刻、翻刻以扩大其传播，还出现了在原文旁用日文标注以示其意的和刻训点本《虞初新志》，再版数次。此外，还出现了诸如《奇文观止本朝虞初新志》《日本虞初新志》等一系列日本汉文仿作，《虞初新志》甚至还出现在一些日本知名作家的文学作品之中，足见其传播范围之广、影响之大。因此，对其域外影响及传播进行研究分析亦体现出一定的必要性。有基于此，本书围绕《虞初新志》在海外日本的传播与接受情况展开分析，可谓意义重大。

1. 文学意义：本书围绕《虞初新志》展开研究，涉及其编选体例、旨趣、文本内容、写作特色等诸方面，这些均为一部文学作品不可或缺的重要因素。特别是从域外影响的角度对该书的编选情况以及内容进行分析，从海外对其接受情况这一视角进行探讨，可以更为充分地分析其文本特征，体现出《虞初新志》作为一部文学作品的魅力与价值所在，具有十分重要的文学意义。

2. 历史学意义：《虞初新志》中收录了大量反映明朝时期爱国精神的一些义士、文人的文章，如魏禧的《大铁椎传》描绘了明末身怀绝技却不为所用的侠客"大铁椎"的形象，而作家李清、黄周星自身就是明末的爱国义士。由于《虞初新志》所收录的篇章大抵真人真事，具有一般小说很难具备的真实性，

---

① 李梦生. 增订本中国禁毁小说百话[M]. 上海：上海书店出版社，2006. 362-367.

② 大庭脩. 江戸時代における唐船持渡書の研究[M]. 大阪：関西大学東西学術研究所，昭和四十二年(1967). 第696页.

这就使得它成为我们了解明清之际社会情况的重要材料。因此，从历史学的角度来看亦具有十分积极的意义。

3. 文献存传的意义：《虞初新志》为短篇小说的汇编，主要辑录明末清初时贤所著各类人物传记、奇闻异事，其中有诸多篇章正是由于《虞初新志》的收录才得以保存传世。然而，由于《虞初新志》曾被列入禁书目录，其中所收录的一些反映明朝爱国思想、由明朝爱国之士撰写的文章被删削改动，因此，现存于《虞初新志》中的各篇很难说是张潮辑刊当时之原貌。然而，和刻本《虞初新志》乃是以该书成书之初传至日本的版本为底本所刻，较为接近其原貌。因此，对其内容进行分析梳理，从文献存传的角度来说意义重大。

4. 民族间学术交流的意义：本书在围绕《虞初新志》展开研究之时，对中日之间书籍的交流、《虞初新志》在日本的传播与接受情况进行了考察。通过整理日本学者对《虞初新志》的研究情况、分析中日之间书籍的传播方式、途径以及书籍之路的形成、梳理《虞初新志》在日本的传播与接受状况，使读者对《虞初新志》在日本的影响有所了解，这从民族间学术交流的角度来说具有十分积极的意义。

二、《虞初新志》的研究现状

自《虞初新志》成书以来，学界便对其有所关注。无论是中国国内还是海外日本，均有研究成果相继问世。虽然较之《聊斋志异》等热门研究来说其数量并不算多，然而一直陆续有相关研究问世，为《虞初新志》研究的逐渐广化、深化起到了积极的作用。

（一）中国的研究

《虞初新志》最广为人知的作品可谓收录在中学语文教材中的《秋声诗自序》[①]与《核舟记》两篇，对其进行探讨的文章经常出现在诸如《中学语文》等与教学相关的杂志中，侧重点为教学效果分析等教学方法方面的问题，不可谓研究论文。随着学界对明清小说研究的深入，《虞初新志》研究也相继展开。其中，有2篇研究述评对《虞初新志》的研究现状做出了如下总结：

① 教材中题目作《口技》，节选自《秋声诗自序》。

曲金燕《20世纪清代文言小说研究述评》[1]着眼于20世纪这一时间段，大致梳理了清代文言小说的研究状况，并分析了其研究的不足之处，指出："20世纪80年代以前，除少数几部作品外，清代文言小说还没有引起人们足够的重视。"这一时期"人们不约而同地将目光投向《聊斋志异》"，而对于"清代文言小说中有一些作品实际上成就非常高，比如清初张潮摘选时文所汇而成的《虞初新志》"却研究甚少。据其量化统计，从20世纪90年代以后相关研究论文的数量上来看，《虞初新志》仅为3篇，足见学界对于《虞初新志》的研究尚未展开。

谢春玲《"虞初"系列小说及其研究述评》[2]一文主要着眼于20世纪以来对明清"虞初"系列小说的研究，从"对虞初概念的认识与研究""对于选本本身的研究""对于选本编者的研究与考证""评点研究及宏观研究""域外影响及传播研究"几个角度出发，对"虞初"系列的24篇研究论文进行了探讨，其中以《虞初新志》为研究对象的论文为16篇，占其论文总数的三分之二。

由此可见，较之其他热门作品来说，对《虞初新志》的研究论文数量并不算多。虽然在中国国内及海外日本等地均有一些成果问世，然而无论从数量上还是从研究的广度、深度上来看，对其研究可谓尚处于初始阶段，有待进一步展开。然而尽管如此，从《虞初新志》研究的发展状况来看，相对于20世纪而言，进入21世纪之后学界对《虞初新志》的研究相继展开，较之以往有了很大的发展，预示着对《虞初新志》的研究即将进入一个新阶段。有基于此，笔者将围绕《虞初新志》所展开的研究分为20世纪后20年以及21世纪以来这两个阶段而分述之。

1. 20世纪后20年对《虞初新志》的研究

这一阶段对《虞初新志》展开的研究甚少，从内容上看，各位学者主要围绕《虞初新志》的文本内容、评点、编选体例、版本以及域外影响几个方面展开了研究，无论是研究的广度还是深度都有待进一步地发展，各篇研究的具体内容如下：

① 曲金燕．20世纪清代文言小说研究述评[J]．甘肃社会科学，2006(4)：142-145.

② 谢春玲．"虞初"系列小说及其研究述评[J]．科技信息(科学教研)，2007(13)：254-255.

文本内容方面的研究有黄甦《简论〈虞初新志〉》①，该文结合时代背景逐一分析了《虞初新志》中反映明末的特务统治以及官僚集团之间的矛盾斗争、表现阶级矛盾、渴望英雄义士济困扶危、描写真挚爱情、憧憬美好生活等社会现实的作品，还总结了选本中的一些负面表现。此外，还有蔡国梁的《人物传记之林——〈虞初新志〉今论》②，该文对作品进行了简要的介绍，并将其中的人物传记分为豪侠义士、艺人匠师、名姬儒生三类加以分析，指出“明清之交的社会现实在作品中有比较真切的反映”，并探讨了《虞初新志》“事奇而核”的编选理论。

评点方面的研究有杨玉成《小众读者——康熙时期的文学传播与文学批评》③，该文以康熙时期包含《虞初新志》在内的六部书籍为例，对其中的评点做出了详细的分析，指出康熙时期小众读者的特殊文化现象，从传播与文学批评的角度审视了《虞初新志》。此外，还有陆林的《简论张潮的小说批评——〈虞初新志·序评〉初探》④，该文从《虞初新志》的序评入手，从“奇而核”的题材处理方式与“写照传神，仿摹毕肖”的人物塑造方法这两个角度出发，对张潮的小说批评进行了探讨。

编选体例、旨趣方面的研究有李梦生《中国禁毁小说百话》⑤，该文介绍了《虞初新志》的编选旨趣、体例，并指出“第十九卷收录了南怀仁的《七奇图说》，列世界建筑上七奇。”该篇中附有埃及金字塔、希腊主神宙斯以及罗马竞技场的图片，“其中木星人形即希腊神话中的宙斯，这恐怕是中国现存最早的宙斯像。”

版本方面的研究有邓长风《〈虞初新志〉的版刻与张潮的生平——美国国会图书馆读书札记之二十七》⑥，该文主要围绕美国国会图书馆所藏《虞初新志》

---

① 黄甦. 简论《虞初新志》[J]. 汕头大学学报(人文科学版)，1986(1)：51-53.

② 蔡国梁. 人物传记之林——《虞初新志》今论[J]. 明清小说研究，1988(4)：185-198.

③ 杨玉成. 小众读者——康熙时期的文学传播与文学批评[J]. 中国文哲研究集刊(19)，1990(9)：55-106.

④ 陆林. 简论张潮的小说批评——《虞初新志·序评》初探[J]. 艺谭，1986(5)：33-35.

⑤ 李梦生. 中国禁毁小说百话[M]. 上海：上海古籍出版社，1994. 362-367.

⑥ 邓长风.《虞初新志》的版刻与张潮的生平——美国国会图书馆读书札记之二十七. 明清戏曲家考略续编[M]. 上海：上海古籍出版社，1997. 157-169.

的版本进行考辨，指出其并非康熙“原本”，但“版式疏朗，刊刻甚精”。

域外影响方面的研究有李进益的博士论文《明清小说对日本汉文小说影响之研究》[①]，其中第四章为关于《虞初新志》的研究，主要对著者张潮的生平及著作、编辑动机及内容思想、版本问题及编辑体例等内容进行了分析，并从和刻本的刊行与日本仿作的角度对该书在日本的流传情形进行了探讨，将《虞初新志》与菊池三溪《本朝虞初新志》、依田学海《谭海》等汉文仿作进行了比较分析，可谓这一时期围绕《虞初新志》展开的较为细致的研究。此外，李进益在其《〈虞初新志〉在日本的流播及影响》[②]一文中指出：“《虞初新志》一书能在日本广为流播，实与荒井公廉之训译翻刻有关。荒井可说是促进《虞初新志》在日本流传的最大功臣。”并指出初学中国汉籍者的入门书《初学课业次第》中列举了五部小说，其中之一便是《虞初新志》，“由此可知江户时期的汉儒学者相当重视《虞初新志》。”“《虞初新志》一书对于日本汉文小说的影响并不亚于其他笔记小说如《聊斋志异》”。

此外，还有着眼于清代传奇体小说整体发展状况的研究，如陈文新《论清代传奇体小说发展的历史机遇》[③]。该文以《虞初新志》中的部分篇章为例，结合时代背景，分析了明末清初传奇体小说繁荣的历史机遇。在分析《聊斋志异》的繁荣时指出：“蒲松龄成为这一时期最杰出的传奇小说家，不是一个偶然现象。较早或同时的若干作家给他的启示和激发不能忽略。”而这“较早”的作家，就是指《虞初新志》的辑者张潮。“明末清初的传奇小说尽管不如《聊斋》成熟，但为蒲松龄提供了攀登高峰的台阶”，充分肯定了《虞初新志》的价值。

由此可见，20世纪后20年的研究虽然从多个角度围绕《虞初新志》展开了研究，然而其为数过少，且分析的深度差异较大。这一时期可谓《虞初新志》研究的初始阶段，对其研究尚未起步，有待进一步的发展。

---

① 李进益. 明清小说对日本汉文小说影响之研究[D]：[博士学位论文]. 台北：台湾文化大学，1993.

② 李进益.《虞初新志》在日本的流播及影响[C]. 见：93中国古代小说国际研讨会学术委员会编. 93中国古代小说国际研讨会论文集. 北京：开明出版社，1996. 524-545.

③ 陈文新. 论清代传奇体小说发展的历史机遇[J]. 社会科学研究，1994(1)：124-128.

2. 21世纪以来对《虞初新志》的研究

相对于20世纪后20年研究的初始阶段来说，进入21世纪之后，对《虞初新志》的研究无论是从论文的数量上还是从研究的广度、深度上来说，都较之以往有了长足的发展。除了对《虞初新志》的文本内容、评点、编选体例等方面的研究之外，还出现了着眼于“虞初”系列小说的整体性研究、对《虞初新志》的综合性研究以及对编者张潮所展开的全方位研究等内容。这些研究的相继展开，标志着对《虞初新志》的研究迈上了新台阶，预示着一个新时期的到来。现将这一时期的研究论文从对“虞初”系列小说的整体性研究、对《虞初新志》文本特征的研究、对编者张潮的研究以及域外影响及传播研究四个方面总结如下：

(1)“虞初”系列的整体性研究

对“虞初”系列小说的整体性研究主要可以从“虞初”系列小说的发展变化以及其文本特征两大方面进行概观。

①“虞初”系列小说的发展变化研究

“虞初”系列小说的发展变化指的是从汉代《虞初周说》、明代《虞初志》系列直至清代《虞初新志》系列的演变过程中，所体现出的各选集的编选体例、艺术特色、小说观念等方面的发展变化情况。围绕这些内容进行分析探讨的研究论文为如下几篇：

李贞《清代至民初“虞初”系列选集研究》①对清代至民初“虞初”系列各选集的编者生平、选集的编刊、题材范型、编者的编选理念、艺术特色进行比较分析，进而梳理了“虞初”系列选集从清代至民初的流变，并探讨了“虞初”系列选集在清末民初短暂繁荣之后走向终结的原因，附录中归类分析了《虞初新志》选文对原作的改动情况。

秦川《明清“虞初体”小说总集的历史变迁》②沿着汉代《虞初周说》、明代《虞初志》系列、清代“新虞初体”系列这一脉络对其发展变迁进行了梳理，重点分析了《虞初志》系列的版本、所体现的小说观念和时代精神，并对清代“新

① 李贞. 清代至民初“虞初”系列选集研究[D]：[博士学位论文]. 上海：复旦大学，2011.

② 秦川. 明清“虞初体”小说总集的历史变迁[J]. 明清小说研究，2002(2)：61-71.

虞初体”小说总集的特点进行了阐述，指出“明代‘虞初体’小说总集编选前人旧闻以满足广大市民读者的需要，表现为‘俗’的特点；清代编选当代名家之作以满足文人学士的需要，表现为‘雅’的特点，是小说艺术观进步的表现。”

代智敏《“虞初”系列小说选本研究》①通过对“虞初”系列小说中《虞初志》《虞初新志》《虞初续志》三部作品进行比较分析，总结出“虞初”系列选本呈现出“由编选唐传奇到编选近代、当时人作品，所选之作从小说到文集中的人物传记，忠孝节义之作入选逐渐增多，注重文章之‘雅’”的发展趋势，以及由其表现出“传统小说观念‘奇’的内涵变化，小说劝诫观念加强，小说概念的扩大并且在文人作家群中出现宽泛化的趋势”这种小说观念的变化。

②“虞初”系列小说的文本特征研究

在文本特征方面，各研究主要从“虞初”系列小说文本的艺术特色、编选体例、人物形象、评点、文体等角度进行了探讨，其中以《虞初新志》的综合性研究居多，具体内容如下：

任明华《中国小说选本研究》②在下编《小说选本叙录》中对《虞初志》《续虞初志》《虞初新志》《广虞初志》选本的序跋、凡例、主要内容、体例、评点及所体现的小说观念进行了简单介绍，并录有选本的编者生平、书目著录、版本、卷数、成书时间和藏书地点等内容，是对文本所进行的综合性研究。

代智敏《明清小说选本研究》③从选本类型论的角度对“虞初”系列选本进行了阐述，又从选本艺术论的角度通过《虞初新志》与原作的比较研究以分析其艺术特色，并以“虞初”系列选本评点为例进行分析，探讨小说选本评点的特色。

黄翠华《“虞初”系列选集研究》④以“虞初”选集中的《虞初志》《虞初新志》为主要研究对象，对《虞初志》的版本、编者问题进行了详细的探讨，又分别对《虞初志》《虞初新志》的评点及文体特征进行了分析，认为“张潮以‘幽奇’抒‘孤愤’、‘铺叙宜详’、‘文隽而工’、‘事奇而核’的主张，既是对明晚期小

---

① 代智敏．“虞初”系列小说选本研究[J]．贵州文史丛刊，2008(4)：45-49.

② 任明华．中国小说选本研究[D]：[博士学位论文]．上海：华东师范大学，2003.

③ 代智敏．明清小说选本研究[D]：[博士学位论文]．广州：暨南大学，2009.

④ 黄翠华．“虞初”系列选集研究[D]：[硕士学位论文]．北京：首都师范大学，2007.

说理论的继承，也是明末清初特殊时代环境下的新变。”“《虞初新志》具有众体杂陈的特征，这种变革是多重因素影响下的产物。”

谢春玲《明清“虞初”系列小说研究》①在对“虞初”系列小说进行界定的基础上，对明清“虞初”小说的选录标准进行了分析。在清代“虞初”系列小说的分析中探讨了《虞初新志》所描绘的人物形象、内容及其艺术特色，认为“《虞初新志》开创了‘虞初’系列的新范式，不仅是清初‘虞初’小说的代表，更是清初传奇小说的重要代表。在内容和形式上均呈现出别开生面的崭新内容，体现了鲜明的时代特色，具有较高的文献和文学价值。”

石麟《“虞初体”小说臆探》②对“虞初体”小说进行简要的介绍，并以其中的明清作品为主，从“奇行”“奇情”两方面对其中的一些作品进行了深入分析，认为“许许多多的‘小说’珠玉仍深藏于‘散文’椟匣之中，明清文言小说之佼佼者绝不仅止于‘三灯三话’，还应该包括那些隐藏在文人别集中的优秀单篇作品”，对“虞初体”小说予以肯定。

李建勇《明清“虞初”系列小说中的地域文化研究》③以明清“虞初”系列小说为研究对象，着眼于作品中所体现出的地域文化进行了较为系统的分析，指出明清“虞初”系列小说对于地域文化的书写丰富而典型，能够将这些因素与小说人物的性情特征相结合，并且将这些特征很好地利用于选文内容之中，凸显出其创作之时对地域性的重视。

此外，在文体研究方面，以学者陆学松的研究最具代表性。在其与徐文雷合撰的《“虞初”系列中传记文研究》④一文中着眼于“虞初”系列小说中的传记文，针对传统的将“虞初”系列作品集视为小说体裁这一观点，指出“‘虞初’系列文本中，有着不少的人物传记，属于传记文范畴，与小说不尽相同”。针对《虞初新志》，指出“虞初”系列发展至张潮《虞初新志》，已经不再是单纯的小说集了，其中收入了大量的传记文。由于《虞初新志》流传极广、影响极大，因此在其之后的“虞初”系列编选理念都继承了该书。此外，陆学松另有

① 谢春玲. 明清“虞初”系列小说研究[D]：[硕士学位论文]. 湘潭：湘潭大学，2008.

② 石麟. “虞初体”小说臆探[J].《湖北师范学院学报》(哲社版)，2009(3)：1-5.

③ 李建勇. 明清“虞初”系列小说中的地域文化研究[D]：[硕士学位论文]. 延吉：延边大学，2017.

④ 徐文雷，陆学松. “虞初”系列中传记文研究[J]. 扬州职业大学学报，2015(3)：1-5.

《〈虞初新志〉中传记文研究》[①]一文，更为细致地从传记文的角度分析了《虞初新志》的思想内容与艺术特色。在《小说、传记与传记体小说——从〈虞初新志〉重审“虞初体”内涵》[②]一文中，在明确“虞初体”小说、传记与传记体小说这些概念的基础上辨析《虞初新志》的作品特色，指出从《虞初新志》开始，“虞初体”的内涵发生了关键性的转变，是为杂糅传记体小说、传记文、游记等多种文体在内的“综合体”。

（2）《虞初新志》的综合性研究

围绕《虞初新志》所展开的综合性研究主要从该书的文本特色、编选特点以及序跋评点等角度进行分析，主要体现在两篇硕士学位论文之中：

宋佳《〈虞初新志〉研究》[③]结合当时的社会风气、文学思潮探讨了《虞初新志》的成书背景，从标题、序、跋、记、评以及内容几个方面分析了《虞初新志》对原作的改动，进而对该书的编选特点及价值取向进行了阐述，最后论及了《虞初新志》的文学地位，是围绕《虞初新志》所展开的较为综合的研究。

朱青红《文言小说集〈虞初新志〉研究》主要从《虞初新志》的辑刊过程、文本特色以及序跋评点这三个方面进行了深入分析，并探讨了该书的编选旨趣、版本、著者张潮的小说批评理论等内容。

（3）《虞初新志》文本特征研究

在“虞初”系列小说中，《虞初新志》可谓备受关注的作品。随着研究的相继展开，对《虞初新志》作品中所体现的人物形象研究、思想内容与编选特色研究以及评点与序、跋研究也不断发展开来。

①作品中所体现的人物形象研究

《虞初新志》作品中所体现的人物形象分析可谓《虞初新志》研究中的热门话题，研究者对“奇人奇行”、社会底层的“小人物”以及通过文本内容所体现的当世士人的心态等方面饶有兴致地展开了探讨。

着眼于《虞初新志》中的士人进行分析的研究居多，是该书人物形象研究

① 陆学松.《虞初新志》中传记文研究[J]. 扬州职业大学学报，2015(1)：5-9.

② 陆学松. 小说、传记与传记体小说——从《虞初新志》重审“虞初体”内涵[J]. 社会科学家，2017(8)：142-147.

③ 宋佳.〈虞初新志〉研究[D]：[硕士学位论文]. 扬州：扬州大学，2013.

较为热门的一个角度。凌宝妹《〈虞初新志〉与明末清初士人生活》[①]从日常生活、情感生活、文化生活及社会交往四个方面，对《虞初新志》中记载的士人生活进行了分类论述，揭示出士人生活的典型特征，并以士人生活的类型为基础，从守道重情、任诞尚怪、审美怡情和写心逞才四种主要心态着手，探讨士人的人生观、价值观，呈现其道德意识和审美情趣的多元心态。最后分析了《虞初新志》中所体现的士人心态与张潮的选编思想、评点旨趣及其价值观之间的关联。王意如、李元秀《从〈虞初新志〉看明清之际士人的文化心态》[②]围绕八十多篇人物传记展开研究，分析了明清之际士人在人生观上的多元心态、对技艺技巧的矛盾心态、在钱物问题上的尴尬心态、追求精致生活的享乐心态和两性观念上的开放心态这五种文化心态以及其价值观的变化。刘和文《文多时贤事多近代——〈虞初新志〉所表现的士人心态及其文化意蕴》[③]将《虞初新志》中的人物形象分为怨世的狷介孤高之士、避世的闯荡江湖之豪客、玩世的厕身市井之小民三类，并逐一分析其怨世、避世、玩世之心态，并从主情、尚奇、崇侠的文化意蕴上做进一步地论析。此外，李青唐、徐开亚《〈虞初新志〉中士人的志趣人生及其表现》[④]将《虞初新志》中的士人分为三大种：盛此公、一瓢道人等人物形象所表现的狂任自由的孤高异士，大铁椎、髯参军等人物形象所塑造的侠义通达的人间志士，姜贞毅、三侬赘人等人物形象所体现的抱诚守真的隐逸名士等遗民众生相，并进行了细致的分析。

围绕《虞初新志》中的“奇人”展开分析的研究有王恒展、宋瑞彩《奇人奇技抒奇怀——〈虞初新志〉奇人小说散论》[⑤]，该文结合明清之际的时代背景，

---

① 凌宝妹.〈虞初新志〉与明末清初士人生活[D]:[硕士学位论文].上海：上海师范大学，2012.

② 王意如，李元秀.从《虞初新志》看明清之际士人的文化心态[J].重庆教育学院学报，2005(1)：11-15.

③ 刘和文.文多时贤事多近代——《虞初新志》所表现的士人心态及其文化意蕴[J].明清小说研究，2005(2)：114-123.

④ 李青唐，徐开亚.《虞初新志》中士人的志趣人生及其表现[J].浙江树人大学学报，2017(3)：88-94.

⑤ 王恒展，宋瑞彩.奇人奇技抒奇怀——《虞初新志》奇人小说散论[J].蒲松龄研究，2004(2)：135-145.

主要针对选本中“奇人小说”一类展开研究，分析了“奇人”的“特立独行，品德高尚，同时又身怀绝技”这一特征，剖析了透过作品所抒发的明清易代这一特殊时代文人的独有心态，并将《虞初新志》与《聊斋志异》进行了比较分析，指出“（张潮与蒲松龄）是共同的时代环境使他们具有了共通的情感，不约而同地借传记体传奇小说来抒怀。”

从《虞初新志》中的“小人物”入手进行探讨的研究有靳武稳《论〈虞初新志〉对个体价值的重新发现》①，该文结合张潮的身世和时代背景探讨了当时特殊的历史时代，指出“编者和作者对社会下层人物人生价值的关注，使得这本书具有了一定人文精神和进步色彩。”

此外，还有胡钰《论〈虞初新志〉中清初世人情态及文学韵味》②这种从《虞初新志》中所描写得世人情态以及其所体现的文学韵味两个方面分析《虞初新志》特色的研究。

②思想内容与编选特色研究

“虞初”系列小说发展至清代，以《虞初新志》为代表，体现出较之以往不同的新特点，而这些新特点成为后续“虞初”系列小说争相效仿的对象，其所体现的思想内容以及编选特色随即成为研究者所关注的焦点，现有研究如下：

曲金燕《清代文言小说研究》③在上编《鼎革易代之际的悲歌》中，指出“张潮所辑《虞初新志》集中体现了移民众生相”，通过大量援引《虞初新志》中所收录的《盛此公传》《汤琵琶传》《武风子传》等单篇内容，分析了这一时期移民的外在特征，并从史学、文学的角度揭开了表层现象背后所隐藏的深层原因。

朱青红《文言小说集〈虞初新志〉研究》④从社会背景、编辑旨趣、现存版本的角度分析了《虞初新志》的辑刊过程。该文立足于《虞初新志》的文本，将该书的内容分为四大主题，并分析了其艺术特色。通过《虞初新志》序跋评点阐释了张潮的小说批评理论，指出“其小说观念，更贴近小说本质，是其性情人格和哲学思想的体现，与其自身的文学创作实践桴鼓相应，相互发明。”

① 靳武稳. 论《虞初新志》对个体价值的重新发现[J]. 神州，2011(11)：30-31.

② 胡钰. 论《虞初新志》中清初世人情态及文学韵味[J]. 兰台世界，2015(30)：112-113.

③ 曲金燕. 清代文言小说研究[D]：[博士学位论文]. 苏州：苏州大学，2008：12-39.

④ 朱青红. 文言小说集〈虞初新志〉研究[D]：[硕士学位论文]. 南京：南京师范大学，2007.

陆林《歙人张潮与〈虞初新志〉》①通过分析《虞初新志》成书之前“虞初”系列小说的特点以及《虞初新志》“文多时贤，事多近代”“文集为多，间及笔记”“序跋批语，阐发揄扬”“编纂著录，详备精善”的新特点，着力探讨了《虞初新志》对奇人奇技的关注以及编者张潮的小说观念。

张小明《论张潮〈虞初新志〉对“虞初体”的贡献》②从《虞初新志》“重在当代”的编纂内容，“以丛书的方式把传记、传奇、志怪、游记、寓言、随笔等融于一炉”的编纂体式，“在作品的选录标准上有鲜明的当代气息”，“追求为时人文献的保存”以及“表彰佚事，传布奇闻”，“注重小说文体文学性”的编纂思想等方面分析了《虞初新志》对“虞初体”的贡献。此外，在其另一篇论文《〈虞初新志〉中张潮的编辑思想及文化贡献》③中，结合《虞初新志》的编选内容与特点，指出“张潮‘表彰佚事，传布奇闻’的编辑思想中彰显出士林文化和市井文化双重浸润的光辉，‘文多时贤，事多近代’的编辑思想中放任性情和崇尚孝义的追求是清初现实的折射，以及其‘广收博集，选精拔萃’这种保存文献和启迪后人的文化贡献”。

③评点与序、跋研究

对《虞初新志》的评点与序、跋的研究大多散见于其他对《虞初新志》的综合性研究论文中，但其研究程度仅为提及一二，专门从这个方面进行研究的论文为以下几篇：

陈清茹《明清传奇小说评点的审美差异——以〈虞初志〉和〈虞初新志〉之评点比较为例》④，通过对《虞初志》与《虞初新志》二书评点的比较，指出二者在评点上的差异“表现在对‘真’的不同认识上”以及“对人生追求的不同认识上”。“《虞初新志》经常评论所选作品‘奇人’、‘奇情’，通过他们的奇言奇行来表达自己的感慨；《虞初志》并不仅仅关注于‘奇人’、‘奇情’的人物行为本身，是叙事之‘奇’和‘美’。”“相比之下，《虞初志》的评点更为具体形象，更

① 陆林．歙人张潮与《虞初新志》[J]．古典文学知识，2001(5)：97-103.

② 张小明．论张潮《虞初新志》对“虞初体”的贡献[J]．黄山学院学报，2007(1)：113-116.

③ 张小明．《虞初新志》中张潮的编辑思想及文化贡献[J]．红河学院学报，2007(3)：56-59.

④ 陈清茹．明清传奇小说评点的审美差异—以《虞初志》和《虞初新志》之评点比较为例[J]．中州学刊，2003(5)：70-72.

能体会到作品的绝妙之处。而《虞初新志》一般对作品的艺术特点概括得比较粗糙，没有指出具体的细节。”由此得出“明中后期，传奇小说的审美主流是注重小说本体的艺术成就，而清初则体现出对‘载道’、‘实录’等传统的回归”的结论。

曾祖荫、黄清泉等在其著作《中国历代小说序跋选注》[①]中收录了《虞初新志·自序》并对其加以注释，从题材和塑造人物的角度分析了张潮论及的文言笔记小说的创作问题。此外，还选录了《虞初新志·凡例十则》。

王军明《清代小说序跋研究》[②]着眼于清代小说的序跋展开了整体性研究，从小说传播的角度围绕《虞初新志》等文言小说集的序跋展开探讨，指出张潮铺叙宜详的传奇小说审美认识冲破了叙事古文规范的束缚，其选材贵真贵奇，是对汤显祖在《牡丹亭》中“理之所无，竟为事之所有”这一文学主张的重拾。

此外，在蔚然《〈影梅庵忆语〉版本源流考》[③]这篇关于《影梅庵忆语》的研究论文中略及《虞初新志》，文中指出：“《影梅庵忆语》由于没有收录在冒襄的诗文集中，接近原貌的版本逐渐散佚，流传下来的版本则大致形成两个系统：一是《虞初新志》本系统，一是《昭代丛书》(道光本)别集本系统。现在所能见到最早版本，是张潮辑录在《虞初新志》卷三的版本，是比较接近原刻的版本。”

(4)《虞初新志》版本流传研究

对《虞初新志》的版本进行研究之作甚少，其最新成果为李小龙《〈虞初新志〉版本考》[④]。该文以《虞初新志》的版本为研究对象，指出该书是著者张潮分三个阶段完成刊刻的，然而目前保存的所谓康熙本大多都并非其原貌，进而梳理了康熙本、诒清堂袖珍本、罗兴堂本、咸丰本、开明书店铅排本等版本，并辅之以和刻本进行分析，是《虞初新志》版本研究的详尽之作。

此外，还有金荣镇《再论〈虞初新志〉版本以及有关朝鲜后期文人对〈虞初新志〉的阅读》这一学术研讨会发言稿，其中涉及了《虞初新志》的版本，并从

① 曾祖荫，黄清泉等. 中国历代小说序跋选注[M]. 武汉：长江文艺出版社，1987. 132-136.
② 王军明. 清代小说序跋研究[D]：[博士学位论文]. 济南：山东大学，2014.
③ 蔚然.《影梅庵忆语》版本源流考[J]. 中国典籍与文化，2003(2)：27-31.
④ 李小龙.《虞初新志》版本考[J]. 文献，2018(1)：135-150.

朝鲜后期文人对该书的阅读情况这一角度分析了《虞初新志》的影响。

(5)《虞初新志》编者张潮研究

对张潮的研究相对来说比较全面，无论从综合性研究的角度、还是从方向性研究的角度来说，都可谓硕果累累，主要表现在对其综合性研究文献学角度的研究、著作方面的研究以及交游等方面的研究之中。

①综合性研究

对张潮的综合性研究主要集中于宋景爱《张潮研究》①、刘和文《张潮研究》②、刘红裕《张潮研究》③、谭戈单《山人张潮研究》④这 4 篇学位论文之中，各篇研究主要从张潮的生平、思想、著作、交游、影响、年谱等方面进行了较为细致的研究，是对张潮较为详尽的研究之作。此外，还有丰吉的《张潮：康熙年间的“社会新闻大师”》⑤一文，对张潮的“虞初”之说、家庭、生平以及著作做出了简要的综合性概述。

②文献学角度的研究

在张潮的《虞初新志》中，很多珍贵的作品正是由于其收录才得以保存传世的，这从文献学角度来说可谓意义重大，而通过《虞初新志》的编选体例、特点也可以看出张潮独特的编辑思想对后世所产生的深远影响，因此，从文献学角度对张潮及其作品进行分析探讨亦成为人们所关注的一个话题。

张潮为文献学做出了杰出的贡献，从这个角度进行探讨是为张潮研究的一个方面。刘和文《论张潮对文献学的贡献》⑥一文重点探讨了张潮在文献学方面“探奇与考异，开考据学先风”“广收与精选，保存罕秘文献”“创格与旨明，开创编辑新体例”的贡献以及之所以能够做出这些贡献是由于受到“清代学术思想的影响”“徽州文化的影响”“家庭的影响”这三方面的原因。何庆善的《论张潮存传文献的业绩》一书⑦分别对《虞初新志》《檀几丛书》及《昭代丛

① 宋景爱. 张潮研究[D]:[博士学位论文]. 北京：北京大学，2007.

② 刘和文. 张潮研究[D]:[硕士学位论文]. 芜湖：安徽师范大学，2004.

③ 刘红裕. 张潮研究[D]:[硕士学位论文]. 杭州：浙江大学，2006.

④ 谭戈单. 山人张潮研究[D]:[硕士学位论文]. 长沙：湖南师范大学，2012.

⑤ 丰吉. 张潮：康熙年间的“社会新闻大师”[J]. 徽学春秋，2011(3)：48-49.

⑥ 刘和文. 论张潮对文献学的贡献[J]. 图书与情报，2005(2)：93-96.

⑦ 何庆善. 论张潮存传文献的业绩[M]. 徽学(第二卷)，2002. 339-347.

书》做以简要介绍，重点分析了这几部选本的共同特点及影响："立足高，旨意明，开创了选辑和丛书编纂的新体式"；"广收博集，选精拔萃，使许多有价值的作品得以保存传世"；"精加评跋，以点睛之笔，显幽发微，为读者导读。"

围绕张潮文献学的思想、方法展开研究之作有安平秋、宋景爱的《论张潮的编辑思想》①。该文以张潮的《昭代丛书》《檀几丛书》《虞初新志》等主要编纂著作为例，对其"以读者为主体的编辑原则""注重时人之作的编辑工作""认为图书有益于人生日用""重视作品的趣味性、创新性""致力于保存文化典籍"等编辑思想逐一进行了探讨。而刘和文《论张潮治文献学之方法》②一文则从张潮的相关著述和学术思路出发，探析其研究文献"考订详明，援引精当"的态度、"嗜探奇，尤沈考异"的思想、以"西学研国学"的方法。此外，龙江莉《张潮之古籍保护文献二札》③从古籍保护的角度钩沉张潮与古籍保护相关的文献《读书法跋》和《装璜志小引》并做以考述，总结其中所体现的张潮"为了防虫，要求藏书注意'晒'"以及"古籍修复'能为功亦能为罪'""修复古籍的'浆糊'要'以陈为贵'"的古籍保护观念。

此外，还有从张潮作为编辑家、刻书家的角度进行分析研究之作，如王磊的《清初编辑家张潮的稿源渠道》④、于爱迪的《从张潮尺牍看他的刻书理念》⑤、刘和文的《论清初刻书家张潮的图书广告思想与实践》⑥、王定勇的《张潮在扬州的刻书事业》⑦等。

③著作研究

张潮一生著作颇丰，除辑刻《虞初新志》《昭代丛书》《檀几丛书》等书之外，其自著的作品亦有小品文、诗歌、戏曲等多种体裁，对其著作进行研究的各篇论文亦比较全面地网罗了张潮各种体裁的作品。

---

① 安平秋，宋景爱．论张潮的编辑思想[J]．中国典籍与文化，2007(4)：56-61.
② 刘和文．论张潮治文献学之方法[J]．图书馆，2011(3)：48-50.
③ 龙江莉．张潮之古籍保护文献二札[J]．图书馆学刊，2011(3)：125-126.
④ 王磊．清初编辑家张潮的稿源渠道[N]．中国社会科学报，2014-5-21.
⑤ 于爱迪．从张潮尺牍看他的刻书理念[J]．晋城职业技术学院学报，2015(6)：86-89.
⑥ 刘和文．论清初刻书家张潮的图书广告思想与实践[J]．中国出版，2013(6)：70-72.
⑦ 王定勇．张潮在扬州的刻书事业[J]．扬州文化研究论丛，2015(2)：113-121.

对张潮的著作进行综合性考辨的研究有刘和文的《张潮著述综考》①，该文较为综合、全面地考察了张潮的诸多著述，从他的十种辑刻书以及二十七种自著书的内容、著录、现存版本等方面逐一做出了考辨。

着眼于张潮的小品文展开分析的研究有龙冬梅的《一朝幽梦影人生——论张潮及其小品文》②，该文简析张潮的生平、交游及思想倾向，并对张潮的小品文成就进行了探讨，指出："受当时社会的压抑和束缚，张潮试图超脱世俗，在大自然中得到解脱，追求一种闲适的生活，表现出要求个性解放、个性自由的思想性格。""复杂的文化品格，造就了作者小品文的多姿多彩。其文篇幅短小，文辞简约，独抒性灵，韵味隽永。"此外，还有薛贞芳的《略论张潮和他的小品文丛书》③，该文对张潮的生平、著作、刻书活动进行爬梳、考订，对其影响和贡献做以简略论述，指出其小品文"具有很高的文学价值""独特的史料价值"以及"很高的版本价值"。

从张潮作为诗人的角度进行探讨的研究有潘承玉的《张潮：从历史尘封中披帷重出的一代诗坛怪杰》④，作者发现 11 种康熙间刊行的罕见诗歌选本幸运地保存了张潮的 241 首佚诗，提出张潮不仅是出版家和小说家，还是一位诗坛怪杰，是"乾隆间袁枚性灵派的先响"。

此外，还有诸多对张潮单部作品的研究之作，如《幽梦影》《花影词》《心斋诗集》等，在此不一一列举。

④交游研究

张潮的交游十分广泛，其所辑刻的《虞初新志》等书中所收录的诸多篇章亦是通过与这些朋友的书信往来等方式所得，因此对其交游情况进行梳理亦是一个重要的研究角度。现阶段对张潮的交游情况进行研究的论文主要有如下几篇：

---

① 刘和文．张潮著述综考[J]．合肥学院学报(社科版)，2004(3)：27-30.

② 龙冬梅．一朝幽梦影人生——论张潮及其小品文[J]．金陵科技学院学报(社科版)，2010(1)：52-55.

③ 薛贞芳．略论张潮和他的小品文丛书[J]．大学图书情报学刊，2000(1)：60-61.

④ 潘承玉．张潮：从历史尘封中披帷重出的一代诗坛怪杰[J]．苏州大学学报(哲社版)，2002(1)：53-59.

刘和文的《张潮与康熙文坛交游考》[①]考证了张潮在康熙文坛与余怀、陈鼎、冒襄、黄周星、孔尚任、王晫、江之兰、张竹坡、石涛的交游情况，并从中概述了其生平思想和康熙文坛的学术活动情况。

宋景爱的《张潮交游考》[②]根据张潮编撰的《尺牍友声》《尺牍偶存》和其他著作的序、跋、评语、题辞等原始资料，对其与黄周星、冒襄、余怀、吴绮、殷曙、王晫、孔尚任、陈鼎、江之兰、卓尔堪的交游情况进行了考察。

李正学的《张潮与褚人获的文字之交》[③]通过分析张潮为褚人获《坚瓠余集》作的序、褚人获《坚瓠集》中择采张潮的作品六篇，对张潮与褚人获的文字之交进行探讨，认为“二人文字之交非比寻常”，并简析了张潮的作品《楮先生传》，指出其“为纸立传，辟出蹊径，创为新意”。

⑤其他研究

除上述几个方面的研究之外，对张潮的研究还体现在其小说理论的研究、杜诗接受研究、年谱研究以及对先行研究的点评等方面。

王磊、韩月的《张潮小说理论中的尚奇观念考略》[④]以其著作《虞初新志》为例分析了张潮的尚奇观念，指出“对于‘奇’‘异’的孜孜以求不仅是《虞初新志》的重大特色，也是张潮文艺观最鲜明的特色。”

张红欣、孙微的《玩杜以遣意：清初张潮的杜诗接收》[⑤]从张潮作为诗人的角度对他对杜甫诗歌的接受情况进行了研究，指出其杜诗的接受明显表现出“玩杜以遣意的倾向，这与其独特的人生经历及性格密切相关。”

刘和文的《张潮年谱简编》[⑥]从张潮的作品和相关资料中整理成简谱，系统而详尽地介绍了顺治七年（1650）张潮出生直至康熙四十六年间其生平、交游和著述情况，并推测“张潮当卒于康熙五十年以前”。

---

① 刘和文. 张潮与康熙文坛交游考[J]. 明清小说研究，2007(2)：249-258.

② 宋景爱. 张潮交游考[J]. 中国典籍与文化，2007(2)：69-76.

③ 李正学. 张潮与褚人获的文字之交[J]. 淮南师范学院学报，2010(6)：21-24.

④ 王磊，韩月. 张潮小说理论中的尚奇观念考略[J]. 安徽理工大学学报(社会科学版)，2017(3)：75-79.

⑤ 张红欣，孙微. 玩杜以遣意：清初张潮的杜诗接受[J]. 保定学院学报，2017(6)：72-75.

⑥ 刘和文. 张潮年谱简编[J]. 安徽师范大学学报(人文社科版)，2003(6)：732-736.

张健的《援引精当，独辟蹊径——评刘和文著〈张潮研究〉》[①]评价了刘和文的硕士论文《张潮研究》，指出“其特点主要表现在援引精当，考订翔实；多元视角，独辟蹊径；由点及面，填补空白”这几个方面，对其研究予以了充分的肯定。

(6)《虞初新志》域外传播影响研究

《虞初新志》传入日本之后，很快受到了日本文人的喜爱。因此，对其在海外日本的影响及传播进行探讨亦成为《虞初新志》研究的一个视角，基于这一角度的研究主要体现在学者孙虎堂的著作与论文之中。

孙虎堂在其论文《日本明治时期“虞初体”汉文小说集述略》[②]中分别从和刻训点本的出版发行、日本两部汉籍入门书中所列汉籍书目以及日本明治时期《虞初新志》的汉文仿作的角度探讨了《虞初新志》在日本的影响，指出《虞初新志》“深刻影响文人欣赏、创作和编选活动而成为仿效的对象，乃在和刻训点本出现之后”。该文以明治时期的“虞初体”汉文小说集《日本虞初新志》和《本朝虞初新志》为中心，略及其他“虞初体”汉文小说集，探讨了它们在编创体例、旨趣、方法以及作品文体等方面的特征，认为“它们在编选体例和作品文体方面既有和《虞初新志》相仿的一面，又有创新的一面；在题材类型方面既与《虞初新志》有着广泛的相通性，具体作品内容又有颇多个人色彩和本土意味，是近世以来中日文学交流的独特产物”。

此外，孙虎堂在其著作《日本汉文小说研究》[③]中着眼于日本笔记体、传奇体、话本体、章回体汉文小说，逐一结合作品进行了细致的分析。在介绍“传奇体日本汉文小说”之时，大致梳理了《虞初新志》在日本的流布与影响，并以《日本虞初新志》《奇文观止本朝虞初新志》《奇文欣赏》《檀丛》等“虞初体”汉文小说为例进行了分析。

(二)日本的研究

《虞初新志》传至日本之后，深受日本文人的喜爱。据向井富的写本《商舶

---

① 张健. 援引精当，独辟蹊径——评刘和文著《张潮研究》[J]. 大学图书情报学刊，2012(5)：94-96.

② 孙虎堂. 日本明治时期“虞初体”汉文小说集述略[J]. 国外文学，2011(3)：37-43.

③ 孙虎堂. 日本汉文小说研究[M]. 上海：上海古籍出版社，2010. 167-176.

载来书目》记载，《虞初新志》传入日本的时间为宝历十二年(1762)，而德田武在《〈明清军谈〉与〈虞初新志·五人传〉》①中则分析《虞初新志》“实际上在其之前就已经舶载来日，为文人所用，这从《明清军谈·吴县民夫死义》是以《虞初新志·五人传》为蓝本成篇这一点来看应该很容易判定。”

日本著名作家森鸥外(1862—1922)亦十分喜爱《虞初新志》，并深受其影响。关于这一点，学者林淑丹在其几篇论文中比较全面地进行了探讨。在其《森鸥外〈雁〉与〈虞初新志·大铁椎传〉》②一文中指出：“在森鸥外的作品《雁》中尤其能看出其对《虞初新志》的喜爱。”《雁》的主人公“冈田特别喜欢《虞初新志》，能全文背诵《大铁椎传》”。“主人公冈田对《小青传》亦情有独钟，对小青深表同情”，并进一步分析了冈田与大铁椎性格上的相似点，指出“从冈田身上能够看到‘近代日本的代表性青年’与吸收了中国传奇小说英雄气概的双重性格”，进而得出了“《雁》为中国明清传奇小说与近代小说融合的产物”的结论。此外，林淑丹的另一篇研究论文《森鸥外〈雁〉的文学背景之〈虞初新志〉研究》③中，以森鸥外的《雁》为研究对象，详细地分析了《虞初新志》的编选体例、旨趣、内容等方面的内容。

森鸥外喜读《虞初新志》，在其藏书书目中亦有《虞初新志》，现藏于日本东京大学综合图书馆。关于鸥外藏书《虞初新志》，林淑丹在其《鸥外文学中的“奇”》④一文中进行了较为详细的分析，指出：鸥外所藏《虞初新志》随处可见其亲笔圈点痕迹，并且在其中三篇作品中施有朱批，分别为张明弼《冒姬董小宛传》(卷三)、黄周星《补张灵崔莹合传》(卷十三)以及汪价《三侬赘人广自序》(卷二十)三篇。特别是《冒姬董小宛传》在最后小宛亡故、辟疆伤心之处，鸥外写有两页的朱批，将《板桥杂记》中吴梅村的绝句原封不动写在其处，并在其后附上自己的感想：“记时丁丑初秋，读后骤雨，撰雅事滋生惨情。”

《虞初新志》中传奇小说颇多，且收录了大量反映明朝时期爱国精神的一

① 德田武.『明清軍談』と『虞初新志』「五人伝」[J]. 国文学解釈と教材の研究，2005(6)：24-32.

② 林淑丹. 森鴎外『雁』と『虞初新志』の「大鉄椎伝」[J]. 比較文学・文化論集，2000(17)：92-100.

③ 林淑丹. 森鴎外『雁』の文学的背景としての『虞初新志』[J]. 鴎外，1999(1)：128-141.

④ 林淑丹. 鴎外文学における「奇」[J]. 人間文化論叢，2002(5)：(4-1)-(4-11).

些义士、文人的文章，这在精神统治森严的清朝统治阶级看来是绝不容许的。因此，该书中所收录的一些篇章遭到了抽禁处理。李梦生《增订本中国禁毁小说百话》①指出："《虞初新志》于乾隆四十三年(1778)遭禁"。日本学者成瀬哲生在其论文《抽禁处理与〈虞初新志〉——异本新考》②中分析道："《虞初新志》版本不同，其所收篇目亦有所不同，而产生此现象的最直接契机就是抽禁处理。""《虞初新志》包含康熙二十二年(1683)自序及康熙三十九年(1700)自跋的大本当为原刻本，其中收录了钱谦益《徐霞客传》及《书郑仰田》两篇文章。东京大学东洋文化研究所所藏本、内阁文库藏本严格上来说均非原刻本。"而关于不同版本之间所收篇目的异同，成瀬哲生则在其《〈虞初新志〉异本考》③中进行了详细的分析。此外，关于各馆馆藏的版本，林淑丹在其论文《〈虞初新志〉版本考》④中指出："日本内阁文库藏本与上海图书馆藏本以及东京大学东洋文化研究所藏本为同一版本，但并非康熙原刻本，而是日本现存最古、最接近康熙原刻本原貌的版本。""乾隆年间并不仅仅出版了诒清堂重刊袖珍本，而是至少出版了四种版本。"

通过以上对先行研究的梳理可以看出，日本对于《虞初新志》的研究相对较少，并且其研究角度与国内的研究亦有所不同。日本对《虞初新志》的研究主要集中在版本问题以及与其他文学作品进行比较两个方面，而国内研究则主要集中于对《虞初新志》的文本内容、表现手法、文学特色等角度的研究，以及对其著者张潮的研究等方面。这从一个侧面反映出日本的研究对《虞初新志》版本问题的关注，而国内的研究则更关注其文本、编者等方面的内容。

从目前国内围绕《虞初新志》展开的研究数量来看，虽然与其他热门研究相比为数不多，但却如实地反映了《虞初新志》的研究现状。现将与《虞初新志》相关的中国的研究进行分类整理，各类别总结如下图：

---

① 李梦生. 增订本中国禁毁小说百话[M]. 上海：上海书店出版社，2006. 362-367.

② 成瀬哲生. 抽禁処分と『虞初新志』—異本新考［J]. 新しい漢字漢文教育，2005(40)：23-36.

③ 成濑哲生.《虞初新志》異本考[J]. 汲古，1993(24)：11-18.

④ 林淑丹.《虞初新志》版本考[J]. 语文与国际研究，2008(5)：97-112.

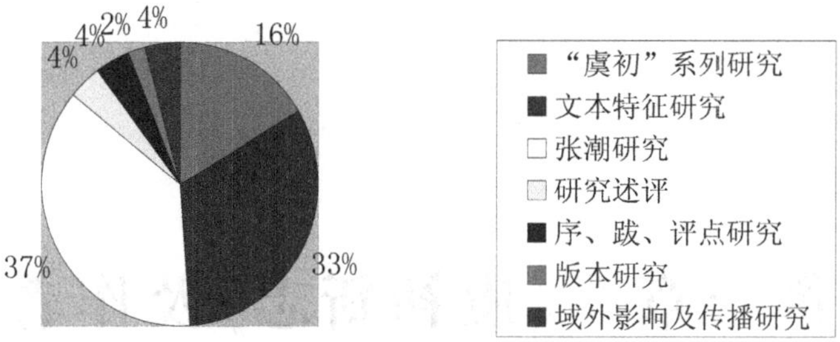

图 1 《虞初新志》研究现状分类图

如图 1 所示，现阶段对《虞初新志》的研究大量集中在对其编者张潮的研究以及文本特征研究这两个方面，占全部研究的百分之七十之多，可见对《虞初新志》的绝大多数研究均集中于这两个视角。此外，对"虞初"系列小说的整体性研究亦相对较多，然而对其版本研究、域外影响及传播研究以及序、跋、评点研究可谓少之又少，仍有很大的探讨空间。《虞初新志》自成书以来，不仅在中国广为流传、刊刻，该书传至海外日本之后，在当地亦产生了很大的影响，再版多次。日本不仅收藏了大量《虞初新志》珍贵的版本，还刊行了和刻本《虞初新志》，这些均为十分重要的研究资料。此外，还出现了诸如《本朝虞初新志》《日本虞初新志》等日本汉文仿作，日本一些作家在其文学作品中亦对《虞初新志》有所提及。因此，对域外影响及传播进行研究整理可谓意义重大。

有基于此，本书着眼于《虞初新志》在海外日本的传播与接受情况，从《虞初新志》在日本的刊刻、效仿其编纂体例而成的汉文仿作、日本诸多名家读《虞初新志》之后对其所做的解读与感想以及《虞初新志》在日本文学作品中的体现等角度进行分析，较为系统地对其在日本的传播与接受情况进行梳理，以求补充现阶段学界对《虞初新志》所做的研究。

第一章 《虞初新志》及作者

《虞初新志》作为“虞初”系列小说的一种，其独具特色的文本内容、写作手法，别具一格的编选体例、旨趣都体现出与以往之作不同的新特点，为“虞初”系列小说发展至清代的标志性作品，具有极高的文学价值。《虞初新志》一经问世便迅速引起了极大的反响，可谓“虞初”系列小说的革新性变化之作，为“虞初”体小说确立的标志性作品。《虞初新志》享誉盛名、家喻户晓，其后所出之作多依据该书的编选体例成书，对后世之作的相继问世产生了极为深远的影响，在文言小说史上占有十分重要的地位。

第一节 《虞初新志》的作者及成书

《虞初新志》共二十卷，卷首有辑者张潮之《自叙》，撰于康熙癸亥年（1683）；卷末有其《总跋》，识于康熙庚辰（1700），先后历时近二十年之久，可谓凝聚了辑者近半生的心血。《虞初新志》中收录奇文一百五十一篇，体裁多种多样，以篇幅短小精悍之作居多，均为辑者遍搜群书、精挑细选之文，由此可见张潮广泛采集、精益求精的编纂之风。

一、作者张潮生平事略

张潮(1650—1709)①，字山来，号心斋居士，安徽歙县人，清代著名小说家、刻书家、戏曲家，代表作有辑刻书《昭代丛书》《檀几丛书》两部丛书、文言小说选集《虞初新志》以及散文小品集《幽梦影》等。张潮一生著述颇丰，其作品体裁多样，有文学家、编选家、刻书家等多重身份，产生了十分深远的影响，在文学史上具有极其重要的地位。

关于张潮的生平事略，在陈鼎《留溪外传》卷六中所收录的《心斋居士传》中有较为详尽的介绍：

心齋居士潮，張姓，字山來，新安人也。父黄嶽公，順治己丑進士，督學山東，以廉明著，一時拔盡孤寒，案下皆知名士。山東士大夫至今譽之。既老，僑居江都，遂家焉。潮幼穎異絕倫，好讀書，博通經史百家言。弱冠補諸生，以文鳴大江南北，累試不第，以貲為翰林郎，不仕，杜門著書，自號心齋居士。通二氏學，作《亦禪録》，機鋒鍼對，與善知識同其棒喝；集唐人詩句與伭理通者，為《仙經》十二章，曰《唐音丹笈》；若《聯莊》《聯騷》，則將與蒙叟、靈均並驅矣。集《蘭亭》《聖教》十七帖十三行、歷朝名家帖中字為七律句如干首，曰《心齋集字詩》；作七言古詩為制藝體文如干篇。其《聊復集》則賦、序、傳、記、論、贊、疏、表、冊、檄、書、啓、辭、辯、箴、頌、跋、引、連珠之體俱備。作《七療》，與枚生《七發》同其辭旨。作《雜俎》一編，酒令、彈詞、算法、鐙謎罔不具。其少婦死，作《清淚痕》五十律以哀之，屬而和者通國。輯近代諸名家古文一百五十種，上自經史詮解，下至鳥獸草木微言，作叢書三部。又輯時輩新奇怪異之文數千篇，為《虞初新志》。為人端方質直、舉止不苟；為文則風流瀟灑，如廣平之賦梅花，讀者無不愛焉。又著《筆歌》填詞，為嘻笑唾罵、悲哀涕泣拍場局，以自娱自悼。著作等身，名走四海，雖黔滇粵蜀僻處荒徼之地，皆知江南有心齋居士矣。居士性沉靜、寡嗜慾，不愛濃鮮輕肥，惟愛客，客嘗滿座。淮南富商大賈惟尚豪華，驕縱自處，賢士大夫至，皆傲然拒不見；惟居士開門延客，四方士至者，必

① 李梦生. 中国禁毁小说百话[M]. 上海：上海古籍出版社，1994. 第362页.

留飲酒賦詩，經年累月無倦色。貧乏者多資之以往，或囊匱，則宛轉以濟，蓋居士未嘗富有也。以好客，故竭蹶為之耳。居士年未五十，以嗜學故耳充。俗人大聲疾呼，皆不聞；若佳客與之論詩文、晰道理、講經濟之學、辯上下古今數千年以來事，雖柔聲低語，無一字不答也。客怪而問曰："海內皆知先生聾矣，然吾與談數日來，未嘗片語不聞也，人言固不足信哉。"居士歎曰："某果襄如數年矣，然與世俗殊。若夫淫蕩之聲、荒唐之辭、背謬之論、非禮不經之言，卽喑嗚叱咤、如雷如霆，實不聞也，非天下之至聲乎？"於是客乃大笑而退。

外史氏曰：歲丙子，予客邗上者幾一載，為文多就正先生；先生亦以為孺子可教，不吝評閱。予又與其從子紹基交好，稔知先生之為人，且通國皆稱焉，可以為邦人士式矣，故為之傳。①

张潮出生在书香门第之家，父亲张习孔（1606—？），字念难，号黄岳。自幼便勤学好读，于清顺治六年已丑（1649）中进士，由此走上仕途，官至山东督学。他为官清正廉洁，颇受百姓爱戴，案下诸多知名之士，可谓人尽皆知，有口皆碑。张习孔擅长诗词古文，晚年之时侨居扬州，修建"诒清堂"，开始从事刻书业，并安居此处直至终老。张潮的母亲知书达理，贤良淑德，妻妾之间相处极为融洽，一家其乐融融。张家富于资材，家境优裕，家教极为严格，因此，张潮并没有因为其优越的家庭条件而沾染纨绔子弟的不良习气。张潮在这样良好的家庭环境中慢慢长大，养成了沉静豁达、温文尔雅的文人之气。

张潮共有兄弟四人，潮排行第二。他自幼体弱多病，身体较为虚弱，长期胃肠不适而食量较小。张潮自幼勤学好问，才思敏捷，聪慧绝伦，尤其喜爱读书，闲暇之时便会找书来读。张家藏书极为丰富，为张潮读书创造了极其便利的条件。他博览群书，经史子集无不通晓，学识极为渊博，且兴趣爱好广泛，喜读各类题材的文学作品。张潮十三岁便开始写八股文，于十五岁考中秀才，弱冠之时获补诸生，以其工于诗书文章而闻名于世，声震大江南北。然而，张潮虽有满腹才华却累试不第，仕途之路极为不顺，仅以贡生授

① 邓长风. 明清戏曲家考略续编[M]. 上海：上海古籍出版社，1997：163-164.

翰林院孔目。

在屡屡受挫之后，张潮发出了无奈之慨叹，这在其《八股诗自序》之中有所谈及："嗟乎！遥记自乙卯溯于甲辰，积十有二载，星次为之一周，时物可兹迭变，人生几何，谁堪屡误？又况此十二年苦辛坎坷，境遇多违，壮志雄心，消磨殆尽，自是而后安能复低头占毕以就绳墨之为文哉？然花晨月夕，逸兴闲情，无所寄托，往往发为诗歌，以自写其抑郁牢骚之慨。"①张潮胸怀大志、博学多才，积年累月，连续十二年投身于科考之中，然而却屡战屡败、毫无建树，诸多艰辛坎坷之付出最终付之东流，其学识与才华未能通过科举之路而得到认可，致使他产生一种强烈的挫败感。接连不断的失败早已将曾经的雄心壮志消磨殆尽，无奈之感溢于言表。因此，张潮由此放弃科考而潜心著书立说，将满腹抑郁牢骚之感慨寄托于诗歌等文学体裁之中。满腹的才华与博览群书的学识在著书立作之中得以大展拳脚，使得张潮优秀之作相继问世，可谓著作等身，名声显赫。

张潮在继承其父张习孔创办的家刻诒清堂之后，开始以又一身份——刻书家登上历史舞台。张潮喜爱各类体裁的文学作品，且家境富足、乐于助人，因此他自掏腰包为诸多有才之士刻书立作，解决了寒门子弟之疾苦。而家刻诒清堂亦通过张潮之手变成了坊刻，成为明清时期徽州刻书业中较有代表性的坊刻之一，在刻书史上占有重要地位。张潮亦由此结交广大学者，其交游极为广泛，与清朝文坛诸多文人均有密切的往来，如与其同为岁贡生的友人王晫，以及黄周星、孔尚任、冒襄、余怀、陈鼎、吴绮、殷曙、江之兰等，其所辑刻的《昭代丛书》《檀几丛书》《虞初新志》等作之中所收录的各篇有很多均是通过与这些文人的书信往来等方式获得的。

张潮性格沉静、清心寡欲，喜爱结交广大文人宾客，家中经常高朋满座，高谈阔论。然而，张潮交友有一个特点，即不与富商大贾、贤士大夫等达官显贵往来，即使其登门来访亦将其傲然拒之门外，显示出不屈不挠之势。而四方之士至，张潮则开门迎客，热情相待，且必留之家中饮酒赋诗，畅谈无休，长年累月毫无厌倦之感，这充分显示出张潮不畏权势、愤世嫉俗之气魄

① （清）张潮.《心斋聊復集》[M]. 诒清堂刻本，清康熙二十一年.

以及以诗词歌赋为乐的文人之气。张潮家境较为富足，且疏财仗义，遇到寒门之士则必慷慨解囊以助之，其如此好客使得自身资财日渐匮乏，积蓄日渐减少而入不敷出。如此大公无私、济贫以助之势足以显示出张潮的人格魅力，其交游广泛之原因由此可管窥一二。

张潮极为好学，年近五十仍因袭以往之秉性，不与达官显贵往来，对于俗人之高声疾呼亦置若罔闻，两耳不充其事，海内之士人尽皆知。而如若佳客至，则与其谈诗品文、辨析道理、高谈阔论古往今来之事，虽然柔声细语声音低沉，却耳聪目明逐一予以应答，且极为健谈。对于其充耳不闻之事，张潮称："若夫淫荡之声、荒唐之辞、背谬之论、非礼不经之言，即喑呜叱咤、如雷如霆，实不闻也，非天下之至声乎？"足以显示出张潮不趋炎附势、曲意逢迎的刚直不阿之风，以及一心向学、以学为乐的文人之气。陈鼎与张潮交好，熟知其为人，在《心斋居士传》之篇末称其"通国皆称焉，可以为邦人士式矣，故为之传。"由此可见，张潮在海内有口皆碑，其人品与学识得到充分的认可，可谓邦人之楷模典范，正如篇中所述之"著作等身，名走四海，虽黔滇粤蜀僻处荒徼之地，皆知江南有心斋居士矣。"这足以显示出张潮声名显赫，举国皆知，可见其名气之大，产生了极为深远的影响。

除人品极好之外，张潮的学问亦得到了充分的认可。他著述颇丰，辑刻书、自著书共二十余种，且体裁多样。张潮"尝辑各家文集中类于传奇之文字，为虞初新志二十卷，又辑有昭代丛书一百五十卷，檀几丛书五十卷。工词，有花影词传于世"①。由此可见，张潮除编有《虞初新志》《昭代丛书》《檀几丛书》几部辑录类著作之外，还擅长词作，《花影词》便为其传世之作。张潮所著之作种类颇多，形式多样，体现出其广博的学识与极高的文学素养。

张潮之代表作当首推其所辑短篇文言小说集《虞初新志》，其中收录了"时辈新奇怪异之文数千篇"，共二十卷，其"文多时贤，事多近代"，收录"一切荒诞奇僻、可喜可愕、可歌可泣之事"，是《虞初新志》编选旨趣的一大特色，成为"虞初"系列小说发展至清代的不朽之作，产生了十分深远的影响。

《昭代丛书》"辑近代诸名家古文一百五十种，上自经史诠解，下至鸟兽草

---

① 谭正璧. 中国文学家大辞典[M]. 上海：上海书店，1981. 第1395页.

木微言”，是张潮所辑录的又一部代表之作。《四库全书总目》收录该书，称“是编凡甲乙丙三集，每集各五十卷。每卷为书一种，皆国初人杂著。”[①]由此可知，《昭代丛书》共分为甲、乙、丙三集，每集五十卷，合计一百五十卷，且每卷均为清代主要学者文人之杂著。其中有些为文集中所摘录之篇，有些为全书中抽取数页，其中不乏张潮在原作的基础上进行润色之作，可见其修改痕迹。

张潮的另一部辑刻丛书为《檀几丛书》，《四库全书总目》亦有所收录：“《檀几丛书》五十卷，国朝王晫张潮同编。是书所录皆国朝诸家杂著，凡五十种，大半采自文集中。其余则多沿明季山人才子之习，务为纤佻之词。”[②]该书除了收录诸家名篇之外，张潮自著之作亦有若干篇收录其中，如以“清言”的方式解读《庄子》《离骚》的小品文集《联庄》《联骚》，可谓“将与蒙叟、灵均并驱”；抒发丧偶之痛的散文《七疗》，可谓“与枚生《七发》同其辞旨”。此外，其小品集《花鸟春秋》《书本草》《贫卦》以及《补花底拾遗》《玩月约》《酒律》《饮中八仙令》诸篇亦收录其中，文学价值极高。

张潮颇为擅长诗词，其悼念亡妻所作之五十律《清泪痕》、自著诗集《心斋诗集》“集唐人诗句与依理通者”之《唐音丹笈》“集《兰亭》《圣教》十七帖十三行、历朝名家帖中字为七律句如干首”之《心斋集字诗》等均体现出其极高的诗词水平。此外，其“酒令、弹词、算法、灯谜罔不具”之笔记《杂俎》，“为嘻笑唾骂、悲哀涕泣拍场局，以自娱自悼”之杂剧集《笔歌》，“赋、序、传、记、论、赞、疏、表、册、檄、书、启、辞、辩、箴、颂、跋、引、连珠之体俱备”之《心斋聊復集》等著作亦为广大文人所关注。

张潮交游十分广泛，与清朝诸多文人均有所往来，收录了海内名家寄给张潮的千余封书信之《尺牍友声》以及张潮写给友人的四百五十余封赠答书信集之《尺牍偶存》便是其极好的印证。此外，张潮还著有散文小品集《幽梦影》，其中收录了诸多张潮自著之小品文，还附有140多位文人为其所收诸篇写的550余则点评。如此之多的文人写有评点，足以显示出其交游范围之广，

① (清)永瑢等. 四库全书总目[M]. 北京：中华书局，1965. 第1140页.
② (清)永瑢等. 四库全书总目[M]. 北京：中华书局，1965. 第1140页.

体现出其人品之好、文学水平之高。张潮为人坦诚正直、严于律己，具有极高的人格魅力；而其“为文则风流潇洒，如广平之赋梅花，读者无不爱焉”，这从其交游极为广泛、著作题材多样、文学价值极高便可知晓。

然而，张潮至晚年却遭遇不幸，于康熙三十八年(1699)因政治原因入狱，这在《虞初新志》总跋之中有所交代，称“予不幸，于己卯岁误堕坑阱中”①。对于其具体的入狱原因并未交待，然而通过跋文之描述可知张潮在入狱之后处境之凄惨，正是以书籍作为精神上的慰藉而艰难度日，唯有奇书一二才能支撑他度过狱中的漫长岁月，由此更显示出张潮对于学问的热爱之情。张潮作为清代著名的文学家、刻书家具有多重地位，其文学素养极高，小说、诗文、戏曲等多文学体裁均极为擅长，且辑刻之著作亦引起很大的反响，有口皆碑。张潮无论其何种身份均得到了广大文人学者的充分认可，在清代文学史中产生了十分深远的影响。

二、《虞初新志》的编纂

《虞初新志》为张潮首推之代表作，体现出其独特的编纂风格，为后世之作带来了极其深远的影响。该书的编纂刊刻耗时二十余年之久，如若加上辑者遍搜群书广泛采集之势，则更为久矣，可谓是耗费了张潮半生精力的呕心沥血之作。《虞初新志》作为“虞初”系列小说的代表作之一，继承发扬了以往之作广采奇闻异事的一大特色，更在其基础上推陈出新，形成了其别具一格的编纂方式，成为后世辑刻之典范。在《虞初新志·自叙》中，张潮较为详细地将其编纂缘起与特色进行了叙述，其原文如下：

古今小说家言，指不胜偻，大都饾饤人物，补缀欣戚，累牍连篇。非不详赡，然优孟、叔敖，徒得其似，而未传其真。强笑不欢，强哭不戚，乌足令耽奇揽异之士心开神释、色飞眉舞哉！况天壤间灏气卷舒，鼓荡激薄，变态万状，一切荒诞奇僻、可喜可愕、可歌可泣之事，古之所有，不必今之所无，古之所无，忽为今之所有，固不仅飞仙盗侠、牛鬼蛇神，如《夷坚》《艳异》所载者为奇矣。此《虞初》一书，汤临川称为小说家之“珍珠船”，点校之

① (清)张潮辑. 虞初新志[M]. 上海：上海古籍出版社，2012：286.

以传世，洵有取尔也。独是原本所撰述，尽摭唐人轶事，唐以后无闻焉，临川续之，合为十二卷。其间调笑滑稽，离奇诡异，无不引人着胜，究亦简帙无多，搜采未广，予是以慨然有《虞初后志》之辑，需之岁月，始可成书，先以《虞初新志》授梓问世。其事多近代也，其文多时贤也，事奇而核，文隽而工，写照传神，仿摹毕肖，诚所谓“古有而今不必无，古无而今不必不有”。且有理之所无、竟为事之所有者，读之令人无端而喜，无端而愕，无端而欲歌欲泣，诚得其真，而非仅得其似也。夫岂强笑不欢，强哭不戚，饾饤补缀之稗官小说，可同日语哉！学士大夫酬应之余，伊吾之暇，取是篇而浏览之，匪惟涤烦祛倦，抑且纵横俯仰，开拓心胸，具达观而发旷怀也已。康熙癸亥新秋，心斋张潮撰。①

张潮于《自叙》之开篇指出了古今小说家所著之作的问题所在，以及明代《虞初志》的局限之处，是为《虞初新志》的编纂缘起。张潮分析曰：古今之小说家既已问世之作数量众多，然而其中精彩之作却少之又少，大多数作品中所刻画的人物个性不鲜明，恐为杂糅各种人物堆凑而成。其篇幅冗长可谓累牍连篇，有拼凑成文之感，且并未凝聚著者的真挚感情，有如衣冠优孟，“徒得其似，而未传其真”也。如此不真、不精之作难以引起读者之共鸣，即使为志怪传奇之文，亦不能满足耽奇揽异之士的嗜奇之心，正所谓“强笑不欢，强哭不戚”，无法使人读之有心神涤荡、神动色飞、如沐春风、酣畅淋漓之感。

此外，古今小说家所存在的问题还在于不注重作品的新鲜性、多样性，忽视了随着时代的变化、事物的变迁而实时更新自身的理念，创作视野狭窄，仅局限于固有之飞仙盗侠、牛鬼蛇神等素材，未能意识到“古之所无，忽为今之所有”，目光还停留于古来之谈而未及今世之说，可谓既未继承前代经典之作的精华所在，又未捕捉当世风云变幻之时代之风，因此优秀之作少至令人堪忧，这也是以往小说的问题所在。

明代《虞初志》的问世为小说界带来了新鲜之气，“汤临川称为小说家之‘珍珠船’，点较之以传世，洵有取尔也。”该书广收唐人之奇闻异事，“其间调笑滑稽，离奇诡异，无不引人着胜”，可谓使人耳目一新之作。然而，《虞

① （清）张潮辑. 虞初新志[M]. 上海：上海古籍出版社，2012：286.

初志》亦有其局限之处："独是原本所撰述，尽摭唐人轶事，唐以后无闻焉"，对于唐代以后之作未予收录，明代时人之文亦未曾涉及，仍难以摆脱传统小说的束缚。且书中所收之作"简帙无多，搜采未广"，虽短小精悍，却在采集各家作品之时未能详察，有所欠缺。由此可知，《虞初新志》的辑者张潮基于古今小说家著书立作之弊端，以明代《虞初志》的编纂为鉴，充分扬长避短，并在其基础之上推陈出新，以独具特色的经典之作《虞初新志》授梓问世，可谓"庶几旧调翻新，敢谓后来居上"。

《虞初新志》的"后来居上"体现在诸多方面，如《虞初志》原本并未载录选者之姓名，汤显祖续之，亦未传著者之氏号，其篇目信息有所缺漏，读者在作读之时只知其篇章而不知其作者，实属一大憾事。张潮在辑录之时十分注重这一点，除极少数佚名之篇外，均完整地保存了著者之信息，颇为详实。此外，鉴于前人之作搜采未广，再加上张潮性好幽奇，因此其"生平幸逢秘本，不惮假抄；偶尔得遇异书，辄为求购"，其平素之点滴积累成为《虞初新志》收录"一切荒诞奇僻、可喜可愕、可歌可泣之事"之丰富的资料储备。然而即使如此，张潮仍"第愧搜罗未广，尤惭采辑无多"，可见其谦虚谨慎的治学态度与遍览群书的辑刻旨趣，这正是《虞初新志》成为一部经典佳作的源泉。

《虞初新志》充分显示出辑者张潮出色的编纂理念，与以往之作缺乏新鲜性、累牍连篇、无独具特色之处、未凝聚作者之真情实感等诸多问题相比，《虞初新志》则"事多近代，文多时贤，事奇而核，文隽而工，写照传神，仿摹毕肖，""诚得其真，而非仅得其似"，使人读之有开拓心胸、涤烦祛倦之效，体现出与以往之作不同的新特点，产生了极大的反响，迅速而广泛地传播开来。该书为"虞初"系列小说注入了一股新鲜的血液，对后世文言小说的创作产生了极其深远的影响。

《虞初新志》的编纂凝聚了张潮半生的心血，在其成书之后还处于不断的补充新作、修改完善之中。张潮的嗜奇之性、严谨之风、广采之势、据实之气成为其编纂过程中不可或缺的因素，亦为该书取得如此之文学成就的宝贵财富。然而，该书的刊刻与流传并非一帆风顺，可谓经历了几番波折。在该书的编纂接近尾声之际，辑者张潮经历了牢狱之灾，这在《虞初新志·总跋》之中有所涉及，其原文如下：

予辑是书竟，不禁喟然而叹也，曰：嗟乎！古人有言，非穷愁不能著书，以自见于后世。夫人以穷愁而著书，则其书之所蕴，必多抑郁无聊之意以寓乎其间，读者亦何乐闻此如怨如慕如泣如诉之音乎？予不幸，于己卯岁误堕坑阱中，而肺腑中山，不以其困也而贳之，犹时时相啮啮。既无有有道丈人相助举手，又不获遇聂隐娘辈一泣诉之，惟暂学羼提波罗蜜，俟之身后而已。于斯时也，苟非得一二奇书，消磨岁月，其殆将何以处此乎？然则予第假读书一途以度此穷愁，非敢曰惟穷愁始能从事于铅椠也。夫穷愁之际，尚欲借书而释，况乎居安处顺，心有余闲，几净窗明，焚香静读，其乐为何如乎！因附记于此，俾世之读我书者，兼有以知我之境遇而悯之。世不乏有心人，然非予之所敢望也。康熙庚辰初夏，三在道人张潮识。①

在《虞初新志·总跋》中，张潮介绍了该书成书之背景。他于康熙三十八年(1699)因政治原因入狱，即跋文中所述之“于己卯岁误堕坑阱中”，其中己卯岁即其入狱的1699年。对于其入狱的具体原因无从知晓，然而通过在跋文中的描述可知，张潮在入狱之后世态炎凉，处境凄惨，可谓度日如年。当时既没有可以照料生活起居之人，又没有可以倾诉内心苦闷之对象，唯有靠忍耐艰难地度日。于此之时，支撑他度过漫长岁月的唯有书籍，作为其精神支柱慰藉其心灵，为其指引方向。在此，张潮表达了书籍给予他的巨大力量，亦体现出其对娴静安逸生活的向往，对窗明几净的环境中安静读书的渴望，可见其心中深深的哀愁与无奈之感。穷愁之际，在如此环境下尚能凭借读书解忧消愁，更何况居安恬淡的生活中，在闲暇之时静静读书的无穷乐趣，由此可以深深感知张潮在入狱之时的苦闷心境。

张潮《虞初新志》成书于1683年，此篇总跋则作于1700年。在此期间，张潮一直不断地修改完善该书，其篇章亦经过反复的精心筛选而成，其中还收录了总跋完成之后才问世的作品，可谓倾注了其大量的心血。由此可见，在张潮入狱的1699年，他还在不断地调整《虞初新志》中所收的各篇，力求精益求精。身处如此之境遇，其心中的苦楚当为旁人所无法想象的。尽管如此，张潮尚能悉心“从事于铅椠”，可见其爱书程度，对其所辑《虞初新志》的倾注

① (清)张潮辑. 虞初新志[M]. 上海：上海古籍出版社，2012：286.

可想而知，如此举动亦照应了开篇的“古人有言，非穷愁不能著书以自见于后世”。身处如此凄惨之处境，借《虞初新志》以抒发自身之哀愁，欲使读此书之人能知其境遇略生怜意，足见张潮凄寂无奈之深深的悲伤。而末句“世不乏有心人，然非予之所敢望也”则深刻地表达了张潮对世态炎凉的心寒至极，其悲惨遭遇使人同情之至。

张潮于此篇跋文之中表达了其入狱之后悲凉哀伤的心境，唯有借书作乐以缓解心中的苦楚，抒发了他对恬静生活的向往之情。该总跋自始至终都围绕读书展开叙述，以表达出读书、著书的重要作用。张潮在狱中哀寂的心境借此跋文表达得淋漓尽致，由此更衬托出《虞初新志》的重要价值，可谓其呕心沥血之作。

在《虞初新志》成书刊刻广为流传之际，由于其中收录了一些明朝时期爱国之士的文章等原因，该书于乾隆四十三年(1778)遭禁，《清代禁毁书目》《清代禁书知见录》中有所收录，分别作“《虞初新志》，婺源县张潮选，内有钱谦益著作，应铲除抽禁。”“《虞初新志》二十卷，新安张潮辑，康熙癸亥刊，内有钱谦益著作，应摘毁。”①由此记载可知，《虞初新志》遭禁的主要原因乃是由于其收录了明末清初的文学家钱谦益之作。钱谦益为明朝官员，后降清却又暗中反清复明，因此遭到清朝统治者的镇压。而《虞初新志》亦因此被列入禁毁书目之中，其中所收录的钱谦益之文被抽禁。由此可知，《虞初新志》自编纂成书以来经历了几番波折，然而该书尤能得以存世，现今仍展现在众多读者面前，可谓幸甚至矣。

《虞初新志》的编纂体现出张潮作为小说家的敏锐眼光，作为评论家的出色文学功底，作为辑者的绝佳编纂理念，作为刻书家的出色刊刻手法。此书一经问世便引来赞誉无数，其编选体例、旨趣迅速成为后世之作的创作典范，促进了文言小说领域推陈出新的高潮，成为“虞初”系列小说中的集大成之作，在明清文言小说中占有极高的地位与空前的影响力。

---

① (清)姚觐元编，孙殿起辑. 清代禁毁书目(补遗)清代禁书知见录[M]. 上海：商务印书馆，1957. 第185，307页.

第二节 《虞初新志》的内容与价值

《虞初新志》作为清代志怪小说的代表作之一，以“奇”为一大特色，可谓贯穿全书始终之主要脉络。该书广搜天下奇闻异事，选录一切荒诞奇僻之事，事奇而核，使人读之叹为观止。无论是其文本内容，还是编选风格，均体现出与以往“虞初”系列小说不同的新特点，可谓其中的首屈一指之作。《虞初新志》所收各篇内容丰富、形式多样，赢得了众多文人学者的青睐，对其大加赞赏、高度评价之势极为可观，是极具价值的文学著作之一。

一、内容概述

在《虞初新志·自叙》中，张潮指出该书所选乃是“一切荒诞奇僻、可喜可愕、可歌可泣之事”，他广泛搜罗采集群书而将其汇集成篇，可谓天下奇闻异事之汇编。《虞初新志》中所选各篇“其事多近代也，其文多时贤也”，虽有诸多荒诞离奇之事，却也大抵真人真事，并非凭空捏造。这种难能可贵的真实性正是《虞初新志》区别于一般之作的较为显著的特点，是其极具代表性的特色之一。该书所涉题材广泛，内容丰富多样，表现手法精妙，将人物形象刻画得栩栩如生，由此可见辑者张潮收录精品之作的编选之风。

1. 内容题材

《虞初新志》中收录了诸多题材的作品，除反映忠孝节义等主题之篇外，该书还通过形形色色的人物形象体现出其饶有情致的生活方式、积极的生活态度、真挚的情感、知遇感恩之心等，亦有较为因循守旧、体现因果报应等内容之作。

忠孝节义为《虞初新志》较为典型之主题，所涉各篇通过忠臣、孝子、侠客、义士等传奇人物的奇技奇行，体现出其崇高的精神品质，让人读之不禁为之振奋，深受鼓舞。以“忠”为题材之作不在少数，如《金忠洁公传》中以忠为孝、以身殉国的忠洁之士金铉，《姜贞毅先生传》中坚贞不屈、一身正气的清廉之官姜贞毅等，这些为国为主尽忠职守、精忠报国之臣在《虞初新志》之中不乏其人，体现出碧血丹心、忠心为国的珍贵品质。以“孝”为题材之作亦数量颇多，除《鬼孝子传》《吴孝子传》《哑孝子传》《闵孝子传》等直接以孝为题之篇外，还有《赵希乾传》中割心救母、孝思不匮的赵希乾，《山东四女祠记》中终身不嫁、以侍其亲的傅家四女等，其孝心感天动地、荡气回肠。此外，还有仗义疏财、舍利逐义的豪侠义士，如《顾玉川传》中“好施舍，性任侠”的顾玉川，《剑侠传》中路见不平、拔刀相助的剑侠，《髯参军传》中行侠仗义、济危救弱的髯参军等，体现出扶弱抑强、急人之难的英雄本色。

除了英雄豪杰之外，《虞初新志》中亦收录了众多描写动物与人之间的真情实感之篇，由此亦体现出忠孝仁义、知恩图报之情。如《义猴传》中长跪道旁乞钱祭主、祭毕自赴焚棺之烈焰而死的义猴，《义虎记》中救失足坠入虎穴之樵夫性命、于相约之期如约而至以求一见的义虎等。此外，以动物为描写对象之篇还有王言的《圣师录》，分别讲述了鸟类、家禽、猛兽等知遇存心之事，其中涉及鹤、雁、鸡、鹅、熊、牛、蟹、蜂等动物二十八种，分别以这些动物为题材逐一讲述其事，旨在揭示动物之心无异于人，其知遇感恩之心、炙热真挚之情与人相通。

《虞初新志》中还收录了诸多才子佳人的爱情故事，如张明弼《冒姬董小宛传》、黄周星《补张灵崔莹合传》等，其凄美的故事让人读之不禁潸然泪下，为之动容。日本著名小说家森鸥外、芥川龙之介读此二篇均颇有所感，其私人藏书中的大量圈点、朱批便为其感慨良多之印证。此类作品体现了才子佳人的真情实感与积极的生活态度，可歌可泣。如董小宛将简单的生活过得极为精致，与冒襄同赏花品茗、共论诗词歌赋，其饶有情致的生活姿态令人赞叹不已。才子佳人张灵、崔莹情比金坚、忠贞不渝，共谱一曲有情有义的高洁之歌，其痴情至此着实令人叹为观止。诸篇所体现的精神主旨是积极的、向上的，富有生活情致与热情的，使人读之有为了美好的生活、真挚的情感而奋斗拼搏之气，不禁为篇中之才子佳人感到欣喜、惋惜、感动、悲伤，随着情节的跌宕起伏而心中泛起涟漪，对其内容深有感触。

除此之外，《虞初新志》中还有诸多反映下层民众、市井人物生活的奇事奇文，通过其奇言奇行、奇技奇能以彰显平凡人物的不平凡之事，突显其高尚的品格、仁爱之心，其中所体现的高风亮节等精神品质极为难能可贵，读之使人感触颇深。如《薜衣道人传》中妙手回春，身首异处之人亦能将其起死回生的薜衣道人，当所救之人感激其救命之恩而愿以产之半作为酬谢之时，他却分文不取，入终南山修道而不知所终，其精湛的医术、一心治病救人无所求之精神令人赞叹不已。《花隐道人传》中崇尚狭义、砥砺品行、交游甚广的高公旦适逢变乱而大隐于市，却因其所种之花繁茂锦簇、色彩斑斓而引得众人观赏、门庭若市，以花隐道人之号闻名于世，可谓“愈走而影不息也”。此外，还有《徐霞客传》中性喜山水、志在四方的徐霞客，《柳敬亭传》中勤学苦练、技艺超群的柳敬亭，《郭老仆墓志铭》中忠心耿耿、尽心侍奉其主的郭老仆等，这些小人物身上均体现出不同的人格魅力与耐人寻味的闪光点，读之使人钦佩不已。

《虞初新志》所涉题材广泛，将忠孝节义、仁爱友善、高风亮节、知恩图报等诸多珍贵的精神品质通过形形色色的人物体现出来。该书收录天下奇闻异事，却大抵真人真事，并且以普通民众等小人物的生活为主要着眼点，反映出明末清初之社会风情，将别有生面的画卷展现于读者眼前，颇有时代气息。

2. 写作手法

《虞初新志》题材广泛，寓意其中，使人读之深有所感。其文笔婉丽，笔歌墨舞，凝练古雅的叙事方式令人赏心悦目。该书正是通过巧妙的笔法、真挚的情感，将大事小情、各色人物描写得绘声绘色、惟妙惟肖，足以显示出其文学成就。

在《虞初新志·自叙》中，张潮指出该书“事奇而核，文隽而工，写照传神，仿摹毕肖，诚所谓‘古有而今不必无，古无而今不必不有’”。《虞初新志》收录诸多传奇志怪之作，多为时贤之文、近代之事，极具时代气息。其构思新奇、生动传神，笔法细腻，读之使人对其栩栩如生、跃于纸上的描写赞叹不已。

如《大铁椎传》中对于大铁椎与强盗决斗的场面描写，作者将其紧张的气氛通过“时鸡鸣月落，星光照旷野，百步见人”之环境描写，觱篥声起之背景烘托，“屏息观之，股栗欲堕”之观者宋将军之状态描写，“贼应声落马，人马尽裂”的厮杀场面描写等角度表现得淋漓尽致，使人有身临其境之感。此外，三称“吾去矣”之语言描写，“右胁夹大铁椎，重四五十斤，饮食拱揖不暂去”之外貌描写等将大铁椎的神秘莫测、英雄气概、雄健之姿描写得绘声绘色，精彩至极。

《记同梦》中围绕“三妇合评《牡丹亭还魂记》”中的一妇——钱宜与其夫君于书成之夜身处同一梦境展开描写，梦中似为杜丽娘之美人由亭后而出，其艳色眩人、面若桃花之貌，拈青梅一丸、妩媚万千之姿，莞尔一笑、闭月羞花之态仿似直入眼帘。然而，正当如此心神荡漾之时，忽而风起吹美人不见，只剩得漫天飞舞之落花与无限恼人之残梦，令人读之意犹未尽。此段描写意境唯美，美景美人仿似扑面而来，情节跌宕起伏，十分引人入胜。

《啸翁传》中对于以善啸而闻名的啸翁于豁然长啸之时“山鸣谷应，林木震动，禽鸟惊飞，虎豹骇走”之场面描写得惟妙惟肖，充分凸显出啸翁之长啸可谓有震天动地、山崩地裂之效。特别是对于其初发声之时的音韵悠扬之声，既而逐渐声彻云天的响亮之声，少顷东移的危楼欲动之声，再而西移的千军万马之声，“久之，则屋瓦欲飞，林木将拔”的排山倒海之声通过不同的阶段描写得淋漓尽致，仿若其长啸声声入耳，余音绕梁，让人赞叹不已。

此外，《虞初新志》对于细节的描写亦极为精妙，如《核舟记》中对于刻于核桃之上的大苏泛赤壁之巧夺天工、精细之至的刻工描写，《秋声诗自序》中对于百千齐作、凡所应有、无所不有的口技描写，《核工记》中对于刻于桃坠一枚之上的人物、宫室器具、景色等惟妙惟肖、精巧绝伦的刻工描写等，诸篇之中的描写可谓笔精墨妙，细致入微，通过文字将其奇技、奇艺描写得巧夺天工，独具匠心。

《虞初新志》绝妙的写作手法使人读之仿佛身置其中，其栩栩如生、绘声绘色的描写方式不由得在读者眼前展开一幅画面，奇人奇事可谓扑面而来。其真挚的情感表达使人读之随着情节的跌宕起伏而或喜或悲、或怒或笑，扣人心弦、引人入胜。其文笔优美雅洁、大匠运斤，通过巧妙的笔法展开描写，或娓娓道来，或突如其来，充分体现出其极高的文学成就。

3. 人物刻画

《虞初新志》所收各篇通过绝妙的笔法将奇闻异事描写得极具特色，并且刻画了形形色色的人物，其中不乏人物传记等专门以人物生平为主题之篇。

其人物刻画手法精妙，寥寥数笔便将人物形象勾勒得淋漓尽致，栩栩如生。在塑造人物之时，各篇选取其最为典型的片段着重描写，避免冗长繁杂之文，语言凝练古雅，重点突出人物鲜明的个性特征与引人注目之处。

在《虞初新志·自叙》中，张潮自述其书"读之令人无端而喜，无端而愕，无端而欲歌欲泣，诚得其真，而非仅得其似也"，这正是该书人物刻画笔法精湛、极具特色之处。《虞初新志》中收录了诸多人物，如忠君之臣、孝顺之子、道义之士、守节之妇等，其描写之文可歌可泣，读之感人肺腑，其所塑造的人物形象仿佛活灵活现跃于面前，鲜活灵动，令人为之所感染。这充分体现出《虞初新志》笔法之传神、人物刻画手法之精湛，使人读之久久萦绕于脑海之中，有余音绕梁之妙。而之所以能够使人读之对其赞叹不已，乃是归结于在刻画人物之时"诚得其真，而非仅得其似也"。《虞初新志》所收大抵真人真事，且其情感真挚，刻画传神，将极具特色的人物个性通过真情实感巧妙地描写出来，正所谓诚其真而非其似也。

如《髯樵传》中刻画了貌髯而伟的平民樵夫这一人物，文中通过其观《精忠传》而怒殴戏子秦桧之事，听闻其兄因饮酒不诚被王灵官鞭杀、故堕崖而死之后怒将其夺鞭碎像之事，将被宦官所抢而纳为己妾之有婚约在先的邹氏女子劫下并完璧归赵之事，这几件奇行奇事，将见义必为、矢志不屈、不畏权贵、嫉恶如仇的髯樵这一人物形象塑造得活灵活现、淋漓尽致。

《吴孝子传》中性聪敏、奇孝行之吴孝子亦刻画得精彩绝伦，久病十余年之父某日病甚，故吴孝子"乃戒斋沐浴，焚香告天地，刺肘上血书疏，将谒太华山，自投舍身崖下代父死。遂前往，投崖而下，得三神人庇佑并授之治病之法，归而照其法行之，其父果耳清目明，大愈如初"。文中吴孝子忍饥挨饿，粒米未进有五日之久，且徒步反复六百里，其孝心可谓感天动地，荡气回肠。其行文笔法精妙，情节跌宕起伏、扣人心弦，其父痊愈之时方得大气始出，备感轻松，并在感叹之余对其赞叹不已，将"言必出，行必果"的赤诚孝子之心刻画得惟妙惟肖。

除此之外，《虞初新志》中还刻画了诸多经典人物以及小人物，如《书钿阁女子图章前》中资质聪颖、始学篆刻便得心应手之女子韩约素，文中对她并无过多描写，而仅是通过诸如“欲侬凿山骨耶?”“百八珠尚嫌压腕，儿家讵胜此耶?”①这种语言描写，将委婉拒绝为人篆刻之可爱俏皮、才艺超群的女子形象塑造得活灵活现。《补张灵崔莹合传》中的风流才子张灵，文中通过他为了讨酒而“乔装打扮”之时的样态描写：“乃屏弃衣冠，科跣双髻，衣鹑结，左持《刘伶传》，右持木杖，讴吟道情词，行乞而前”②，将张灵生性豪放、佯狂不羁之态表现得淋漓尽致。此外，还有神秘莫测、三称“吾去矣”的大铁椎，爱徒离世悲伤欲绝、焚琴不复鼓之的焚琴子，境遇凄惨、只语动人的盛此公等，各篇从最能凸显人物特色的方面入手，刻画了诸多经典人物形象，其笔法曼妙、栩栩如生，为《虞初新志》极具代表性的特色之一。

4. 编辑思想

《虞初新志》收录“一切荒诞奇僻、可喜可愕、可歌可泣之事”，且所收各篇“其事多近代也，其文多时贤也”，其广搜天下奇闻异事、任诞矜奇的汇编之势，所收大抵真人真事的据实结撰之体，广收当代时贤之作、随到随评、随录随刻的时代之风，表彰轶事、传布奇文、寓意其中的寓教之气，以及选录海内名家未传之作、广大文人优秀之篇的存传文献之绩等，均体现出张潮卓越的编辑思想，使得该书之编选体例、旨趣迅速成为广大文人的效仿对象，亦使《虞初新志》成为文学成就极高的清代文言小说之代表性作品之一。

在《虞初新志·凡例十则》中，张潮对该书的编辑宗旨进行了概括：“是集只期表彰轶事，传布奇文；非欲借径沽名，居奇射利”。《虞初新志》中收录了大量奇闻异事，通过表现奇人、奇事、奇技、奇行之作以传布奇文。然而，其目的并非居奇射利，而是由此以表彰轶事，寓意寄托其中以期广为流传。如《金忠洁公传》中以忠为孝、精忠报国的忠洁之士，《鬼孝子传》中尽孺慕之孝、死后亦精魂周旋其母的鬼孝子，《髯参军传》中急人之难、行侠仗义的髯参军，《义猴传》中知恩图报、以己殉主的义猴等，通过奇闻奇事以表彰轶事，将其中所蕴含的忠、孝、仁、义等精神品质广为传扬，可谓该书之独具匠心之处，有寓教于乐之效。

---

① (清)张潮. 虞初新志[M]. 上海：上海古籍出版社，2012. 第185页.

② (清)张潮. 虞初新志[M]. 上海：上海古籍出版社，2012. 第156页.

此外，所收各篇的编选顺序亦体现出张潮别具一格的编辑特色。《虞初新志》始之以魏禧的《姜贞毅先生传》，其中所刻画的为官清廉、忠孝义烈的人物姜埰可为开篇之典范，“足令全书皆生赤水珠光”。该书终之以余怀的《板桥杂记》，其中所描绘的明末清初秦淮河畔的景致、群艳、佚事，仿似在读者面前展开一卷盛世繁华的秦淮画卷，其笔记之体、搜罗之势、汇编之风可谓《虞初新志》末篇之不二之选。

《虞初新志》所收之篇文多时贤、事多近代，注重作品的真实性、时效性与新鲜性，各篇均出自时人之手，大抵真人真事。张潮在编辑之时十分注重这一点，在广搜天下之奇事异闻之时，采取随到随评、随录随刻的方式，极大程度地将新出之作展现在读者面前。这也成为《虞初新志》不同于以往之作的新特点，为文言小说发展至清代赋予了新的时代气息。该书所选诸篇之作者均为明末清初的文学家，如魏禧、周亮工、余怀、陆次云、顾彩等，编选当代时人之文辑刻成书最大化地保留了作品的新鲜性，而诸多文人之作正是由于收录于该书之中才得以存世而广泛流传，这正是《虞初新志》编辑思想所体现的一大突出特点以及在文献学中所做出的杰出贡献。

在《虞初新志・凡例十则》中，张潮叙述其所收各篇“已经入选者，尽多素不相知；将来授梓者，何必尽皆旧时”。由此可知，张潮在编选之时并非本着挑选名家名篇的宗旨，而是以作品为着眼点，尽心挑选优良之篇、新奇之作，无问著者知名与否。如此之编选原则最大化地将注意力倾注于作品之中以挑选优秀之作，《虞初新志》所收各篇精品汇集、脍炙人口亦得益于张潮的这一编选方式。

张潮的编辑思想独具特色，其勇于创新的精神为后出之作带来了极大的启迪。因此，该书的编选体例、旨趣等迅速成为文人争相效仿的对象，广泛传播开来，体现出新的时代特色。《虞初新志》广收诸多题材之作的搜罗之势，大抵真人真事的据实之风，文笔婉丽、情感真挚的写作手法，惟妙惟肖、写照传神的人物刻画手法，以及表彰轶事、传布奇文的编辑思想均成为该书极具特色的精华所在，体现出极高的文学成就，可谓明清志怪小说的经典之作。

二、价值评述

《虞初新志》作为“虞初”系列小说发展至清代的标志性作品之一，体现出与以往之作不同的新特点，对后世文言小说产生了极为深远的影响。不仅如此，《虞初新志》还传至海外日本，广为刊刻流传，影响了诸多文人的文学创作活动，作为志怪类小说的代名词在日本享誉盛名。《虞初新志》的影响波及海内外，是极具价值的清代文言小说之一。

《虞初新志》在诸多丛书目录之中均有收录，如《中国古籍总目》《中国文言小说书目》《中国丛书综录》等。此外，《中国善本书提要》亦收有《虞初新志》，其具体条目内容如下：

【虞初新志二十卷】

十二册(國會)

清康熙間刻本　[九行二十字(18.1×12.6)]

原題：“新安張潮山來氏輯。”是書《四庫總目》不載，然頗行於世；惟其風行也，原本今不易得。此本有：“詩龕鑑藏”、“詩龕書畫印”、“玉雨堂印”、“瀓齋收藏書畫”、“韓氏藏書”、“宗室盛昱收藏圖書印”等圖記。詩龕為法式善，式善與盛昱在滿人藏書家中最知名。玉雨堂為韓泰華，亦以收藏金石書畫著。封面：“梧門先生詩龕藏本虞初新志”十二字，疑出泰華手筆，書帙檢署，則出惲毓鼎手。以其迭經諸名家收藏也，故為編入善本書目中。

自序[康熙二十二年(一六八三)][①]

据如上内容可知，《虞初新志》并未载录于《四库全书总目》之中，这与其曾被列入禁书目录不无关系。收录有诸多反映明朝义士文人爱国精神的文章在精神统治森严的清朝统治者看来是无可容忍的，因此该书遭禁，《四库禁毁书丛刊》中便有所收录。虽然如此，《虞初新志》却颇行于世、广为流传，诸多知名藏书家、文人学者均藏有该书，这通过藏书印、藏书目录便可知晓。如

① 王重民. 中国善本书提要(子部小说类)[M]. 上海：上海古籍出版社，1983. 第396页.

《中国善本书提要》中所提之国会本中便有满人藏书家中最为知名之二位——法式善与盛昱的藏书印，亦有以收藏金石书画著称的韩泰华等人之藏书印。由其封面所印之"梧门先生诗龛藏本虞初新志"的字样可知，该本为法式善所藏，其字似为韩泰华所题，可谓满载知名藏书家印记之本。而正是由于其"迭经诸名家收藏"，故收入《中国善本书提要》之中。此外，日本著名小说家森鸥外、芥川龙之介等人亦藏有《虞初新志》，且多见圈点、朱批，可见其为海内外藏书家、文人争相收藏之势。

《虞初新志》之所以能够如此广受青睐，虽然一度遭禁却依然声震海内外、传遍大江南北，乃是与该书的编选体例、旨趣、文本特色、精神主旨等方方面面的内容息息相关的，这些要素之综合体使得《虞初新志》之价值为广大文人学者所认可，成为极具特色的文学作品之一。

1. 文学价值

《虞初新志》所收各篇题材广泛、体裁多样、笔法精妙、人物刻画呼之欲出、序跋评点精彩绝伦，具有很高的文学价值。

《虞初新志》既继承了以唐代传奇小说为代表的优良传统，又在其基础之上有所创新，融入了新的时代元素。张潮在《虞初新志·自叙》中分析以明代《虞初志》为代表的前代"虞初"系列小说"尽摭唐人轶事，唐以后无闻焉"，而《虞初新志》则"文多时贤，事多近代"，一改此前诸书专门收录前人之作的体例，其所选之作均为时人之文、据实之事，极大程度地保留了作品的原汁原味与时效性，体现出新的文学特色，可谓"庶几旧调翻新，敢谓后来居上"，是"虞初"系列小说发展至清代的标志性文学佳作。

《虞初新志》收录"一切荒诞奇僻、可喜可愕、可歌可泣之事"，任诞矜奇、搜神拈异，通过人物传记、山水游记、志怪传奇、小品随笔等多种体裁，将天下之奇闻异事尽收于此，融多种体裁于一部著作之内，如《汤琵琶传》《小青传》等人物传记，《南游记》《海天行记》等山水游记，《换心记》《义猴传》等志怪之作等，多种文学体裁百花齐放，使得《虞初新志》更具欣赏性，读之使人意犹未尽、欲罢不能。

《虞初新志》所涉题材广泛，通过各篇之中所收录的传奇之说、怪异之谈等内容反映出忠孝节义、仁爱友善等精神品质，叙事而传情，诙谐而教化，融娱乐性与劝善惩戒于一体，寓教于乐。如《客窗涉笔》中冤鬼少妇得知其所伸冤对象并非真关公后，“乃披发吐舌灭灯而去”之诙谐；《湖壖杂记》中被伽蓝戏弄，筹资措费一心想借“新贵人”第得科名后荣华富贵，却终得落榜分道扬镳之讽刺等，借轻松幽默之叙述融劝诫讽喻于其中，为该书的极具特色之处。

《虞初新志》笔法精妙，描写传神，刻画精细，点评独到，所收之作篇篇精品，可谓优秀文学作品之典范。如《核舟记》中对于其鬼斧神工的刻工之描写、《秋声诗自序》中对于其登峰造极的口技之刻画等，其精妙的笔法为大众所认可，作为范文选录在语文教材之中，甚至要求学生全文背诵，足见对其高度赞赏、有口皆碑之势，可谓极具文学价值的经典之作。

2. 文献学价值

《虞初新志》为文言短篇小说集，共收录作品 151 篇，多为传奇、志怪之作，以短小精悍之篇居多。其语言简洁、叙事凝练，可谓浓缩精华之典范。然而，由于其篇幅短小，久不行于世者较为容易散佚而不得存传，实为一大憾事。而正是由于《虞初新志》的收录才使如此之篇能够得以传世，至今仍展现在广大读者面前。特别是《虞初新志》中有一些小众作家之作、佚名作者之篇，虽为经典却很难单行于世，因此，《虞初新志》保存珍贵作品、促进文献存传之功绩具有极其重大的意义。

《虞初新志》在选录作品之时，除极少数佚名之作外，均完整地保存有著者信息，这亦为该书区别于明代《虞初志》的新特点。“《虞初志》原本，不载选者姓名；汤临川《续编》，未传作者氏号，俱为憾事。”①而《虞初新志》所选除极少数不详之篇外，均附有著者姓甚名谁，完整地保存了各篇之信息，使得诸篇有据可循，更为翔实地使各篇得以存传于世，可谓功不可没。

此外，《虞初新志》在版本校正方面亦显示出其独具特色之处，有比对不同版本、录详逸略之功。张潮在《虞初新志·凡例十则》中指出：其所收各篇“一事而两见者，叙事固无异同，行文必有详略。如《大铁椎传》，一见于宁都魏叔子，一见于新安王不庵，二公之文，真如赵璧隋珠，不相上下。顾魏详

① (清)张潮辑. 虞初新志[M]. 上海：上海古籍出版社，2012. 286.

而王略，则登魏而逸王，只期便于览观，非敢意为轩轾。”由此可见，张潮不仅广为搜集传奇之文、志怪之作，还仔细比对所涉之事相同之篇，分析不同版本之异同，舍略而登详，亦为该书之极具文献学价值之处。

3. 理论价值

《虞初新志》作为明清时期的传奇志怪类小说的代表作之一，其编选体例、旨趣、编纂方式以及评点内容可谓独具特色，对后世文言小说的发展起到了珍贵的参考与借鉴作用，其后的作品多以此为范式进行编选，因此，《虞初新志》有着为后世之作提供理论依据之功。

总体说来，《虞初新志》“事多近代，文多时贤”的选文原则，“表彰轶事，传布奇文”的编辑宗旨，“任诞矜奇，率皆实事”的收录标准，“文集为多，间及笔记”的编选类别，“诚得其真，而非仅得其似”的描写手法，“搜神拈异，绝不雷同”的搜罗之势，“假抄秘本，求购异书”的广采之风，“随到随评，随录随刻”的时效之气等，均为“虞初”系列小说带来了新时代、新特点、新风尚之新发展，为后世之作提供了极为经典的可供借鉴之范本。

继《虞初新志》成书之后，后续之《虞初续志》《广虞初新志》等“虞初”系列小说以及其后的志怪、传奇之作亦多依据该书的编选体例、旨趣，引起了“虞初”系列小说乃至清代文言小说的巨变，意义十分重大。不仅如此，《虞初新志》还传至海外日本，并迅速引起了强烈的反响，影响了诸多文人的文学创作，仿作相继出现。《虞初新志》所体现的张潮的编选辑刻之理论范式影响极为深远，为后世之作提供了强大的理论支撑与借鉴意义。

此外，在《虞初新志》的序跋评点之中亦直接体现出张潮的小说理论建构，如点评《大铁椎传》之“篇中点睛，在三称‘吾去矣’句”，评述《九牛坝观抵戏记》“前段叙事简净，后段议论奇辟，自是佳文”等，读者不仅可由其文而观其体，亦可更为直观地通过其点评而分析其小说理论，可谓《虞初新志》极具理论价值之所在。

4. 现实价值

《虞初新志》所收各篇大抵真人真事，反映明清易代之际的社会动荡不安之状、下层民众依靠一己之力乐观向上的生活之态等，所选之文深刻地体现了当时的社会背景与现实状况，为读者展示出一幅明清时期社会生活的鲜活画面，极具现实价值与意义。

《奇女子传》中描写了兵围南昌、掠夫掳妇、栋宇皆烬之萧条景象；《书戚三郎事》展现了江阴城陷、烧杀抢掠、屠戮无数，由此妻离子散、身负重伤、性命不保的戚三郎之悲惨遭遇等。如此真实的场面描写深刻揭露出明清易代之际硝烟弥漫，清兵入关烧杀抢掠，最终致使生灵涂炭、百姓流离失所之社会现实，读之使人悲由心生，感慨于身处乱世、动荡不安的黎民百姓之苦楚。

此外，《虞初新志》还收录有诸多人物传记，其所刻画的多为市井之民、普通百姓等小人物，如《卖酒者传》中的卖酒之人、《一瓢子传》中的道人、《卖花老人传》中的卖花老者、《乞者王翁传》中的行乞者、《郭老仆墓志铭》中的仆隶、《孝贼传》中的贼人、《刘医记》中的医者、《名捕传》中的捕者以及《板桥杂记》中所展示的秦淮河畔的风土人情等，诸篇所刻画的均为市井之中形形色色的人物，极具生活气息与现实情调，在读者面前展示出明清之际的社会风情，是了解这一时期市井文化、社会生活的精致画卷，具有反映社会现实的非凡意义。

《虞初新志》极具特色的文本内容、独树一帜的编选体例、笔歌墨舞的写作手法、精彩绝伦的评点序跋等使得该书作为一部脍炙人口之作，不仅具有文学价值与文献学价值，还极具理论意义与现实意义，可谓“虞初”系列小说的集大成之作，为后世之作产生了深远的影响。

第三节 《虞初新志》的版本流传

《虞初新志》自清代成书以来，陆续刊行了诸多版本。由于辑者张潮在该书成书之后，还在不断地对该书进行修改、增订，因此，《虞初新志》之收录篇目较为复杂，不同版本之间存在着较大的差异。此外，该书中的若干篇目还曾经被抽禁，《虞初新志》亦曾被列入禁书目录，其流传版本经过了很大程度的删削、修改，很难保持成书之初的原貌，这就为《虞初新志》的版本整理带来了极大的困难。对其版本流传进行较为系统的整理之作可推《中国文言小说书目》与《中国古籍总目》二部，其具体细目如下：

《中国文言小说书目》

虞初新志二十卷　存(清)张潮撰

见《清史稿·艺文志》小说类

康熙三十九年刻本　乾隆庚辰诒清堂重刊袖珍本　嘉庆癸亥寄鸥闲舫刊巾箱本　咸丰六年琅环山馆刊本　一九二六年上海梁溪图书馆铅印沈子英校点本　一九三二年上海开明书店铅印本　一九三五年上海大达图书供应社铅印本　一九五四年文学古籍刊行社铅印本　清代笔记丛刊本　笔记小说大观本①

《中国古籍总目》

虞初新志二十卷　清張潮輯

清康熙二十二年刻本　北大　天津　上海

清康熙三十九年刻本　北大

清康熙间刻本　國圖　中科院　上海　復旦　遼寧　寧夏　青島　厦门　吉大

清乾隆五年詒清堂重刻本　國圖

清乾隆二十五年刻本　國圖

清乾隆二十九年刻本　遼寧

清嘉慶八年寄鷗閒舫刻本　天津

清咸豐元年小娜嬛山館刻本　國圖　北大　上海　南京

清新安張氏家刻本　南京

民國間進步書局石印本　南京　吉林　吉林市　錦州

筆記小說大觀本(民國石印)

虞初新志六卷　清張潮輯

民國間掃葉山房石印本　上海　吉林　哈爾濱　興安②

在《中国文言小说书目》中，首先提及了《清史稿·艺文志》小说类中对

① 袁行霈，侯忠义. 中国文言小说书目[M]. 北京：北京大学出版社，1981. 367-368.

② 中国古籍总目编纂委员会. 中国古籍总目[M]. 北京：中华书局，上海：上海古籍出版社，2010. 第2217页.

《虞初新志》的收录，其中载“虞初新志二十卷，张潮撰”①，其后共罗列了十种不同版本《虞初新志》的出版时间与版本信息。与此相比，《中国古籍总目》除了附有出版时间与版本信息之外，还附有各版本的馆藏地，且所列版本共有十三种，较之《中国文言小说书目》在数量上多三种，可见无论从版本数量上还是具体版本信息上均较之《中国文言小说书目》更为详尽。然而，具体分析其所收各本可以发现，此二本中所列《虞初新志》既有同本又有异本，且异本多同本少。现结合《虞初新志》的诸传世版本，将其按出版时间顺序进行梳理，具体如下：

一、清朝时期的版本

从《虞初新志》成书刊刻至清朝结束这一段时期，该书相继出现了若干版本，前后共出版了至少六次。特别是康熙年间，伴随着《虞初新志》的成书与辑者张潮不断地增补修改，诸版本相继问世，所收篇目亦逐渐丰富，却也给诸版本的辨识与整理带来了一定的困难。其主要刊行本如下：

1. 康熙二十二年刻本

张潮在《虞初新志》自叙之末尾处，题有“康熙癸亥新秋，心斋张潮撰”之字样。“康熙癸亥”为1683年，即康熙二十二年，若按此时间，则《虞初新志》之初刊本当为康熙二十二年。然而，在书末总跋之末尾处，张潮又题有“康熙庚辰初夏，三在道人张潮识”之字样。“康熙庚辰”为1700年，即康熙三十九年，因此，康熙年间成书的《虞初新志》之刊刻时间为康熙三十九年这一说法较为普遍，《中国文言小说书目》所载首版《虞初新志》亦为康熙三十九年。

然而，自张潮于《虞初新志》书首所附的自叙写成之康熙二十二年，至书末总跋之康熙三十九年之间相隔长达十七年之久，学者邓长风对此提出疑问并进行了极为细致的研究。他通过张潮与各地友人之间的通信集《尺牍友声》《尺牍偶存》中的书信往来内容，分析指出张潮《虞初新志》最初只刻成了八卷，“张潮的自序②是为八卷的癸亥初刻本写的。初刻本今已不可见，其刻成

① 章钰. 清史稿艺文志及补编\-\，北京：中华书局，1982. 第222页.

② 《虞初新志》原文作“自叙”，而此处引文中作“自序”，故引用内容从之。

可能在癸亥次年甲子(1684)。”[①]由此可知，《虞初新志》的初刻本并非如今之二十卷本，在康熙二十二年初刻本刊行之后，张潮还在不断地辑刻增补，广泛搜集时人之文随到随刻，逐步完成了《虞初新志》的刊刻。

《中国古籍总目》中所载首版《虞初新志》即为清康熙二十二年刻本，现藏于北大、天津、上海等各地图书馆，但对于具体卷次信息并未提及。此外，《安徽文献书目》中收录了张潮的著作若干，其中包含《虞初新志》的版本有三，分别为“虞初新志一〇卷清康熙二二年刊本一〇册；虞初新志一六卷清小嫏嬛山馆重校刊本四册；虞初新志二〇卷续一二卷石印本一〇册”[②]，其中第一个版本便为康熙二十二年本，然而其卷数为十卷十册，较之学者邓长风分析之八卷本多两卷。

《虞初新志》在成书之后亦不断地增补、修改，且由于其曾被列入禁书目录，其中所收录的篇章经历了抽出、删削的过程，因此，流传于世的版本几乎均非成书当初之原貌，这也是《虞初新志》版本之所以复杂的原因之一。但无论《虞初新志》在成书之初是八卷本还是十卷本，有一点可以确定的是其最初的版本当为康熙二十二年本，即张潮作《自叙》之1683年前后即已成书发行。在其之后的十余年之中，张潮又不断地汇集时人之文陆续刊刻增补，完善为二十卷本再次发行，而追溯《虞初新志》之初出本则当为康熙二十二年刻本。

2. 康熙三十九年刻本

继康熙二十二年刻本成书之后，张潮仍继续收集新作汇聚成篇，补充于业已成书的《虞初新志》之中，历时近二十年之久，于康熙三十九年为该书写了一篇总跋，附于书末。因此，一般认为这一版本为康熙三十九年刻本，即1700年刻本，以此篇总跋所附之时间为准。然而，学者邓长风通过张潮与各地友人之间的通信集《尺牍友声》《尺牍偶存》中的书信往来内容，分析出《虞初新志》初出本乃是1683年八卷本，并在此基础上进一步做出推断，指出“二十卷本的《虞初新志》直至康熙四十二年癸未(1703)尚在刊刻中，其刻竣成书

① 邓长风. 明清戏曲家考略续编[M]. 上海：上海古籍出版社，1997. 第158页.
② 安徽省图书馆. 安徽文献书目[M]. 合肥：安徽人民出版社，1961. 第255页.

至早当在次年甲申(1704)。”①

实际上，《虞初新志》所收之篇尚有在康熙四十年之后才问世的作品，如钮琇的《物觚》。此外，“《友声新集》卷四还有吴雯炯致张潮一信，亦写于1703年，中云：‘外《哑孝子传》一册附上，似可入《虞初新志》。’《哑孝子传》，王洁作，载《虞初新志》卷一五。”②种种迹象表明，张潮虽然于康熙三十九年为《虞初新志》写了一篇总跋，然而其中所收之篇尚有在此之后成篇之作，其最终成书当在此篇总跋作成之后。也就是说，在康熙三十九年之后，《虞初新志》尚处于不断地修改、完善之中，此书在张潮生前曾不止一次地出版、增订，而其初版之原貌、收录篇章等具体情况亦无从知晓。

所谓的康熙三十九年原刻本现藏于北大、上海图书馆等地，日本内阁文库以及东京大学东洋文化研究所亦有所藏。然而，“日本内阁文库藏本、上海图书馆藏本以及东京大学东洋文化研究所藏本为同一版本，但并非康熙原刻本，而是现存最古、最接近康熙原刻本原貌的版本。”③康熙二十二年原刻本今已不存，而康熙三十九年本经历了反复增订、修改的过程，其原貌亦难以推断。正如上所述，目前各馆所藏康熙三十九年《虞初新志》为最接近其原貌的版本。

3. 清康熙年间刻本

《虞初新志》自成书以来，一直处于增补刊刻的过程之中，所收之篇随到随刻，张潮正是通过这种方式逐步将该书刊刻发行的。除康熙二十二年本、三十九年本之外，《中国古籍总目》中收录了诸康熙年间刻本的馆藏信息，各本散见于国家图书馆、中科院、上海、复旦、辽宁、宁夏、青岛、厦门、吉大等地的图书馆，馆藏较为丰富。然而，其出版信息等具体内容并无记载。由此可见，《虞初新志》自成书以来，一直处于不断地刊刻发行之中，仅康熙年间便有若干刻本流传。

4. 乾隆二十五年刻本

至乾隆年间，《虞初新志》亦有所刊刻发行。据《中国古籍总目》记载，乾

① 邓长风. 明清戏曲家考略续编[M]. 上海：上海古籍出版社，1997. 第160页.
② 邓长风. 明清戏曲家考略续编[M]. 上海：上海古籍出版社，1997. 第160页.
③ 林淑丹.《虞初新志》版本考[J]. 语文与国际研究，2008(5)：97-112.

隆时期，出版了乾隆五年诒清堂重刻本，现藏于国家图书馆。然而，此刻本未见他处提及，具体信息未详，较有代表性的当属在其二十年之后刊刻的乾隆二十五年(1760)庚辰诒清堂重刊袖珍本。该刊为张潮之子张绎对康熙原刻本《虞初新志》进行重新修订的版本，即所谓的广陵诒清堂重刊袖珍本。诒清堂为张家之坊号，由张潮的父亲张习孔创办，张家代代延续，此刻本的版心亦可见“诒清堂”之字样。

在此本之中，可见张潮之识语：“《虞初新志》二十卷，先从大父山来先生手辑。先生少承家学，缵言汲古，以著述自娱，凡开雕毋虑百数十种。兹集荟萃，俱国初名流，以撰著轶事奇文，尤海内所共赏者。岁久，旧刻漫漶，绎闲居寡营，重加校字，易以袖珍，付之劂氏。时乾隆庚辰岁腊日也。诒清堂后人张绎谨识。”[①]张绎在此介绍了其重刊之情形，首先对于张潮所辑《虞初新志》二十卷进行了简要的交代，指出其为“大父山来先生手辑”。其后，对于张潮之学识、著述、文学成就等方面的内容进行了概述，最终交代了其重刊之缘起，以及其“重加校字，易以袖珍”的重刻过程。乾隆庚辰岁即为乾隆二十五年，此本亦成为《虞初新志》清刻本中流传较广、较为有特点的刊本，和刻本《虞初新志》便是以康熙三十九年刻本与此本为底本刊刻发行的。

此本现藏于国家图书馆以及中国台湾大学图书馆，其中台湾大学图书馆的馆藏可谓台湾所藏最古之版本。相对于中国地区的馆藏情况来说，此本在日本的收藏较为丰富，见于日本东京大学、京都大学、东北大学等多地图书馆，可见其在日本的广泛传播与丰富的馆藏。

除此本之外，乾隆年间还出版了乾隆二十九年(1764)刻本，现藏于辽宁图书馆，这在《中国古籍总目》中有所记载。然而此本所及甚少，其具体刊刻情况无从知晓。由此可见，乾隆年间《虞初新志》共刊行了三种刻本，其中以乾隆二十五年刻本最具代表性，甚至在海外日本亦多有馆藏，流传极广。

5. 嘉庆八年寄鸥闲舫刻本

至嘉庆年间，《虞初新志》再次刊刻，是为嘉庆八年(1803)寄鸥闲舫刻本。此本为巾箱本，据《中国古籍总目》所录，藏于天津图书馆。此本传世甚

---

① 李小龙.《虞初新志》版本考[J]. 文献，2018(1)：135-150.

少，据学者李小龙研究，“目前看到的此本都仅有四十卷《广虞初新志》，未能看到《虞初新志》，据此本黄承增序云‘今所传诒清堂袖珍本二十卷’之语可推测其亦当承诒清堂本而来”①，即以乾隆二十五年诒清堂重刻袖珍本为底本所刻。

6. 咸丰元年小嫏嬛山馆刻本

至咸丰元年(1851)，《虞初新志》再次经过修订重刊，即小嫏嬛山馆重校刊本。“从此本的选文可以看出，其主持者当以罗兴堂初刊本为底本，并参考了诒清堂袖珍本及康熙序刻本。”②此处所说的罗兴堂初刊本即为《中国古籍总目》中收录的乾隆二十九年刻本，现藏于辽宁图书馆。此本为袖珍本，馆藏较多，现藏于国家图书馆、北大、上海、南京各地的图书馆，亦藏于日本国立国会图书馆、东京大学东洋文化研究所、东北大学图书馆等地，是较为流行的版本之一。

此外，还有咸丰六年嫏嬛山馆刊本以及新安张氏家刻本，分别载于《中国文言小说书目》《中国古籍总目》之中。

二、民国时期的版本

民国时期至新中国成立前这一段时间，《虞初新志》的出版次数较之清朝时期略有减少，传世之本仍然延续其成书之初的版本，以康熙本为主。而这一时期所出版的诸刊本亦大多以康熙本为底本，主要有三个较有代表性的版本。

1. 一九三一年上海扫叶山房石印本

在扫叶山房石印本刊刻之前，一九二六年由沈子英校点的上海梁溪图书馆铅印本《虞初新志》出版。该本收录在《中国文言小说书目》中，然具体信息不详，他处亦未见对此本之提及。此后上海扫叶山房于民国二十年(1931)出版了石印本《虞初新志》，扉页印有“清张山来先生著 虞初新志 蛰道人题”之字样，背面有“民国二十年石印 总发行所上海棋盘街扫叶山房”之印记，据

① 李小龙.《虞初新志》版本考[J]. 文献，2018(1)：135-150.
② 李小龙.《虞初新志》版本考[J]. 文献，2018(1)：135-150.

《中国古籍总目》所录，该本现藏于上海、吉林、哈尔滨、兴安各地图书馆，馆藏较为丰富。

2. 一九三二年上海开明书店铅印本

继上海扫叶山房石印本刊行之后，上海开明书店于一九三二年出版了铅印本《虞初新志》。此本以康熙本为底本，封面处便有“虞初新志 上海开明书店据康熙本校印”的字样。在其《校印题记》中云：“世所传《虞初新志》，多从道光坊刻本翻印，舛误颇多。其最著者，如卷十九《七奇图说》，有说无图。张氏于每篇之后，均有评语，今本多所阙略，甚至凡例、总跋亦均被删。兹从郑振铎先生假得康熙刊本校补，其他讹误及后来因忌讳窜易字句，悉为订正。惜原本已非初印，今本所具如卷一《姜贞毅先生传》《徐霞客传》，卷五《柳夫人小传》，卷十六《书郑仰田事》，卷十七《南游记》，卷二十《板桥杂记》诸篇，尽被抽毁。于此足见当时文网之密。今仍据通行本补入，俾复其旧。民国二十一年一月，校者识。”①

由此题记可知，《虞初新志》自成书以来，其版本篇目复杂，几乎均非成书最初之原貌，谬误颇多。各篇篇末张潮之评点有所阙略自不用说，更有甚者则缺少附图、凡例、总跋等内容。有基于此，郑振铎先生以康熙本为底本重新校印，对于其讹误、因讳窜字易句、被抽毁等内容进行了校正、补充，以求俾复其旧，尽量还原其成书之貌，成为影响力颇大的版本。此后相继出版的 1954 年北京文学古籍刊行社版《虞初新志》、1985 年河北人民出版社版《虞初新志》、1986 年上海书店版《虞初志合集》等各版均以此本为底本，足见其内容之精良，为民国期间所出版的《虞初新志》之极好版本，流传甚广，收录在《中国文言小说书目》之中。

在上海开明书店铅印本之后，一九三五年上海大达图书供应社出版了铅印本《虞初新志》，此外，在此期间，还相继出版了数种刊本的《虞初新志》。

3. 民国年间上海进步书局石印本

民国年间，上海进步书局出版了石印本《虞初新志》。在其扉页处，附有《虞初新志》提要：“张山来以《虞初志》搜采未广，爰辑《虞初新志》二十卷。

① （清）张潮山来辑. 虞初新志[M]. 上海：开明书店，1932，第 1 页.

事奇而核，文隽而工，大半时贤名作。今教科书中多采取之，是足见此书之价值矣”①，其中对《虞初新志》做出了简要的概括与评价，为此本区别于其他本之处。此本以咸丰元年小嫏嬛山馆刻本为底本，具体出版年份不详。这一版本收录在《中国古籍总目》中，其馆藏于南京、吉林省、吉林市、锦州各地图书馆，集中于北方地区。

除上海进步书局石印本《虞初新志》之外，上海文明书局亦出版了石印本《虞初新志》。该本乃是据咸丰元年小嫏嬛山馆刻本刊刻发行，上海文明书局出版的《清代笔记丛刊》中所录《虞初新志》便为此本。此外，商务印书馆、上海新文化书社等出版社亦于民国期间出版了《虞初新志》。

三、新中国成立后的版本

新中国成立以后，继之以往刊行之势，又有一系列《虞初新志》的出版本相继问世，较有代表性的当为一九五四年、一九八五年所出版的铅印本两种。此外，还出版了诸多丛书，其中亦收录了《虞初新志》，所涉版本较为多样。

1. 一九五四年文学古籍刊行社铅印本

文学古籍刊行社于一九五四年出版了铅印本《虞初新志》，在其版权页中写有“根据开明书店纸版重印”的字样。由此可见，该本是以一九三二年上海开明书店铅印本为底本，在其基础上进行校订刊刻的，这成为此本《虞初新志》的出版特色之一。而开明书店铅印本《虞初新志》亦由此成为建国后较有代表性的底本，陆续为诸多出版社所使用，广为流传。

2. 一九八五年河北人民出版社铅印本

继文学古籍刊行社铅印本之后，河北人民出版社亦于一九八五年出版了铅印本《虞初新志》。在其出版说明中，对该本的出版情况做出了如下介绍：“此书在解放前曾多次印行，流布较广，但或者没有加上新式标点，或者校印粗率，所以我们决定对此书重新校点出版。我们这次是用开明书店铅排本为底本，参照了康熙刻本、诒清堂刻本、嘉庆巾箱本、日本文政六年(1828)②

① (清)张山来. 虞初新志[M]. 上海：进步书局，民国年间. 原文无标点，此处标点为笔者所加。

② 日本文政六年当为1823年，此处作1828年有误。

浪华河内书局刻本，个别篇章则查阅了有关文集而校勘的。”①

由此可知，此本《虞初新志》以一九三二年上海开明书店铅印本为底本，在其基础上参照了国内诸多代表性刻本以及日本文政六年(1823)浪华河内书局和刻本《虞初新志》，是综合诸多先行本在其基础上进行校订重修之极具代表性的版本，因此，亦成为新中国成立后最为通行的刊本。此外，该本还在底本的基础上加以标点，更为便于广大读者阅读，成为研究《虞初新志》使用率最高的版本，流传极为广泛。

3. 诸丛书中的收录

除上述提及的版本之外，近几十年来相继出版了一系列丛书，其中均收录有《虞初新志》。江苏广陵古籍刻印社于一九八四年出版了《笔记小说大观》，收录了民国间上海进步书局石印本《虞初新志》；上海书店于一九八六年出版了《虞初志合集》，收录了一九三二年上海开明书店铅印本《虞初新志》；上海古籍出版社于一九九四年出版了《古本小说集成》，据上海图书馆藏康熙刻本《虞初新志》进行了影印；人民日报出版社于一九九七年出版了《说海》，其中所收录的为一九三二年上海开明书店铅印本《虞初新志》；上海古籍出版社于二〇〇七年出版了《清代笔记小说大观》，收录了咸丰元年小嫏嬛山馆本《虞初新志》；其后，上海古籍出版社又于二〇一二年出版了《历代笔记小说大观》，同样以咸丰元年小嫏嬛山馆本为底本，在此基础之上校以其他诸刻本的《虞初新志》进行了修订。

此外，上海古籍出版社一九九五年《续修四库全书》、诚成文化出版社一九九六年《传世藏书》、北京出版社二〇〇〇年《四库禁毁书丛刊》《中国文言小说百部经典》、上海古籍出版社二〇〇二年《续修四库全书》等大型丛书之中均收录了《虞初新志》，足见其传播范围之广、影响之大。

综上所述，《虞初新志》自成书以来经历了一系列版本的变迁，随着清朝时期、民国时期以及新中国成立后这一时间演变过程，该书亦在各个时期相继出版了较有代表性的版本，并且不断地修改完善，以现在的二十卷本呈现在诸位读者面前。具体分析其演变过程可知，清朝时期的康熙本为最接近其

① 张潮．虞初新志[M]．石家庄：河北人民出版社，1985．第6页．

成书原貌的版本，而一般来说，以附有张潮总跋的康熙三十九年本最具代表性。至乾隆时期，张潮之子张绎对康熙原刻本进行重新修订，刊刻了乾隆二十五年诒清堂重刊袖珍本，成为继康熙本成书之后的代表性版本。至民国时期，一九三二年上海开明书店以康熙本为底本，出版了铅印本《虞初新志》，成为该书在民国时期出版的最具代表性的版本，其后陆续刊行的《虞初新志》出版本亦以此本为底本刊刻发行，其中，新中国成立后河北人民出版社于一九八五年出版的铅印本《虞初新志》便是以开明书店本为底本进行刊刻的，成为如今最为通行的版本。

虽然《虞初新志》随着各版本的相继出版而不断地发展演变，然而追根溯源，现如今最为通行的河北人民出版社铅印本《虞初新志》乃是以上海开明书店铅印本为底本刊行的，而上海开明书店铅印本又是以康熙本为底本出版的。该书虽然经历了不同的版本演变过程，然而其底本乃是自始至终一脉相承的。以成书之初的康熙本为底本，经过不断地完善、校正，才呈现出如今较为完整、接近《虞初新志》成书之初原貌、便于读者阅读的版本，这充分体现出《虞初新志》在版本流传过程中既一脉相承，又推陈出新而逐渐完善，由此可见该书在文学史中的重要地位与深远影响。

第二章 《虞初新志》的东传

中日两国为一衣带水的邻国，自古以来便有着悠久的历史往来。特别是伴随着遣隋使、遣唐使的相继派遣，中日之间交流日益增多，体现在政治、经济、文化等方方面面。随着往来的日益频繁，作为中华文明的载体之一——汉文典籍亦源源不断地东传至日本，产生了极其深远的影响。书籍可谓是日本汲取中华文明的主要方式之一，为中日两国文化交流中极其重要的组成部分。

关于“汉籍”这一概念，王勇指出：“在日本语境中，‘汉籍’大致有以下几个义项：(1)相对‘国书’(日本人撰写的书籍)而言，指中国人撰写的汉文典籍，这是狭义的；(2)相对‘和书’(用假名撰写的书籍)而言，包括日本的汉文典籍，这是广义的；(3)相对‘佛书’而言，指佛学以外的汉文书籍，尤其指儒学典籍。”①而本书所指“汉籍”则具体指的是狭义的汉籍，即相对日本人撰写的“国书”而言的中国人撰写的汉文典籍。

随着明清时期中日民间文化交流的逐渐增多，两国之间的贸易往来日益频繁，中国国人所著的诸多经典作品大量舶载至日本，成为中日贸易中的重要组成部分，形成了颇具文化特色的中日海上书籍之路。在其影响之下，汉文典籍源源不断地流入日本，《虞初新志》亦是以这种方式传入日本的，该书的日传与中日之间的文化交流、中日书籍之路的形成息息相关。

① 王勇. 从“汉籍”到“域外汉籍”[J]. 浙江大学学报(人文社会科学版), 2011(6): 5-11.

第一节　汉文典籍的东传之路

“书籍之路”的概念，是王勇于20世纪90年代末提出的。他指出：“‘丝绸之路’最初是西方人针对东西方贸易路线提出的术语，不能无节制地套用于世界其他区域间的文化交流。若从东方人的立场对古代东亚（尤其是中日）文化交流史进行考察，可以发现，东亚文化交流无论在内容、形式，还是在意义、影响等方面，均有别于‘丝绸之路’，故应倡导‘书籍之路’的概念。”①

有别于西方以贸易交流为主要目的的丝绸之路，中日间的交流则体现为以书籍的传播为主要方式的书籍之路。汉文典籍的东传可谓中日之间交流极其重要的组成部分，给日本的政治、经济、文化等各个方面带来了十分深远的影响。从遣隋使、遣唐使的派遣到贸易商船的往来，以书籍的流通为目的的海上书籍之路在东亚文化交流中占有十分重要的地位。

一、汉文典籍的东传

关于汉文典籍传入日本的记载，最早见于日本最古的史书《古事记》②之中。在其中卷《应神天皇》③一节中，有如下记载：

此之御世、定賜海部、山部、山守部、伊勢部也。亦作劒池。亦新羅人叁渡来。是以建内宿禰命引率、為役之堤池而、作百濟池。亦百濟國主照古王、以牡马壹疋、牝马壹疋、付阿知吉師以貢上。此阿知吉師者、阿直史等之祖。亦貢上横刀及大鏡。又科賜百濟國、若有賢人者貢上。故、受命以貢上人、名和邇吉師。卽論語

① 王勇.“丝绸之路”与“书籍之路”——试论东亚文化交流的独特模式［J］. 浙江大学学报（人文社会科学版），2003（5）：5－12.

② 《古事记》太安万侣奉日本元明天皇之命编纂，成书于712年。全书用汉字写成，由上、中、下三卷组成。

③ 日本第15代天皇，270年（?）－310年（?）期间在位。

十卷、千字文一卷、并十一卷、付是人卽貢進。此和邇吉師者文首等祖。①

根据这段文字的记载可以得知，天皇命令百济国以“贤人”进献，于是百济国将和迩吉师随同《论语》十卷、《千字文》一卷一并献上，这是汉文典籍传入日本的最早记载。由此可知，汉文典籍最初是由百济国的使者携带至日本的。也就是说，汉籍最初是经由朝鲜半岛间接传入日本的，由此可知汉籍传入日本的最初途径与路线。关于这一点，《隋书·倭国传》中有“敬佛法，于百济求得佛经，始有文字。”②的记载，亦说明了汉籍经由百济传入日本的传播路线。

但这里有一点需要特别指出的是，《日本书纪》中日本应神天皇在位的270年至310年前后这一段时间内“千字文一卷”既已传入日本的这一记载，日本学者已多有质疑，认为当时“《千字文》尚未成书却得以贡上，此处颇有疑虑。”③《千字文》创作于南朝梁武帝时期，而应神天皇在位乃是在其之前，因此《千字文》于此期间传入日本这一记载确实值得探讨。

角川书店版《古事记》注《千字文》曰：“广为流传的周兴嗣次韵的千字文尚未成书。”④据此注释可以分析，应神天皇在位期间，周兴嗣次韵的《千字文》尚未成书，故此处的“千字文”应当并非南北朝时期编纂的《千字文》。然而《古事记》原文中明确记载了《论语》与《千字文》的传入情况，因此可以推测所记载的《千字文》所指为其他汉籍或千字之文。

日本平安时期的学者藤原佐世(828-898)奉宇多天皇之命编纂的传世汉籍总目——《日本国见在书目录》中载《千字文》一卷六种，收录于小学类之中：

《千字文》一卷周兴嗣次韵撰

《千字文》一卷李暹注

① 倉野憲司. 古事記[M]. 東京：岩波書店，1991. 第276页.

② 唐·魏征等. 隋书(六)[M]. 北京：中华书局，2011. 第1827页.

③ 倉野憲司. 古事記[M]. 東京：岩波書店，1991. 第145页.

④ 武田祐吉. 古事記[M]. 東京：角川書店，昭和四十八年(1973). 第134页.

《千字文》一卷梁国子祭酒萧子云注

《千字文》一卷东驼固撰

《千字文》一卷宋智达撰

《千字文》一卷丁觇注①

其中李暹所注《千字文》现存有上野本、敦煌本、纂图本三个版本，日本存有两种："一是上野本《注千字文》，系弘安十年(1287)抄本"，"二是《纂图附音增广古注千字文》3卷，系元和三年(1617)刊本"，此二本序文之开篇分别作"《千字文》者，魏太尉钟繇之所作也。""钟繇《千字文》书，如云鹄游飞天，群鸿戏海，人间茂密，实亦难遇。"②对于钟繇之《千字文》，日本学者尾形裕康认为"最早传入日本的是钟繇的《千字文》而非周兴嗣《千字文》"③。由如上之记载与研究可知，《古事记》中所载《千字文》当为魏之钟繇所作，而并非南朝周兴嗣次韵之文。

此外，新潮社版《古事记》注《千字文》曰："该书于六世纪成书，是将后世之学问(论语)与文字(千字文)的传来追溯至应神天皇时期一并记录下来的内容。"④《论语》成书于春秋战国时期，远早于应神天皇的在位时间，故此处记载《论语》传入日本从时间上来看并无问题。然而，此处称《论语》乃"后世之学问"则颇为矛盾。暂且忽略括号内的"论语"与"千字文"这两项内容则可以得知，此处记载乃是将后世传入日本的汉文典籍与文字溯源至应神朝时期一并记录下来的。由此分析可知，此处所谓《论语》与《千字文》，乃是最初经由朝鲜半岛东传至日本的汉籍与文字的代表性统称，而并非仅指《论语》与《千字文》两部典籍。因此，可理解为汉文典籍与文字传入日本最早可追溯至日本应神天皇时期，约公元3世纪前后，和迩吉师献上的《论语》与《千字文》乃是汉文典籍与文字传入日本的最早记载。

---

① 藤原佐世. 日本國見在書目録[M]. 日本：名著刊行会，1996. 第21页.

② 杨海文. 日本藏北朝李暹"注《千字文》序"两种校订[J]. 西夏研究，2015(2)：28-32.

③ 王晓平. 域外"异系千字文"举隅[J]. 中国文化研究，2005(4)：45-49.

④ 西宮一民. 古事記[M]. 東京：新潮社，昭和五十四年(1979). 第193页.

将汉文典籍带到日本的“这位百济人和迩吉師，即是《日本书纪》[①]中所提到的‘百济博士王仁’”[②]。关于王仁，《日本书纪》卷第十“誉田天皇应神天皇”中记载曰：

> 十五年秋八月壬戌朔丁卯、百濟王遣阿直伎[③]、贡良馬二匹。即養於輕坂上厩。因以阿直岐令掌飼。故號其養馬之處、曰厩坂也。阿直岐亦能讀經典。即太子菟道稚郎子師焉。於是、天皇問阿直岐曰、如勝汝博士亦有耶。對曰、有王仁者。是秀也。時遣上毛野君祖、荒田别・巫别於百濟、仍徵王仁也。其阿直岐者、阿直岐史之始祖也。十六年春二月、王仁來之。則太子菟道稚郎子師之。習諸典籍於王仁。莫不通達。所謂王仁者、是書首等之始祖也。[④]

据上述记载可以得知，阿直岐奉百济王之命献良马二匹给应神天皇，令掌饲养马于厩坂。因其亦熟悉经书典籍，遂为太子之师，授其学问。应天皇“如胜汝博士亦有耶”之问，阿直岐将博士王仁引荐给天皇，于是王仁渡日。由此可以看出，百济博士王仁乃是学问造诣颇深的学者，“诸典籍莫不通达”，乃“书首”等之始祖。所谓“书首”，“亦作‘文首’，作为专门从事文书工作的一族，在居住在河内一带的史姓各族中占据中心地位。”[⑤]《古事记》中亦有“此和尔吉师者，文首等祖”的记载，称：“‘文’是以从事文书为业的归化氏族名，‘首’为姓。”[⑥]

由此可见，百济博士王仁是由朝鲜渡日的归化者，为专门从事文书工作的归化氏族的始祖。实际上，王仁并非百济人，而是居住在当时百济国的汉

---

① 《日本书纪》，日本留传至今最早的正史，由舍人亲王奉天皇之命编纂，成书于720年。全书用汉字写成，编年体，共30卷。

② 陆坚，王勇．中国典籍在日本的流传与影响[M]．杭州：杭州大学出版社，1990．第2页．

③ 同书“伎”校正作“岐”。第566页。

④ 坂本太郎，家永三郎，井上光貞，等．日本書紀(二)[M]．東京：岩波書店，2003．第512页．

⑤ 坂本太郎，家永三郎，井上光貞，等．日本書紀(二)[M]．東京：岩波書店，2003．第207页．

⑥ 西宫一民．古事記[M]．東京：新潮社，昭和五十四年(1979)．第193页．

人，在应神天皇之时，再由百济前往日本，促进了汉文典籍在日本的传播。王仁学识渊博，“诸典籍莫不通达”，应神天皇之太子亦从他那里学习经典。他将汉文典籍《论语》《千字文》带到日本，为汉文典籍的东传做出了杰出的贡献。这也足以说明汉文典籍不仅在日本一地，在朝鲜半岛亦影响深远，甚至可以说最初朝鲜半岛是作为传播汉文典籍的桥梁与媒介，使中国的经典之作传至日本，促进了其域外的广泛传播。而关于《千字文》传入日本的时间，虽然对此尚有疑问，但可以推断的是在日本应神天皇在位期间，即公元3世纪前后，汉文典籍已经东传至日本，并且其路线是经由朝鲜半岛间接传入的。

二、汉籍之路的形成

汉文典籍相继传入日本，至隋唐时期，伴随着遣隋使、遣唐使的相继派遣，中日两国间的往来日趋频繁，汉文典籍的日传日益增加，其方式亦从最初的经由朝鲜半岛的间接性传播转变为中日两国之间的直接交流，这就为汉文典籍向日本传播创造了极大的便利条件。在这一时期，大量的汉文典籍源源不断地传至日本，从方方面面对其产生了十分深远的影响。

关于遣隋使的派遣，《日本书纪》卷第二十二《丰御食炊屋姬天皇推古天皇》中有如下记载：

> 秋七月戊申朔庚戌、大禮小野臣妹子遣於大唐。以鞍作福利爲通事。……
>
> 十六年夏四月、小野臣妹子、至自大唐。々國號妹子臣曰蘇因高。卽大唐使人裴世清・下客十二人、從妹子臣、至於筑紫。遣難波吉士雄成、召大唐客裴世清等。爲唐客更造新館於難波高麗館之上。○六月壬寅朔丙辰、客等泊于難波津。是日、以飾船卅艘、迎客等于江口、安置新館。①

这是《日本书纪》中关于遣隋使派遣的初次记载。据此可知，推古天皇十

① 坂本太郎，家永三郎，井上光貞，等. 日本書紀(四)[M]. 東京：岩波書店，2003. 第462页.

五年(607)，在通事鞍作福利的陪同下，小野妹子奉命赴隋。次年，在隋朝使者裴世清等人的陪同下，遣隋使小野妹子一行回国。日本为此特建造新馆以供其住宿，并且派船三十艘前往江口迎接，足见其重视程度，隋朝使者一行受到了礼遇。此后，在隋使裴世清归国之时，小野妹子及僧人、留学生数人亦陪同其返隋，而这些随行者据此多留居隋朝。由此可以看出，伴随着遣隋使的相继派遣，两国使者间的相互往来逐渐增多，以此为契机，中日间的交流日益频繁。僧人、留学生纷纷前往中国学习，学成之后将先进的文化传播到日本本土，促进了其各个方面的发展。而先进文化的传播除了依靠留学生等人才不断地学成归国、为本土所用之外，非常重要、便利而有效的途径便是依靠先进文化的载体——书籍进行传播。该途径不受条件、地域、时间的限制，可以为更多、更广的群体所用。遣隋使的相继派遣、两国间使者的交流往来为汉文典籍的日传创造了更为直接、便利的条件，大量汉文典籍传至日本，产生了十分深远的影响。

关于遣隋使的派遣目的、在隋朝的活动等具体内容《日本书纪》中并未明确记载，其后的历次出使往来亦只是作诸如“六月丁卯朔己卯，遣犬上君御田锹·矢田部造阙名于大唐”，“秋八月癸巳朔丁酉，以大仁犬上君三田耜·大仁药师惠日遣于大唐”的简略记录，对其具体的交流活动等方面的内容并未予以详细描述，因此，对于遣隋使、遣唐使在中国的具体出使活动等内容难以知晓。然而，在卷第二十五《天万丰日天皇 孝德天皇》中，有如下记载：

> 是月、褒美西海使等、奉對唐國天子、多得文書寶物、授小山上大使吉士長丹、以少花下。賜封二百戸。賜姓爲吳氏。授小乙上副使吉士駒、以小山上。

据此可以得知，白雉五年(654)，由于西海使等“奉对唐国天子，多得文书宝物”，因此天皇不仅对其予以丰厚的赏赐，还分别提升“小山上大使吉士长丹”至“少花下”“小乙上副使吉士驹”至“小山上”的冠位。日本于大化五年(649)制定冠位十九阶以置百官，“少花下”“小山上”这两个冠位分别排名为第十、第十三[①]，较之原本的官职分别晋升三级、四级，连续官升数级，足见天皇对其褒奖之意。而“多得文书宝物”这一赏赐理由可谓日本天皇派出遣唐使的主要目的之一，也是对其论功行赏的重要衡量标准之一。

遣唐使的派遣目的从总体上来说，“首先是对以唐朝为中心的东亚国际形势的情报收集，其次是文化的吸收。”[②]唐朝与许多国家都有着外交关系，当时各国也纷纷派遣使节前往唐朝交流学习，是东亚各种信息情报交流的最前沿。因此，要了解当时的东亚国际形势，派出遣唐使无疑是最为直接、行之有效的方式，是为遣唐使派遣的主要目的之一。唐朝的文化在当时可谓是处于世界领先地位，学习吸收其先进的文化为本国所用对其发展来说有着十分重要的意义，这也是遣唐使派遣的主要目的之一。而无论是了解国际形势，还是吸收先进文化，载体都是不可或缺的。书籍作为汇聚了这些先进内容的媒介，是将其传递回本国的重要方式之一。因此，求书活动便成为日本使节前来交流的重要组成部分，也是天皇派遣使者来访的主要目的之一。

据日本最古的汉籍分类目录《日本国见在书目录》[③]记载，至宽平三年(891)，舶载至日本的汉籍共计1579部、16790卷。虽然书目录中偶尔掺杂了日本的国书，然而其中的很多书目均为中国书目录中所未见之书，具有很高的价值。如果将其所载汉籍的数量与《旧唐书·经籍志》中所记载的唐代开元期的书籍总数3060部、51852卷相比较可知，东传至日本的汉文典籍种类约相当于当时书籍总数的一半之多，甚为可观。中日两国隔海相望，交通运输主要依靠船只这一主要交通工具。从当时运输条件相对不便的角度来考虑，这一数字相当惊人，而这些都与遣隋使、遣唐使的求书活动是密不可分的。由此可以推测，这些使节归国之时的所持物品中绝大部分为汉文典籍，为其日传做出了不可磨灭的杰出贡献。

---

① 大化五年制定的冠位十九阶由高到低分别为：“大織、小織、大繡、小繡、大紫、小紫、大花上、大花下、小花上、小花下、大山上、大山下、小山上、小山下、大乙上、大乙下、小乙上、小乙下、立身”。坂本太郎，家永三郎，井上光貞，等. 日本書紀(五)[M]. 東京：岩波書店，2003. 第496页.

② 青木和夫. 日本の歴史3[M]. 東京：中央公論社，昭和49年(1974). 388-389.

③ 藤原佐世奉宇多天皇之命于宽平年间(889年-898年)编纂，共1卷，约成书于宽平3年(891)，现存版本为抄本。

其后，由于唐朝内乱不断、政局动荡不安等诸多原因，宇多天皇(887-897在位)接受了遣唐大使菅原道真的奏请，于895年宣布废止遣唐使，由日本直接派遣使节前往大唐之活动终止。然而，这并没有阻断中日之间的文化交流活动，频繁往来的贸易商船开始日趋活跃，继之成为汉文典籍日传的主要承担者。宋元时期，伴随着印刷技术等方面的提高，民族间的交流往来进一步加强，书籍的流通也随之呈现出更为活跃的态势。

至明清时期，中日间的经济、文化交流有了更进一步的发展，活字印刷技术的广泛应用为书籍的印刷提供了更为便利的条件，生产规模空前。通过贸易商船舶载至日本的汉籍较之以往有所增加，对汉籍的需求量更为增多，甚至达到单纯依靠贸易商船的舶载已经无法满足市场需求的程度。因此，在这一时期还出现了和刻本汉籍，即在日本刊刻出版的汉文典籍，以满足其供不应求之局面，其盛况可想而知。

《江户时代唐船舶载书籍研究》①对日本江户时代(1603-1867)中国商船舶载书籍的情况进行了详尽而细致的研究，在其舶载至日本的书籍数量分析中，分别列举了两部关于贸易商船舶载细目的书籍——内阁文库所藏《唐蛮货物帐》以及宫内厅书陵部所藏《舶载书目》中的记载。其中在各个往来商船中，舶载书籍较多的为宁波船和南京船，其数量为宝永六年(1709)41号宁波船4箱，42号南京船2箱；正德元年(1711)19号宁波船4箱，51号南京船40箱；正德二年(1712)40号南京船82箱、57号南京船67箱。从数量上看，随着年份、船只的不同，其舶载书籍的数量亦有所差别，并且有逐年增加的趋势。如1709年宁波船和南京船的舶载数量相差不多，从其舶载量来看略显单薄；1711年宁波船与南京船的舶载数量则差别较大，相差10倍之多；至1712年则基本持平，且数量甚为可观。

上述记载的数据只是历年书籍舶载量的一部分，然而对其进行分析与统计，则可以对这一时期通过贸易商船舶载至日本的汉籍数量有所了解。根据以上统计可以看出，贸易商船的书籍舶载量有逐年增加的趋势，数量渐为可

① 大庭脩. 江戸時代における唐船持渡書の研究[M]. 大阪：関西大学東西学術研究所，昭和四十二年(1967). 第12页.

观。随着需求量的逐渐增多，舶载量亦随之逐渐增大以满足市场需求，由此可以想象大量汉文典籍纷纷舶载至日本的盛况。

《江户时代中国文化的接受研究》亦对日本江户时代的汉籍输入情况进行了整体性概观，并按照年份、船只及其舶载种类数量分别进行了统计，其具体数据如图 2 所示：

船名	入港年	書籍量	
		種	部
寅 2 番 船	〃	100	198
辰4・5・6・7番船	弘化 1	196	428
巳 1・2 番船	弘化 2	130	4,767
巳 3・4・5 番船	〃	313	19,798
午 1 番 船	弘化 3	98	537
午 2 番 船	〃	169	4,081
午 3 番 船	〃	6	6
午 4 番 船	〃	125	1,625
午 5 番 船	〃	71	235
午 6 番 船	〃	28	77
午 7 番 船	〃	44	204
未 1 番 船	弘化 4	1	1
未 2 番 船	〃	52	154
未 3 番 船	〃	2	6
未 4 番 船	〃	114	298
未 5 番 船	〃	3	60
申 1 番 船	嘉永 1	36	164
申 2 番 船	〃	58	342
申 3 番 船	〃	57	127
申 4 番 船	〃	129	3,321
酉 1 番 船	嘉永 2	28	58
酉 2 番 船	〃	56	306
酉 3 番 船	〃	195	460
酉 4 番 船	嘉永 2	33	141
酉 5 番 船	〃	212	3,261
酉 6 番 船	〃	27	78
酉 7 番 船	〃	47	102
天 草 難 船	〃	137	320
戌 1 番 船	嘉永 3	98	625
戌 4 番 船	〃	116	353
亥 1 番 船	嘉永 4	21	26
亥 2 番 船	〃	25	30
亥 4 番 船	〃	198	829
子 1 番 船	嘉永 5	1	1
子 2 番 船	〃	120	435
子 3 番 船	〃	32	120
子 4 番 船	〃	1	1
子 5 番 船	〃	82	199
寅 1 番 船	嘉永 7	49	135
卯 1 番 船	安政 2	2	2

船名	入港年	書籍量	
		種	部
子 2 番 船	〃	21	202
子 3 番 船	〃	12	28
王氏番外船	〃	1	2
十二家番外船	〃	5	5
子 4 番 船	〃	14	60
子 5 番 船	〃	10	11
子 6 番 船	〃	37	327
子 8 番 船	〃	22	308
子 9 番 船	〃	7	58
丑 2 番 船	文化 2	11	24
丑 2 番 船？	〃	36	62
丑 3 番 船	〃	35	57
丑 4 番 船	〃	12	92
丑 5 番 船	〃	110	693
丑 6 番 船	〃	12	253
丑 7 番 船	〃	76	210
丑 8 番 船	〃	63	95
午 3 番 船	文化 7	8	156
午 4 番 船	〃	6	43
午 5 番 船	〃	6	23
午 6 番 船	〃	3	3
午 7 番 船	〃	4	21
午 8 番 船	〃	1	1
午 10 番 船	〃	9	61
未 2 番 船	文化 8	8	154
未 7 番船別段売	〃	6	7
未 9 番船別段売	〃	30	288
未汪氏番外船別段売	〃	1	1
申 1 番船別段売	文化 9	15	20
南京永茂難船	文化12	32	160
子 1 番 船	天保11	153	482
子 2 番 船	〃	82	184
子 3 番 船	〃	81	379
丑 1 番 船	天保12	41	130
丑 2 番 船	〃	137	250
丑 3 番 船	〃	23	138
丑 6 番 船	〃	1	1
寅 1 番 船	天保13	6	6

表2　書籍持渡量船別表

船名	入港年	書籍量	
		種	部
午 1 番南京船	正徳 4	27	31
未49番寧波船	正徳 5	27	28
亥12番南京船	享保 4	1	1
亥21番南京船	〃	1	2
亥22番南京船	〃	10	10
亥23番南京船	〃	1	1
亥24番南京船	〃	18	23
亥28番南京船	〃	1	1
亥29番南京船	〃	52	198
卯20番寧波船	享保20	62	366
卯25番広東船	〃	99	282
午7・8・10番船	寛延 4	96	203
戌 番 外 船	宝暦 4	441	495
卯 1 番外船	宝暦 9	103	858
卯 7 番 船	〃	60	242
卯 10 番 船	〃	52	537
卯 12 番 船	〃	17	142
辰 1 番 船	宝暦10	48	75
未 8 番 船	安永 4	4	8
寅 10 番 船	天明 2	281	290
寅 2 番 船	寛政 6	67	434
未 3 番 船	寛政11	1	25
申 1 番 船	寛政12	49	334
申 2 番 船	〃	72	1,120
申 3 番 船	〃	37	1,154
申 4 番 船	〃	14	94
申 5 番 船	〃	25	222
酉 4 番 船	享和 1	22	225
酉 5 番船別段売	〃	1	296
酉 6 番船別段売	〃	2	2
酉 1 番外船別段売	〃	3	100
酉 2 番外船別段売	〃	5	15
亥 6 番 船	享和 3	18	40
亥 7 番 船	〃	26	161
亥 8 番 船	〃	12	65
亥 9 番 船	〃	33	190
亥 10 番 船	〃	20	22
子 1 番 船	文化 1	6	6

图 2　日本江户时代书籍舶载量船别表①

图 2 的统计数据为正德 4 年(1714)至安政 2 年(1855)各个入港船只的书籍舶载量，据此可知，汉籍舶载较多的年份与数量分别为弘化 2 年(1845)，

① 大庭脩. 江戸時代における中国文化受容の研究[M]. 東京：同朋舎，昭和 59 年(1984). 第 53 页.

巳1、2号船130种4767部，巳3、4、5号船313种19798部；弘化3年(1846)午2号船169种4081部；嘉永2年酉5号船212种3261部等等。如若将每年各个入港船只的舶载总量进行统计，对历年入港船只的舶载情况进行整体性分析，其数量则甚为惊人。“据当时日本长崎海关档案资料统计，自1693年至1803年的110年间，通过中国商船输日的汉籍就达4781种；整个江户时代，从长崎港传入的汉籍共计7893种。”①如此大量的汉文典籍通过贸易商船连续不断地东传至日本，足见日本对书籍的需求量之大，其市场甚为广阔。

实际上，贸易商船所舶载的不仅仅是书籍，还包含药材、食品等种类繁多的商品，汉文典籍只是其中的一种。各个贸易商船所舶载的是当时日本国内需求量较大的商品，而通过这些商品的种类与数量则可以反映出当时日本对于输入品的市场需求。各个贸易商船所舶载的商品种类不尽相同，是否包含书籍亦有所差别。有些贸易商船中并未载有书籍，而仅仅是日常用品等货物；有些则舶载的书籍较多，如之前所提及的一部分宁波船、南京船等。

据大庭修《江户时代唐船舶载书籍研究》指出②：长崎图书馆所藏《书籍元帐》记载了所载商品中包含书籍的贸易商船的数量，具体为正德元年(1711)21艘南京船中有2艘、12艘宁波船中有3艘商船载有书籍。而到了文化元年(1804)，入港11艘船中有10艘，弘化(1844-1847)、嘉永(1848-1854)前后则几乎所有的商船都载有书籍。由此可见，与最初舶载书籍为数甚少的贸易商船相比，随着需求的增大，书籍的舶载数量亦逐年递增。至嘉永年间，书籍几乎成为所有商船的必备载品。通过这一变化可以看出商人从书籍中获利之大，而之所以出现如此局面，最根本的原因乃是由于市场上对于书籍的需求之多。正是这些贸易商船的活跃，使得汉文典籍源源不断地东传至日本，其数量之巨大、种类之繁多可谓是空前的，对日本产生了十分深远的影响。

总体来说，公元3世纪前后，汉文典籍经由朝鲜半岛东传至日本，是为中日间书籍之路的开始。至隋唐时期，伴随着遣隋使、遣唐使的相继派遣，

---

① 祝国红. 中国商人与古代中日书籍交流[J]. 济南：济南职业学院学报，2005(2)：37-39.

② 大庭脩. 江戸時代における唐船持渡書の研究[M]. 大阪：関西大学東西学術研究所，昭和四十二年(1967). 第13页.

汉文典籍日传数量日益增加，中日之间的交流往来日趋频繁，这一时期的书籍之路更为直接、便利，书籍的船舶数量亦更为可观。宋元时期，随着印刷技术的提高，书籍的流通亦十分活跃。至明清时期，频繁往返的贸易商船承担着书籍流通的重要角色，其舶载的书籍数量极大、种类繁多，对于汉籍的日传具有十分重大的意义，形成了风景独特的海上书籍之路。大量的汉文典籍源源不断地传至日本，为其政治、经济、文化等各个方面带来了极其深远的影响。

第二节 《虞初新志》的日传

伴随着中日两国交流的不断深化，其贸易往来日益频繁，为海上书籍之路的不断发展创造了良好的条件。大量汉文典籍持续不断地舶载至日本，为广大文人所取而读之，产生了极其深远的影响。《虞初新志》正是在这样的背景下，通过舶载这种方式传入日本的，该书在日本的广泛传播可谓中日海上书籍之路这一纽带下的产物。

一、《虞初新志》的舶载

据大庭修《江户时代唐船舶载书籍研究》①中对《商舶载来书目》②的研究记载，《虞初新志》于宝历十二壬午年(1762)舶载至日本，共计一部一套，同年传入的还有《广文字会宝》一部二套，这是目前所见关于《虞初新志》传入日本的最早记载。《虞初新志》刊行于康熙三十九年(1700)，据《商舶载来书目》记载的1762年已有半个多世纪之久。然而，关于这一传至日本的时间却尚存疑问。

德田武在《〈明清军谈〉与〈虞初新志·五人传〉》中指出：“《明清军谈·吴

① 大庭脩. 江戸時代における唐船持渡書の研究[M]. 大阪：関西大学東西学術研究所，昭和四十二年(1967). 第696页.

② 向井富. 商舶載来書目[M]. 文化元年(1804)，写本.

县民夫死义》以《虞初新志·五人传》为蓝本成篇这一事实很容易便可以判定。"[①]据此可以推断，《虞初新志》至迟应在《明清军谈》刊行之前既已舶载至日本，为其所参照。以《五人传》为例，《虞初新志》日传之后，其所收之篇很快便成为效仿的对象，以该书所收各篇为体进行效仿的文章相继出现，《吴县民夫死义》便是其中之一。

德田武继而就《虞初新志》传至日本的时间进行分析："《虞初新志》刊行于康熙三十九年(1700)，相当于我国元禄十三年，至享保二年(1717)《明清军谈》刊行为止共十七年。而《虞初新志》正是在这期间舶载至我国，其中的内容经过改编、刊行的。据《商舶载来書目》记载，《虞初新志》于宝历十二年(1762)舶载至我国，而实际上其传入时间则要早得多，在第一时间便为人所用。"[②]

实际上，"二十卷本的《虞初新志》直至康熙四十二年癸未(1703)尚在刊刻中，其刻竣成书至早当在次年甲申(1704)。"[③]如此分析，《虞初新志》的实际传入时间当为其成书的1704年前后至《明清军谈》刊行的1717年之间，在这至多十年左右的时间内便东传至日本，并且其所收各篇为文人所熟读、效仿，足见其传播的迅速以及受欢迎的程度。"在《聊斋志异》还不太为人所知的时候，张潮的《虞初新志》已在市场大受青睐。""后来刊行的志怪类书，就多借《虞初新志》的光。"[④]《虞初新志》传入日本之后迅速掀起了购读高潮，该书在当时作为志怪类小说的代名词，为今后志怪类作品的刊行创造了良好的基础与市场需求。据《商舶载来书目》记载，《虞初新志》的传入时间为1762年，与以上所分析的实际传入时间相距有四十余年的时间。由此可见，《虞初新

---

① 原文："『明清軍談』の「呉県民夫死義」が『虞初新志』の「五人伝」を粉本にしていることが、容易に認定されるであろう。"德田武.『明清軍談』と『虞初新志·五人伝』[J]. 国文学解釈と教材の研究，2005(6)：24-32.

② 原文："『虞初新志』の刊行は、康熙三九年(一七〇〇)で、我が元禄十三年に当る。それから『明清軍談』刊行の享保二年(一七一七)まで十七年、この間に我が国に渡来し、その中の話が翻案され、刊行されているのである。『商舶載来書目』には、『虞初新志』が宝暦十二年(一七六二)の所に見出されるが、実はそれよりかなり早くから我が国に渡来し、いち早く利用されているのである。"德田武.『明清軍談』と『虞初新志·五人伝』[J]. 国文学解釈と教材の研究，2005(6)：24-32.

③ 邓长风. 明清戏曲家考略续编[M]. 上海：上海古籍出版社，1997. 第160页.

④ 王晓平.《聊斋志异》与日本明治大正文化的浅接触[M]. 山东社会科学，2011(6)：68-74.

志》在其成书之后很短的时间内便已传入日本，并且深受广大文人的喜爱，影响十分深远。

《虞初新志》传入日本之后，迅速引起了极大的反响，人们争相购买求之一读，掀起了广泛阅读的高潮。该书传至日本的盛况在荒井公廉训点的和刻本《翻刻〈虞初新志〉序》中有所记载，序言中对于和刻本《虞初新志》的出版缘起有较为详细的叙述：

> 《虞初新志》舶来已久，其事悉奇，其文皆雋，覽者莫不拍案一驚，為小説家"珎珠船"以購之。是以其書日乏而價亦躍，人頗窘焉。浪華書肆某等胥謀翻刻之，且欲國字旁譯，以便讀者也，来乞諸予。①

荒井公廉训点的《虞初新志》最初于1823年翻刻发行，距其舶载入日已有百年左右的时间，可谓"舶来已久"。该书深受读者喜爱，其所述多为奇闻异事，且笔法真切、意味深长，使读者读之在深感惊奇之余而欲罢不能。因此，人们争相购买以求之一阅。然而由于市场需求太大，舶载数量有限，出现了供不应求的局面，致使该书日益匮乏，且价格日趋上涨，求书之人颇为困惑。由此可以知晓，《虞初新志》在传入日本之后迅速传播开来，广受青睐，人们争相购买却一书难求，可见其当时的知名度与受欢迎的程度。在《虞初新志》传入日本如此长的时间之后重新对其加以训点进行翻刻，实为极其浩大的工程。而正是这一点便足以显示出其受欢迎的程度，说明市场上对该书仍有大量的需求，可谓经久不衰。自古以来，伴随着中日两国的交流往来，大量的汉文典籍纷纷东传日本，然而刊行和刻训点本的典籍却为数不多，这足以显示出《虞初新志》在日本深为广大文人所认可之势，对其需求之多、影响之大由此可观。

《虞初新志》所收之篇大抵真人真事，却有着非同寻常、引人入胜的情节，可谓"荒诞奇辟、可喜可愕、可歌可泣"；其文笔隽美，情感真切，使人读之

① (清)張潮輯，荒井公廉訓點．虞初新志20卷補遺1卷[M]．大阪：群玉堂河内屋，文政六年(1823)．原文为隔点，标点为笔者所加。

“莫不拍案一惊”，欲罢不能，因此深受广大文人所喜爱，进而争相购买阅读。然而，由于该书由贸易商船等途径舶载至日本，再加上当时的印刷技术等因素的影响，种种条件的制约，在数量上难免受限。《虞初新志》爱读者甚多，市场需求量较大，故而出现缺货的现象，价格随之上涨，令读者难以购买。基于以上原因，和刻训点本《虞初新志》得以刊行“以便读者”。

由此可知，《虞初新志》在传入日本之后可谓供不应求，虽“舶来已久”却持续为广大读者所竞相购买，乃至于出现缺货涨价的现象。这一方面说明汉文典籍东传日本在某种程度上受交通运输条件、天气原因等因素的限制，另一方面则说明市场上对于《虞初新志》的需求量之大，甚至达到难以满足市场需求的程度。而正是有基于此，便促使了和刻本《虞初新志》的刊刻出版，无形之中更加促进了该书在日本的传播。

实际上，继文政六年(1823)荒井公廉训点的和刻本《虞初新志》出版之后，又陆续发行了5种后印本，刊行一直持续至明治时期(1868-1912)。据长泽规矩也《和刻本汉籍分类目录》统计，其具体出版信息如下：

《虞初新志》二〇卷補遺一卷　清張潮編　荒井公廉點

文政六刊(大 岡田儀助等)	大一〇
同同(後印、大、河内屋源七郎等)	大一〇
同同(嘉永四以後印、大、近江屋平助、河内屋德兵衛)	大一〇
同同(後印、大、近江屋平助等)	大一〇
同同(後印、大、河内屋茂兵衛等)	大一〇
同同(明治印、大、冈田茂兵衛)	半一〇[①]

据此可知，和刻本《虞初新志》先后共有6种印本，初版为文政六年(1823)由大阪冈田仪助等发行的刊本，是为“以便读者”之始发，即荒井公廉和刻训点本《虞初新志》初次刊刻发行的版本。其具体出版者为“京师：植邑藤右卫门，江户：须原茂兵卫，大阪：森本太助、杉冈长兵卫、冈田茂兵卫、

① 長澤規矩也. 和刻本漢籍分類目録[M]. 東京：汲古書院，昭和51年(1976). 第147页.

北村曹七郎、冈田仪助”。共同出版者如此之多，足以显示出和刻本《虞初新志》出版的浩大工程，以及该书在各地广为流行的盛况。其中出版地京师为现日本京都，是古代日本的首都，当时的政治、经济、文化中心。出版地江户为现日本东京，是江户时代日本的政治中心，出版业极为兴盛。此本《虞初新志》江户的出版者须原茂兵卫是在江户出版业竞争中脱颖而出，一统各书商的须原屋的出版者，实力极其雄厚。此外，共同发行者还有大阪的五位业者，在长泽规矩也统计的出版信息中仅列出了其代表者——冈田仪助的名字。

继初版刊行之后，随后便有河内屋源七郎等发行的后印本，具体年份不详，当为1823年至1851年这20余年之间刊行。至嘉永四年(1851)，近江屋平助、河内屋德兵卫继之发行后印本，东京大学综合图书馆现藏有该版本的森鸥外藏书，其中多见森鸥外的圈点、朱批，甚为珍贵。随后，近江屋平助等、河内屋茂兵卫等分别刊有后印本，具体刊行时间当为1851年至1868年这10余年之间，先后印刷两次，可见其后印次数较为频繁。至明治时期(1868-1912)，继之以往后印之盛况，第6种后印本由冈田茂兵卫于大阪续印发行，此本为《虞初新志》末次刊印之版本。

如上所述，1823年和刻本《虞初新志》首次刊行，至明治时期结束的1912年大约持续了一个世纪左右的时间。在此期间，和刻本《虞初新志》继刊行之后陆续后印5次，其持续时间之长、补印次数之多足以说明市场上对《虞初新志》的需求量之大，以及其广受欢迎的程度。如果从该书传入日本的18世纪初算起，则可以看出《虞初新志》东传日本之后，在相当长的时间内一直为日本读书人所喜爱，其盛况持续至少两个世纪之久。《虞初新志》初传之时由于各种条件的限制，经常出现缺货涨价的现象，而和刻本及其后印本的相继刊行则为读者带来了便利条件，最大化地满足了市场需求。对于《虞初新志》后印本的具体发行数量未见详细记载，然而从其相继补印数次以及持续发行近一个世纪之久便可感知《虞初新志》为广大文人所喜爱的盛况。

二、《虞初新志》的流传

《虞初新志》在日本广为流传，诸多文人的创作都深受其影响，在很多作品中都可以看到其传播的痕迹。石川雅望[①]《通俗排闷录》、川上眉山[②]《今古奇谈》翻译了大量《虞初新志》中的内容，大贺顺治《支那奇谈集》翻译了《髯汉》等数篇《虞初新志》中所收篇目，林鹤梁[③]《鹤梁文钞·高桥生传》是受《虞初新志·大铁椎传》的影响成篇的，而村濑栲亭[④]《艺苑日涉》、喜多村信节[⑤]《嬉游笑览》中亦可以看到《虞初新志》的流行痕迹。除此之外，动物研究者平岩米吉(1898-1986)于1933年创办杂志《动物文学》，其中多收录一些与动物相关的文学作品。在其第三十七辑(1938年1月刊)的扉页处，刊登了《虞初新志·义虎记》的原文翻译，并标注该文引自《虞初新志》，却未注明作者、具体出版信息等内容，可见该书为广大读者所熟知的程度。

日本著名作家森鸥外(1862-1922)、芥川龙之介(1892-1927)、夏目漱石(1867-1916)等人的私人藏书目录中亦包含《虞初新志》，均为荒井公廉和刻训点版。其中森鸥外藏本现存于东京大学综合图书馆，芥川龙之介藏本现存于日本近代文学馆，书中多见其亲笔圈点、朱批，部分篇章段落甚至全篇圈点标记，足见诸作家对《虞初新志》的喜爱程度。由此可知，该书舶载至日本之后传播范围之广泛，影响之深远，对日本传奇小说的发展起到了很大的作用，亦受到了日本著名作家的喜爱。

此外，《虞初新志》不仅成为文人所热衷喜读的对象，作为当时汉籍学习的必读书目亦十分受重视。江户幕府(1603—1867)于宽政2年(1790)设立的直属教学机构"昌平坂学问所"的学问长佐藤一齐[⑥]编著有《初学课业次第》一书，为汉籍入门学习不可或缺的学习指导书目。"该书以汉籍初学者为对象，通过列举一些著作并对其加以说明，旨在传授汉籍学习的顺序、参考书目以及读书心得、注意事项等内容。"[⑦]

① 石川雅望(1753-1830)，江户后期的国学者、狂歌师。

② 川上眉山(1869-1908)，明治时期的小说家，别号烟波山人。

③ 林鹤梁(1806-1878)，江户末期的儒学者，幼名林长孺。

④ 村濑栲亭(1744-1819)，江户后期的汉学者。

⑤ 喜多村信节(1783-1856)，江户时期的国学者。

⑥ 佐藤一斎(1859-1772)，江户后期的儒学者，精通朱子学、阳明学。

⑦ 原文："初学者の読書の法を、書名を挙げ、説明を加へて、その順序や據るべきテキストを示し、読書中の心得注意を述べたもの。"長澤規矩也. 江戸時代支那学入門書改題集成(第二集)[M]. 東京：汲古書院，昭和五十年(1975). 115-260.

该书分为“素读”“讲释”“会读”“独看”以及“经部”“史部”“子部”“集部”八个项目，每一项目都分别配之以相关书目及学习方法的说明。其中，“素读”“讲释”“会读”“独看”四个项目为汉籍入门基础学习阶段的内容，这一部分内容主要由教师通过课内讲授分析的方式，以求为学习者打下坚实的汉籍学习基础。而“经、史、子、集”四个项目则为基础学习阶段之后的巩固提升内容，主要靠学生采取自主阅读与学习的方式更进一步地使课内所学的基础知识得以应用。其中在“子部”小说类所列举的书籍中提及了《虞初新志》，记载如下：

〇世説新語　〇何氏語林　〇皇明世説　〇虞初新志　〇今世説

小説ノ類モ亦小益ナキニ非ス此外稗官野史ニ至ルモ餘力ニ従フテ看過スヘシ①

《初学课业次第》一书在小说类中列举了《世说新语》《何氏语林》《皇明世说》《虞初新志》《今世说》这五部小说，是为小说这一类目中学习汉籍的必读书目。书中在这五部小说之后进一步加以说明指出：除了前面所列举的各类别的书目之外，小说类的书籍对于汉籍的学习也是有所裨益的。在熟读这五部小说的基础上，有余力的学习者亦可以根据自身的实际情况选取其他小说作品进行赏读。由此可见，《初学课业次第》对于小说类整体而言，其要求可谓因人而异。有余力者多读，而精力有限者则可以有所保留，熟读五部必读小说即可。由此更可以看出《虞初新志》作为汉籍学习提升阶段必读的五部小说之一，其不仅深受文人的喜爱，更受到江户时期儒学者的重视与认可。

此外，同为“昌平坂学问所”的教授古贺侗庵②“应其门人平野、石井的请求写有《读书矩》一书，该书分为‘入门’‘上堂’‘入室’三个阶段，这三个阶段是按照汉籍学习由浅入深的顺序依次排列的。在每个阶段之中分别列举了一些必读书目，其中一部分注记了读法、参考书，并在最后按照逐条编写的方

① 佐藤一斎. 初学課業次第[M]. 出版地不明：出版者不明，天保3年(1832).

② 古賀侗庵(1788-1847)，江户后期的儒学者，精通诸子百家。

式总结了读书的方法。”①

《读书矩》与《初学课业次第》相似，都是汉籍学习方法的入门类书籍。该书的传本较多，经常与《初学课业次第》等汉籍入门类书籍合抄，是学习汉籍的重要参考书目。其中，在第三阶段“入室”阶段的必读书目中，《虞初新志》与《文心雕龙》《四库全书提要》《经学五书》等一百六十余种书籍作为汉籍学习最高阶段的书目列出，是为提升阶段的必读书目。关于这三个阶段，《读书矩》在后面的读书方法总结中指出：

> 學者經歷三等，則基本既固，識見已明，群書之真妄是非、浅深高下一覽瞭然，惟心所欲，無復舛错之慮。学者果能跻此地位，予将受教之不暇，非予所能教。故三等以上予不復設矩。②

学习者如若按照“入门”“上堂”“入室”这三个阶段所列书籍按顺序一一学来，则其汉籍学习的基础已固，可谓有饱览群书之效，对于书籍的真伪深浅亦一目了然，学问能够达到运用自如的水平。这种境界是学问极高的学者才能达到的，而真正有如此水平者则为数不多。如若真能至此，则连《读书矩》之编者古贺教授亦无余力教之，是谓“非予所能教”，因此，这三个阶段之上便不再设矩。也就是说，倘若能够将这三个阶段所列书目按部就班地全部学完，则其汉籍的学习水平可谓已经达到最高层次，对于汉籍的解读则毫无障碍，造诣极深。正因如此，则更显示出其中所列必读书目的重要性与价值，而《虞初新志》正是这至关重要的最高阶段的必读书目之一，足以显示出《虞初新志》在汉籍学习中的重要作用，深受江户时期的儒者所认可。

由此可见，无论是《初学课业次第》还是《读书矩》，《虞初新志》均作为汉籍学习最高阶段的必读书目列出，从这一点可以看出江户时期官方学塾的资深儒学者们对该书的重视程度。与其他高级阶段的书籍相同，研读《虞初新

---

① 原文：“門人平野某・石井某の請に應じて、入門の書、上堂の書、入室の書に分けて書名を列し、時に讀法、參考書を注記、終に讀書の法を箇條書風に述べた書。”長澤規矩也. 江戸時代支那学入門書改題集成(第二集)[M]. 東京：汲古書院，昭和五十年(1975). 87-114.

② 長澤規矩也. 江戸時代支那学入門書改題集成(第二集)[M]. 東京：汲古書院，昭和五十年(1975). 第109页. 原文为隔点，标点为笔者所加。

志》对于汉籍的学习有着重要的提升作用，超越此阶段之后便可达到随心所欲、运用自如的水平。《虞初新志》在东传日本之后迅速受到广大文人、儒者的重视，引起了很大的反响，影响十分深远，该书作为汉籍学习水平的衡量标准之一便是其极好的印证。

日本著名汉学者盐谷温(1878–1962)写有《支那文学概论讲话》一书，系统地介绍了中国的戏曲、小说等文体，特别是对小说的介绍，是该书最具代表性的内容之一。其中，在介绍清代传奇体小说名作时指出："明清诸文豪将才子佳人、英雄豪杰的逸事逸闻用华美的笔法成之以传奇，如宋景濂《秦士录》、侯朝宗《马伶传》、王于一《汤琵琶传》、魏叔子《大铁椎传》，文章生动有趣，为传奇体之作。"①

在《支那文学概论讲话》中，共列举了《秦士录》《马伶传》《汤琵琶传》《大铁椎传》四篇传奇体的代表性作品。除第一篇《秦士录》之外，其余三篇均收录在《虞初新志》中。由此可以看出，其编者张潮编选精良、广收美作，所收录的作品笔法华美、描写动人，才子佳人、英雄豪杰之奇闻逸事甚多，汇聚了众多清代传奇体之代表性作品，文学成就极高，深受好评。

清代为传奇体小说发展的繁盛时期，良作颇多，不胜枚举。作为其中较为有名的代表性著作，盐谷温列举了如下数部：

太平廣記五百卷	宋李昉奉勅監修
夷堅志五十卷	宋洪邁選
剪燈新話四卷	明瞿佑撰
同餘話四卷附録一卷	明李禎撰
聊齋志異十六卷	清蒲松齡撰
觚賸八卷續編四卷	清鈕琇撰
虞初新志二卷	清張潮撰

① 原文："明清の諸文豪も餘技としてなほ佳人才士、英雄豪傑の逸事逸聞を取り、艶麗なる筆致を弄して、之を傳奇に作り上げました。例へば宋景濂の秦士録侯朝宗の馬伶傳王于一の湯琵琶傳魏叔子の大鐵椎傳の如き、いかにも文章が面白くはありますが、要するに傳奇體であります。"塩谷温. 支那文學概論講話[M]. 東京：大日本雄弁會，大正十年(1921). 第454页.

板橋雜記三卷　　清余懷撰

燕山外史八卷　　清陳球撰

如上列举的九部著作按其成书年代划分，为宋代两部、明代两部、清代五部，这就从另一个角度反映了传奇体小说在清代的发展盛况。而在众多清代的作品中，盐谷温挑选了《聊斋志异》《觚賸》《虞初新志》《板桥杂记》《燕山外史》这五部作为传奇体小说的代表性著作，可见如上作品在日本的影响之大、受认可的程度之高，代表了清代传奇体小说的至高水平。盐谷温进一步指出：这些汉籍很早便传至日本，给浅井了意①、上田秋成②、龙泽马琴③等人的小说带来了极其深远的影响。提及的这三位均为日本江户时期的作家，由此可以看出清代传奇体小说在江户时代十分盛行，影响了一批作家的文学创作。

然而，鲁迅的《中国小说史略》在介绍清代唐人小说时则主要分析了《聊斋志异》《阅微草堂笔记》两部小说，提及了《滦阳消夏录》《如是我闻》等小说，却并未涉及《虞初新志》。与此相比较可知，《虞初新志》在日本的传播更为广泛、深远，颇受文人所追捧。

作为清代传奇体小说代表作之一的《虞初新志》传至日本之后，很快便成为文人所喜读的对象，以其为蓝本成篇之作、翻译之作相继出现，还有汉文仿作接连问世。《支那文学概论讲话》在分析受到《虞初新志》影响较大的作品时，提及了菊池三溪的《本朝虞初新志》。该书全名《奇文观止本朝虞初新志》，为《虞初新志》的汉文仿作之一。虽然该书并未进一步对其内容做详细的阐述，然而从其题目便可以知晓该书受《虞初新志》的影响之大。此外，还有近藤元弘的《日本虞初新志》，亦为《虞初新志》的汉文仿作之一。

《虞初新志》作为中国传奇体小说的代表性著作深受日本文人所喜爱，因此，作为日本的传奇体小说，《虞初新志》的汉文仿作，将其命名为“本朝”《虞初新志》、“日本”《虞初新志》，可谓深受其影响之产物，可见《虞初新志》

① 浅井了意（1612-1691），江户时代前期净土真宗僧人、假名草子作家。

② 上田秋成（1734-1809），江户时代后期的国学者、读本作家。

③ 龙泽马琴（1767-1848），江户时代后期读本作者，笔名曲亭马琴。

在日本的知名度。此外，亦有若干汉文仿作，虽然题目上并未体现“虞初新志”的字样，然而从编选体例、旨趣等方面均可以看到《虞初新志》的痕迹，如池田观《天下古今文苑奇观》、藤井淑《当世新语》等。

由此可见，《虞初新志》所收之篇“其事悉奇、其文皆隽”、编选精良、引人入胜，舶载至日本之后很快便深受广大文人所喜爱，以至于出现缺货无法满足市场需求的现象。有基于此，文政六年(1823)荒井公廉训点和刻本《虞初新志》刊行，其后补印5次，足见其需求量之大。《虞初新志》在日本广泛传播，影响深远，诸多文人的文学作品均打上了其深深的烙印。不仅如此，《虞初新志》还被视为学习汉籍最高阶段的必读书目之一，对汉籍的学习有着重要的提升作用。若能逾越此阶段，则其汉文的造诣便可达到运用自如、得心应手的水平。《虞初新志》作为传奇体小说的代表性著作之一，东传日本之后立即引起了很大的反响，持续为广大文人阶层所熟知与喜爱，影响持久而深远。

第三章 《虞初新志》的和刻

《虞初新志》传至日本之后，迅速广泛地传播开来，受到广大文人的喜爱，引起了很大的反响，人们纷纷争相购买以求一阅。然而，由于市场需求太大，出现了供不应求的盛况，求书之人颇为困惑，由此可知《虞初新志》在日本的知名度与受欢迎的程度。基于此种情况，浪华书肆翻刻《虞初新志》以便读者，即在原文旁附加训点的和刻本《虞初新志》，先后共发行了 6 次。虽然每次的印刷量并未明确记载，但是通过其印刷次数则足以显示出对其需求量之大。和刻本《虞初新志》的刊刻、印刷、发行这一系列工作程序繁琐、工程浩大，由此可知当时日本的印刷技术可谓相对成熟，为《虞初新志》的出版发行创造了极为便利的条件。

第一节 日本对《虞初新志》的翻刻

伴随着《虞初新志》在日本的广泛传播，诸多领域中均可见该书流行的痕迹，其文学价值开始为更多的读者所认可，继而日益盛行开来。由于日本印刷业发展的相对成熟，使得《虞初新志》的和刻本得以大量地刊刻出版，广为流传，影响十分深远。《虞初新志》之所以能够在日本广泛传播，乃是与和刻本的发行以及作为其技术支撑的日本印刷业的发展息息相关。

一、日本的印刷业

日本的印刷技术始于奈良时代（710—794），最初是从印刷一些佛教典籍开始的，因此，当时的印刷活动大部分都是在一些比较大的寺院进行，所印刷的书籍也是以佛教方面的内容居多，当时的印刷文化乃是从属于宗教活动之下进行的。民间虽然有零星的出版佛教以外的书籍，然而只是极少数的个例，绝大多数出版印刷活动都是以宗教典籍为主。这一局面一直持续至室町时代(1336—1573)，在此之后，佛教典籍以外的书籍印刷数量逐渐增多，印刷业才慢慢发展开来。

至江户时代(1603—1868)，随着印刷技术的革新，印刷业得以飞速发展，空前繁荣。北宋年间，毕昇发明了活字印刷术，这一技术传至朝鲜后促进了朝鲜印刷业的发展。丰臣秀吉在侵略朝鲜之时，武将们亲眼目睹了活字印刷的书籍，对活字印刷术甚为感叹，遂将连同活字、道具以及印刷工人在内的整套活字印刷技术带回日本，由此开始了活字印刷时代，促进了日本印刷业的飞速发展。此外，西洋的传教士赴日传教之时，将西欧的活字印刷技术一同带到日本，亦促进了日本印刷业的发展。因此，在朝鲜、西洋活字印刷术的影响下，日本在此前长期以来一直采用木板进行整版印刷的技术得以改善，开始进入主要使用木活字进行印刷的活字印刷时代。这一阶段从 16 世纪末期至宽永年间(1624—1645)为止，大约持续了半个世纪之久。

以活字印刷的开始为契机，书籍的刊刻与发行逐渐展开。随着其广泛传播，人们对书籍的兴趣有了很大的提高，读者进一步增多，印刷业空前繁荣，出版业开始以商业的形式发展起来。然而，这一时期虽然出版印刷较之以往有了数量上的大幅度增加，其传播范围仍然相对狭小，仅限于武士、知识分子、豪商等之间进行。尽管如此，印刷业较之以往还是得到了长足的发展。

随着读者的逐渐增多，对书籍的需求量亦日益加大，印刷量迅速增加。最初由于印刷数量相对较少，采用活字印刷的方式较为经济、方便。然而，至宽永年间，随着印刷量的增大，印刷业最初所采用的整版印刷的方式开始体现出其更为方便快捷的优点，在接受订单之时亦更为有利。因此，利用板木雕刻所进行的整版印刷再次为印刷业者所广泛采用，各地的书肆纷纷将印刷方式重新调整为整版印刷，开始买卖木板，并出现了专门的出版业者。此前在寺院进行的佛教类典籍的印刷活动开始转为由专门的出版业者负责，日本的古典文学作品、汉文典籍等书籍的印刷亦由活字印刷转变为此前的整版印刷，通过这些变化可以看出宽永年间书籍的出版发行量之大、读者之多、传播之广。这一时期人们的文化活动明显增多，从书籍的印刷角度来看，可谓开始了真正的出版文化。

1696年，日本的书屋河内屋利兵卫刊行了《增益书籍目录大全》，统计了当时市场上已经出版的书籍目录，包含书名、册数、价格、出版者等详细信息，其中所记载的书籍约7800部之多，足见这一时期书籍出版业的繁盛。从其出版内容来看，中国的典籍历来为大量出版印刷的对象，在目录中亦有所记录。除此之外，《日本书纪》《源氏物语》等日本古典文学作品亦不断地出版刊行。这些书籍此前仅限于贵族、僧侣、武士等上层阶级之间内流通，现今开始在各个阶层之间大量地出版传播，广大庶民阶层亦得以享用，极大地促进了文化的发展。

至江户后期，印刷业极为繁荣，书籍的大量印刷使得其传播范围更为广泛，读者层由以往的上层阶级逐渐转向中下层町人，实现了文化的大众化，读书人口大幅度增加。此时的出版界完全以江户为中心，出版数量空前。然而，从其价格来看，书籍仍然为昂贵之物，普通阶层的经济能力有限，于是写本逐渐增多，并且作为商品大量生产流通。此前由公家、上级武士阶层、寺院等管理的写本至江户时期得以开放，使得更多的人能够取之一阅，读者层空前扩大。随之而来的是租书屋作为一个新兴行业登场，遍布江户各地。

由于印刷数量的大幅度增多，从事出版行业的业者亦大量增加，书籍的印刷与贩卖成为经济活动的一个新的领域迅猛发展开来，并且出现了以营利为目的的民间书肆。与此同时，出版业者相互之间的竞争日益激烈，原有的业者之间开始重组、优胜劣汰，逐渐形成了江户书商须原屋一统的局面。和刻本《虞初新志》于文政六年(1823)刊刻出版，该版本便是由江户须原茂兵卫等与京都、大阪等地的书商共同发行的。以《虞初新志》为例，当时供不应求的热销书籍由其刊刻发行，足见其当时在出版业者中的优势与实力。

除了日本本土书籍的出版之外，汉籍的刊刻发行一直未曾间断，且数量十分之多，这些在日本刊刻发行的汉籍被称为“和刻本”，即在日本出版的汉籍。“汉籍的和刻始于正中二年(1325)的覆宋本《寒山诗》。至延文三年(1354)，春屋妙葩刊《诗法源流》出版，这些书之所以能够掺杂在佛典之中得以刊行，乃是出于禅僧们对诗偈的参考需要。”①虽然和刻本最初的出版是附属于宗教活动之下进行的，然而以此为源，为日本本土的汉籍阅读带来了极大的便利，很好地解决了汉籍难求的状况与日本人对汉文难于理解的问题，适用于不同的读书层对汉籍的需求。汉籍的和刻使得更多的汉文典籍广为日本文人所阅读，极大地促进了其在日本的传播。

除汉籍之外，在进入明治时代的一段时间内，一些西洋名著的汉语译本也在日本广为流传。与直接将西洋名著的原文翻译为日文相比，在其已经问世的汉语译本的基础上施以训点的“翻译法”——和刻本更为简便快捷、行之有效，于是，这些汉语译本便成为西洋著作日语译本出版之前的桥梁，为广大读者提供了便利的阅读条件，如《万国公法》等。西洋的学问通过汉语译本这一媒介在日本广为人们所熟知，其汉语译本的和刻在日本广泛传播，可谓具有学问传播的媒介以及促进书籍流通的重大意义。

二、日本的翻刻

《虞初新志》东传日本之后，很快受到了广大读者的喜爱，迅速掀起了购书阅读的高潮。然而，由于舶载运输等条件的限制，出现了供不应求的局面。为了满足市场需求，解决一书难求的问题，浪华书肆将该书翻刻出版，是为和刻本《虞初新志》的出版缘起。荒井公廉在《翻刻〈虞初新志〉序》中对其传播盛况有所介绍，由此可见《虞初新志》在日本的极大知名度以及有口皆碑之深远影响。

为了方便读者阅读，和刻本《虞初新志》“国字旁译”，在原文旁标有日文训点，这可谓和刻本汉籍的一大特点。所谓训点，是日本汉文训读的方法，即为了便于理解汉文的意思，用一定的方式将汉文翻译成日语的一种方法。通过使用将汉语语序转变为日语语序的返点等符号、将汉语原文中所没有的助词、动词的变化等通过送假名②的方式标记出来，以便于用日文的语序更好

① 原文：“漢籍の和刻は正中二年（一三二五）の覆宋本『寒山詩』に始まるという。さらに延文三年（一三五四）には春屋妙葩刊の『詩法源流』が出版されたが、仏典の中にまじってこれらの本が出たのは、禅僧の詩偈の参考のためであった。”大庭脩，王勇．日中文化交流史叢書　第9巻　典籍［M］．東京：大修館書店，1996．第75页．

② 送假名：日语中为了表示日文汉字词汇的词性或读音而在汉字旁附加的日文假名。

地理解原文。

具体说来，“所谓训读由两个层次构成：第一，把每个汉字直接用日语词汇来译读。例如：‘天’字如用来自中国古音的音读就是‘ten(てん)’，而用训读则读为‘ama，ame’(古代用汉字取音舍义写成‘阿米’，此即所谓万叶假名)。第二，原本以中文语法来写的文章改成日语语法倒过来读。如‘读书’改成‘书读’。第三，颠倒语序时使用种种记号，如‘レ，一，二，三，上，下’等指示不同层次的语序颠倒，加以用假名文字表示中文所没有的助词即动词后缀。这种阅读法据说产生于八世纪的奈良寺院，主要在阅读佛经时所用，后来沿用到儒家经典或文学作品，迄今日本人阅读汉文仍用此法。”①

和刻本《虞初新志》亦充分体现了和刻本的这一特点，全篇均施有训点。如开篇的《大铁椎传》，和刻本首句作“大-鐵-椎ハ不レ知二何許レノトコロノ人一ナルヲ”。其中“大鐵椎不知何許人”这几个汉字为原文，三处下划线的“レ”“二”“一”表示语序(原文中没有下划线，是笔者为了方便区分而后加上去的)。其中“レ”表示“不”和“知”两个字之间的语序颠倒，而“二”“一”则表示句子内容的顺序转换，即数字一、二，按照其所标记的数字顺序来读。如较长的句子顺序转换较多，会依次按照数字的“一”“二”“三”等顺序进行标记，在读的时候亦按照该数字顺序来读，即可转换为日语语序。其他几处未标下划线的“ハ”“レノトコロノ”“ナルヲ”则为所补充的日文助词、动词的变化等送假名，以便帮助理解词意、句意。此外，“大鐵椎”三个字之间的“-”为连接符号，多用于人名、地名以示其为一个整体，便于与其他内容相区分。

由此可见，该句在日语中的读法顺序当为“大-鐵-椎ハ何許レノトコロノ人ナルヲ知不”，将语序调整为日文语序，再加上补充的送假名，则实现了将汉文原文翻译成日语的表记，即日本的汉文训读法。这种方法自古以来一直沿用至今，日本中学的国语教材中所收录的汉文亦采用此种方法解读，是在日本极为普及并要求作为知识点掌握的汉文阅读方法。日本的文字起源于中国的汉字，日语中大量保留着汉字词汇，其语意大部分都与汉语相通，这就

① 金文京．东亚汉文训读起源与佛经汉译之关系——兼谈其相关语言观及世界观．文化移植与方法：东亚的训读・翻案・翻译[M]．桂林：广西师范大学出版社，2013．第16页．

为汉文的阅读提供了非常便利的条件。再加上通过如上所述的将汉文语序转换成日文语序、补充以日文的助词、动词活用等内容，则实现了将汉文“翻译”成日语的汉文训读法。

对汉文施以训点要求在准确把握原文的基础上对其进行“翻译”，因此，扎实的汉文功底极为重要，对其标注的准确性直接关系着读者能否正确地对其进行解读，对训点者的汉文水平要求极高。和刻本《虞初新志》的训点者为荒井公廉(1775-1853)，名豹、公廉，字廉平，号鸣门，日本江户时代后期的汉学者。他在《翻刻〈虞初新志〉序》中介绍道：“浪华书肆某等胥谋翻刻之，且欲国字旁译，以便读者也，来乞诸予。”由此可见，《虞初新志》由浪华书肆翻刻，并且专门请荒井公廉在其原文旁施以训点以便读者，即和刻本《虞初新志》。

浪华书肆为当时大阪较为有名的书肆，出版了诸多书籍，可谓极具竞争力的出版业者。早稻田大学图书馆所藏文政六年(1823)和刻本《虞初新志》中，在版权页处附有浪华书肆的藏板书目，其所出版之书涵盖了国文学、汉籍、医学、绘画、书法、料理等诸多方面，可谓广泛出版各个领域书籍的出版业者。在其中所罗列的汉籍书目中，包含《四书字引》《五代史》《虞初新志》《隶续》《论语笔解》等书。其中，《虞初新志》在藏板书目中作“《虞书新志》”，出版信息为“唐本翻刻，全八册”。和刻本《虞初新志》均为十册，根据其标注的出版详情可知，该书目中的《虞初新志》当为中国出版本的翻刻本，即其所标注的“唐本翻刻”。由此可知，在和刻训点本《虞初新志》出版之前，还经历了将中国出版的《虞初新志》直接翻刻的阶段，由浪华书肆等出版业者出版，可见该书当时在日本的传播盛况。然而即使如此，亦无法满足市场对《虞初新志》的需求，且中国出版本并无训点标注，其读者仅限于精通汉文的知识阶层，局限性极大。因此，浪华书肆在翻刻本的基础上“国字旁译，以便读者也。”在翻刻之际，浪华书肆专门请荒井公廉施以训点，可以看出他的名气之大，汉文造诣之高，当为汉文训点之名家。

荒井公廉自幼便喜爱读书，师从阿波德岛藩①的藩儒那波鲁堂②，信奉朱

① 德岛藩为日本古代统有古代律令国阿波国和淡路国两国的藩，废藩置县后为现德岛县。
② 那波鲁堂(1727-1789)，江户中期的儒学者，著有《学问源流》《左传标例》。

子学。文化二年(1805)，荒井公廉被五条代官所[①]的学堂主善馆聘任，讲授朱子学。文政元年(1818)，他游学于江户，入林述斋[②]之门，其后侍于淀藩[③]，成为藩儒，教授程朱学。荒井公廉精通汉学，汉文功底极为扎实，为大量的和刻本汉籍做了校注工作，如《孟子外书》《音注五经》《中庸章句新疏》《清诗别裁选》《唐土名胜图会》《艺苑名言》等，均为中国古籍中的名篇。此外，还著有汉诗《芳野新咏》等。此番和刻本《虞初新志》专门请荒井公廉施以训点，亦说明了他汉文水平之高，在日本享有盛誉。荒井公廉在大量的校注工作中积累了丰富的经验，是汉籍校正、标注的不二人选。他对汉文的把握与解读可谓精准无误，可见其造诣之深。

荒井公廉和刻本《虞初新志》于文政六年(1823)出版发行，书中有“文政六年岁次癸未秋八月翻刻成”的字样，由此可知其具体的刊刻时间为1823年8月。和刻本的出版缓解了继《虞初新志》传至日本之后数量有限、一书难求的状况，为读者带来了极大的方便。该书深受广大文人的喜爱，继和刻本《虞初新志》问世之后，陆续又发行了5种后印本，一直持续至明治时期，由此可见其传播经久不衰之势。

日本早稻田大学图书馆藏有六部和刻本《虞初新志》，其中有五部为文政六年(1823)由冈田仪助等发行的版本，即最初发行的版本，各部均为名家旧藏，且印有藏书章，其具体信息如表1：

表1 日本早稻田大学图书馆藏文政六年和刻本《虞初新志》一览表

書名	藏者	注记	补遗顺序
《虞初新志》	箕作阮甫	康熙二十二年序之翻刻	篇末
《虞初新志》	小川为次郎	康熙二十二年序之翻刻	篇末
《〈虞初新志〉校正》	杉原心斋、菊池晚香	康熙二十二年序之翻刻	篇首
《〈虞初新志〉校正》	山口刚	文政六年翻刻校正之后刷	篇首
《〈虞初新志〉校正》	葛堂图书	康熙二十二年序之翻刻校正	篇末

① 五条代官所，江户幕府于1795年在五条设置的幕府直辖的地方官所在的官厅。
② 林述斋(1768–1841)，江户时代后期的儒学者，著有收集散佚汉籍成书的《佚存丛书》等。
③ 淀藩为在古代山城国地区的封建领主所支配的领域及机构组织。

箕作阮甫(1799-1863)为江户末期的兰学者、兰医，创办了日本最初的医学杂志，在美国东印度舰队司令官佩里赴日之时，作为幕府的翻译员较为活跃。小川为次郎(1851-1926)为明治政府于1881年设立的财政整理部门——统计院的官吏、收藏家，喜欢收藏书画藏品，所收有诸多国宝、重要文化财产级别的珍品。箕作阮甫和小川为次郎所藏《虞初新志》为冈田仪助等发行本，在其出版注记中，写有“康熙二十二年序之翻刻”的内容。康熙二十二年即1683年，张潮《虞初新志》于此年成书。由此可见，和刻本《虞初新志》乃是以康熙二十二年本为底本进行翻刻的。实际上，在其翻刻之时，还整合了乾隆二十五年(1760)张潮之子张绎修订刊行的诒清堂重刊袖珍本中的内容，这在《翻刻〈虞初新志〉序》中有所提及，将在后面具体分析。

杉原心斋(？-1868)为江户时代后期的儒者，幕府的儒官。他十分爱书，藏有大量中国宋、元时期的古书，擅长考证，别号绿静堂，此部和刻本《虞初新志》中便印有“绿静堂图书章”的印记。菊池晚香(1859-1923)，通称三九郎，早稻田大学教授，讲授汉学。该书印有早稻田大学图书馆的印章，标记“故菊池三九郎氏，大正十三年一月”。大正十三年为1924年，可见该书原为杉原心斋旧藏，后由菊池晚香所藏，故去后经早稻田大学图书馆藏。该书亦标有“康熙二十二年序之翻刻”的内容，然而书名较最初之《虞初新志》多了“校正”二字，作《〈虞初新志〉校正》。由此可见，虽然出版者同为冈田仪助等，然而该版本却不止发行了一次，至少在其出版之后又发行了校正本。此外，从篇目顺序来看，最初的版本在《虞初新志》二十卷正文之后附有补遗四篇，然而校正本虽然在篇目上未有增减，却将四篇补遗放在开卷处，即附在二十卷正文之前、目录之后，可见其略有调整。

山口刚(1884-1923)，文学者，主要从事国文学、中国文学的研究，早稻田大学教授。其所藏版本同为冈田仪助等发行的刊本，书名作《〈虞初新志〉校正》，注记为“文政六年翻刻校正之后刷”。文政六年即和刻本《虞初新志》刊刻发行的1823年，此本为其翻刻校正的后刷本。由此可知，冈田仪助等发行的和刻本《虞初新志》至少经历了翻刻本、翻刻校正本以及后刷本三次出版过程。与菊池晚香藏本相同，山口刚藏本所收录的四篇补遗亦附在二十卷正文之前，可见其沿用了校正本的篇目顺序。

葛堂图书注记“康熙二十二年序之翻刻校正”，可见其为1823年和刻本《虞初新志》的校正本，书名作《〈虞初新志〉校正》。然而与菊池晚香、山口刚所藏校正本有所不同，其篇目顺序为四篇补遗附在正文之后，又回归了1823年和刻本《虞初新志》初出本的排版次序，体现出与其他两部校正本的不同之处，由此可见其再次的调整。

和刻本《虞初新志》于1823年由冈田仪助等翻刻发行，经历了出版、校正、后刷之至少三次的出版过程，由此可知其出版情况。虽然各版之间未见较大的改动，所收篇目数量、细目未见出入，然而在其排版顺序上却有略微的调整。此后，河内屋源七郎等发行了第一种后印本，其出版时间当为初版发行的1823年至第二种后印本发行的1851年之间。

至嘉永四年(1851)，由近江屋平助、河内屋德兵卫发行了第二种后印本《〈虞初新志〉校正》，该本由大坂书林发行，并附有其具体地址“新斋桥通备后町”，河内屋德兵卫、近江屋平助同为此所。在出版事项中，写有“嘉永四年五月补刻”的字样，可见此本的后印时间。日本著名作家森鸥外所藏《虞初新志》即为此版本，现藏于日本东京大学综合图书馆。此本当以《〈虞初新志〉校正》为底本，其四篇补遗在前，二十卷正文在后。

在第二种后印本发行的1851年至明治时期开始的1868年这十余年间，和刻本《虞初新志》又陆续后印两次，即第三次、第四次后印本。第三次后印本由近江屋平助等发行，为第二种后印本的发行者之一。第四种后印本由河内屋茂兵卫等发行，出版地均为大阪。至明治时期，发行了第五种后印本。该版本日本国立国会图书馆有所收藏，且作为电子书籍于网站上公开。该书具体的出版事项为“大阪心斋桥博劳町角，群玉堂河内屋，冈田茂兵卫”，可见其出版地亦为大阪，由群玉堂河内屋的冈田茂兵卫发行。此外，在版权页还写有“和汉西洋书籍卖捌处”的字样，可见当时书籍的买卖已经作为一种商业性活动发展得较为成熟。从其种类上来看，和、汉、西洋的书籍均有涉猎，为当时出版的主要书籍领域。由此可知，汉籍长期以来作为日本书籍中极为重要、不可或缺的存在，其影响十分巨大。

通过以上分析可以看出，从时间上来看，和刻本《虞初新志》于1823年出版，其后陆续发行了五种后印本，一直持续至明治时期，历时近一个世纪。

由此可见，《虞初新志》在日本的出版发行经久不衰，读者对其需求量之大反映出该书在日本传播的盛况。从出版地来看，和刻本《虞初新志》的翻刻以大阪为中心展开，先后六次发行地均为大阪，京师、江户仅在初次刊行之时有所体现。从其版本来看，和刻本《虞初新志》先后经历了刊刻出版、校正、后刷等几次出版过程，其排版的先后顺序亦略有调整，但未见大幅度改动。通过这些出版情况，可以体现出《虞初新志》在日本传播的痕迹，足见其影响之大、传播之广。

第二节　和刻本《虞初新志》的重构

和刻本《虞初新志》的出版为读者提供了极大的便利，满足了市场对该书的需求，极大地促进了《虞初新志》在日本的传播。该本以当时业已传至日本的康熙二十二年本、乾隆二十五年本为底本进行翻刻，既极大程度地保留了该书之原貌，又整合了不同版本之间的内容，还在其基础之上“国字旁译”施以训点，充分体现出作为和刻本的特点，是《虞初新志》在日本传播的最为直接的表现形式。

一、对原作的整合

和刻本《虞初新志》并未原封不动地基于原作进行刊刻，而是通过仔细比对当时已经传入日本的两个版本的内容，最大化地保留了其中所收各篇，对其内容有所整合，这在《翻刻〈虞初新志〉序》中较为详细地进行了说明。

> (前略)其書有前後二刻，以康凞癸亥張潮所刻為初出，乾隆庚辰張繹所校巾箱本則係重鐫。但重鐫增五篇，而闕二篇，增者為《徐霞客傳》、為《柳夫人小傳》、為《書鄭仰田事》、為《紀周侍御事》、為《板橋雜記》，闕者為《孫文正黄石齋両逸事》、為《象記》。今用初出原本翻刻之，更追補重鐫内四篇，獨《板橋雜記》東都書

肆既刊行之，故除。[①]

由此可知，在和刻本《虞初新志》翻刻之时，传入日本的《虞初新志》有两个版本：康熙二十二年癸亥(1683)张潮所刻的版本，为初出；乾隆二十五年庚辰(1760)张绎所校之巾箱本，为重刻。此处所说的康熙癸亥之张潮初出本为康熙二十二年成书，实际上，至康熙三十九年(1700)，张潮又为此书写了一篇总跋，可见其一直处于修改增补之中。荒井公廉此处称其为康熙癸亥本，当为按照其成书年代之称，亦为此版本的通称。此版本为《虞初新志》最早的版本，然而也有其最早刊行于康熙四十三年(1704)之说[②]。该本现藏于上海图书馆，亦藏于日本内阁文库以及东京大学东洋文化研究所等处。乾隆二十五年重刻本为张潮之子张绎重新修订刊行的巾箱本，即广陵诒清堂重刊袖珍本，现藏于台湾大学图书馆，亦藏于日本东京大学、京都大学、东北大学等多处图书馆，可见该版本的日本馆藏较为丰富。此后，中国尚有若干《虞初新志》的版本相继出版，然而均在文政六年荒井公廉的和刻训点本之后，故在此处只提及了这两个版本。

关于康熙二十二年本和乾隆二十五年本的收录各篇，荒井公廉在序中也做出了较为详细的说明，旨在介绍和刻本《虞初新志》的篇目构成。在《翻刻〈虞初新志〉序》中，荒井公廉交代了前后二刻收录各篇的增减情况：与康熙二十二年本相比较，乾隆二十五年本增加了《徐侠客传》《柳夫人小传》《书郑仰田事》《纪周侍御事》《板桥杂记》五篇，删减了《孙文正黄石斋两逸事》《象记》两篇。而和刻本《虞初新志》则综合此二本的各篇，在康熙二十二年本的基础上，增加了乾隆二十五年本中除了当时由东都书肆业已刊行的《板桥杂记》之外所增补的四篇内容，而其所删减的两篇却并未删除，即只增不减。由此可见，和刻本《虞初新志》并未因循某一个版本，而是最大化地整合了原本中所收录的各篇，以求尽量全面地将其所收录的内容进行翻刻。

① (清)張潮輯，荒井公廉訓點．虞初新志20卷補遺1卷[M]．大阪：群玉堂河内屋，文政六年(1823)．

② 邓长风．《虞初新志》的版刻与张潮的生平——美国国会图书馆读书札记之二十七．明清戏曲家考略续编[M]．上海：上海古籍出版社，1997年．第160页．

实际上，在乾隆二十五年本之后所出版的咸丰元年(1851)小嫏嬛山馆刻本中，又增加了两篇内容，分别为魏禧《姜贞毅先生传》和孙嘉淦《南游记》，这两篇在康熙二十二年本和乾隆二十五年本中均未见，因此在和刻本《虞初新志》中亦未收录这两篇作品。《虞初新志》成书于康熙二十二年(1683)，至康熙三十九年(1700)，张潮又为此书写了一篇总跋。此外，其所收之篇还有在康熙四十年(1701)之后才问世的作品，乾隆二十五年本、咸丰元年本中均可见其所收篇目的增补与删减。由此可见，在《虞初新志》成书之后，辑者亦一直持续不断地进行修改、调整，相继出版的各个出版本之间存在篇目增减差异，其初出之原貌已无从知晓。

《虞初新志》共二十卷，康熙二十二年本、乾隆二十五年本均为八册，而和刻本《虞初新志》则为十册，其具体卷册分布对比如表2：

表2　清刻本与和刻本《虞初新志》卷次分布对比表

册数	清刻本《虞初新志》	和刻本《虞初新志》
第一册	卷一、卷二	卷一、卷二
第二册	卷三、卷四	卷三、卷四
第三册	卷五、卷六	卷五、卷六
第四册	卷七、卷八	卷七、卷八
第五册	卷九、卷十、卷十一	卷九、卷十
第六册	卷十二、卷十三、卷十四	卷十一、卷十二
第七册	卷十五、卷十六、卷十七	卷十三、卷十四
第八册	卷十八、卷十九、卷二十	卷十五、卷十六
第九册	——	卷十七、卷十八
第十册	——	卷十九、卷二十

由表2可知，清刻本《虞初新志》共八册，其中前四册每册两卷，第一卷至第八卷收录其中；后四册每册三卷，第九卷至第二十卷收录其中。和刻本《虞初新志》亦二十卷，然而与清刻本有所不同，共分为十册，每册两卷。由此可以看出，在卷册分布上，和刻本《虞初新志》并未因循清刻本的结构，而是将二十卷平均分刻为十册，其分布更为平均。

文政六年(1823)和刻本《虞初新志》开篇附有《翻刻〈虞初新志〉序》，如前所述，提及了《虞初新志》舶载至日本之时的盛况、和刻本《虞初新志》刊刻的缘起以及所收之篇的构成等内容，较为详尽地介绍了和刻本《虞初新志》的出版情况。在《翻刻〈虞初新志〉序》的末尾处，刻有“日本文政六年癸未六月，鸣门荒井公廉书于淀城豹隐居”的字样。日本文政六年即1823年，适逢癸未年，和刻本《虞初新志》于该年6月刊行。鸣门为和刻本《虞初新志》的训点者——荒井公廉之号，淀城位于现日本京都府，可见施加训点这项工作是由荒井公廉于京都完成的。在落款处有“荒井公廉”“豹隐居”“鸣门逐渔”的印章，均为荒井公廉的印记。

在《翻刻〈虞初新志〉序》之后，依次刊刻了《虞初新志》的《自叙》《凡例》目录以及正文部分，顺序与康熙二十二年本一致，且均施有训点。康熙二十二年本在二十卷所收之篇之后附有张潮的《总跋》，末尾处有“康熙庚辰初夏，三在道人张潮识”的字样。康熙庚辰为1700年，《总跋》为该年所写。和刻本《虞初新志》刊刻于1823年，距《虞初新志》成书已有百余年时间，然而，与康熙二十二年本有所不同的是，《总跋》在和刻本《虞初新志》中并未收录，且后刷出版的各个版本中亦未刊刻该跋文，其原因无从知晓。

从和刻本《虞初新志》所收之篇可以看出，编者最大化的整合了其所依据的康熙二十二年本和乾隆二十五年本这两个底本中所收录的作品进行刊刻，且《自叙》《凡例》等内容亦遵从底本的顺序，原封不动地刊刻保留下来，可谓丝毫不漏过原本所收之内容。然而即使如此，却并未收录张潮的《总跋》，对此颇感疑惑。

荒井公廉在《翻刻〈虞初新志〉序》中介绍了和刻本《虞初新志》所收录的内容构成，并列举篇名详细地说明了其删减情况，最大化地整合了当时所见的两个版本，可谓只增不减。尽管如此，和刻本《虞初新志》却未收录张潮的《总跋》，对于其删减情况亦只字未提，这一点颇为疑惑。由此可以推断其并未收录该跋文情况有二：一为张潮入狱，在此跋文之中描述了其入狱后的情况，且《虞初新志》曾被列入禁书目录，如此内容略为敏感，且与《虞初新志》的文本内容似无太大关系，故荒井公廉未予收录。然而，对于和刻本《虞初新志》的所收之篇，荒井公廉在《翻刻〈虞初新志〉序》中对其增减情况进行了极为详细的说明，却只字未提该跋文的删减情况，由此可以推测在翻刻之时将其跋文删除的可能性较小。《总跋》附于《虞初新志》二十卷之后，为最末尾处的内容，因此还有一种情况为《虞初新志》在东传日本之时有所缺漏，该跋文并未附于其中，荒井公廉并未得见，故未能刊刻。亦或该跋文内容所涉略为敏感，故在《虞初新志》东传日本之时并未将其附于该书之中，即该跋文并未传到日本，故在和刻本《虞初新志》中未见。

在和刻本《虞初新志》二十卷正文之后，尚有补遗四篇，即在《翻刻〈虞初新志〉序》中所提到的《徐侠客传》《书郑仰田事》《柳夫人小传》《纪周侍御事》。乾隆二十五年本中所增补的《板桥杂记》在当时业已刊行，故未予收录，可见其刊刻出版早于和刻本《虞初新志》。由此可见，和刻本《虞初新志》由康熙二十二年本中所收各篇附之以上四篇而成，对其内容只增不减，极大程度地保留了当时所见两个版本中的内容。

二、和刻本的结构

从和刻本《虞初新志》的结构来看，其由封面、扉页、《翻刻〈虞初新志〉序》、《自叙》、《凡例》、目录、正文、补遗、版权页构成。依据版本的不同，其个别内容的先后顺序略有调整，但从整体上来说，所包含的内容基本相同。现将其较有代表性的版本信息具体总结如表3：

表3　和刻本《虞初新志》结构顺序一览表

版次	書名	发行者	结构顺序
初刊本	《虞初新志》	冈田仪助等	封面、扉页、翻刻《虞初新志》序、自叙、凡例、目录、正文、补遗、版权页
初刊本	《〈虞初新志〉校正》	冈田仪助等	封面、扉页、翻刻《虞初新志》序、自叙、凡例、目录、补遗、正文、版权页
初刊本	《〈虞初新志〉校正》	冈田仪助等	封面、扉页、翻刻《虞初新志》序、自叙、凡例、补遗、目录、正文、版权页
第二刷	《〈虞初新志〉校正》	近江屋平助、河内屋德兵衛	封面、翻刻《虞初新志》序、自叙、凡例、目录、补遗、正文、版权页
第五刷	《〈虞初新志〉校正》	冈田茂兵衛	封面、扉页、翻刻《虞初新志》序、自叙、凡例、目录、正文、补遗、版权页

和刻本《虞初新志》为线装本，封面刻有《虞初新志》或《〈虞初新志〉校正》的字样，并附之以卷次信息，如卷一等。由列表可以看出，初刊本《虞初新志》有三种版本，即如前所述的历经翻刻、校正、后刷这一系列出版活动所问世的各本。从书名来看，只有初刊本作《虞初新志》，其他两个版本均为《〈虞初新志〉校正》，其后所刊行的后刷本亦作《〈虞初新志〉校正》。由此可见，和刻本《虞初新志》在最初出版之后，随即进行了校正，之后所出的各本均为校正本，这一点通过和刻本《虞初新志》的书名便可知晓。

与封面有所不同，无论初刊本还是校正本，其扉页处所印题名均作“虞初新志”，并无校正与否之分，然而各个版本之间仍存在细微的差别。三种初刊本扉页相同，均印有“虞初新志”的字样，而1851年第二刷则无扉页，封面后即为《翻刻〈虞初新志〉序》的内容。明治年间出版的第五刷则又添加了扉页，且较之初刊本更为翔实，印有“清张山来辑评 荒井廉平训点《虞初新志》浪华河内书屋合梓”的字样，将《虞初新志》的著者、训点者以及出版机构明确标示出来。由此可见，各版《虞初新志》的后刷虽然并未做大幅度修改，却都有着细微的调整与变化。

扉页之后分别为《翻刻〈虞初新志〉序》、《自叙》以及《凡例》，其中《自叙》与《凡例》均施有训点，且各个版本之间无论是内容上还是顺序上均未见差别。其后为目录、正文以及补遗三项内容，依据版本的不同，其先后顺序出现了明显的不同，如表3所示。初刊本的三个版本顺序皆不相同，由此可见在其历经出版、校正、后刷等一系列出版过程的同时，排版的先后顺序也在不断地调整。此外，第二刷与第五刷的顺序亦有所不同，虽为补印，却仍见其细微的调整。

从目录看来，和刻本《虞初新志》因袭了清刻本的格式，甚至排版顺序亦与其一致。然而与其有所不同的是，和刻本在底本的基础上增加了所选篇目的出处这一内容，可谓更为翔实。以卷一为例，清刻本与和刻本的所收信息分别如下：

表4　清刻本与和刻本《虞初新志》篇目信息对比表

篇名	清刻本	和刻本
《大铁椎传》	宁都　魏禧　冰叔	《魏叔子文集》　宁都　魏禧　冰叔
《秋声诗自序》	晋江　林嗣环　铁崖	《文津选本》　晋江　林嗣环　铁崖
《盛此公传》	大梁　周亮工　栎园	《赖古堂集》　大梁　周亮工　栎园
《汤琵琶传》	南昌　王猷定　于一	《四照堂集》　南昌　王猷定　于一
《小青传》	失名	失名
《义猴传》	监城　宋曹　射陵	《会秋堂文集》　监城　宋曹　射陵

通过对比可以看出，清刻本目录中所包含的信息分别为篇名、作者的出身地、作者、字号这四项内容，和刻本亦包含这些内容，且与底本信息一致。除此之外，还在其基础上增加了所收之篇的出处，如《大铁椎传》选自魏禧的《魏叔子文集》，《秋声诗自序》选自林嗣环的《文津选本》等。这些出处信息的补充有助于读者更进一步地了解该篇文章的来由，更为全面地展示了《虞初新志》中所收录的各篇内容。然而，目录中并非所有篇目都标注了出处，个别篇章并无此项内容。如表4所示的卷一《小青传》，由于其作者不详，故无法详及出处。此外，还有方苞《孙文正黄石斋两逸事》(卷六)、林璐《象记》(卷七)、徐瑶《髯参军传》(卷十五)、詹锺玉《记古铁条》(卷十六)、钮琇《燕觚》《豫觚》(卷十九)这几篇亦未包含出处信息。由此可见，除个别篇目之外，和刻本《虞初新志》均标注了选文之出处，与清刻本相比则更为详尽。

此外，目录中还包含了四篇补遗的篇章信息，附于二十卷正文目录之后，具体为：

拾遺

徐霞客傳　初學集　虞山　錢謙益　牧齋
書鄭仰田事　有學集　同
柳夫人小傳　藏山集　豫章　徐芳　仲光
紀周侍御事　大有奇書　錢塘　陸次雲　雲士

如前所述，目录中的《徐霞客传》《书郑仰田事》《柳夫人小传》《纪周侍御事》四篇，再加上《板桥杂记》共计五篇为乾隆二十五年本所增补的篇章。《板桥杂记》当时在日本已经刊行，故并未收录在和刻本《虞初新志》中，这在《翻刻〈虞初新志〉序》中有所说明。和刻本《虞初新志》虽然统合了康熙二十二年本和乾隆二十五年本中所收录的各篇，然而却并未将增补的四篇编入各卷，而是以补遗的方式区别于正文单独罗列出来，以示其与原本的不同之处。而乾隆二十五年本所删减的《孙文正黄石斋两逸事》《象记》两篇则原封不动地保留，且仍附于二十卷正文之中，并未单独列出。

此外，和刻本《虞初新志》目录与正文的表记、顺序亦有不同之处，主要体现在增补的四篇内容之中。所增补的内容在目录中做“拾遗”，然而在文中却做“补遗”，且在书口处的表记亦做“补遗”，可见其与目录的不同之处。根据和刻本《虞初新志》版本的不同，其正文、补遗的先后顺序亦有所不同，有些版本补遗位于篇末，而有些则位于篇首。然而，在目录处所体现的顺序则均为二十卷正文在先，四篇补遗（目录中做“拾遗”）在后，可见该目录并未严格按照实际排版的先后顺序进行刊刻，而是各个版本均以正文——拾遗的顺序体现在目录之中。由此可以分析出在补刷之时，目录部分的内容并未调整，而是依据初刊本和刻本《虞初新志》的刻板后印而成。虽然正文、补遗、目录的先后顺序有所不同，然而每一部分均作为一个整体，其具体内容未做调整。

和刻本《虞初新志》共十册，每册两卷，是为二十卷。在每卷之始，刻有卷次及辑者、训点者的信息，具体为“（清）新安张潮山来氏辑 日本鸣门荒公廉廉平氏训点”。康熙二十二年本亦同样在每卷之始刻有卷次及辑者信息，具体为“新安张潮山来氏辑”。通过对比可以看出，和刻本较之康熙二十二年本增加了辑者张潮的朝代——“清”这一信息。此外，在“张潮山来氏”与“辑”之间增加了一个空格以示区分，而清刻本则并无此间隔。此外，和刻本《虞初新志》还附有训点者荒井公廉的信息，其中“鸣门”为其号，“公廉”为其名，“廉平”为其字，姓为“荒井”，此处省略一字作“荒”。与此相比较，辑者张潮的信息则包含了其出身地新安以及字山来。除了补充朝代信息之外，和刻本其余均与康熙二十二年本的内容相同。由此可见，康熙本中涉及了编者张潮的名、字以及出身地，而和刻本《虞初新志》在补充训点者荒井公廉的信息之时，并未完全参考中国本，而是提供了训点者的号、名、字，并未提及其出身地，且在“荒公廉廉平氏”与“训点”之间亦未留空格，一是便于区分编者张潮的名字，因此在朝代、姓和名以及姓、名与“辑”之间分别增加了空格。二是从排版规整的角度来看，编者信息和训点者的信息分两行刊刻，通过增加空格可以使该两行信息所占格数保持一致，较为美观。康熙二十二年本在正文中虽然只有编者张潮的信息，却占有两行的篇幅，将其刊刻在两行之间的中线上，以示与正文的区别。和刻本分别附有辑者和训点者的信息，各占一行，因此与康熙二十二年本所占行数一致。

和刻本《虞初新志》正文的刊刻与康熙二十二年本保持着极高的一致性，每页的格式、行数、每行的字数亦完全吻合。此外，和刻本《虞初新志》还沿用了康熙二十二年本的标点，然而与之有所不同的是，康熙本在编者张潮的评点处偶见标点，多数篇章的评点中并未加标点。而和刻本《虞初新志》则在其基础之上将每篇之中张潮的评点都施以标点，作为断句以方便读者阅读。除此之外，和刻本《虞初新志》还在原有内容的基础上“国字旁译”施有训点，以便读者。如前所述，和刻本《虞初新志》中的《自叙》、《凡例》、正文以及补遗均施有训点，极大地方便了读者的阅读，促进了该书在日本的广泛传播。

然而，从刊刻的格式上来看，和刻本则显示出其不同之处。康熙二十二年本在一篇文章结尾之时，会另起一页刊刻新的内容，因此，在各篇篇末处会根据占页的不同略有空白。与此相对，和刻本则略显随意，有些篇目另起一页刊刻，而有些篇目则接着前一篇的余白处继续刊刻，并无一定的规律可循。

和刻本《虞初新志》共分十册，每册两卷。第一册收录了卷一和卷二，在卷一开篇的《大铁椎传》《秋声诗自序》《盛此公传》《汤琵琶传》这四篇结束之时并未另起一页刊刻，而是续之刊刻新的内容，无空行，较为紧凑。而在这四篇之后的各篇则每逢新篇便另起一页，直至第一册结束。第二册收录卷三、卷四，其中卷三每篇都未另起一页，紧凑刊刻，至卷三终卷四始之处开始另起一页，其后的卷四每篇亦继续换页刊刻。第三册包含卷五和卷六，其中卷五共有九篇文章，在第七篇《乞者王翁传》之前的各篇均未另起一页，唯有该篇与第八篇《雷州盗记》、第九篇《花隐道人传》这三篇在刊刻之时另起新页刊刻；而至卷六则又恢复卷五之初的诸篇紧凑刊刻模式，每篇均未换页。第四册由卷七和卷八组成，其中卷七每篇之间均未另起一页，都是紧凑衔接上一篇刊刻而成；卷七终卷八始之处则另起一页刊刻，而进入卷八正文则又恢复紧凑刊刻模式，直至最后《赵希干传》《万夫雄打虎传》这两篇才继续开始每篇另起一页刊刻。第五册包含卷九、卷十两卷，以卷九终卷十始为分界点，由每篇紧凑刊刻转变为每篇另起一页刊刻。由此可见，前五册在是否另起一页刊刻新篇这一方面较为随意，并无一定的规律可循。与此相对，后五册则十分规整，每一篇均另起一页重新刊刻，完全依照康熙二十二年本的格式进行刊刻。此外，虽然根据版本的不同，补遗在书中所处的位置顺序有所不同，然而作为补遗的《徐霞客传》《书郑仰田事》《柳夫人小传》《纪周侍御事》这四篇之间则均未另起一页重新刊刻，而是每一篇都紧接着前一篇，毫无空行。

由此可见，从构成上来看，和刻本《虞初新志》基本上因循了康熙二十二年本的刊刻形式，除了新增《翻刻〈虞初新志〉序》以及补遗四篇，未包含《虞初新志》的《总跋》，其册数与卷次分布与康熙二十二年本略有差别之外，其余内容均与其保持高度的一致，极大程度地保留了该书的原貌，力求将《虞初新志》原汁原味地呈现给广大读者。

第三节　和刻本《虞初新志》的校正与新误

和刻本《虞初新志》统合了康熙二十二年本和乾隆二十五年本这两部清刻本中的收录篇章进行刊刻，无论从版式还是从内容来看都接近其原貌，并且“国字旁译”施以训点标注，充分体现了和刻本的特点。然而，逐字分析其具体内容可以发现，和刻本《虞初新志》与底本仍存在细微的不同之处，或为对底本的校正、内容的补充，或为新增讹误。其中，由于中日字体的差异，文本内容中存在同字不同体的现象，这种差异在文本中大量存在，在此不作为和刻本与清刻本之差异予以罗列。除此之外，其不同之处具体总结如表5：

表5　清刻本与和刻本《虞初新志》刊刻差异对比表

类别	编号	卷次	篇目	作者	清刻本	和刻本
校正	1	卷一	《大鐵椎傳》	魏禧	而腰多自金	而腰多白金
	2	卷七	《化虎記》	徐芳	則僅足蔽其木辜	則僅足蔽其本辜
	3	卷十五	《述怪記》	繆彤	左右擁玉去	左右擁王去
	4	卷十六	《因樹屋書影》	周亮工	烈目如故	烈日如故
	5	卷十七	《物觚》	鈕琇	路問有物	路間有物
	6	卷二十	《三儂贅人廣自序》	汪价	見儿上書	見几上書
	7	卷三	《冒姬董小宛傳》	张明弼	不惟千古神傐	不惟千古神傷
	8	卷七	《義犬記》	徐芳	扶襯偕返	扶櫬偕返
	9	卷九	《劍俠傳》	王士禛	然無隝可逸去	然無隙可逸去
	10	卷十三	《陳老蓮別傳》	毛奇龄	駱馳	駱駝
	11	卷三	《冒姬董小宛傳》	张明弼	俗俗人以沈香著火上	世俗人以沈香著火上
	12	卷四	《陳小憐傳》	杜濬	豈羊皇后之教反不反于女子乎	豈羊皇后之教反不行于女子乎
	13	卷十三	《桑山人傳》	毛奇龄	發其隱事于清師之鎮汴者	發其隱事于王師之鎮汴者
	14	卷十七	《人觚》	鈕琇	薛於曰	薛應曰
补充	15	卷十六	《核工記》	宋起鳳	城(空格) 楼一	城一楼一
	16	卷二	《瑶宫花史小傳》	尤侗	東君可許歸■伴	東君可許歸相伴
	17	卷七	《曲全節義疏》	阿畢阮	■圖完聚	以圖完聚
	18	卷七	《曲全節義疏》	阿畢阮	超出於尋常■外者	超出於尋常事外者
	19	卷三	《顧玉川傳》	曹禾	“虞山錢宗伯謙益”“宗伯”缺刻	“虞山錢宗伯謙益”“宗伯”补全
	20	卷三	《冒姬董小宛傳》	张明弼	“虞山錢牧齋”缺刻	“虞山錢牧齋”补全
	21	卷十六	《唐仲言傳》	周亮工	“錢虞山”缺刻	“錢虞山”补全

续表

类别	编号	卷次	篇目	作者	清刻本	和刻本
讹误	22	卷二	《汪十四傳》	徐士俊	持利刃向弦際一揮	持利刀向弦際一揮
	23	卷七	《書戚三郎事》	周亮工	兵封刃	兵封刀
	24	卷六	《五人傳》	吳肅公	家千金	家于金
	25	卷十三	《記縊鬼》	王明德	即于所懸身下暗為記明	即干所懸身下暗為記明
	26	卷十七	《名捕傳》	姚□□	云放馬賊晝劫上供銀若干	云放馬賊晝劫上供銀若于
	27	卷二十	《三儂贅人廣自序》	汪价	上于帝座	上于帝座
	28	卷十八	《聖師錄》	王言	以鼻掊土	以鼻掊上
	29	卷十	《沈孚中傳》	陸次雲	陸次雲 雲士	陸次雲 雲土
	30	卷十二	《湖壖雜記》	陸次雲	崇禎末年	崇禎未年
	31	卷四	《寄暢園聞歌記》	余懷	庚戌九月	庚成九月
	32	卷十	《北墅奇書》	陸次雲	順治戊戌進士湯聘	順治戊成進士湯聘
	33	卷十三	《陳老蓮別傳》	毛奇齡	吾惟不離乎作家	吾椎不離乎作家
	34	卷三	《冒姬董小宛傳》	张明弼	飢德非飢色也	飯德非飢色也
	35	卷六	《五人傳》	吳肅公	同吳令陳文瑞由縣至西署	同吳合陳文瑞由縣至西署
	36	卷十五	《髯參軍傳》	徐瑶	而令數十人擡之	而合數十人擡之
	37	卷二十	《三儂贅人廣自序》	汪价	令小童錄之	合小童錄之
	38	卷十	《北墅奇書》	陸次雲	大士命善財取牟尼泥完其屍	大士命善財取卒尼泥完其屍
	39	卷十五	《李丐傳》	毛際可	重重妙影隨機現	重重妙影隨機明

如表5所示，根据对清刻本与和刻本的具体内容进行分析，可以将和刻本中所体现的与清刻本的不同之处具体分为三类，即：对清刻本错误内容的校正、对清刻本缺刻内容的补充以及和刻本刊刻中的新增讹误。

一、对清刻本错误内容的校正

对于清刻本在刊刻过程中所产生的错误，和刻本在其基础之上进行了校正，并在刊刻之时予以更正，以保证其内容的准确性。通过对清刻本的具体刊刻错误进行分析，可将其分为添笔漏笔的错误、偏旁部首的错误以及换字错误这三种。

第一种添笔漏笔的错误，主要体现在其笔画数量出现了偏差，由此产生了添笔漏笔的现象，表 5 中编号为 1–6 的项目为此类错误。如《大铁椎传》中对大铁椎的外貌特征进行描写之时称其“腰多白金”，意为腰中缠有诸多银子。在清刻本中则将“白”字多刻了一横作“自”，即“腰多自金”。其意思有所不通，与原文所表达的内容不符，因此和刻本在刊刻之时将其更正。《化虎记》中张山来在对该文的评点中指出：黄翁原本当死于虎，而三子却为其父寻找可以代替其死于虎之人，这一点“其计甚拙”，原因为倘使代者本应死于虎，“则仅足蔽其本辜”而代替不了其父之罪，仍然难免其父死于虎之结果。此处清刻本将其误刻为“则仅足蔽其木辜”，将“本”少刻一横作“木”，与原文意思不符，当为刊刻错误，此处和刻本将其校正为“本”。《述怪记》中在描写玉帝下旨“敕王入临武闱”之时的场面中写道：“左右拥王去”。此处清刻本将“王”多刻了一点，作“左右拥玉去”，当为刊刻错误，和刻本在刊刻之时将其校正。《因树屋书影》中称道人能呼风唤雨，在描写其祈雨结束后天气恢复如初的场面之时写道：“雨止云散，烈日如故。”此处清刻本将“日”刻为“目”，作“烈目如故”，与此时对天气的描写内容不符，当为和刻本校正之“烈日如故”，为其刊刻之时多刻一横的刊刻错误所致。《物觚》在描写广州陈弘泰骑行夜归之时，发现“路间有物，光焰闪烁”。清刻本在刊刻之时少一横，作“路问有物”，其表达的意思有所不通，当为刊刻错误，和刻本在刊刻之时将其校正。《三侬赘人广自序》中，作者汪价在叙述其一生之中所受之灾之时，称丁酉遭遇祸事，皂隶至其家中，然而家徒四壁并无值钱之物，故皂隶“见几上书，捆之以去。”此处清刻本作“见儿上书”，少刻了“几”字上面的一横，与原文意思有所不符，为和刻本所校正。

第二种偏旁部首的错误，主要表现为更替文字中的某一偏旁或者其中的某一部分而导致的刊刻错误，表 5 中编号为 7–10 的项目为此种错误。《冒姬董小宛传》在哀悼冒姬董小宛年仅二十七岁便积劳成疾生病去世之时，称“不惟千古神伤”，而清刻本则将“伤”刻为“傷”，作“不惟千古神傷”。“傷”为中国北方的古地名，用在此处不恰当，当为刊刻错误，和刻本将其校正。《义犬记》在描述主人被杀之后，义犬随主人之子“扶櫬偕返”，此处清刻本作“扶襯偕返”。“襯”为“衬”的繁体字，而此处所指当为棺材之意，作“櫬”正确，清刻本偏旁错误，而和刻本则在刊刻之时将其校正，可见其对汉字用法的准确把握。《剑侠传》在描写吏者夜半见粉壁上累累皆是人之耳鼻之时大惊，“然无隙可逸去”，意为无处可逃，只能在其处彷徨至天明。此处清刻本将“隙”刻作“隲”，其意有所不通，为和刻本所校正。《陈老莲别传》中涉及番马、羊犬、骆驼等动物，在刊刻“骆驼”之时，清刻本将“驼”刻为“驰”，作“骆驰”，其意不符，和刻本将其校正为“骆驼”。

第三种换字错误，主要表现为清刻本的误刻，将原本的内容误刻为其他字，表 5 中编号为 11-14 的项目为此种错误。《冒姬董小宛传》在篇末所附冒辟疆的《影梅庵忆语》中，在回忆与姬静坐香阁、谈及沉香的用法时说到：“世俗人以沉香着火上”，而清刻本则误将其中的“世俗人”刻为“俗俗人”，和刻本将其校正。《陈小怜传》描写了对与其故夫极为相似的范性华一见钟情，并对其笃挚执着的陈小怜的故事。在篇末处，徐无山人将陈小怜与昔晋羊皇后进行对比，称羊皇后丑化诋毁其故夫以媚其夫刘聪，称赞陈小怜不以其故夫为讳的坦诚执着，并感叹道“岂羊皇后之教反不行于女子乎？”此处清刻本将“行”误刻为“反”，作“反不反于女子乎”，意思有所不通，和刻本对其进行了校正。《桑山人传》中在描写乡人怨家“发其隐事于清师之镇汴者”之时，称“清师”，而和刻本则将其刊刻为“王师”。清朝大兴文字狱，当避讳“清”字而不可言。毛奇龄原文应为“清师”，张潮在收录之处并未做修改，然而和刻本在刊刻之时却将其校正为“王师”，可见其对该字眼的回避。《人觚》中描述薛姓村民在入城途中，遇见被兵掠走遂投井自杀的妇人之魂魄，答应前往其投井之处替其敛尸埋棺之时写道：“薛应曰：‘诺。’”此处清刻本将“应”刻为“于”，作“薛于曰”，其意不通，而和刻本则将此错误校正。

二、对清刻本缺刻内容的补充

清刻本由于刊刻不完整、或者避讳某些遭禁内容，其个别之处偶见缺刻的现象，而和刻本则将这些内容一一确认，并将其补充完整。表 5 中编号为 15-21 的项目为此种问题，相对较少。

刊刻不完整主要表现为所缺之处为空格、或者将其空格整体涂黑这两种表记方式。《核工记》中在描写所雕刻的宫室器具之时，共列出九种："城一，楼一，招提一，浮屠一，舟一，阁一，炉灶一，钟鼓各一"，其中清刻本"城"的数量并未刊刻，而是以空格代替，作"城(空格)"。而和刻本则将其补充完整，作"城一"。《瑶宫花史小传》中，花史赋《鹧鸪天》词送其侍儿楚江，对此楚江和之，其中有一句为"东君可许归相伴，暂向尘封学楚腰。"其中的"相"字清刻本缺刻，做黑色方格，而和刻本则对其内容进行了补充。《曲全节义疏》亦有两处做黑色方格，其中之一描写王氏守志寻夫，"匍匐千余里外，以图完聚。"清刻本"以"字缺刻，为和刻本所校正补充。其中之二为在称赞皇上"至德深仁，传之千万世"之时，称贞节之风"超出于寻常事外者"。清刻本"事"字缺刻，为和刻本所补充完整。

除由于刊刻不完整所造成的缺刻之外，还有出于避讳遭禁内容所造成的缺刻现象，在《虞初新志》中所涉及的是与钱谦益有关的内容。钱谦益(1582-1664)，字受之，号牧斋，学者称虞山先生。起初投降于清军，而后又反清复明，颇受非议，其作品亦一度遭禁。在《顾玉川传》《冒姬董小宛传》《唐仲言传》这三篇之中，涉及了钱谦益之名，分别为《顾玉川传》中的"虞山钱宗伯谦益"、"宗伯"，《冒姬董小宛传》中的"虞山钱木斋"，以及《唐仲言传》中的"钱虞山"。这些内容清刻本均将其空格未予刊刻，而和刻本则依次将这些内容重新校正补全。

三、和刻本刊刻中的新增讹误

和刻本的新增刊刻错误亦是清刻本与和刻本在内容上存在不同之处的原因之一，这部分内容较多，与清刻本在刊刻过程中所出现的错误相同，和刻本的刊刻错误亦可分为添笔漏笔的错误、偏旁部首的错误以及换字错误三种。

第一种添笔漏笔的错误，主要体现在其笔画数量出现了偏差，以点、横、弯钩这三种笔画居多，表 5 中编号为 22-32 的项目为此类错误，可见此类错误颇多。《汪十四传》在描写汪十四被擒的场面之时写道：在汪十四弯弓发矢之时，后面有一人"持利刃向弦际一挥，弦断矢落"，于是汪十四无计可施而被擒。此处和刻本少刊刻了一点，将"刃"刻成了"刀"，作"持利刀向弦际一挥”，与原文内容不符。《书戚三郎事》中描述戚三郎在城陷之时受伤奄奄一息，受到关帝庇佑才得以存活。在兵退之时，比邻之翁妪二人曰：“兵封刃，行且去，郎活矣。”此处和刻本作“兵封刀”，与《汪十四传》中的刊刻错误相同，均少刻了一点。《五人传》中在介绍颜佩韦的家世之时，称其为贾人之子，“家千金”。此处和刻本将“千”误刻为“干”，作“家干金”，其意有所不通，当为刊刻错误。《记缢鬼》中描述了辟除缢鬼之秘法，称在自缢之人的悬挂尚未解开之时，“即于所悬身下暗为记明”。此处和刻本将“于”字误刻为“干”字，作“即干所悬身下暗为记明”，其意不通，为刊刻错误。与此错误相反，《名捕传》中在叙述马贼掠银之时，称“马贼昼劫上供银若干”，此处和刻本将“干”刻成“于”，作“马贼昼劫上供银若于”，其意思有所不通，为刊刻错误。与此错误相同，在《三侬赘人广自序》中，和刻本将“上干帝座”刻为“上于帝座”。《圣师录》中在讲述与象相关的故事之时，描述了象为了报恩让人骑入深山之中，“以鼻掊土，得象牙数十以报之”。此处和刻本将“土”刻为“上”，作“以鼻掊上”，为刊刻错误。《沈孚中传》的作者陆次雲，字“云士”，此处和刻本将“士”误刻为“土”，为上下横长短颠倒所致。与此错误相似，《湖壖杂记》中陆次雲的字“云士”刊刻与中国本相同，然而在刊刻“崇祯末年”之时，和刻本将“末”字上下横长短颠倒，刊刻为“崇祯未年”，可见其未能校正出来。《寄畅园闻歌记》中在刊刻表述年月的“庚戌九月”之时，和刻本将“戌”刻为“成”字，作“庚成九月”，其刊刻错误颇为明显，却未能得以校正。同为“戌”字，在《北墅奇书》中亦将其误刻作“戍”。中国本原文为“顺治戊戌进士汤聘”，而和刻本则作“顺治戊戍进士汤聘”，将横刻成了点，造成了如此之错误，其年份与原文不符。

第二种偏旁部首的错误，主要表现在更替文字中的某一偏旁或者其中某一部分的错误，表5中编号为33和34的项目为此种错误。《陈老莲别传》中老莲在论述作画之法时，从为文的角度进行了阐述，称作画有入神家、名家、当家、作家、匠者家，而其自身在作画之时“惟不离乎作家”。和刻本在刊刻之时将“惟”刻成“椎”，作“吾椎不离乎作家”，将其偏旁部首刻错，并未校正出来。《冒姬董小宛传》中，琴牧子在感叹冒辟疆对董小宛的感情之时，分析道：“夫饥色如饥食焉。饥食者，获一饱，虽珍羞亦厌之。”然而辟疆对小宛九年仍未生厌却情深至此，乃是因为其对小宛“饥德非饥色也。”此处和刻本将第一个“饥”误刻为“饭”，作“饭德非饥色也”，为其刊刻错误。

第三种换字错误，主要表现为和刻本的误刻，将原本的内容误刻为其他字而致使其意不通，表5中编号为35-39的项目为此种错误。《五人传》中在描述周顺昌被押解之时描述道：“吏部囚服，同吴令陈文瑞由县至西署”，周顺昌穿着囚服，与吴县县令陈文瑞由县至西署。此处和刻本误将“令”刻为“合”，即“吴合陈文瑞”。此处所指为吴县县令，作“吴合”其意不通。“令”字清刻本刊刻之时作“令”，与“合”字形似，推测为其刊刻错误之原因。此外，该字在《髯参军传》与《三侬赘人广自序》中亦分别误刻为“合”，与此错误相同。《髯参军传》中，在描述髯参军力拔河山之时写道：髯参军站在庭槛之上，“而令数十人撞之”，仍然可以屹立不动。此处和刻本作“而合数十人撞之”，意思有所不通，当为误刻。《三侬赘人广自序》在描述饮酒赋诗的场面之时，称“余乃随罚随吟，令小童录之”。此处和刻本作“合小童录之”，与原文意思有所不符，为刊刻错误。《北墅奇书》中描写进士汤聘为诸生之时忽然病死，因其老母无人侍养，故而向大士哀诉求生。但因其已死数日尸体已腐，故“大士命善财取牟尼泥完其尸”。此处和刻本将“牟”误刻为“卒”，作“大士命善财取卒尼泥完其尸”，推测为“牟”与“卒”形似而出现此刊刻错误。《李丐传》在附录中附有李丐的诗词，其中有一首为“罗列香花百宝台，台中泥塑佛如来。重重妙影随机现，都在众生心地开。”诗中的第三句“重重妙影随机现”中的“现”字，和刻本将其误刻为“明”，作“重重妙影随机明”，并且校正之时未能予以更正，当为其刊刻之时之讹误。

由此可见，和刻本《虞初新志》虽然有诸多细微的刊刻错误，然而其中亦不乏对清刻本内容的校正与补充，这足以显示出其刊刻工作的细致与对其内容的准确把握。和刻本《虞初新志》在翻刻之时既最大程度地还原了清刻本《虞初新志》的原貌，又充分体现出和刻本的特征。其翻刻出版先后六次，历时长达约一个世纪之久。和刻本《虞初新志》的刊刻地以大阪为主，亦见于日本其他各地，这些足以显示出《虞初新志》东传日本之后的盛况与该书受欢迎的程度。和刻本《虞初新志》的刊行极大程度地促进了该书在日本的传播，使更多阶层的人都能够得以阅读，具有促进书籍流通与文化交流的重大意义。

第四章 《虞初新志》的仿作

《虞初新志》东传日本之后影响很大，迅速而广泛地传播开来，出现了诸多文人争相阅读的盛况。其怪诞奇异的内容、跌宕起伏的情节十分引人入胜，使人读之在或喜或悲或怒或笑之余有所感悟。在其影响之下，志怪类小说开始在日本盛行，成为人们所关注的文学体裁。《虞初新志》除了在日本广为流传之外，还成为文人争相效仿的对象，出现了诸多模仿其编选体例、旨趣而成书的汉文仿作，数量颇多。其中，较为有特点的可推菊池三溪《本朝虞初新志》、近藤元弘《日本虞初新志》这二部以“虞初”命名的著作，以及菊池三溪《译准绮语》、依田学海《谭海》《谈丛》、藤井淑《当世新话》等汉文小说。

第一节 菊池三溪《奇文观止本朝虞初新志》

《奇文观止本朝虞初新志》通称《本朝虞初新志》，其中“本朝”为日本，即“日本的《虞初新志》”之意，由此书名即可知晓该书为《虞初新志》之仿作无疑，“奇文观止”则凝聚着著者菊池三溪视此部著作为广收天下奇文异事的巅峰之作之情。该书十分引人入胜，在日本可谓是家喻户晓、脍炙人口之作。《本朝虞初新志》无论是从命名的角度，还是从其编选体例、旨趣、结构特点等方面都充分体现出张潮《虞初新志》的编纂特点，是《虞初新志》极具特色的汉文仿作之一。

一、菊池三溪的生平

菊池三溪(1819-1891)，名纯，字子显，别号晴雪楼主人，汉学者，著有汉文风俗志《东京写真镜》《西京传信记》、汉文小说《本朝虞初新志》《译准绮语》、历史著作《国史略》《续近事纪略》等。

菊池三溪出生在儒者之家，父亲菊池梅轩为藩儒，因此，菊池三溪从幼年时期开始便接受着儒学方面的教育，造诣极深，曾在藩校讲授经学。菊池三溪为日本江户时代(1603-1867)纪州藩①的儒臣，其藩主之后成为江户幕府第十四代将军德川家茂，因此，菊池三溪也随之成为幕府的儒官。庆应二年(1866)，德川家茂去世，三溪也随之辞去了幕府儒官一职，专心著书。菊池三溪善长诗、戏文，喜读袁枚的诗，在历史方面亦颇有成就。除了《国史略》《续近事纪略》两部史学著作之外，他还校订了《大日本野史》，这在依田学海②撰写的《本朝虞初新志序》中有所涉及。

依田学海与菊池三溪同为汉学者，私交甚好，经常进行交流往来。在《本朝虞初新志·序》中，依田学海从司马迁的《史记》进入话题，称“太史公以惊天动地之才，奋翻江搅海之笔”，对其予以极高的评价，旨在引出菊池三溪及其《本朝虞初新志》：

> (前略)
>
> 嗚呼！是可以讀吾三溪菊池先生《本朝虞初新誌》矣。先生弱冠以文章著名江門，仕陞幕府儒員。夙有脩史之志，所著《國史畧》《近事紀畧》既見其一斑。然以為未足逞其筆力也！
>
> (后略)③

依田学海在此提及了菊池三溪的成就，称其弱冠之时便以文章著称，年仅二十便已远近闻名，可见其文学功底十分深厚。菊池三溪曾为幕府的儒官，

① 纪州藩，日本江户时代统治纪伊国与伊势国南部的藩。

② 依田学海(1834-1909)，名朝宗，字百川，号学海，日本的汉学者、文艺评论家、小说家，著有《谭海》《谈丛》等。

③ 菊池三溪. 奇文观止本朝虞初新志[M]. 文玉圃，明治十六年.

可谓学问之正宗。他本人一直以来便有修史之志，在明治维新之后，从事于《大日本野史》的校订，并且著有《国史略》《续近事纪略》等历史方面的著作，即依田学海在序言中所叙述之“所著《国史略》《近事纪略》”。史书的修订对学问、素养等各个方面要求极高，菊池三溪能堪当此任，充分说明了其扎实的功底与过人的才华。尽管如此，依田学海却认为从其历史方面的著述来看，虽然“既见其一斑”，却“未足逞其笔力”，可见对菊池三溪的高度评价。历史著作的修订其内容以叙述性为主，客观描述史实而不多加修饰，这对于文笔极好的菊池三溪来说确实有不能“足逞其笔力”之感。做如此之评述，足以说明菊池三溪有着极高的文学素养。

而对于可以“逞其笔力”之著作《本朝虞初新志》，依田学海在序文中评价道：“笔力劲健，纵横变化，何甚似史记也”，由此可知菊池三溪在该书中所刻画的人物栩栩如生、富于变化，行文酣畅淋漓、妙笔如花之势。依田学海将菊池三溪此作与司马迁《史记》相提并论，从其序文之始高度赞扬《史记》便旨在引出《本朝虞初新志》，对其予以极高的评价。其后，依田学海更是进一步分析了菊池三溪在书中所刻画人物的笔法精妙、活灵活现，称其“可谓化工肖物之手矣”，甚至称“学者能知史记，是知本朝虞初新志矣”，字里行间充满着对《本朝虞初新志》的赞美之情，足见其对菊池三溪的欣赏程度。

此外，对于菊池三溪的文笔，盐谷诚在《本朝虞初新志·叙》中亦有所涉及，他盘点了《本朝虞初新志》中所刻画的诸多人物形象栩栩如生、活灵活现，称其“文辞之感人，亦犹有如是者也欤!”盐谷诚对《本朝虞初新志》的评价极高，称该书“使人笑泣交集，喜怒更发，耽然不能释手，可谓奇矣”，足见对该书的喜爱程度。书中所收各篇均出自菊池三溪之手，故事情节跌宕起伏、引人入胜，使人读之欲罢不能之态由此可知。他所刻画的人物形象惟妙惟肖，仿似跃于纸上，这充分说明了菊池三溪的笔歌墨舞、大匠运斤之势。

菊池三溪在日本颇负盛名，其所著之作不仅广为流传、为诸多名家所爱读，甚至还作为话题出现在日本的诸多文学作品之中，如森鸥外《性欲的生活》。该部小说为森鸥外的自传性文学作品，主人公金井在 14 岁的时候，结识了在东京医学校预科学习的与其年纪相仿的少年尾藤裔一，与他成为好友。关于尾藤裔一，在作品中有如下描写：

> 他精通汉学，很喜欢菊池三溪。我从畜一那里借《晴雪楼诗抄》①《本朝虞初新志》来读。之后听说三溪又出新作了，于是我也跑到浅草那里买来《花月新志》②读。③

通过原文可以看出，菊池三溪之名连同其著作《晴雪楼诗抄》《本朝虞初新志》直接体现在该部作品之中。主人公金井的好友畜一十分喜欢菊池三溪，收藏有诸多他的作品，甚至达到每逢其出新作必买的程度。在他的影响之下，主人公金井也开始读菊池三溪的作品，听说他出新作之时亦会买来阅读。好友的兴趣与爱好的潜移默化固然是影响主人公金井开始读菊池三溪作品的因素之一，但是文学作品自身的魅力，可谓至关重要的一点，由此可见菊池三溪文学素养之好、作品影响力之大。而金井从畜一那里借来的两本书——《晴雪楼诗抄》与《本朝虞初新志》均为菊池三溪极具代表性的著作，其中《本朝虞初新志》即张潮所辑《虞初新志》的汉文仿作，很有文学价值。《性欲的生活》为森鸥外的自传性作品，从一个侧面反映了他的成长痕迹，其中的诸多内容都是森鸥外在成长过程中的真实写照。菊池三溪及其作品作为小说中人物特征设定的一个方面直接体现出来，这足以说明森鸥外对菊池三溪作品的喜爱程度，对其影响之大自不用说。

在《性欲的生活》中，森鸥外提到在菊池三溪出新作之时，主人公金井便跑到浅草去买《花月新志》来读。《花月新志》为日本的文艺杂志，刊载诸多名家的文学作品，菊池三溪模仿《虞初新志》的体例写有诸多短文，作为《消夏杂志》系列连载于《花月新志》之中，这一点与森鸥外作品中的情况完全吻合。由此可知，森鸥外对于菊池三溪的著作极为熟悉，菊池三溪的作品对以森鸥外为代表的日本诸多文人产生了深远的影响。

---

① 《晴雪楼诗抄》，菊池三溪于1868年发表的作品。

② 《花月新志》，日本的文艺杂志，1877年1月至1884年10月期间刊行，所收作品多为汉诗文、和歌。

③ 原文："(畜一は)漢学が好く出来る。菊池三渓を贔負にして居る。僕は畜一に借りて、晴雪楼詩鈔を読む。本朝虞初新誌を読む。それから三渓のものが出るからといふので、僕も浅草へ行って、花月新誌を買って来て読む。"森鸥外．ヰタ・セクスアリス．鸥外近代小説集(第一巻)[M]．東京：岩波書店，2013．第283页．

然而，除了对菊池三溪的大加赞赏之外，尚有对其著作有所质疑之声，这主要体现在对菊池三溪作为“正统之学”的儒者编纂《本朝虞初新志》这种“野史小说”的质疑，文出盐谷诚《本朝虞初新志·叙》。盐谷诚在叙文中对菊池三溪的文笔大加赞赏，然而在其篇末处却笔锋一转，做如下记：“或曰：‘子显讲诗书，说仁义，其作文章，宜醇粹雅正，卓然有所自立，奈何傚稗官虞初，改与风流才子争工拙乎字句间耶？’”子显即为《本朝虞初新志》的著者菊池三溪，如前所述，他自幼学习儒学，曾在藩校讲授经学，并且参与修史，其著作中亦有诸多历史之作。在旁人眼中，菊池三溪的学问可谓“讲诗书，说仁义”的“醇粹雅正”之学，其著作亦当是“卓然有所自立”的正统之作。然而，他却仿效稗官虞初作《本朝虞初新志》，此番“与风流才子争工拙”之举实属让人无奈，通过如上之评语足以显示出众人对于正统儒学学派的菊池三溪效仿稗官虞初之举的费解。由此可见，“稗官虞初”之小说在相当长的时间内为文人所轻视，被认为是“九流”之外的杂书，无论在中国还是在日本，小说这一体裁的文学作品在其出现之初均未受到重视，长期处于边缘地位。虽然《虞初新志》在日本广为传播，出现了广大读者争相阅读之盛况，却仍然无法与“正统之学”居于同等之位。

对于如此言论，盐谷诚认为张潮《虞初新志》中所收录的诸如《莺莺传》《枕中记》之类的小说“俱是一时之戏作”，通过这种从著者的创作初衷予以否定之评论，足以看出其对小说这一文学体裁的轻视。而对于菊池三溪亦从事于小说创作之举，盐谷诚则认为乃是“独炎暑出时，聊借之改弄笔墨耳，其亦何咎焉”，并无问题。此处盐谷诚虽然认为菊池三溪此举并无不妥，却可以看出他与广大文人一样，视小说这一文学体裁为“九流”之外的杂书，对其文学价值并未予以充分认可，这一点从此叙文末句之“然其言亦颇有理，遂并书以讯子显”便可以充分看出。虽然此前他为菊池三溪“开脱”，且对该作予以充分的赞扬与肯定，然而观其末句则可以知晓，盐谷诚对于菊池三溪作诸如《本朝虞初新志》之“稗官虞初”之仿作并未持积极态度，认为“其作文章，宜醇粹雅正”，而不应效仿风流才子之举，因此特在叙言中指出“以讯子显”。菊池三溪之《本朝虞初新志》虽然知名度很高，在日本广为流传，然而在其成书之初，却有诸多文人对其持质疑之态由此可观，对小说态度的改观、对其文学价值的认可乃是经历了相当长的时间之后才有所好转。

菊池三溪在日本享誉盛名，其所著之作广为流传，影响十分深远。他的著作保存在京都大学附属图书馆，其中包含很多未刊行的稿本，是对菊池三溪的文学作品进行研究的极为珍贵的资料。

二、编纂成书的过程

菊池三溪著作颇多，涉及诗文、小说、历史等诸多方面。在其众多著作之中，尤以《本朝虞初新志》甚为有名，而该书的成书则与张潮的《虞初新志》有着很大的关系，是该书影响之下的产物，这一点通过依田学海《本朝虞初新志·序》便可知晓。

在序文中，依田学海叙述道："顷读张山来《虞初新志》，意有所感，乃遍涉群书，博纂异闻，体仿前人，文出自己，釐为若干卷，示余曰：'子好读《史记》及历世小说，此书非子谁可评者？'余受而阅之。"[①]在此，依田学海提及了张潮《虞初新志》对菊池三溪所产生的深远影响，是为其作《本朝虞初新志》的缘起。序文中称菊池三溪在读了张山来的《虞初新志》之后感触良多，深为其文所打动，于是便饱览群书之奇闻异事，以求效仿张潮的编选体例而自出佳作，这在菊池三溪的《本朝虞初新志·自序》中亦有所提及。序文中称其"随读随记，译以汉文，自夏弥秋，获百余篇"，由此可观其遍涉群书的抄录过程，足以显示出菊池三溪在读完《虞初新志》之时所受到的深远影响与对其在创作方面所产生的巨大启发。

关于本书的评点，菊池三溪认为《本朝虞初新志》的评点者非依田学海莫属，执书对其曰："此书非子谁可评者？"足见他对依田学海的充分认可。依田学海为汉学者，其汉文功底十分深厚，且素爱读史记及历世小说，故为此书评点的不二人选。依田学海亦对菊池三溪之学识与文笔大加赞赏，由此显示出二人对于彼此之著作的熟悉程度，亦可以看出其私交甚好。在依田学海《本朝虞初新志·序》的落款处，写有"明治壬午八月日，学海依田百川撰并书"的字样。明治壬午为1882年，可见此篇序文为该年所写，并且由依田学海亲笔

① 菊池三溪. 奇文观止本朝虞初新志[M]. 文玉圃，明治十六年.

书写，故在序文中体现了“学海依田百川撰并书”的字样。

菊池三溪读张潮《虞初新志》颇有所感，因此，他效仿《虞初新志》的体例写有诸多短文，作为《消夏杂志》系列连载于日本的文艺杂志《花月新志》之中，这一点在森鸥外的自传性文学作品《性欲的生活》中亦有所涉及，如前所述。而关于其具体情况，则在菊池三溪《本朝虞初新志·自序》中做出了较为详细的叙述：

> （前略）
>
> 夫酷暑困人，甚於毒藥猛獸。其中之者，精神困頓，筋嬾骨弛，使人往往思華胥槐國之游，庸詎得朝經晝史，從事斯文，以磨淬其業乎哉！於是，聚擧世稗官野乘，虞初小说，苟可以爲排悶抒情之資者，裒然堆垛，取以置諸其架上，隨意抽讀。讀至忠僕義奴，湰腸洞腹，殺身爲仁之事行，毛骨森竪，令身坐於雪山氷海之上矣。又讀至孝子烈婦，數奇落托，具嘗艱楚，與夫老賊巨盗，詐世誤國，枉害忠良之傳奇，又令身在於窮陰沍寒、凄風慘雨之中矣。流讀久之，恍乎忘炎暑之爲何物矣。乃隨讀隨記，譯以漢文，自夏彌秋，獲百餘篇，題曰《消夏雜誌》，冀吾黨之士，當庚夏三伏之時，茶後酒前，披而讀之，以為消暑之具，何借寒泉蘭湯，茂樹竹蔭爲哉？今抄其最可傳者，釐爲三卷，改名曰《本朝虞初新誌》者，蓋應書估之需也。①

在《本朝虞初新志·自序》中，菊池三溪阐述了消夏避暑之良法，旨在引出《本朝虞初新志》的成书情况。在其序文的开篇便进入了避暑的话题，提出“暑当何如避焉”的问题，其后指出了若干避暑的方法，如清泉浸足、兰汤沐浴、茂树乘凉、羽扇摇风、甘瓜浮水等，这些均为常见之避暑良方，见之文字便有阵阵凉风袭来之感。开篇即提出如何避暑的问题，使人产生浓厚的兴趣，引人入胜，正如余白处评点之“突如其来，出人意外，何等奇想”。正当使人产生无限遐想之时，菊池三溪更进一步分析道：之所以避暑，乃是出于

① 菊池三溪. 奇文观止本朝虞初新志[M]. 文玉圃，明治十六年.

畏暑，如能忘暑则为最善，这可谓是最根本的解决方法，进而提出了“何以忘之”的提问，并说未必采用清泉浸足等避暑之法，而是只需“一机、一研、一楮墨而已”。从开篇至此一直围绕避暑的话题展开探讨，层层深入，环环相扣，正如评点所说之“徐徐说出，渐入蔗境，妙绝”，使人随着著者所述之思路一层一层直至话题。

随后，菊池三溪由此话题进一步引出了《本朝虞初新志》的成书情况，如上所引。他首先提及酷暑之害，会使人困顿懒散、无心事事，而于此之时，可以排闷解暑者则为“虞初”小说，进而更进一步阐释了所谓忘暑的根本之法。小说的故事情节引人入胜，使人读之欲罢不能，从而忘记身处炎热环境之中而完全进入小说的世界。此处所说的“虞初”小说，所指即为张潮的《虞初新志》，由此可见该书对其产生的深远影响。

在《本朝虞初新志·自序》中，菊池三溪分析了收录在《消夏杂志》之中的各篇人物形象及其“消夏效果”，其各篇所涉主题与《虞初新志》颇为相似：忠仆、义奴等杀身为仁之士，令人读之宛如“坐于雪山冰海之上”；孝子、烈妇等命数不济、孤苦凄惨之人以及老贼、巨盗等枉害忠良、欺世害国之辈，则读之宛如身陷“穷阴沍寒、凄风惨雨之中”。久读这些作品则会随着内容情节的跌宕起伏而内心掀起波澜，身临其境，甚至处于忘我的状态，从而达到忘暑之最佳方法。菊池三溪在读的过程之中随读随记，并将其译成汉文，将自夏至秋所获之百余篇收集整理为《消夏杂志》，在茶余饭后之时翻阅读之，以求在炎炎夏日带来一丝清凉，无需寒泉、兰汤、茂树、竹荫便可消夏解暑，达到真正的忘暑之效，是为该连载之文命名的缘起。

《消夏杂志》连载于《花月新志》之中，即森鸥外《性欲的生活》中主人公金井听说菊池三溪出新作，便去浅草买来读的杂志。该杂志创刊于 1877 年 1 月，每月三刊，由著名的汉诗人、随笔家成岛柳北①担任编辑。该杂志刊载了诸多汉诗文、和歌等文学体裁的作品，成岛柳北、菊池三溪等人之作在其中均有收录，是当时十分著名的文艺杂志。《消夏杂志》是《花月新志》所收录的

① 成岛柳北(1837-1884)，汉诗人、随笔家、新闻记者，担任朝野新闻社社长，代表作《柳桥新志》《航西日乘》等。

作品之中极具代表性之作，为当时诸多文人所爱读。而后，菊池三溪将刊载于《消夏杂志》中的优秀作品整理为三卷，改名《本朝虞初新志》，是为《虞初新志》的汉文仿作，由此可知《本朝虞初新志》的成书缘起及编纂过程。

菊池三溪在《本朝虞初新志·自序》中称其将整理的内容改名《本朝虞初新志》"盖应书估之需也"，这从一个侧面反映出《虞初新志》当时在日本传播之广、名气之大，不仅广大文人对其甚为喜爱，书商亦对其极为欢迎，可见与《虞初新志》相关的作品销路极好，是为广大书商之所需也。而菊池三溪将该书以"虞初"命名，则并不完全是"应书估之需"。他在读《虞初新志》之后深有所感，对该作的文学价值予以高度的评价，因此亦效仿其编选体例、旨趣做汉文仿作，并命名为《本朝虞初新志》，以求在"本朝"日本亦能出犹如《虞初新志》般的佳作。通过以上分析可知，在《本朝虞初新志·自序》中，菊池三溪首先提出了当如何避暑的疑问，进而层层深入地剖析，行文条理清晰、引人入胜，由此可见其文学功底的深厚，其著作为广大知名人士所爱读的盛况由此可以管窥一二。

此外，在《本朝虞初新志·自序》之后的《凡例六则》中亦涉及了该书的成书情况：

> 一、此編予係于四十年前庚夏消暑之作，是以當時朋友故舊、評此編者，往往卽世，其巋存今日，晨星爝火不啻也。然當日交誼，有不可諼者，故悉錄存焉。今新請於友人依田學海氏每篇評點，以揭於烏絲欄內外。其首卷特標學海氏姓名者，以其評點最居多也。
>
> 一、此編原稿十卷，題曰《消夏雜誌》。今又補近作諸篇，抄爲三卷，改名曰《本朝虞初新誌》，蓋從書估所好也。
>
> (后略)①

通过《凡例六则》可以知晓，《本朝虞初新志》所选之篇大多为《消夏杂志》中所收录的内容，乃是距成书四十年之前所完成的文章，且当时即请诸家读

① 菊池三溪. 奇文观止本朝虞初新志[M]. 文玉圃，明治十六年.

之并加以评点。观《本朝虞初新志》的正文可以随处看到评点，当为刊载之初读后随即所作。各篇之中评点诸多，且评点者颇多，菊池三溪在《凡例六则》之后详细列出了序跋评者的姓氏，并附有其名、字、号以及出身地等信息，分别为依田学海、成岛柳北、盐谷簀山等十二人，足见诸篇所读人数、评点数量之多。然而虽然如此，菊池三溪却在卷首处的评点者一项中只标出了依田学海之名，对此菊池三溪指出其原因乃是“以其评点最居多也”。据《凡例六则》可以知晓，与其他评点有所不同，依田学海在每篇之中的评点是在《本朝虞初新志》成书之际完成的，几乎每篇篇末处均可见，且其篇幅颇多，有些评点内容甚至与原文不相上下。除此之外，在各篇的余白处亦随处可见评点，然而并未注明评点者姓氏，故无法辨别每则评点出于何人。

除之前收录在《消夏杂志》中的各个短篇之外，菊池三溪在其基础之上又补充新作诸篇，抄为三卷，并将其改名为《本朝虞初新志》，是为其成书过程。在《凡例六则》最初处，菊池三溪称其消夏之作为四十年前所编，而在《本朝虞初新志》成书之时，又补充以新作。由此可知，该书中所收录各篇乃是经过四十余年的积淀而成，因此，其中的评点、序、跋等内容时间间隔较为久远，由此可观其随着时代的变迁，诸家对其感想的细微差别，是极具特色的一部作品。篇末处的评点以及其中的若干篇目为新作，可见菊池三溪在成书之时还处于不断地修改、完善之中，凝聚了他大量的心血。原稿《消夏杂志》为十卷，而《本朝虞初新志》则精减为三卷，由此可以知晓菊池三溪在编选之时经过了大量的筛选工作，所选出的各篇文章可谓篇篇经典，收录在《本朝虞初新志》之中，其精益求精之精神由此可观。

在《凡例六则》的末尾处，写有“明治十五年壬午第十二月下浣，三溪居士菊池纯子显甫，识于东京神田区淡路坊小寓，轮蹄络绎绮罗如海处。”该凡例写于明治十五年，即 1883 年。《本朝虞初新志》出版于明治十六年，可见该《凡例六则》为其出版之前所写。此处菊池三溪将写作地点等信息写得十分完整具体，可见对其所凝聚的感情，将四十余年之作悉心整理筛选成书，其所倾注的心血可想而知。《本朝虞初新志》作为《虞初新志》的汉文仿作，无论在编选体例、旨趣，还是在收录作品的主题、写作手法与内容等方面无不映射着原作的痕迹，同时又体现出自己的新特点，可谓在日本家喻户晓的名作，充分显示出菊池三溪的文学素养，是为在日本产生深远影响的优秀文学作品。

三、基本内容

《本朝虞初新志》为线装本，共三册，分为上、中、下三卷，由二十四篇短篇汉文小说构成。其中有些篇目中还分为若干短篇，如卷下的《割鸡刀》中又细分为《暴徒渊源》《停卫兵稍食》《公使馆袭击》《仁川奇祸》《问罪使节》《条约结局》六个小故事，其篇名亦体现在目录之中。该书出版于明治十六年(1883)，由东京文玉圃吉川半七出版发行。文玉圃为日本著名的出版社吉川弘文馆的前身，由吉川半七于安政四年(1857)创立。文玉圃最初进行书籍的买卖等交易往来，其后逐渐发展壮大，开始从事租书屋等商业活动，随着时代发展的需求进而开始了出版事业。该出版机构最初使用“文玉圃”“近江屋”等号，积极地投身于出版活动之中，是和刻本《虞初新志》的刊刻发行机构之一。主要出版与日本史相关的书目为主的吉川弘文馆，无论是其前身的文玉圃，还是现在的吉川弘文馆，在日本均为十分出名的出版机构，其刊行的大量图书极大地促进了日本出版业的发展，满足了广大读者阶层的读书需求，具有非常积极的进步作用。而《本朝虞初新志》由文玉圃出版，亦显示出该书的知名度与巨大的影响力。

《本朝虞初新志》作为《虞初新志》的汉文仿作，其编选体例、旨趣等各个方面都有着效仿《虞初新志》的痕迹。该书由《本朝虞初新志・序》(学海依田百川撰并书)、《本朝虞初新志・叙》(盐谷诚识、市河兼书于安政丙辰)、《本朝虞初新志・自序》(三溪学人菊池纯识)，《自序》后有学海依田百川之批语、《凡例六则》、目录、正文、跋(松园道人盐田泰识、万荠市河三兼书)组成。其扉页处印有“《奇文观止本朝虞初新志》，东京书店文玉圃梓”的字样，为该书的全称及其出版机构。

依田学海《本朝虞初新志・序》中交代了该书的成书缘起，并高度评价了菊池三溪《本朝虞初新志》，称其“何其似《史记》也”。在该序文之后为叙文，由盐谷诚作、市河兼书。据《本朝虞初新志》中对序跋评者的介绍显示，盐谷箦山，名诚，别号晚翠，东京人。叙文中其名作盐谷诚，落款处写有“安政丙辰桂月，盐谷诚识，市河兼书”的字样。安政丙辰为1856年，可见该叙文为盐谷诚于当年所作。与依田学海《本朝虞初新志·序》相比，该叙文完成早二十余年，其时间差别甚是久远。关于这一点，读其叙文便可以知晓其缘由。

在叙文中，叙述了当初菊池三溪在编成《消夏杂志》之时，将其示于盐谷诚，称其为代夏日午睡而作，请盐谷诚为之一言。由此可知，此篇叙文当为盐谷诚读《消夏杂志》之时所作之感，而并非在《本朝虞初新志》编成之时所作，其落款安政丙辰之1856年距《本朝虞初新志》成书之年代颇为久远当为如此之缘由。菊池三溪在《凡例六则》处也交代了在编《消夏杂志》之初，得诸多友人评点，此番将其“悉录存焉”，盐谷诚之叙文乃是其中之一，由此可见菊池三溪对该书所凝聚的深厚感情，对与其相关之内容可谓不漏点滴。

叙文之后为菊池三溪所作《本朝虞初新志·自序》，如前所述，从如何避暑引入话题，称避暑不如忘暑，从而引出其作《消夏杂志》，从中选取最可传世之篇编为三卷，改名曰《本朝虞初新志》，充分交代了该书的成书过程。在《本朝虞初新志·自序》之后，附有依田学海之批语，虽然篇幅不长，却道出其读《本朝虞初新志》欲罢不能之状：“每读一篇，惊喜踊跃，如获重宝”，因此作读之时废寝忘食，毫无倦怠之感，完全沉浸在故事情节之中，甚至达到“及快意处，点朱如雨，殆忘是先生之文与吾文矣”的程度。观各篇之评点，在篇末处首先为“三溪氏曰”，其后为“依田百川曰”或“学海曰”的字样，几乎每篇都有二位的评点。从其篇幅来看，依田学海的评点相对较长，有些篇幅甚至长于正文，偶见连同依田学海所作之文章一并附上之篇，正如依田学海在序文中所述，他在评点之时点朱如雨，以至于忘记是菊池三溪之文还是自己之文的程度，足见依田学海对该书甚为着迷、如痴如醉之态。

《本朝虞初新志·自序》之后为《凡例六则》，交代了该书的成书缘起以及过程，如前所述。此外，还叙述了该书与张潮《虞初新志》、蒲松龄《聊斋志异》之异同，从其作为汉文仿作的视角进行了分析。《本朝虞初新志》所收各篇均出自著者菊池三溪之手，其中所述之事乃是著者经年累月收集而成。虽然其中凝聚着菊池三溪之心血，然而天下奇闻异事之多，难免有所疏漏，这在《凡例六则》中亦有所交代：“此编所揭，遗珠亦不为不多矣。而稿已备焉，陆续上梓，欲问于世。至其奇事异闻，怡人目，快人心，则宁此仅仅兔册而止乎哉。”[①]《本朝虞初新志》成书前后历经四十余年，由此可见菊池三溪遍阅群书、积年累月收集素材之势。然而即使如此，亦难免有所遗漏，且在成书付梓之际所新出之事亦无法顾及。菊池三溪特在《凡例六则》中予以说明，充分显示出其治学严谨的态度，亦体现出他对“怡人目、快人心”之奇事异闻的喜爱程度。

在《凡例六则》的末尾处，写有“明治十五年壬午第十二月下浣，三溪居士菊池纯子显甫，识于东京神田区淡路坊小寓，轮蹄络绎绮罗如海处”的字样。此凡例写于明治十五年，即1883年，《本朝虞初新志》出版于明治十六年，可见其为该书出版之前所写。《凡例六则》之后为序、跋、评者之姓氏，分别为依田学海、成岛柳北、南摩羽峰、赖支峰、石津灌园、官原节菴、江马天江、神山凤阳、五弓雪窗、盐田松园、渡边荘庐、盐谷簣山共计十二人，并附有其名、字、出身地之信息，由此可以对评点序跋者作以大致性的了解。其后则为目录，再后为正文。正文篇首有“《奇文观止本朝虞出新志》(卷上) 三溪菊池纯著述 学海依田百川评点”的字样，在卷中、卷下的篇首处同样如此。在正文的余白处，随处可见对该篇内容的评点，数量颇多，然而并未一一附上评点者的姓名，因此无法将评点的内容与评点者相对应。

《本朝虞初新志》共选入短篇二十四篇，其中有三篇由若干短篇组成，分别为卷中的《稗史小传》，由《山东菴京传》《曲亭马琴》两个短篇组成；《与家溪琴报震灾书》，由《别启十则》《小女断臂》《浅草寺浮图阁》《灾后过水西诗》《冯狐知震灾》《雷公骑神马避灾》《袖中马毛》[②]《义舍赈救》《神水坌湧》《大水讹言》《都下震倒户数》这十一个短篇组成；卷下的《割鸡刀》，由《暴徒渊源》《停卫兵稍食》《公使馆袭击》《仁川府奇祸》[③]《问罪使节》《条约结局》这六个短篇组成。若以各个短篇的数量计算，则《本朝虞初新志》中共收录四十则短篇，数量较多。

此外，除了菊池三溪的作品之外，在书中还附有三篇依田学海所作的短

---

① 菊池三溪. 奇文观止本朝虞初新志[M]. 文玉圃，明治十六年.

② 该篇目录作“《神中马毛》”，而正文则作“《袖中马毛》”，疑目录为误刻，故随正文。

③ 该篇目录作“《仁川奇祸》”，而正文则作“《仁川府奇祸》”，疑目录为误刻，故随正文。

篇，附于卷上的三篇正文之后，分别为《娇贼》附《记骗盗》，《本所擒龙》附《骆驼生传》，《天女使》附《记女盗》。这三篇短篇均附于依田学海的篇末评点之后，当为在评点之时对该篇内容颇有所感，其自身所著之篇中有与此内容相仿之作，故一并附上。在所附之篇的末尾处，有“学海记”的字样，以示其文出自依田学海，与菊池三溪所著之作予以区分。依田学海在菊池三溪的《本朝虞初新志·自序》之后附文，称读该书之时如获重宝，欲罢不能，以至于达到废寝忘食的程度，在评点之时亦“点朱如雨，殆忘是先生之文与吾文矣”。其评点内容非常之多，甚至还附上自著之作，足可见其对该书感触良多之势。

《本朝虞初新志》之中广收群书之奇闻异事，其中所刻画的忠臣孝子、伟人杰士、美姬艳妾、妖怪鬼神等形象栩栩如生，仿佛若置面前一般活灵活现、惟妙惟肖。其题材亦与张潮之《虞初新志》所涉颇为相似，为志怪类小说的基本题材。其正文部分由正文及评点构成，除了各篇余白处散见的评点之外，在每篇短文之后可见各家评点，以依田学海所评为最多，几乎遍及所有篇目，且文字颇多，有些篇目甚至与原文字数不相上下。从篇幅上来看，评点占据了其各篇相当一部分比例。

菊池三溪所选各篇内容十分精彩，引人入胜，除此之外，各家评点亦是该书极具特色的重要组成部分。具体说来，各篇之中所附评点的具体情况可总结如表6：

表 6 《本朝虞初新志》篇末评点统计表

卷次	序号	题目	著者评点	各家评点
卷上	1	《木鼠长吉传》	有	依田百川、盐田松园
	2	《娇贼》附《记骗盗》	有	学海
	3	《离魂病》	有	学海
	4	《本所擒龙》附《骆驼生传》	有	学海
	5	《天女使》附《记女盗》	有	学海
	6	《锻工助弘传》	有	学海
	7	《五色莺》	有	学海
	8	《河村瑞轩传》	有	学海
	9	《纪文传》	有	学海
卷中	10	《丸山火灾》	有	学海
	11	《观梯技记》	无	学海、南摩羽峰
	12	《济暹纪事》	有	学海
	13	《曲马师小金》	有	学海
	14	《一眼寺》	有	学海、石津灌园
	15	《稗史小传》	有	学海
	16	《宝生弥五郎传》	有	学海、灌园
	17	《市川白猿传》	有	学海、羽峰、赖支峰
	18	《与家溪琴报震灾书》	无	学海、成岛柳北
卷下	19	《弥陀窟记》	无	学海
	20	《观不知火记》	无	渡边莊庐
	21	《浮岛记》	无	学海
	22	《俳优尾上多见藏传》	有	学海、宫原苗菴、江马天江、石津灌园、神山凤阳、五弓久文
	23	《臙脂虎传》	有	学海
	24	《割鸡刀》	有	学海

《本朝虞初新志》中各篇篇末的评点包含著者菊池三溪的评点以及各评点者的评点两部分。如表 6 所示，在书中所收录的二十四篇短篇之中，绝大多

数篇目中均有著者评点，达到十九篇之多，未做评点之篇仅为卷中的《观梯技记》以及卷下的《与家溪琴报震灾书》《弥陀窟记》《观不知火记》《浮岛记》共计五篇。所录各篇之文均出自菊池三溪之手，在其篇末又加以对该文之评点，可见著者对选文深有所感。于正文处赏菊池三溪之文笔，评点处观其对该篇所作之感想，可以从两个不同的角度对其细细品味，实为该书引人入胜的特色之一。

除著者菊池三溪的评点之外，还可见诸位评点者的评点，其中，绝大多数篇目之中均可见依田学海之评点。通过仔细分析可以知晓，除卷下的《观不知火记》这篇短文之外，其他各篇均附有依田学海的评点，可见菊池三溪在《凡例六则》中所述之“首卷特标学海氏姓名者，以其评点最居多也”实为如此。依田学海，字百川，号学海，除了在卷上首篇《木鼠长吉传》的篇末，其评点以“依田百川”之名体现之外，在其后的各篇篇末，则均作“学海”。

除依田学海的评点之外，还散见其他各家评点，如开篇《木鼠长吉传》中附有盐田松园的评点，卷中《观梯技记》中南摩羽峰，《一眼寺》中石津灌园，《宝生弥五郎传》中灌园，《市川白猿传》中羽峰、赖支峰，《与家溪琴报震灾书》中成岛柳北，卷下《观不知火记》中渡边荘庐，《俳优尾上多见藏传》中宫原萠菴、江马天江、石津灌园、神山凤阳、五弓久女的评点均可见于篇末。

关于各位评点者，菊池三溪在《凡例六则》之后列出了其基本信息，包括名、字、号以及出身地。《木鼠长吉传》的评点者盐田松园，名泰，通称顺菴，石川县人；《观梯技记》与《市川白猿传》的评点者南摩羽峰，名纲纪，字士张，青森县人，其评点在《观梯技记》中作“南摩羽峰曰”的字样，而在《市川白猿传》中则作“羽峰曰”，省略了其姓氏；此外，《市川白猿传》还有一位评点者赖支峰，名復，字士刚，京师人；《一眼寺》与《宝生弥五郎传》的评点者石津灌园，名贤勤，字子俭，京师人，其评点在《一眼寺》中作“石津灌园曰”的字样，而在《宝生弥五郎传》中则作“灌园曰”，省略了其姓氏。《与家溪琴报震灾书》的评点者成岛柳北，名弘，字保民，东京人，为连载菊池三溪《消夏杂志》的刊物——《花月新志》的编辑；《观不知火记》的评点者渡边荘庐，名鲁，东京人，对于其字菊池三溪未予示出，或为不详；《俳优尾上多见藏传》中的评点者最多，除石津灌园之外，还有宫原萠菴，名龙，字七渊，京师人；江马天江，名圣钦，字正人，滋贺县人；神山凤阳，名述，字古翁，别号三野二史，岐阜县人；五弓九女，在《本朝虞初新志》的“序跋评者姓氏”中作五弓雪窗，名久女，字子宪，冈山县人。

通过上叙述可知，卷下的《俳优尾上多见藏传》评点者最多，达到六人。该文为知名演员尾上多见藏之传，叙述了其父母结缘、多见藏出生之经过，以及多见藏年幼之时不喜读书习字，唯好演剧，故其父母从其所好送多见藏学艺，后终成为名演员，并于八十岁之高龄受天皇赐御盃之殊荣的经历。对于此文，诸评点者称赞菊池三溪文笔之妙，评价其“意到笔随、一气呵成”，“得此一佳传，松玉[①]之名千秋不朽”等，足见对其文笔的高度赞赏。尾上多见藏为知名演员，为其立传乃是菊池三溪受人之托“俾予作之传”，可见其文笔之好、名声远扬。然而为知名人士作传绝非易事，菊池三溪所作获得诸多评点以及一致认可，可见其文学功底之深。其他各篇虽然评点数量不及此篇，亦均生动形象，使人读之欲罢不能，可谓篇篇精彩。

正文之后为盐田泰所作之跋文，在末尾处有“时庆应丁卯六月 松园道人盐田泰识 万莽市河三兼书”的字样，其书写者与作叙文者同为一人。庆应丁卯为1867年，可见该跋文为当年6月所书写，据《本朝虞初新志》成书的1883年历时十余年之久。在跋文中，盐田泰叙述了菊池三溪日积月累的文学功底、致力史学之姿以及晚年隐居专心著书之态，并提及其作《消夏杂志》的情况。与该跋文所作时间相结合，可知其为盐田泰在读毕《消夏杂志》之时所作，时间较为久远。盐田泰在跋文中称赞该著作“与《聊斋志异》并传，不朽必矣”，对于菊池三溪隐居而专心著书之举，则称其“必有鸿文钜笔之传不朽”，足见对其赏识之情。

《本朝虞初新志》具有很高的文学价值，除了受到诸多名家的称赞之外，其中的内容还被收入杂志之中，如《日本全国小学生徒笔战场》。该杂志于明治二十四年(1891)三月创刊，是由博文馆创办的以广大低年龄层的读者为对象所发行的杂志。在其明治二十五年(1892)八月刊中，在“文藻”栏目中收录了菊池三溪《本朝虞初新志·自序》，作为“文豪骚客、烂漫才思的美华之文”

① 松玉，尾上多见藏的艺名。

供读者赏析，足见对菊池三溪文笔的赞赏与认可，亦可看出《本朝虞初新志》在日本传播范围之广、影响之大，而这些均与该书的编选内容以及著者的文学素养是密不可分的。

四、仿作特色

《奇文观止本朝虞初新志》从书名来看，即为日本版《虞初新志》的巅峰之作，该书作为《虞初新志》的汉文仿作由此题目即体现得淋漓尽致。《本朝虞初新志》是著者菊池三溪在读罢《虞初新志》之后深有感触，故仿照其体例编选而成，这主要体现在其遍阅群书之奇闻异事进行汇编之势、所收大抵真人真事的据实结撰之体以及篇末的评点方式等诸多方面。

菊池三溪广搜天下之奇事异闻，将其作为行文之素材汇编成册，这在依田学海所作《本朝虞初新志·序》中有所涉及。在序文中，依田学海叙述道："顷读张山来《虞初新志》，意有所感，乃遍涉群书，博纂异闻，体仿前人，文出自己，釐为若干卷。"①张潮广搜时人之文，编选优秀之篇辑录成册，其所收录之篇乃是出于他人之手，是为《虞初新志》的编选体例。在《虞初新志》的影响下，菊池三溪亦广搜群书之奇闻异事，亲笔编辑各个小故事而汇集成册。虽然其所收录之篇是各个汉文短篇的汇编，然而所选之文均出自菊池三溪本人之手，对其凝聚的心血可想而知。序文中的"体仿前人"即是指出菊池三溪仿照张潮《虞初新志》之体例成书，是《本朝虞初新志》作为《虞初新志》汉文仿作的极为典型的特征。无论是其汇编天下奇事之势、还是编选大抵真人真事之体，均是对《虞初新志》编选体例的充分继承。

此外，其篇末的评点方式亦是对《虞初新志》的极大效仿。在《虞初新志》中，每篇篇末均附有"张山来曰"的评点，是为作者张潮对该篇内容的所作之感，或只言片语，或三两成行。《本朝虞初新志》亦效仿此体例，几乎在每篇篇末均附有"三溪氏曰"的评点，这一点亦为效仿张潮《虞初新志》的编选体例之一。观其评点，则以依田学海为最多。同为汉学者的依田学海与菊池三溪多有交流往来，在《本朝虞初新志》成书之后，菊池三溪以该书示于依田学海，

① 菊池三溪. 奇文观止本朝虞初新志[M]. 文玉圃，明治十六年.

让他为书作评，并将其附于各篇之中。评点为其著作之中不可或缺的一部分，可谓点睛之笔。在读完正文之时，通过读其后所附的评点，既可以感受评点者对该篇的感想，进而分析其所作之感等方面的内容，又可以在读罢产生诸多感想之时，通过读其评点产生一种与人分享的喜悦之情，与其产生共鸣；抑或因其独特的视角、与己产生的不同之感而陷入思考，是读罢正文之时的额外收获与期待。菊池三溪仿效张潮这一编选体例，可谓充分继承了《虞初新志》的精髓之一。

然而，《本朝虞初新志》虽为张潮《虞初新志》的汉文仿作，却有着不同于原作的新特点，这主要体现在其所收之篇的著者以及评点与评点者的数量等方面。在《本朝虞初新志·凡例六则》中，菊池三溪分析了其文与张潮《虞初新志》以及蒲松龄《聊斋志异》的不同之处：

(前略)

一、張山來《虞初新誌》，裒集諸家之文字，品藻之者。此編悉出予一手筆墨，是名同而實異，讀者幸毋尤其不倫。

一、此編倣蒲留仙《聊齋誌異》之體，然彼多說鬼狐，此則据實結撰，要寓勸懲於筆墨，以爲讀者炯誡而已。然至其掀髯走筆，會心得意不可抑遏，不能悉据實。實中說虛，虛中存實，讀者試猜孰是實，孰是假，孰是根据，孰是演義，又是一樂事。

(后略)①

在《本朝虞初新志·凡例六则》中，菊池三溪首先指出了《本朝虞初新志》与《虞初新志》的不同之处：《虞初新志》乃是汇集诸家各篇而成，而菊池三溪《本朝虞初新志》中所收录之文则均出自著者一人之手，这一点可谓与《虞初新志》最大的不同之处。菊池三溪此处称“名同而实异”，虽然同为“虞初新志”之名，其内容却不尽相同。在此，可以看出菊池三溪之作虽为汉文仿作，却有着与其不同之处，既有对原作的充分效仿，又有与其不同的鲜明特征及创新之处。

① 菊池三溪. 奇文观止本朝虞初新志[M]. 文玉圃，明治十六年.

此外，在《本朝虞初新志·凡例六则》中，菊池三溪还提及了蒲松龄的《聊斋志异》，称《本朝虞初新志》效仿《聊斋志异》之体。《虞初新志》与《聊斋志异》同为志怪类小说，在传至日本之后迅速受到广大读者的欢迎，广泛传播开来。菊池三溪的《本朝虞初新志》仿《聊斋志异》之体，亦说明了其受欢迎的程度。然而与《聊斋志异》所收之篇多为鬼狐等虚构内容有所不同的是，《本朝虞初新志》中的各篇并非虚构，乃是“据实结撰”，这与《虞初新志》“文多时贤，事多近代”，所收之篇大抵真人真事的编选风格颇为相似，其“劝惩于笔墨”之风亦与《虞初新志》有异曲同工之妙。然而，菊池三溪虽然广搜群书之奇闻异事，却并非完全真实，所谓“实中说虚，虚中存实”。由此可以知晓，书中所收各篇虽大抵据实，然而经过菊池三溪之笔进行润色加工，乃是虚实相结合，更为引人入胜，读者在作读之时猜想其真真假假、虚虚实实亦不枉为乐事一桩。虽然其中有虚假成分，然而其所述之事则均为据实所作，这一点亦是充分效仿了《虞初新志》之体。

据此可以分析，《本朝虞初新志》用《虞初新志》之名，仿《聊斋志异》之体，却有着与这两部著作的不同之处：其所收各篇均出自编者一人之手，不同于《虞初新志》广集诸家名篇之作；其所述之事据实结撰，不同于《聊斋志异》的鬼狐虚构。《本朝虞初新志》既模仿了《虞初新志》和《聊斋志异》，又有着自身鲜明的特点，是明清志怪小说在日本的传播过程中所产生的十分优秀的作品之一。该书的编纂深深受到了《虞初新志》的影响，著者菊池三溪正是在读罢《虞初新志》的深深感触之下，才得以有《本朝虞初新志》的成书。

此外，从评点和评点者的数量上来看，亦体现出《本朝虞初新志》与《虞初新志》的不同之处。《本朝虞初新志》在各篇篇末除了附有著者菊池三溪本人的评点之外，还附有其他人的评点，以依田学海为最多，作“依田百川曰”“学海曰”的字样。也就是说，在《本朝虞初新志》绝大多数篇章的文末均附有“三溪氏”与“学海”等人的评点，最多之时评点者甚至达到六人之多，可见对篇章内容所产生的颇多感想。除篇末评点之外，在每篇的余白处还散见各家评点，均为对文章内容所作之感，这与《虞初新志》各篇篇末仅见著者张潮一人的评点有所不同，是仿作与原作的相异之处，亦是其创新之处。

总体说来，《本朝虞初新志》无论从构成还是从内容上来看，都有着效仿

《虞初新志》的痕迹：其诸篇的编选均有劝诫警惩、寓教于人之意，所涉作品题材亦均包含忠臣孝子、伟人杰士等人的奇闻异事，选文广涉古今之荒诞离奇、可歌可泣之事，且大多为真人真事，文末评点等编选体例亦颇为相似，甚至从书名的命名来看便可知晓其为《虞初新志》的汉文仿作。该书作为汉文小说在日本可谓家喻户晓，是充分体现了菊池三溪汉文功底的优秀之作。菊池三溪既模仿了张潮《虞初新志》的编选体例、旨趣，又有自身鲜明的特征与创新之处，是极具特色的汉文仿作。

第二节 近藤元弘《日本虞初新志》

除菊池三溪《本朝虞初新志》之外，以“虞初”命名的汉文仿作还有近藤元弘的《日本虞初新志》一书。从书名上来看，该书为“日本的《虞初新志》”，作为张潮《虞初新志》的汉文仿作这一特征彰显无遗，与《本朝虞初新志》之命名有异曲同工之效。《日本虞初新志》极大程度地效仿了《虞初新志》的编选体例、旨趣，在凡例中多处引用张潮《虞初新志》的原文，甚至直接体现出“山来曰”的字样，是极具代表性的《虞初新志》汉文仿作。

一、近藤元弘的生平

近藤元弘（1847–1896），字仲毅、寿人，号南崧、鹿洲渔父、南国逸民，日本明治时期（1868–1912）的汉学者、汉诗人、教育者，著有《南崧诗稿》《诗文稿本》等汉诗集、《心学道话修行录》《心学要语集》等心学研究著作以及汉文小说集《日本虞初新志》等。

近藤元弘出生在日本爱媛县松山市，父亲近藤元良（1800–1868）为江户时代（1603–1867）后期的儒学者，擅长诗文，曾任松山藩[①]立学校——六行舍的教授，以下级武士、庶民为对象讲授心学。近藤家有三子，近藤元弘为次子，他在很小的时候便接受了父亲的素读教育，在汉学方面颇有造诣。素读是日

① 松山藩，江户时代的诸侯领地之一。

本江户时代十分盛行的汉文学习方法之一，即不深入考虑所读文章的意思，以反复诵读为主的读书方法，以求能够快速、熟练地适应汉文的语调，为更进一步的汉文学习打基础。在素读之时，所使用的教材以四书等儒学典籍为主，近藤元弘亦是在幼年时期便得以接触这些经典儒学著作，对其学问影响极大。他从九岁时起便开始从事汉诗的创作，其著作《南阳闲适集》便是收录了近藤元弘从九岁至十六岁之间所创作的汉诗的作品集，可见其扎实的汉文功底。

除近藤元弘之外，其兄近藤元修(1840-1901)亦为汉学者，曾任松山藩的学问所——明教馆的教授，明治维新之后开设私塾“谦塾”，曾任著名的日本海军名将——秋山真之(1868-1918)的汉文老师。其弟近藤元粹(1850-1922)为儒学者、汉诗人，擅长诗文书画，开设“犹兴书院”，讲授汉学。兄弟三人以学问出名，颇有建树，被称为“近藤三兄弟”。此外，近藤元弘的养子近藤元久(1885-1912)曾留学美国学习飞行技术，是第一位取得飞行许可证的日本人。近藤家能够取得如此之成就，与其早期良好的家庭教育与氛围是分不开的，其父亲作为儒学者的潜移默化可谓影响深远。

在父亲近藤元良去世后，近藤元弘继承了其所担任教授执教的六行舍。近藤元弘注重道话修行，除了在六行舍执教之外，还巡回各地普及心学理论，注重提高庶民的道德意识。他所讲授的心学在继承了六行舍传统的教育理念的基础之上，还特别注重四书等儒学方面的内容，将其有机地融入心学理论之中，主要以庶民为对象，劝讲平民道德。其后六行舍废止，近藤元弘成为爱媛县县立松山中学的校长，日本著名的文学者正冈子规(1867-1902)、海军名将秋山真之当时便在该学校读书。近藤元弘还专心研究汉学，进行汉诗创作等活动，成为日本明治时期著名的汉学者。近藤元弘信奉朱子学，其高洁的人格魅力与渊博的学识使其深受世人所尊敬，著述颇多，是在日本较有影响力的文人之一。

二、编纂成书的过程

与《本朝虞初新志》相似，《日本虞初新志》亦是著者近藤元弘在读罢张潮《虞初新志》之后颇有所感，故仿效张潮的编选体例、旨趣，本着“事多近代、文多时贤”的原则广收奇文，积年累月而汇集成篇之作，这在《日本虞初新志·凡例五则》中叙述得较为详尽：

> 樵史性多奇癖，故每逢異書奇傳，輙為購求借覽焉。嘗讀清張山來《虞初新志》及鄭醒愚《虞初續志》，反復不措，頗有所會意也。然事皆係于西土，至本朝，未見有如此者，豈不一大憾事乎！於是就本朝名家集中，遇山來所謂：「凡可喜、可愕、可譏、可泣之事」，則隨讀隨抄，汲汲不倦。積年之久，漸得數十篇矣。而如狐狸之妖，厲鬼之怪，則本邦文士概視以為荒誕不經之事，曾不上之筆端，故其所選，多屬實錄。獨憂其采輯無多，更自近人所著史傳雜誌等，蒐羅凡事涉奇節偉行者，合為七卷，名曰《日本虞初新志》。非敢謂有裨補於世教，然而展繙之間，有或悠然而暢怡心目，或忼慨而揮擢志氣，則實為意外之幸。
>
> 山來曰：「『虞初』為漢武帝時小吏，衣黃乘輜，采訪天下異聞。以是名書，亦猶志怪之帙即『齊諧』以為名；集異之書，本『夷堅』而著號。」故樵史亦以名斯書，蓋擬山來編纂之意也。
>
> (后略)①

在《日本虞初新志·凡例五则》之开篇处，便交代了著者近藤元弘每逢奇书异传则必求之一读的嗜奇之性，可见他当读有颇多古今之奇书。其中，张潮《虞初新志》以及郑醒愚《虞初续志》对其影响很大，近藤元弘反复读之并且颇有所感，感叹于两部著作之中所叙述的奇闻异事之怪诞离奇，然而在日本本土却不得见，甚是惋惜。有基于此，便促使近藤元弘作《日本虞初新志》。可以说《虞初新志》《虞初续志》两部著作，特别是《虞初新志》乃是对《日本虞初新志》的成书产生巨大影响的文学作品。近藤元弘在此引用了张潮《虞初新志·凡例十则》的原文，称其从日本的名家集中广搜“可喜、可愕、可讥、可泣之事”，积年累月终得数十篇，这一过程凝聚着近藤元弘的大量心血。而对

① 王三庆，庄雅州，陈庆浩，等. 日本汉文小说叢刊(第一辑第一册)[M]. 台北：台湾学生书局有限公司，2003. 第153页.

于《虞初新志》原文的引用则显示出他对该书的喜爱与熟悉程度，充分显示出其作为汉文仿作的特点。他将这些广泛搜罗之作编为七卷，题名《日本虞初新志》，以求读者能够“悠然而畅怡心目、忼慨而挥擢志气”，是为《日本虞初新志》的出版缘起。

关于《日本虞初新志》的命名，近藤元弘在《日本虞初新志・凡例五则》中做出了更进一步的说明，并再次涉及了张潮《虞初新志》的原文，大段引用了《虞初新志・凡例十则》中第二段关于其命名的内容。《虞初新志》以“虞初”命名，而“虞初”是西汉时期汉武帝的方士侍郎，号“黄车使者”，乘马衣黄衣，即张潮在《虞初新志・凡例十则》中所说的“虞初为汉武帝时小吏，衣黄乘辎”。虞初广采天下之奇闻异事，在《周书》的基础之上将其所采之事融入进去，写成《虞初周说》，被视为最初的小说集。虞初本人亦被视为小说的鼻祖，即张衡《西京赋》中所称之“小说九百，本自虞初”。故以“虞初”命名，实为取最初小说之名，一目了然，犹如志怪以“齐谐”为名、集异以“夷坚”著号，有异曲同工之效。因此，近藤元弘在命名之时，亦仿效张潮《虞初新志》的编纂之意，取“虞初”之名。

此外，在《日本虞初新志・凡例五则》中，近藤元弘还叙述了他在所选各篇的篇末附有评点，称其开始收集各篇乃是在成书十年前。当时鞅掌吏务闲暇之时较少，真正开始“附赘语于篇末”乃是在其辞职授徒之后，在讲读之余逐渐开始评点的。经过十年左右时间的收集之后再为各篇评点，可以看出《日本虞初新志》中所选之作乃是经过相当长时间的积淀之后才得以问世的。

在《日本虞初新志・凡例五则》的篇末，近藤元弘还为《日本虞初新志》续刊的发行埋下了伏笔，说以文章著称之人甚为多矣，故在他收录于该书的诸篇文章之外，应当尚有优秀之作有所遗漏，因此，会在今后陆续搜集，再辑续篇将其公布于世。然而《日本虞初新志》刊行之后，并未见其续篇的刊刻出版，就连在该书之全七卷亦未能得以完整保存，可见他并未达成当初续刊之愿。在《凡例五则》的落款处，有“时明治十四年辛巳初夏 南崧樵史识于松山城西之时习书院”的字样。明治十四年辛巳为1881年，《日本虞初新志》为该年初夏之时刊刻出版。

《本朝虞初新志》附有序文，由高松片山达撰，其中叙述了在《日本虞初新志》成书之后，将该书交由其作序的缘起以及对该书所作之感，亦对其成书情况有所涉及：

> 余年少時，嘗讀清人張山來《虞初新志》，今不復諳一事。□普獨舊夢無諸可尋也。頃日久保忠貞自松山來書，身□雖武市，某乞余序《日本虞初新志》，見其証例自稱，則松山舊藩士近藤君仲毅所編纂，云號天明寬政以降至今日之諸家集，廣采奇事□閘定為七卷，可充一冊記事珠矣，余家固乏書，既識淺在諸家集不及十之一二，苟得此編，偷閑快讀，不特醒我舊夢，亦足以長耳遠目，而補張氏之未嘗有者也，不亦樂乎！遂敘答言，待成本之至耳。明治辛巳之夏。
>
> 高松君山達[①]述并書[②]

在序文中，高松片山达首先指出其在年少之时曾经读过张潮的《虞初新志》，然而如今已“不复谙一事”，由此可知《虞初新志》在日本传播之广，诸多文人学者均读过该书。然而对于其内容似乎已经有所遗忘，则说明了《虞初新志》传至日本与《日本虞初新志》成书间隔年代的久远。据大庭修《江户时代唐船舶载书籍研究》[③]中对《商舶载来书目》[④]的研究记载，《虞初新志》于宝历十二壬午年(1762)舶载至日本，而《日本虞初新志》则于明治十四年(1881)出版刊刻，已相隔百余年之久，由此可观《虞初新志》在日本传播与产生影响的时间轨迹。《虞初新志》在传至日本之初，广大读者争相购买，甚至出现供不应求、价格上涨的局面，足见其受欢迎的程度，大量汉文仿作的相继问世亦可说明这一点。除《日本虞初新志》的著者近藤元弘之外，作序者高松片山达亦读过《虞初新志》，对其颇有感慨。

---

① 在《日本虞初新志中文出版说明》中，此名作“高松片山达”，此处误作“高松君山达”。

② 王三庆，庄雅州，陈庆浩，等. 日本汉文小说叢刊(第一辑第一册)[M]. 台北：台湾学生书局有限公司，2003. 第151页.

③ 大庭脩. 江戸時代における唐船持渡書の研究[M]. 大阪：関西大学東西学術研究所，昭和四十二年(1967). 第696页.

④ 向井富. 商舶載来書目. 文化元年(1804年). 写本.

通过序文可以知晓，近藤元弘为松山的旧藩士，即《日本虞初新志》的编纂者。此番高松片山达为其作序乃是受松山友人久保忠贞之托，由此可见作序者并非由近藤元弘直接拜托，而是通过其友人写信代为请求。序文中涉及了《日本虞初新志》的编纂情况，称其所收各篇乃是天明(1781—1789)、宽政(1789—1801)以后至出版之际诸家集中的作品，可见其“事多近代”的编选旨趣。近藤元弘广泛搜罗诸家集中的奇事异闻，其“广采奇事”之举亦遵循了张潮《虞初新志》的编选之风，充分体现了其汉文仿作的特点。

此外，序文中还称《日本虞初新志》“可充一册记事珠矣”。《记事珠》是关于嘉庆年间(1796—1820)相关人士出使琉球的内容，由清代文人钱泳[①]抄录，所记均为当时出使之情形，确有其事。在此评价《日本虞初新志》“可充一册记事珠”，是对近藤元弘据实结撰、广收诸家集中的真人真事、奇闻异事而成书的《日本虞初新志》之特点的高度概括，而这一点亦是对张潮《虞初新志》所收大抵真人真事这一编选旨趣的充分继承与效仿。

高松片山达虽然由于时间之久远，对于《虞初新志》所录之事记忆模糊，然而通过读其仿作《日本虞初新志》，不但能够唤起当时读书之记忆，还可以通过其中所记的奇闻异事增长见闻，“补张氏之未尝有者也”。这充分说明了《日本虞初新志》不但充分效仿张潮《虞初新志》的编选体例、旨趣，还对其有所发扬，补其所缺，这些从其成书过程亦可以知晓。该序文作于明治辛巳夏，即1881年夏，《日本虞初新志》于1881年6月出版发行，该书在此序文作成之时即刻出版，是极具《虞初新志》仿作特色的文学作品之一。

三、基本内容

《日本虞初新志》在《日本汉文小说丛刊》中有所收录，在其《日本虞初新志·中文出版说明》中对于该书做如下叙述：“本书为刻本，天理大学图书馆藏，近藤元弘编辑。首封面，双边有界，中题：《日本虞初新志》，右署：‘近藤元弘编辑’，左题：‘版权免许、风咏舍藏版’。次为明治辛巳夏高松片山达

① 钱泳(1759—1844)，字立群，号台仙，清代学者，著有《履园丛话》《兰林集》《梅溪诗钞》等。

序及甫崧樵史[①]自撰之凡例五则。目录之后再接正文，双边无界，每半页十行，行廿字[②]。有训点句逗。"[③]《日本虞初新志》为刻本，由近藤元弘编辑，风咏舍藏版。风咏舍为当时日本爱媛县松山市的出版机构，《日本虞初新志》由其刊行。通过出版说明亦可知晓，《日本虞初新志》由高松片山达所作《日本虞初新志·序》、《凡例五则》、《目录》以及正文四部分组成。《凡例五则》为近藤元弘所撰，出版说明中所提及的"甫崧樵史[④]"为近藤元弘之号。该书在刊刻出版之时附有训点句读，便于读者阅读。

《日本虞初新志》全书七卷，然而如今却未能悉数保存，关于这一点，《日本汉文小说叢刊》中《日本虞初新志·中文出版说明》做如下叙述："本书原称七卷七册，今日所见仅存首二册，疑因销路不广，或因他故而不再续刊。二册所录异闻故事共有四十则，唯有些仅是遊记或属形状，不具传记小说之条件。"[⑤]在序文中称该书共为七卷，然而据《日本汉文小说丛刊》编纂之时所见则仅为首二卷，其余五卷未见。《日本虞初新志》在日本的馆藏较为匮乏，不似《本朝虞初新志》之丰富。《日本汉文小说丛刊》分析其原因乃疑其销路不广，并未大量出版，或者是由于其他原因而未再续刊，故如今所见仅为二册。同为《虞初新志》的汉文仿作，与《本朝虞初新志》相比，《日本虞初新志》似乎并未得以广泛传播，以至于馆藏匮乏，全七卷如今所见仅为二卷。之所以会产生这种状况，应当与其内容有很大的关系，如《日本汉文小说丛刊》所叙述的其所收之篇中有些内容仅为游记或类似题材的作品，并不具备传记小说的条件，这应当也是其销路不广的原因之一。尽管如此，《日本虞初新志》广收天明、宽政约二十年间的诸家集，包含菊池纯、依田百川等名家之作，使得读者能够饱览诸家之文笔。虽然混杂了诸多游记类文学作品，然而皆为近藤元弘精心挑选编纂之作，对于"家固乏书"之读者来说可谓一件乐事。

---

① 此处当为"南崧樵史"，"南崧"为近藤元弘之号，原文作"甫崧樵史"有误。

② 《日本虞初新志》每半页为十行，每行字二十，此处当为"行廿字"之误。

③ 王三庆，庄雅州，陈庆浩，等. 日本汉文小说叢刊(第一辑第一册)[M]. 台北：台湾学生书局有限公司，2003. 第137页.

④ 此处当为"南崧樵史"，"南崧"为近藤元弘之号，原文误作"甫崧樵史"。

⑤ 王三庆，庄雅州，陈庆浩，等. 日本汉文小说叢刊(第一辑第一册)[M]. 台北：台湾学生书局有限公司，2003. 第137页.

虽然《日本虞初新志》未能保存完整，然而其全七卷之目录却完整地保存下来，由此可观其各卷所收录之篇名。在目录的末尾处，注有“编者按：‘原书目次共七卷，唯正文可见者仅卷一、卷二耳’”的字样。也就是说，目录为近藤元弘所辑之《日本虞初新志》全七卷的篇目，然而其正文部分则仅可见卷一、卷二，其他卷次未能得见，唯有通过目录来了解其他几卷之中所收录的篇目，甚为遗憾。

通过对其目录进行分析可以看出，与张潮《虞初新志》相比，近藤元弘《日本虞初新志》的目录更为详细，除了篇名以及作者之外，还列出了作者的出身地、字、号这几项信息。以卷一为例，其目录信息如下：

卷之一

節女阿正傳	安藝	賴襄	字子成	號山陽
熊馬二童傳	大阪	中井積善	字子慶	號竹山
紅嵐墅記	江門	鹽谷世弘	字毅侯	號宕陰
一橋先生傳		鹽谷世弘		
記阿王事	大阪	中井積德	字處叔	號履軒
高山正之傳		杉山忠亮		
如亭遺稿序	賴襄			
孝勇傳	尾張	村瀨之熙	字君績	號栲亭
雷鳥圖記	讚岐	柴野邦彥	字彥輔	號栗山
錫類記		中井積德		
高橋生傳	江戶	林長孺		號鶴梁
賴亨翁墓誌銘	伊豫	尾藤孝肇	字志尹	號二洲
忘卻先生傳	伊勢	齊藤正謙	號拙堂	號息軒
阿藤傳	日向	安井衡	字仲平	
紀貞婦某氏事		林長孺		
紀阿發事	江戶	鈴木尚	字士德①	

① 王三庆，庄雅州，陈庆浩，等. 日本汉文小说丛刊(第一辑第一册)[M]. 台北：台湾学生书局有限公司，2003. 第155页.

通过卷一的目录可以看出，《日本虞初新志》目录中的各篇以篇名、著者的出身地、著者名、字、号的顺序列出，所涉之著者信息较为详细。《日本虞初新志》中所收录的文章有些出自同一位著者之笔，因此在目录中，仅在首次出现该人物之时详细列出了具体信息，之后再次出现之时则仅显示其姓名以示著者。如开篇之《节女阿正传》，其后附有其出身地安艺、著者名赖襄、字子成、号山阳之个人信息，而在同为赖襄所作之篇《如亭遗稿序》中则仅出现了著者名，省略了其他信息。除赖襄之外，其他如中井积德、盐谷世弘、林长孺等人亦是如此。

然而，并非所有著者都详细地列出了字、号等信息，如卷一中《高山正之传》的著者杉山忠亮，在首次出现其名之时便仅仅显示了其姓名，别无其他信息。杉山忠亮(1801—1845)，字子元，号復堂，任修史研究所——水户彰考馆的总裁，其所著《高山正之传》为江户时代后期著名的尊皇思想家高山彦九郎之传，具有很高的文学价值和重要意义。然而近藤元弘在目录之中却未附上其字、号等信息，原因不明。除杉山忠亮之外，菊池纯、梅○春樵[①]、江木戬、宇田栗园、吾妻兵治、桥本蓝玉等诸多著者亦未附有个人信息，仅体现为名字，疑为其详细信息无从知晓，故未得以列出。

《日本虞初新志》中收录了61位作家的135部短篇，其数量分布为卷一16篇、卷二20篇、卷三22篇、卷四21篇、卷五15篇、卷六21篇、卷七15篇，以及附录5篇，数量颇多。然而，在这135篇作品之中，除卷一、卷二中的合计36篇之外均未得见，现仅存目录，甚是遗憾。尽管如此，仍然可以通过目录大致了解其后五卷所收录的各篇内容。在后面几卷中，除收录了在卷一、卷二中已经出现的作者，如林长孺、菊池纯、中井积德等人的文章之外，还有诸多短篇，并且绝大多数作者仅收录了一篇文章，如卷三帆足万里《苏山道人传》、小永井岳《山本左左卫门传》，卷四信夫粲《记义猴事》、桥本蓝玉《纪盐商弥太郎事》，卷五木下业广《记阿顺事》、依阪淑人《秋山伊助传》，卷六加藤熙《赠正四位锦小路君碑铭》、冈千仞《靖斋小川君墓碣铭》，卷七江马圣钦《半牧方士墓碑铭》、久米政声《善右传》等。此外，在七卷之后

① 此处原文即作“梅○春樵”，现原文引用。

补充有附录，附有五篇文章，分别为铃木尚《读三至录》、大槻清崇《前孝○行》和《后孝○行》[①]以及中村正直《义鹤诗》和《高尾》。

正如近藤元弘在《日本虞初新志·凡例五则》中所述，其在编选之时并非按照作家名气的大小，而是以“奇”为标准，本着“表彰轶事、传布奇文”的选文标准。因此，在《日本虞初新志》中，除了名家名篇之外，还可看到诸多出自并非熟知的作者之文，凡是以“奇”称颂之作均可收录。实际上，《日本虞初新志》中亦收录了诸多小众作家之奇文，充分体现出近藤元弘以奇为准的选文特点。从其所选各个短篇的题目可以看出，近藤元弘所收各篇的体裁主要集中为人物传记、墓碑铭以及纪事这三个方面，由此可以对《日本虞初新志》中各篇的内容有一个大致的把握。

在《日本虞初新志》中，有若干作家的作品收录数量较多，其中收录作品数量最多的作家为江户时代后期的儒者林长孺，共收入13篇；其后的几位著者亦为江户时代中、后期的文人，分别为：中井积德10篇、盐谷世弘9篇、赖襄8篇以及菊池纯、铃木尚各5篇。此外，有3位作家收录4篇、5位作家收录3篇、7位作家收录2篇，其余则各1篇。

收录作品数量最多的林长孺（1806—1878），号鹤梁，江户时代后期的儒者，著有《鹤梁文钞》。在《日本虞初新志》中，共收录了林长孺《高桥生传》《佐藤隆岷传》《僧方壶传》《纪贞妇某氏事》《纪月仙事》《纪烈妇莲月事》《纪熊泽助八事》《房记》《菅沼琉山碑》《烈士喜剑碑》《杉山翁立志之碑》《桂光中根君战绩之碑》《那须田又七碑铭》这十三篇短篇。除了《纪烈妇莲月事》出自《鹤梁文钞续编》之外，其余十二篇均出自《鹤梁文钞》。由此可见，近藤元弘在编选之时，广泛而全面地翻阅了林长孺的著作，他不但搜罗了《鹤梁文钞》，还翻阅了《鹤梁文钞续编》，从中挑选出最可传世之篇收录在其《日本虞初新志》之中。

从体裁上来看，所选林长孺之作包罗了《日本虞初新志》所收各篇的主要体裁，即人物传记、墓碑铭、纪事这三个方面的内容，可见林长孺所著之作涵盖的内容较为符合近藤元弘的编选旨趣，因此选录他的作品为最多。另一

---

① 此处原文即作“《前孝○行》”和“《后孝○行》”，现原文引用。

方面，亦说明了近藤元弘对于林长孺文笔的充分认可，从其作品之中选取了三种不同体裁之作，乃是在对林长孺的作品进行全方位了解的基础之上精心挑选而成。

《鹤梁文钞》所收各篇是按照作品的体裁分卷的，第一卷为书，第二卷为书、传，第三卷为论、说、序，第四卷为序、纪事，第五卷为记，第六卷为碑、墓碣铭、墓表、墓志铭，第七卷为杂著，以及第八卷、九卷、十卷附载，《鹤梁文钞续编》的卷次分布亦与此相仿。在其诸多体裁中，近藤元弘选取其中的传、墓碑铭、纪事收入《日本虞初新志》之中，显示出他在该书中的选材主要集中于这三种。

林长孺的《鹤梁文钞》各篇亦采取了篇末评点的方式，每篇之中均附有著者林长孺的评点，作“鹤梁子曰”的字样。著者评点之后为评点者的评点，各篇中评点的数量从一人至多人不等。在收录于《日本虞初新志》的林长孺所著十三篇短篇之中，有一篇题为《高桥生传》的文章，收录在第一卷。在该篇篇末处，除著者林长孺的评点之外，还附有江户时代后期的儒学者森田节斋(1811—1868)的评点：“森田节斋曰：通篇以三曰‘快矣’句呼应成文，从魏叔子《大铁椎传》得来。”此处森田节斋明确指出了该篇乃是受到了收录于《虞初新志》中的《大铁椎传》的影响。

《高桥生传》描写了为人纵逸负气的高桥生之事，他健步过人，尤其喜爱书法，仕于幕府朝士横田新五兵卫家。闲暇之时则学习书法，常怀揣僧人空海之墨本外出临摹。与《大铁椎传》中大铁椎三称“吾去矣”之笔法相似，在《高桥生传》中，高桥生则三曰“快矣”。高桥生好徒步远行，山坡原野跋山涉水皆徒步而行，一日行数百里，曰“快矣”。高桥生好作大字，字方二丈余。他作字之时拿一巨棒，熟视僧人空海之墨本良久，其后欣然大呼，跃然挥棒作字于沙土之上。其字活灵活现，跃然飞动，宛如蛟龙之势。此时，高桥生环视曰“快矣”。高桥生于著者林长孺之私塾学习，在听闻古今天下英雄豪杰的事迹之时，抚掌大呼曰“快矣”，其后便不知所往。

该篇与《大铁椎传》最为相像之处当为主人公高桥生的与众不同、三曰“快矣”以及其最终的不知所往。森田节斋在文末的评点处直接指出该篇从《大铁椎传》而来，则说明他对《大铁椎传》的内容非常熟悉。著者林长孺的《高桥生传》将《大铁椎传》模仿得惟妙惟肖，也说明了他对该篇内容的熟知程度与对其文学价值的充分认可。《大铁椎传》收录于张潮的《虞初新志》，由此可以从一个侧面反映出《虞初新志》传入日本之后，其传播范围之广、影响力之大，收录在该书中的文章成为日本文人争相效仿的对象，足以说明其受欢迎的程度。而近藤元弘在《日本虞初新志》中收录如此之篇目，亦可以看出其选文标准、所涉题材、内容等方面无一不体现出张潮《虞初新志》的痕迹。

四、仿作特色

《日本虞初新志》是著者近藤元弘在读完张潮《虞初新志》之后颇有所感而成书之作，是在其影响之下的产物，这在《日本虞初新志·凡例五则》中有所说明。近藤元弘称其“尝读清张山来《虞初新志》及郑醒愚《虞初续志》，反复不措，颇有所会意也”，可见近藤元弘在读完这两部书之后触动很大。然而分析《日本虞初新志》可知，该书在叙述其编选体例、旨趣之时均以张潮的《虞初新志》为标准，甚至原文引用其《自叙》、《凡例十则》中的内容，可见《本朝虞初新志》的成书受《虞初新志》的影响极大，其内容无一不体现出该书作为《虞初新志》汉文仿作的特点，可谓最能体现《虞初新志》编选体例、旨趣等各个方面的汉文小说之一。具体说来，《日本虞初新志》作为仿作的特色主要体现在以下几个方面：

首先，在为该书命名之时，近藤元弘仿照张潮《虞初新志》以“虞初”为题之意，将其命名为《日本虞初新志》，并在凡例中引用了张潮《虞初新志·凡例十则》中的内容：“山来曰：‘“虞初”为汉武帝时小吏，衣黄乘辎，采访天下异闻。以是名书，亦犹志怪之帙，即“齐谐”以为名；集异之书，本“夷坚”而著号。’故樵史亦以名斯书，盖拟山来编纂之意也。”①“虞初”是西汉时期汉武帝的方士侍郎，号“黄车使者”，乘马衣黄衣，他广采天下之奇闻异事，在《周书》的基础之上将其所采之事融入进去，写成《虞初周说》，被视为最初的小说集。虞初本人亦被视为小说的鼻祖，即张衡《西京赋》中所称之“小说九百，本

---

① 王三庆，庄雅州，陈庆浩，等. 日本汉文小说丛刊(第一辑第一册)[M]. 台北：台湾学生书局有限公司，2003：153.

自虞初”。故以“虞初”命名，则为取最初之小说之名，一目了然，犹如志怪以“齐谐”为名、集异以“夷坚”著号，有异曲同工之效。因此，近藤元弘在命名之时，亦仿效张潮《虞初新志》的编纂之意，取“虞初”之名。

其次，张潮《虞初新志》收录“一切荒诞奇僻、可喜可愕、可歌可泣之事”的搜罗方式在《日本虞初新志》中亦得到了充分的继承。近藤元弘在《日本虞初新志·凡例五则》中指出：他“就本朝名家集中，遇山来所谓‘可喜、可愕、可讥、可泣之事’，则随读随抄，汲汲不倦。”①近藤元弘在编纂之时，广泛搜集诸家集，积年累月，从中选取数十篇作品。他在编选抄录之时，并非本着选取名家名作的原则，而是以奇闻异事为标准，所述之事不奇者即使名家之文亦有所不录，所叙之事可传者则即使不是出自名家之作亦收之，即近藤元弘在凡例之中所说之“有名家文而不取者焉，盖以所纪之事不奇也；有不名家而收之者焉，盖以所敘之迹可传也。”因此，《日本虞初新志》中所收录的各篇以猎奇为编选旨趣，其中既收录了诸如菊池纯、依田百川等名家之作，又有一些小众作家之作，可谓“玉石混淆，错综无次”。而对于这种状况，近藤元弘则认为其“虽不免狗尾续貂之诮，要只期表彰轶事，传布奇文耳。”近藤元弘重视作品内容、不以作家名气为选文标准的编选旨趣亦效仿了张潮《虞初新志》在凡例中所述之“是集只期表彰佚事、传布奇文”的选文标准。

最后，《虞初新志》“文多时贤、事多近代”的编选风格亦充分体现在《日本虞初新志》之中。近藤元弘在凡例中介绍其选文过程之时分析道：“如狐狸之妖，厉鬼之怪，则本邦文士概视以为荒诞不经之事，曾不上之笔端，故其所选，多属实录。独忧其采辑无多，更自近人所著史传杂志等，搜罗凡事涉奇节伟行者，合为七卷，名曰《日本虞初新志》。”张潮在《虞初新志》中收录了诸多荒诞奇僻、离奇诡异之事，而日本文人多视其为荒诞不经之事，未曾付诸书面之文字，故此类题材之作甚少。因此，近藤元弘在广泛搜罗诸家集之时，其所选多为实录。实际上，张潮所选《虞初新志》诸篇“事多近代、文多时贤”，虽有诸多荒诞离奇之事，却基本属实，所选大抵真人真事，这一编选旨

① 王三庆，庄雅州，陈庆浩，等. 日本汉文小说丛刊(第一辑第一册)[M]. 台北：台湾学生书局有限公司，2003：153.

趣对后世作品产生了极大的影响，《日本虞初新志》亦遵循这一编选原则，可见其影响之深远。此外，近藤元弘“自近人所著史传杂志”之中“凡事涉奇节伟行者”则一一抄录，积年累月才得以成书，其翻阅诸家集以求奇文之举亦可谓是受到了《虞初新志》编选旨趣的影响。

近藤元弘《日本虞初新志》是张潮《虞初新志》的汉文仿作之中较为充分的仿效其编选体例、旨趣的作品之一，其广收时人之文汇编成册的编选方式与《虞初新志》“文多时贤、事多近代”的旨趣相同；选文以“奇”为主旨，“凡可喜、可愕、可讥、可泣”之事均收录成篇，以求“表彰轶事、传布奇文”的旨趣，很好地继承了张潮的选文标准；所选之文虽为奇闻异事、荒诞离奇，然而却多属实录，这一点亦与《虞初新志》大抵真人真事的选材相符；文末的评点方式也充分体现出其作为《虞初新志》汉文仿作与原作的一致性，是其汉文仿作中极具代表性的著作之一。

第三节　其他三家的汉文仿作

《虞初新志》东传日本之后引起了很大的反响，迅速掀起了效仿其编选体例、旨趣、广收日本各家“可歌、可泣、可喜、可愕”之文辑录成书的风潮。除了直接以“虞初”命名的《本朝虞初新志》《日本虞初新志》两部仿作之外，尚有诸多汉文小说，或模仿了《虞初新志》的编选体例、旨趣、评点方式等编选风格，或仿效了其广收古今之奇闻异事、真人真事的编选特色，出现了一系列极具特色的汉文小说。

一、菊池三溪《译准绮语》

菊池三溪《本朝虞初新志》是极具《虞初新志》仿作特色、文学价值很高的一部汉文小说，充分体现了著者的汉文功底与文学素养。除该部小说之外，菊池三溪还著有《译准绮语》，是另一部具有代表性的汉文小说。正如该部作品书名显示之意，《译准绮语》为日本本朝小说的汉文译作，其中翻译了曲亭马琴《八犬传》[①]、曲亭马琴《弓张月》[②]、十返舍一九《膝栗毛》[③]、紫式部《源氏物语》[④]这四部在日本可谓家喻户晓之作的部分内容。菊池三溪从这四部作品中选取部分篇章译以汉文，其中，《八犬传》选取内容较多，共分为五章，其中有三章之中再分三回，可见其篇幅之长。此外，《弓张月》分为两章，《源氏物语》与《膝栗毛》单独成章，全书共一册。从篇章分布来看，书中所选以曲亭马琴之作居多。

《译准绮语》的编选体例与《虞初新志》相仿，由如下内容构成：后学足立菰川之日文发刊辞，识于明治四十四年(1911)七月；平安灌园石津发士节之序文，撰于明治十九年(1886)十二月，序文后有著者菊池纯于同年同月对该序文所做之评；学海依田百川之序文，识于明治二十年(1887)一月；三溪居士菊池纯之自序，识于明治十八年(1885)十月；自序后有佐藤牧山、足立敬亭二人之评点，其后为目录及正文，正文开篇处写有"三溪居士译述，后学足立菰川训点"的字样，可见该书的训点者与致发刊辞之人同为足立菰川。此外，篇中还散见诸多评点。

在《译准绮语·发刊辞》中，介绍了该书的出版发行情况：《译准绮语》为菊池三溪晚年最为倾注心血的一部作品，训点者足立菰川在读该作之时深深被其所吸引，书终日不能离手，是为汇集佳文之奇作。然而，在菊池三溪有生之年该书却未能刊行，因此足立菰川特此发刊，以慰先生之灵，是为其发刊辞之主旨。此外，在发刊辞中还涉及了《译准绮语》附录的内容。该书正文后有跋，跋后有附录两则：附录一为《幡随院长兵卫传》一篇、附录二为《中川水莊微行》《空蝉》《雨夜赤绳》三篇。关于这几篇内容，在足立菰川的发刊辞中有所涉及："原本之中除了本书所载各篇之外，还有《源氏物语》两篇(《中川水莊微行》《空蝉》)以及《梅历》一篇(《雨夜赤绳》)。然而，原本中虽然保

① 《八犬传》，全称《南综里见八犬传》．日本江户时代的长编传奇小说，著者为小说家曲亭马琴(1767—1848)。

② 《弓张月》，全称《椿说弓张月》．日本江户时代后期的读本小说，著者为小说家曲亭马琴(1767—1848)。

③ 《膝栗毛》，全称《东海道中膝栗毛．日本江户时代后期的滑稽本，著者为小说作家十返舍一九(1765—1831)。

④ 《源氏物语》，日本平安时代中期的长编物语小说，著者为女作家紫式部(约973—约1014)。

存有这三篇内容，却有删减欠缺之处，实属遗憾，故在本书中将其一并除去，并在附录中附上《幡随院长兵卫传》。这虽然是一篇译文，却是先生最为满意之作，是并不广为人知的一篇奇文。”①

发刊辞中在介绍附录中所收录的几篇短文之时，称《译准绮语》中并未收录《中川水莊微行》《空蝉》《雨夜赤绳》这三篇内容，而只是附上了《幡随院长兵卫传》这一篇菊池三溪最满意之作。然而在《日本汉文小说叢刊》中，却将以上四篇悉数收录，可见该书在原作的基础之上进行了增补。菊池三溪在翻译之时，将其中所收录的三篇删除，而在《日本汉文小说叢刊》之中，又重新将这三篇内容进行增补，与原作有所差异。关于这一点，在其《译准绮语·中文出版说明》中有如下叙述：“出版时原已删弃之《源氏物语》〈中川水庄微行〉、〈空蝉〉及《梅历》〈雨夜赤绳〉等几篇艳情作品，幸存于《满娱乐散云史》书中，今据以补作附录。”②由此可知，补充于附录的三篇作品为该书编纂之时从《满娱乐散云史》中所拾，并据其内容补作附录，从某种程度上还原了《源氏物语》《梅历》的原貌，具有文献存传之意义。

在《译准绮语·序》中，分析了《译准绮语》的体裁和菊池三溪的其他著作，旨在通过展示著者不同风格的作品以突凸显其文学素养，以及对于其著作《三溪文略》的出版之期待。正如之前在介绍《译准绮语》的篇章构成之时所述，该书所译之作以曲亭马琴居多，而曲亭马琴之撰为传奇小说，因此，该书之体裁可以视为与之相同，即《译准绮语》亦为传奇小说。《译准绮语》为翻译诸家佳文之奇作，让人读之爱不释手，充分体现了菊池三溪的文学功底。然而，仅此一种体裁之作不能充分体现著者菊池三溪之文笔，正如序文中所述之“池翁之文，岂区区传奇小说之格调乎哉！”在序文中称《西京传新记》《本朝虞初新志》二书虽传播海内、脍炙人口，却不能足以体现著者之格调，可见

① 原文：“原本ニハ本書載スル所ノ外、尚『源氏物語』二篇（「中川水荘微行」、「空蝉」）及ビ梅暦一篇（「雨夜赤縄」）アルモ少シク憚カル所アリ遺憾ナガラ之ヲ省キ、別ニ附録トシテ幡随院長兵衛傳ヲ以テセリ、是レ譯文二非ザルモ亦先生最モ得意ノ作ニシテ未ダ世ニ知ラレザル奇文タリ。”王三庆，庄雅州，陈庆浩，等. 日本汉文小说丛刊（第一辑第一册）[M]. 台北：台湾学生书局有限公司，2003. 第425页.

② 王三庆，庄雅州，陈庆浩，等. 日本汉文小说丛刊（第一辑第一册）[M]. 台北：台湾学生书局有限公司，2003. 第403页.

其文学涉猎之广、文学素养之高。

菊池三溪曾为幕府之儒官，参与修史，《国史略》可谓是其不朽之作，充分体现出其扎实的功底。在序文中，指出通过该部历史著作虽可观菊池三溪为文之真，“然其文多成于捃摭，局于叙事一体，则其真尚未全也。”史学著作以叙事居多，广收史实据实而撰，不能足逞著者之笔力，略为受限，故无法充分体现出其真。在此，特指出菊池三溪之本集《三溪文略》为“全其真、具其体”之著作，并期待其出版问世。由此可见士节对菊池三溪文学水平的高度赞扬，以及对其著作的熟知程度。在序文后，菊池三溪对此序文有所评点，称其二人私交非常之好，著者菊池三溪每一文毕，则必请士节过目评之，以看该文之可否，二十年如一日。而此篇序文则是他为《译准绮语》所作之评，故一并附于书中。由此可以看出二人的往来之频繁，士节对于菊池三溪所作各篇颇为熟知亦源于此。

在《译准绮语》中，除了附有平安灌园石津发士节的序文之外，还有依田百川之序文。在序文中，依田百川对菊池三溪之学识与文笔大加赞赏，称其经传子史莫不通晓，文辞巧丽，声震海内。他好读稗史小说，文笔亦不让古人，可谓有变俗为雅之力。然而，通过分析该序文的内容便可以发现，依田百川对小说这一文学体裁有所轻视之情溢于文字之中。他在序文中称：“稗史小说之为物，其高者不过敘游宴观览之乐，闺阁儿女之欢；卑则闾阎猥琐之谈，妖妄怪诞之说耳。”此可观其对小说所持之态度。虽然如此，依田学海分析菊池三溪之作明练雅洁，连同其《本朝虞初新志》在内，均属稗史小说之佳作。在谈及此处之时，涉及了四部中国古典文学著作，依田学海指出：在《译准绮语》中，“其游宴观览之乐，则取法乎《尚书》《葩经》；闺阁儿女之欢，则採材乎《飞燕》《汉武内外诸传》”。由此可见菊池三溪对中国古籍的通晓，其遍读之势以及游刃有余之态由此可观一二，而同为汉学者的依田学海之汉文功底以及对经史子集的了解程度亦极其深厚。

菊池三溪作为幕府之儒官、修史之学者，其所著之作被视为正统之学的代表。因此，在其著《本朝虞初新志》等传奇小说之时，除了对其大加赞赏之声外，亦有对其持怀疑态度之言，对其所著有所不解者大有人在。关于这一问题，在《译准绮语·自序》中，菊池三溪开篇即交代了其作野史小说的缘由：

“我邦文章，至近世，诸体悉备，莫手可措也。独至于野史小说，前修未见染鼎。”由此可知，至近世之时，日本之文坛除了野史小说之外，各种文学体裁均已发展较为成熟，“诸体悉备”，唯独野史小说“前修未见染鼎”，这乃是与小说自出现之初便被视为“九流”之外的杂书、长期为文人所轻视这一地位所决定的。然而，除了菊池三溪自身喜爱读传奇之作这一因素之外，他高瞻远瞩，开始从事于在当时的日本并不成熟的野史小说的创作。

菊池三溪在自序中提及了几篇他所爱读之作，称其“细入毫孔，美如锦缎”，然而却惋惜其仅为短短几篇，无法满足读者的需求。与此相比，中国的诸如《水浒传》《西游记》《金瓶梅》《三国演义》等几部作品流传至日本，于出版之际在原文旁施以训点，完成了其“翻译”工作，便于日本读者阅读，脍炙人口。然而日本的诸如《源氏物语》《伊势物语》《竹取物语》等几部物语虽然颇具文学成就，却由于其为日文，读者范围仅仅限定于日本国内，传至中国之作可谓寥寥无几、屈指可数。菊池三溪对此颇为感慨，因此，从近古院本小说、稗史野乘中挑选佳作译以汉文，以求能够在海外广为流传，以达到优秀之作的交流互动，一展本国之风采。菊池三溪之所以选择小说这一文学体裁，除了对其喜爱之情之外，还充分认识到小说与其他文学作品相比，其发展较为缓慢。虽然有诸如《源氏物语》这样的优秀之作问世，却还处于发展不平衡的状态之下，因此，他积极致力于这一文学体裁的创作，可见菊池三溪纵观文学界的发展状况、对其从整体上进行把握之势。

《译准绮语》这部作品是菊池三溪甚为满意之作，这在正文之后篁溪佐伯仲所作之跋文中亦有所记载。跋文中称《译准绮语》乃是菊池三溪之绝笔，毕生心血之所注，可见该书中所凝聚的著者之真情实感与毕生之精力。篁溪佐伯仲是菊池三溪的学生，在跋文中回忆了先生在以该书所成之篇为例，示于学生作文之法之时，“至得意处，音吐朗朗，辩如悬河，扬眉抵掌，纵横讲说”。由此可观菊池三溪对书中所收各篇内容的喜爱之情溢于言表，实为其极具代表性的集大成之作。

《译准绮语》由尚士堂于明治四十四年(1911)出版发行，距菊池纯为该书所作自序的明治十八年(1885)已有百余年之久，距依田学海等人所作之序文亦有二十余年，可见其刊行所花费之时日。菊池三溪将日本的优秀小说作品译以汉文，并经过润色加工，成为极具代表性的著作《译准绮语》。该书不仅充分体现出菊池三溪的文采，亦起到促进日本的文学著作广为传播的积极作用。《译准绮语》虽为译作，然而其广泛搜罗奇文异作、传奇之篇的编选旨趣，以及评点等编选体例与《虞初新志》颇为相仿，是受到其影响的有代表性的汉文小说之一。

二、依田学海《谭海》《谈丛》

依田学海(1833—1909)，名朝宗，字百川，号学海，日本汉学者、剧作家、演剧评论家，曾任儒官、修史局编修官等职，后辞官专心从事于小说、戏曲等文学作品的创作活动。依田学海文笔极好，特别擅长汉文、记事文，是日本著名作家森鸥外的汉文老师。在森鸥外的自传性作品——《性欲的生活》中，提到了在主人公十五岁之时，有一位教授其汉文的文渊先生，而这位先生便是以依田学海为原型塑造的。作品的主人公乃是森鸥外自身的写照，由此可见依田学海对森鸥外所产生的深远影响。依田学海著有汉文小说《谭海》《谈丛》、汉文日记《墨水别墅杂录》和文日记《学海日录》等作品，其中《谭海》颇为有名，与菊池三溪《本朝虞初新志》并称。此外，《谭海》之续著《谈丛》亦延续了《谭海》的编选体例、编选风格等特点，亦是在日本广为流传之作。《谭海》《谈丛》二著乃是效仿《虞初新志》的编选体例、旨趣的极具代表性的汉文小说之一。

(一)《谭海》

《谭海》共四卷四册，由如下内容构成："首册封面有'鸣雀仙史'题'谭海'二字及篆字阴文'竹声梧韵'及'鸣雀'二章，下半页题'明治甲申(西元一八八四年)七月上梓'，次页为甲申六月下瀚湖上拜石篆及其阴阳文印记各一。再次为'甲申夏日写为学海先生请嘱'之《柳阴精庐园》，再后始接学海百川自题七律诗二首以明作书心志。"[①]其中《柳荫精庐园》为插画，共占两页篇幅，横跨一个版面。其后为依田学海于甲申七月所题之七律诗，甲申为1884年，

① 王三庆，庄雅州，陈庆浩，等. 日本汉文小说丛刊(第一辑第二册)[M]. 台北：台湾学生书局有限公司，2003. 第3页.

可见该诗为《谭海》上梓之时所题。该诗对仗工整，行文婉丽，体现出依田学海及其深厚的汉文功底。

七律诗之后为甕江川田刚撰、古梅严谷修书之《谈海·叙》①，于明治甲申夏至后三日作成，即1884年6月末《谭海》出版发行之际写成。在叙文之开篇便指出："《虞初》九百，尚矣。"此处"虞初"当为小说的代名词，即张衡《西京赋》所说之"小说九百，本自虞初。"叙文中提及了《四库全书总目》将小说家类分为杂事、异闻、琐语三派，共计三百一十九部，数量如此之多，故未能遍读所有著作。由此可知，作叙文者对中国古典小说有一定的了解，其所读之篇定不在少数。叙文中提及了《聊斋志异》《夜谈随录》《如是我闻》《子不语》几部小说，并对其持否定态度，称其"鄙猥荒诞，徒乱耳目"，言语颇为激烈。出如此之言，旨在分析依田学海之《谭海》与如上之作的不同之处："彼架空，此据实；彼外名教，此寓劝戒；彼主谐谑，此广见闻。"

叙文中对于《聊斋志异》等几部小说的评价虽有颇为不妥之处，然而在分析《谭海》与其不同之处时，对依田学海之作的评价却很好地分析出作为《虞初新志》的汉文仿作，《谭海》具有据实、寓劝诫、广见闻之特点。《虞初新志》事多近代，所收大抵真人真事，《谭海》亦据实而谈，其所述之事属实。《虞初新志》表彰佚事、劝善惩恶，《谭海》则寓教于人。《虞初新志》广收一切荒诞奇辟、可喜可愕、可歌可泣之事，传布奇文，《谭海》则使人读之增长见识，广见闻。从编选旨趣来看，《谭海》实为充分仿效《虞初新志》之编选风格的汉文仿作之一。

关于《谭海》与中国几部小说的区别，在叙文之后的《谈海·序》中亦有所涉及，其分析与叙文之所述相同。《谈海·序》为明治壬午桂月（1882年8月），由三溪菊池纯识、雨香冈守节书。在序文中提及了《如是我闻》《聊斋志异》《野谈随录》三部中国古典小说，指出《谭海》与其不同之处乃在于"彼率说鬼狐，是以多架空冯虚之谈，是则据实结撰，其行文之妙，意近之新，可以备修史之料，可以为作文之标准也。"②与叙文中所述相同，菊池三溪在此指出

① 该书书名作《谭海》，而此处叙作"谈海"，故从之。以下同。

② 王三庆，庄雅州，陈庆浩，等. 日本汉文小说丛刊（第一辑第二册）[M]. 台北：台湾学生书局有限公司，2003. 第45页.

《谭海》的最大特点乃是在于其据实结撰，所收之篇均为属实，并非凭空之谈，甚至可以作为修史之料，足见该部作品中所收之篇大抵真人真事，这一点极大地遵循了《虞初新志》的编选旨趣。此外，菊池三溪还对依田学海的文笔给予了极高的评价，称其可以作为写文章之标准，足见对依田学海的高度认可。通过叙文与序文中对《谭海》的分析可知，该部作品行文曼妙，寓教于乐，其最具代表性的特征当首推据实结撰这一点。

此外，在序文中还提及了依田学海作《谭海》的情况，指出该书乃是作者在消夏避暑闲暇之时所作，除了近古之文豪武杰、佳人吉士之传记之外，还有存于口碑之演员名妓、侠客武夫等人物之事迹，其所涵盖的人物类型较为全面。依田学海将这些篇章整理成册，题名《谈海》，是为该部作品成书之缘起。在叙文以及序文中，该书书名均作“谈海”，特别是菊池三溪在序文之开篇即以“谈话”切入主题，称依田学海之作“谈之有海”，可见此作最初之题为“谈海”，现之书名《谭海》乃是其后所改。

菊池三溪序文之后为《凡例五则》，由杉山令直心、依田贞继雄甫识于明治十七年甲申(1884)七月。在《凡例》中，主要分析了《谭海》的编撰特点，指出书中所收各篇均凝聚着著者依田学海之深意，其内容或为依据史实而撰，或是了解其人而为之立传，对内容之取舍自有其评判标准。所录之事虽有诸多奇闻异事，却均为据实而书，文笔精妙。其所收之文广收古今之事，并未按其年月的先后顺序编排。在其中若干篇章的文中与文末均附有评点，这一体例与《虞初新志》文末评点的方式相同。评点除出自菊池三溪之笔之外，还有出自他人之手，而其中未署名之评点，则是出自杉山令直心、依田贞继雄甫二人之手。

此外，在《凡例》中，还一并附上了此书出版之际与依田学海之对话。《谭海》由书肆凤文馆刊行，在其出版之际，作《凡例》之著者认为依田学海著作颇丰，且其文主实用，而他在众多著作之中却舍弃“实用之文”，选取小说《谭海》进行刊刻，对此颇为不解。然而对于如此之疑问，依田学海则一笑而答曰：“均是文章，何择彼此。”虽然极为简单的一句话，却蕴含着著者之深意，即小说与其他文学体裁均为文章，同样有着很高的文学价值，不应有所取舍。而依田学海从众多著作中挑选《谭海》出版，充分体现出他对该部作品所凝聚的喜爱之情，以及对小说这一文学体裁的大加推赏之举。

在《谭海》部分所收之篇的篇末，附有著者依田学海的评点，其自称在有些篇目中作“百川”之字样，而有些则作“野史氏”之称呼。“百川”为依田学海之字，而“野史氏”这一称呼则为仿照《聊斋志异》中蒲松龄的自称“异史氏”，可见《谭海》在编纂之时亦受到了《聊斋志异》的影响。然而，正如叙文、序文中所述，与《聊斋志异》多鬼狐架空之说有所不同，《谭海》据实结撰，这一收录真人真事的编选旨趣是对《虞初新志》的极大效仿与继承。

（二）《谈丛》

《谈丛》为依田学海的另一部汉文小说、《谭海》之续作，共二册二卷。该书封面之后即为《凡例五则》，由依田学海之门人冈崎壮识于明治三十二年己亥(1899)十月。在凡例开篇即指出了著者依田学海喜读《史记》，故其作文章之时注重叙事，曾经辑录近世之奇闻异事整理成册，即《谭海》四卷的成书缘起。然而其久行于世，之后陆续有新作问世，故依田学海将这些短篇收集起来辑录成册，是为《谭海》之续作《谈丛》之成书过程。

《谈丛》虽为《谭海》之续作，却有着与其不同之处：《谭海》仅限于叙事，而《谈丛》则掺杂有纪行，其所收录之篇章体裁有所不同，因此，依田学海并未沿用旧题《谭海》，而是将其改名为《谈丛》，以示区别。然而，两部著作亦有颇多相同之处：二书均收录近世之奇闻异事，且据实直叙的编纂旨趣与描写手法相同，可见依田学海将据实结撰这一编选风格贯穿始终。此外，《凡例五则》中还指出在《谈丛》之编末附有《依田家传》《伯兄柴浦先生传》以及依田学海的自传，并进一步指出将这几篇内容一并附上乃是出于依据太史公《史记》之自序之例，这足以显示出依田学海对《史记》的喜爱之情，以及他对《虞初新志》大抵真人真事之编选旨趣的充分继承。

《凡例五则》后为卷一，在其最初附有大槻修于明治庚子救倒悬日(1900年8月)所识之《引言》，介绍了依田学海将《谭海》《谈丛》交付于己让其出版之时的情形。依田学海欲将这两部汉文小说刊行于世，在大槻修去拜访之时曰：“吾有遗言，待卿久矣。”将这两部著作的刊刻出版视为“遗言”，可见依田学海对其凝聚的心血与喜爱之情，如若遂愿则便无憾事之意由此可见。在此，依田学海自称《谈丛》为《谭海》之续作，即如凡例中所说，将《谭海》成书之后问世的新作收集整理所成之书为《谈丛》。

此外，通过大槻修之《引言》可知，当时日本之世人对于汉文有所轻视，“视汉文如土芥”，这也是依田学海对其两部著作之刊行颇为挂心之原因。当时日本兴起了“国字改良论”，一些激进之徒甚至欲废弃汉文，全部采用和文。对此，依田学海与大槻修二人均充分认识到汉文的重要性，指出“不熟汉文，则国文终不能妙也”。由此可见，依田学海等汉文小说家之著作的出版发行，对于充分体现汉文的重要作用具有十分重大的意义。汉字之所以能够在日本持续使用，是与诸多文人的汉文之作陆续出版发行密不可分的，而依田学海亦是在其中起到了巨大贡献的文人之一。

《引言》之后为卷一之目录，收录了人物传记、纪行等体裁之作，其中有诸多奇闻异事，引人入胜，体现出依田学海深厚的汉文功底。在卷一终、卷二始之间，附有三郊杉山令之跋语，撰于明治龙集屠维大渊献至节前三日。在跋语中，杉山令分析了负不羁之才的依田学海官场蹉跎，罢官家居专心著述，终得垂不朽文字于千载之心路历程。跋语中提及的两部著作即为《谭海》与本书《谈丛》，是为依田学海的收官之作。跋语中字里行间体现出杉山令对著者的赞赏之情以及对其著作的高度评价，由此可见依田学海学识之广、文笔之妙。

其后为依田学海之友弟土屋弘撰之叙文，作于明治三十一年十一月，即 1898 年 11 月。在叙文中，土屋弘对依田学海的两部著作《谭海》《谈丛》给予了高度评价，并赞赏了依田学海的文笔。他分析《谈丛》之诸篇“或传俊杰，或写山水，或记奇闻逸事”，由此可观该书所收之文以人物传记、游记、奇闻异事为主，其体裁与《谭海》有所不同。对于依田学海之文笔，土屋弘称其“言谈之妙至于此，始可能伍于子集及诸史，以永传不朽矣”。依田学海的汉文水平极高，是著名作家森鸥外的汉文老师，其行文变化多端，跃笔墨于纸上，使人读之深深为之感叹，欲罢不能。

《谈丛》中收有诸多人物传记，其中不乏为名人所作之传，如成岛柳北、森田节斋等，是介绍其人物生平等内容的颇为翔实之文。除此之外，在卷二末，还附有三篇关于著者依田学海的传记，分别为《依田家传》《依田柴浦先生传》《依田百川自传》，其中依田柴浦为依田学海之兄，这三篇传记是了解依田家以及依田学海非常珍贵的资料。

卷末有明治庚子七月信夫粲撰之跋文，称赞了依田学海文章满腹、博雅多识之学识，以及其著作《谭海》《谈丛》愈出愈妙，使人读之不倦之反响。依田学海之作据实结撰，“可以补史传之缺，可以备史家之采择”，并非一般小说所能及。如此点评充分说明了依田学海之著作除了文笔巧妙，具有极高的文学价值之外，其所收诸篇之事均为真人真事，有很高的史学价值，这与《虞初新志》广收时人之文、事多近代的编选旨趣相同。

《谈丛》中收录诸多奇闻异事，读之使人深觉其新奇，拍手称快。然而依田学海并非仅仅嗜奇，而是“寓意其间，以规讽当世，警醒后人”。在此，信夫粲还提及《虞初新志》《聊斋志异》两部中国古典小说，指出读者读罢之后“徒称其新奇，大非作者之意也”。《虞初新志》收录一切荒诞奇僻、可歌可泣之事并非只是图其新奇，而是通过传布奇文以表彰轶事，使人读之有所感悟，寓意深刻。而依田学海所著《谭海》《谈丛》二著作为《虞初新志》的汉文仿作，亦充分通过其文表达著者之深意，有劝善惩戒之效。此外，文末的评点方式等亦与《虞初新志》相仿。

依田学海的两部《虞初新志》汉文仿作《谭海》《谈丛》均极大地继承了原作之广收古今之奇闻异事、所收大抵真人真事、据实结撰的编选旨趣，通过荒诞奇僻之事寓意其中，发人深省。此外，其篇末评点的编选方式亦是对《虞初新志》的充分效仿。二书虽有选文体裁上的不同，然而《虞初新志》之编选特色均体现在两部作品之中，是为其汉文仿作中较为代表性的作品。

三、藤井淑《当世新话》

《当世新话》为藤井淑之作，其生卒年、生平等具体情况不详，训点者为《谭海》《谈丛》之著者依田百川。该书共一册，于明治八年(1875)刊行。“此书乃秋风道人罢官居家自娱之作，大抵根据当时新闻报道，据实直叙，随闻即录，将间巷之琐事，远境之信报，忠义节烈之行，可为楷模鉴戒者，悉数网罗。”①由此可知《当世新话》与《虞初新志》的编选体例、旨趣之相似之处为：据实直叙，所收均为真人真事；广泛网罗闾巷之琐事，市井之杂闻闲谈，极为贴近生活，反映出社会底层之士的真实生活。其中亦不乏忠义节烈、可为世之楷模佼佼者，将这些奇闻异事付诸笔墨，劝善惩戒。

《当世新话》由序文、目录、正文所构成，结构较为简明，且各篇篇幅较为简短。最初之序文由半醉居士于明治七年十二月作成，即 1874 年 12 月，其具体姓名不详。在序文中，半醉居士分析了稗史小说有着“察闾巷之情态、民间之风俗”的重要意义，是为不可或缺之文学体裁，其体有二：一是架空虚构之作，虽然惟妙惟肖，却不过戏玩之具；二是据实直叙之作，虽然其中会略有粉饰加工之笔，然其事乃随闻随录之街头巷闻，可以作为察风观俗之作。而《当世新话》正是属于第二种，其中所录均为当时之实事，使人在作读之时“或笑或泣，或骂或怒”，与《虞初新志》收录“一切荒诞奇僻、可喜可愕、可歌可泣之事”、且所录大抵真人真事之编选旨趣相同，这一点是其作为汉文仿作之极具特色之处。

序文之后为目录，共由三十三个短篇组成，且各篇篇幅不长。在每一篇的开头，均具体交代了所记录之事的时间、发生地等详细情况。如《陆中孝子》之开篇为“岩手县陆中国闭伊郡附马牛村有孝子，唤做新田时藏”。《窑金返主》为“本年一月十一日，丹波国桑田郡江岛村有捡出窑金事。”各篇所记述之内容具体到时间、地点、姓名，可见其所收录之事真实不二。将这些信息交代得如此具体，亦为该书之一大特色。

《当世新话》作为《虞初新志》的汉文仿作，其中不乏与原作内容相仿之事，如其第十四则短篇《孝女守家》记述了父亲负债不堪离家出逃、母亲以泪洗面悲极身亡，故只身一人侍奉八十余岁之祖母的年仅十一岁的孝女之事。待精心照料至其祖母直至去世之后，虽有人劝说该孝女成家，然而其仍不嫁守家，以求存其家族血脉，积年累月终完成其家谱，毫无遗漏。虽为女流，却终身不嫁以守家之气节与《虞初新志》卷五中所收录的《山东四女祠记》中所

① 王三庆，庄雅州，陈庆浩，等．日本汉文小说丛刊(第一辑第一册)[M]．台北：台湾学生书局有限公司，2003．第 87 页．

记载的四女终身不嫁为父母养老送终之事相仿。此二篇同以孝女为题材，歌颂其至孝之情，可歌可泣。著者寓意其中，通过故事教化感人、弘扬忠孝精神的编选旨趣充分体现出《当世新话》对《虞初新志》编选特征的细致把握。此外，还有诸如第五则《陆中孝子》的孝顺之说，第十三则《义牛救主》、第十八则《义狗救猫》的动物情深义重之谈，第十九则《贼女笃志》、第二十一则《节妇殉义》的忠贞笃志之篇等题材亦与《虞初新志》中各篇所涉相仿，读之使人在或喜、或悲、或笑、或泣之时有所感悟与体会，寓教于人。

《当世新话》各篇之中可散见评点，然而与《虞初新志》有所不同之处为：在该书中所收各篇的篇末未见著者之评点，这与其编选风格有所不同。然而《当世新话》的据实直叙之风当为对《虞初新志》之效仿与继承，可见张潮事多近代、真人真事之编选旨趣影响了诸多日本汉文小说的创作，其传至日本之后在小说界掀起了据实结撰之风，这足以说明《虞初新志》在日本传播的广泛与影响之深远。

《当世新话》"书中曾有'次编近刻'之预告"，可见著者藤井淑在该书成书之时，有继续出版次编之计划，且很快将付诸刊刻。"然而未见，疑因销路不佳而作罢。"①《当世新话》在日本名气甚微，著者藤井淑之生平等情况不详，可见其传播范围有所局限，影响力与《谭海》《谈丛》等汉文小说相比较小。然而，其所收均为真人真事，并且开篇详细交代时间、地点等详情为该书的一大特色，是为据实结撰之小说中较有代表性的著作。除了其中所收奇闻异事可供读者为之一惊、一喜、一怒、一笑之余，其中所述之事均为真事，故可以作为察风观俗之资料，是为了解官吏无暇顾及、虚构之作无从记录的街头巷尾之谈、民间之风土人情的重要素材，具有极其重要的意义，亦为《虞初新志》汉文仿作之极具代表性的作品之一。

此外，还有诸多汉文小说亦模仿了《虞初新志》的编选体例、旨趣，如大槻盘溪的《奇文欣赏》、石川鸿斋的《夜窗鬼谈》等等，各部著作中均可见《虞初新志》传播与流传的痕迹。《虞初新志》东传日本之后迅速传播开来，引起了

---

① 王三庆，庄雅州，陈庆浩，等. 日本汉文小说丛刊(第一辑第一册)[M]. 台北：台湾学生书局有限公司，2003. 第87页.

极大的反响，不仅诸多文人争相购买以求之一阅，该书广收天下奇闻异事的搜罗之势、所收之事大抵真人真事的据实之风、传布奇文、寓意其中的寓教意义、文末评点等编选体例、旨趣亦成为著者们争相效仿的对象，出现了一系列《虞初新志》的汉文仿作。其中菊池三溪《本朝虞初新志》、近藤元弘《日本虞初新志》甚至直接以“虞初”命名，其仿作之特征显而易见。各篇仿作既有充分效仿、继承《虞初新志》广搜奇闻异事、据实结撰、文末评点等编选特色之处，又有各自的新特点，是在《虞初新志》的影响下陆续问世的一系列日本汉文小说佳作，在日本文学史上具有极其重要的意义与价值。而取得如此之成就则足以证明学界对《虞初新志》文学价值的高度认可，是对日本汉文小说的发展产生极其深远影响、掀起一股新的小说创作之风、并且持续传播开来、经久不衰的极具影响力的作品。

第五章　森鸥外与《虞初新志》

森鸥外(1862—1922)，本名森林太郎，日本近代著名的小说家、评论家、翻译家、陆军军医，代表作有小说《舞姬》《青年》《雁》，译作《于母影》等。森鸥外在日本文学史上影响很大，文学成就极高，可谓家喻户晓之文学巨匠。森鸥外之所以取得如此之成就，这与他从幼年时期便开始的读书生涯是息息相关的。他广泛阅读世界各国的文学作品，其中包含诸多中国古典文学名著，这一点观其藏书目录便可知晓。在其诸多藏书之中，《虞初新志》是其中少有的附有森鸥外圈点、朱批的作品，由此可观其仔细研读的痕迹，足以显示出森鸥外对《虞初新志》的喜爱之情。

第一节　森鸥外的读书生涯

森鸥外自幼便十分喜爱读书，并且显示出对文学的极大兴趣。他广泛涉猎各类书籍，特别是幼年时期便开始研读的中国古典著作，为其扎实的汉文功底与极高的文学素养奠定了坚实的基础。森鸥外嗜书如命，大量的读书使他拥有广博的知识面与丰富的见识，从未间断的读书生活是其创作出诸多优秀文学作品的宝贵财富，受用于森鸥外的整个作家生涯之中。

一、森鸥外的生平

森鸥外出生于日本石见国(今岛根县)的一个医者之家，父亲为医生。森家共有四个孩子，森鸥外为长子。森家的文化氛围非常浓郁，森鸥外五岁便开始学习汉学，六岁开始学习《论语》《孟子》等汉文典籍，八岁进入藩校养老馆①学习，始读四书，学业成绩十分优秀。森鸥外从小便勤奋好学，空闲时间几乎都是在读书中度过的，哪怕是走在路上、或是朋友来家里做客的时候也几乎书不离手，童年时期几乎没有外出游玩而只是一味地读书。他曾自述："我从小就很喜欢书，然而由于出生在既没有少年可以读的杂志，也没有岩谷小波②的童话故事的时代，只能读诸如外婆出嫁的时候带来的百人一首、外公听义太夫③的时候作为纪念保存下来的净琉璃曲本④以及一些谣曲的梗概绘本之类的书。我的童年基本上都是与书为伴，而不是去放风筝转陀螺，和邻家的孩子们也并没有什么心灵上的交流。"⑤

作为医者之家的长子，森鸥外饱读诗书，成绩十分优秀，从小便被寄予了子承父业的厚望。森鸥外于明治七年(1874)进入东京医学校预科学习，明治十年(1877)进入东京大学医学部开始了大学生活。森鸥外一直对文学十分感兴趣，经常去书屋借书来读，读书量十分之大。大学期间，他一方面学习专业知识，另一方面习诗研文，学业成绩十分优秀，对于和汉文学亦有一定的造诣。

明治十四年(1881)，森鸥外大学毕业。其所学专业为医学，家人对其寄予了作为医者子承父业的厚望。然而，森鸥外却十分喜爱文学，因此在毕业之时，面临当医生还是向文科发展的时候十分难以抉择。出于家庭的意愿，森鸥外最终还是选择继承父业，毕业后便去父亲的诊所帮忙，其后成为一名陆军军医，并于明治十七年(1884)留学德国。

留学期间，森鸥外白天在大学从事医学方面的学习与研究，晚上的空余

---

① 藩校养老馆，1786年由津和野藩8代藩主龟井矩贤创设，是以儒学为主，汉学、医学、数学等科目兼顾的藩校。

② 严谷小波(1870—1933)，日本儿童文学作家。

③ 义太夫，"义太夫节"的省略说法，净琉璃的一个流派。

④ 净琉璃，日本民间曲艺的一种，通常采取说唱的形式，用三味线伴奏。

⑤ 原文："私は子供の時から本が好だと云はれた。少年の讀む雜誌もなければ、巖谷小波君のお伽話もない時代に生れたので、お祖母さまがおよめ入の時に持つて来られたと云ふ百人一首やら、お祖父さまが義太夫を語られた時の記念に殘つてゐる浄瑠璃本やら、謡曲の筋書をした繪本やら、そんなものを有るに任せて見てゐて、凧と云ふものを揚げない、獨樂と云ふものを廻さない。鄰家の子供との間に何等の心的接觸も成り立たない。"森林太郎. サフラン. 鷗外全集[M]. 東京：岩波書店，1989. 第459页.

时间便投入到欧洲文艺的世界。在此期间，森鸥外除了德国文学之外，还广泛阅读了德译本的世界各国文学作品，其所购读的图书仅文学一类便有四百余册之多。除了在医学方面多有建树之外，森鸥外还写有诸多日记，其汉文水平很高，从大学时代起便一直从事文学作品的汉译活动，德国留学期间的日记亦几乎全部使用汉文书写，如《航西日记》《独逸日记》《队务日记》《还东日记》等，除《独逸日记》之外，其他均为汉文体。除此之外，在此期间完成的代表作《舞姬》更是受到了很高的评价，其中的主人公被认为是森鸥外自身的缩影。

留学归国后的森鸥外一方面积极地投入医学的研究，创办了一些医学杂志，写有一些医学方面的文章，另一方面也一直不间断地从事着文学创作，在报刊上发表评论，并且创办了一些文学杂志。通过这些可以看出，森鸥外一边置身于被寄予厚望的医学方面的研究，一边热衷于自身兴趣非常浓厚的文学创作活动，其活跃程度可想而知。森鸥外自幼年时期便嗜书如命，一生之中读了大量的书籍，其专业医学方面自不用说，作为兴趣爱好的文学方面的书籍亦广有涉猎，包括日语、汉语、德语等多个语种的多国著作。正是森鸥外自幼便开始学习汉学，大量的读书奠定了其扎实的功底，使其在文学方面成就非凡。森鸥外的生活中一直伴随着读书与文学活动，自始至终从未间断，贯穿其整个生涯。

二、评论《虞初新志》

森鸥外嗜书如命，在留学德国期间读了大量的书籍。在读书之时，森鸥外经常在余白处写有自己的感想，在读德国诗人歌德的短篇《狩猎》之时便是如此。他在这则短篇的结尾处写有朱批，提及了《虞初新志》。

这则短篇的结尾处写的是一个孩子和一头狮子之间的故事，人们出于自我保护，为了防止狮子的侵袭要将其杀掉，而一个孩子则主动提出去驯服它，这样便能让它既不伤人，也能免遭伤害。男孩向狮子吹响笛子，最终用悠扬的乐曲声以及其诚挚的心驯服了狮子。狮子也得到了抚慰，展现出温顺柔情的一面。狮子紧紧地靠着男孩躺下，把爪子搭到男孩的膝上，而男孩则温柔地抚摸着，并小心翼翼地替它拔掉刺进前掌的尖刺，替它包扎。这则故事的结尾处写到，“如果人们认为，在一个如此凶猛的野兽、森林之中的暴君、动物世界的霸王——狮子身上也能看到友好、满意和感激的表示，那么这样的奇迹正在这里发生……"[①]在此结尾处，森鸥外写有"虎泪下如雨《虞初新志》"[②]的字样，这句"虎泪下如雨"正是出自《虞初新志》所收录的王猷定《义虎记》。与歌德《狩猎》同样，《义虎记》是一则人与猛兽之间所发生的温情故事。

一名樵夫早晨在山中不慎失足坠入虎穴，穴中有两只小虎。该洞穴形状如倒扣之锅，且四周尖石，壁有苔藓，樵夫几番尝试企图爬出洞穴却都没能成功，只好哭泣着等死。待到日落时分，一只老虎叼着麋鹿进入洞穴，喂食两只小虎。老虎看到樵夫后，并没有吃他，而是若有所思。其后，老虎将一块肉分给樵夫，之后便抱着小虎睡觉去了。第二日，此虎又叼来一只麂子，同样分给了樵夫一份，如同对待自己的小虎一般。如此过了一个月，小虎渐壮，老虎将小虎背出洞穴。樵夫见状，深觉老虎不再返回此洞穴，急呼大王救我，于是老虎也将他救出，并将其带到大路。樵夫感激不尽，对虎说："小人西关穷民也，今去将不复见，归当畜一豚，候大王西关三里外邮亭之下，某日时过飨，无忘吾言。"[③]于是老虎点头，樵夫与老虎泣别。

待到约定之日，老虎提前到了约定地点。因没看到樵夫便入西关去寻，不料被居民发现，要将其生擒献给县令。樵夫闻声急忙赶来，对众人说此虎乃自己的救命恩人。众人不信，将其送到县衙，县令亦不信，于是樵夫请其进行验证，并表明如不属实甘愿受罚。"樵抱虎痛哭曰：'救我者，大王耶？'虎点头。'大王以赴约入关耶？'复点头。'我为大王请命，若不得，愿以死从大王。'言未讫，虎泪堕地如雨，观者数千人，莫不叹息。官大骇，趋释之。"[④]

老虎乃肉食性猛兽，樵夫坠入洞中可谓送上门的美食。然而老虎不但没有将其吃掉，反而将所获之物与其共享，相待如同自己的幼崽一般，才使樵夫得以延续生命。老虎的如此举动竟然持续一个月之久，日复一日从未间断，相处融洽如家人。而后老虎更将樵夫救出洞穴，并将他一直带到大路上使他能够平安回家。在临别之时，樵夫与老虎依依不舍，流下了惜别的泪水。待

① 此句据德文原文自译。

② 寺内ちょ．ドイツ時代の鷗外の読書調査一資料研究．比較文学研究[J]．東京：東大比較文学会，1957(6)：106-137.

③ (清)张潮．虞初新志[M]．上海：上海古籍出版社，2012：45.

④ (清)张潮．虞初新志[M]．上海：上海古籍出版社，2012：45.

到相约之日，老虎如约而至，却不料被居民捉住，送到县衙。在樵夫说到如果不能救其性命便与其同死之时，“虎泪堕地如雨”，而此句正是森鸥外写在歌德《狩猎》结尾处的“虎泪下如雨”。老虎虽为猛兽，却与樵夫有着极为真挚、珍贵的情感，将猛兽极为善良、温顺的一面就此展露无遗。

与歌德《狩猎》相同，通过此篇故事同样可以感受到人与猛兽之间的深厚情谊。猛兽并不只是残暴的，在人们善待它、并不会去伤害它、真心和它去交流的时候，它也有温情的一面，流淌着真挚的情感。正如歌德《狩猎》中所描写得故事那样，人们出于害怕自己受到伤害，不得不去向狮子发起进攻以确保自身的安全；而狮子反过来也会出于害怕人类的捕猎，为了保住自身的性命而主动发起攻击。然而，一个天真无邪、拥有纯真的心灵、真诚的相信着狮子的孩子，通过温婉的笛声、悠扬的歌声传递着友善的旋律之时，一切纷争都静止下来，四周如此的祥和，孩子与狮子相互依偎，停止厮杀和平地相处。无论是人类还是猛兽，内心都会流淌着真挚的情谊，而真正怀揣这份真诚的时候，这种情感也会传递给对方。正因如此，森鸥外才将歌德《狩猎》和《虞初新志》所收《义虎记》联系起来，将樵夫愿意从老虎而死、老虎为此泪下如雨的词句记录在《狩猎》的结尾处。

《义虎记》在日本流传较广，除森鸥外等著名作家纷纷读阅之外，该篇还被杂志刊载，如日本动物研究者平岩米吉(1898—1986)于1933年创办的杂志《动物文学》①。其所刊载的内容有所删减，对照王猷定《义虎记》，与《动物文学》删减后所刊载的部分相对应的中文原文为划线部分所示：

> 辛丑春，余客会稽，集宋公荔裳之署斋。有客谈虎，公因言其同乡明经孙某，嘉靖时为山西孝义知县，见义虎甚奇，属余作记。县郭外高唐、孤岐诸山多虎，<u>一樵者朝行丛箐中，忽失足堕虎穴，两小虎卧穴内。穴如覆釜</u>，三面石齿廉利，前壁稍平，高丈许，藓落如溜，为虎径。<u>樵踊而蹶者数，彷徨绕壁，泣待死。日落风生，虎啸逾壁入，口衔生麋，分饲两小虎。</u>见樵蹲伏，张牙奋搏，俄巡

① 《动物文学》，1934年创刊号发行，以动物行为学为中心，广收自然科学、博物学、文学等领域的内容。

视若有思者，反以残肉食樵，入抱小虎卧。樵私度虎饱，朝必及。昧爽，虎跃而出。停午，复衔一麑来，饲其子，仍投馂与樵。樵馁甚，取啖，渴，自饮其溺。如是者弥月，浸与虎狎。一日，小虎渐壮，虎负之出，樵急仰天大号："大王救我！"须臾，虎复入，拳双足俛首就樵，樵骑虎，腾壁上。虎置樵，携子行，阴崖灌莽，禽鸟声绝，风猎猎从黑林生。樵益急，呼"大王"！虎却顾，樵跽告曰："蒙大王活我，今相失，惧不免他患，幸终活我，导我中衢，我死不忘报也。"虎颔之，遂前至中衢，反立视樵。樵复告曰："小人西关穷民也，今去将不复见，归当畜一豚，候大王西关三里外邮亭之下，某日时过飨，无忘吾言。"虎点头。樵泣，虎亦泣。①

迨归，家人惊讯，樵语故，共喜。至期，具豚，方事宰割，虎先期至，不见樵，竟入西关。居民见之，呼猎者闭关栅，矛梃铳弩毕集，约生擒以献邑宰。樵奔救告众曰："虎与我有大恩，愿公等勿伤。"众竞擒诣县。樵击鼓大呼，官怒诘，樵具告前事。不信，樵曰："请验之，如诳，愿受笞。"官亲至虎所，樵抱虎痛哭曰："救我者，大王耶？"虎点头。"大王以赴约入关耶？"复点头。"我为大王请命，若不得，愿以死从大王。"言未讫，虎泪堕地如雨，观者数千人，莫不叹息。官大骇，趋释之。驱至亭下，投以豚，矫尾大嚼，顾樵而去。后名其亭曰"义虎亭"。

王子曰：余闻唐时有邑人郑兴者，以孝义闻，遂以名其县。今亭复以虎名，然则山川之气，固独钟于此邑欤？世往往以杀人之事

① 原文："一樵者、朝、叢箐中を行き、忽ち足を失ひて虎穴に堕つ。兩つの小虎、穴の内に臥す。穴は覆釜の如く、樵、踴り蹶ること數、彷徨、壁を遶り泣きて死を待つ。日落ち風生じ、虎嘯いて壁を踰えて入る、口に生麋を銜ふ、分ちて兩小虎に飼ふ。樵の蹲伏するを見て、爪を張り奮ひ搏つ。俄に巡視思ひ有る者の若し、反って残肉を以って樵に食はしむ。一日、小虎漸く壮、虎之れを負ひて出づ。樵急き天を仰いで大號す。大王我を救へ。須臾にして虎復入りて雙足を拳し、首を俛れ樵に就く。樵、虎に騎して壁上に騰る。虎、樵を置き、子を携へて行く。陰崖灌奔、禽鳥聲絶ゆ。樵益急き大王と呼ぶ、虎、郤き顧る、樵、跽いて告げて曰ふ、今相失へば懼くは他患を免れず、幸に終に我を活かしめよ、我を中衢に導かば、我死すとも報を忘れず。虎之を頷く。遂に前んで中衢に至る。樵復告げて曰ふ、今去らば復見ざるべし。虎點頭す、樵泣き虎亦泣く。(虞初新志)。"義虎記(抄)[J]. 動物文学. 東京：白日荘，1938(37).

归狱猛兽，闻义虎之说，其亦知所愧哉！①

如上可见，《动物文学》对于《义虎记》的删减幅度较大，其改动当源于刊载内容的篇幅限制以及编选旨趣的侧重点等方面的因素。具体看来，《动物文学》直接以“一樵者朝行丛箐中”开篇，省略了原文开头作《义虎记》的缘起以及当地多虎这一情况的交代。对于洞穴中的情形描写，同样也极为简单，仅交代了“穴如覆釜”这一地势特征，其他并无过多描写。其后对于樵夫掉入虎穴无法逃脱，老虎衔麋鹿回来后喂食两只小虎，并且与樵夫共享这一部分内容则原文刊载较为具体。然而，对于老虎每日都如此外出捕食并且将食物分与樵夫、一起生活的段落则进行了删减，只交代了最初的老虎归穴后将麋鹿分给樵夫的部分，表达了老虎不但没有吃掉樵夫，反而给他一份食物这一事实，对于其后的持之以恒、朝夕相处则并无交代。

其后，对于老虎在樵夫的求救下将其带出洞穴，并将其送上大路之后的描写，则删减幅度较大，如划线部分所示。《动物文学》所刊载《义虎记》的内容为老虎将樵夫带上大路，在分别之时，樵夫说“今去将不复见”，虎点头，于是樵夫与老虎泣别，以此结尾。而对于其后的樵夫为报答救命之恩，与老虎相约再次相见并以猪肉奉之，以及在老虎被擒之后樵夫救虎等描写则并未刊载，因此对于森鸥外朱批的“虎泪下如雨”之内容也并无涉及。

老虎喂食樵夫，并将其解救出困境，带上大路，让他能够安全归家，此后便再无相见。如此救命之恩，却仅仅是一面之缘，可以看出老虎虽为猛兽，给人的印象凶猛残暴，然而却也有温婉的一面。它不但没有吃掉樵夫，反而将自己捕获的食物与其共享，并将其解救出重围使他平安回家。对于救命之恩亦不言报答，毫无所图，在说到不再相见之时亦流下了泪水，可见老虎与樵夫之间的真情实感。而此后不复见，正如茶道的一期一会，每一个相遇也许都是一生中仅有一次的缘分，以后再也没有机会相见，因此要常抱有感激之心去珍惜当下。樵夫与老虎离别而泣，也可以看出二者对此前洞穴之中的朝夕相处这段时日的珍惜，以及对于再不复见这一离别的感伤之情。若真心

① （清）张潮. 虞初新志[M]. 上海：上海古籍出版社，2012. 第45页.

相待，人与猛兽间亦有真挚的感情，体现出人与自然的和谐共处。

而王猷定《义虎记》的原文则有所不同，其情节更为饱满。在大路分别之时，樵夫对老虎说道："小人西关穷民也，今去将不复见，归当畜一豚，候大王西关三里外邮亭之下，某日时过飨。无忘吾言。"①虽然此别之后当不复见，然而樵夫为了报答老虎的救命之恩，提出邮亭相见之约。有别于《动物文学》所载，樵夫与老虎有再次相见之约，而后老虎点头表示会如约而至，樵夫与老虎相拥而泣、依依惜别。至相约之日，老虎被擒，樵夫奋力相救，极力说明事情原委并乞求能够救老虎一命，如若不得请，则以死从之。听了此番话之后，"虎泪堕地如雨"。如此情景之下，众人皆为感叹，因此老虎得以获救，如之前所约定的那样，至邮亭以豚奉之，其后依依不舍地离开。此处，樵夫按照此前之约畜一豚，并且从官衙救出老虎，可谓还其一命，报答了老虎的救命之恩，如此以德报德之结局较为完满。

通过将《动物文学》所载删减版《义虎记》与王猷定《义虎记》原文对比可以看出，经过《动物文学》删减后的内容叙述了老虎对樵夫的救命之恩，体现了老虎虽然凶猛，却也有充满温情的一面。在人们没有敌意、不会加害于它、能够确保其自身安全的前提下，虽为猛兽却也可以和平共处，甚至主动相救，并且不求回报，此后不复见。而王猷定《义虎记》原文则故事更为完整，在离别之后樵夫与老虎又如约相见，对于老虎的救命之恩樵夫予以回报，并且以命相交，完成了之前的约定。为了纪念此事，更将该亭命名为"义虎亭"，此事迹亦以有形之态被保存下来，可谓有恩有报的圆满结局。

从编选旨趣来看，《动物文学》是以动物行为学为主要内容进行编选的杂志，其侧重点乃是以动物为主体，因此对于文中老虎喂食樵夫的情节保留得较为详尽，对于樵夫的报恩细节并未提及。而《义虎记》则为文学作品，在故事的情节、表现手法、完整性等各个方面均与其有所差别。《动物文学》作为动物行为学的相关杂志，其内容当为动物研究方面的内容，从动物的习性、特征等角度如实地对其进行描述与介绍。如若文学作品，难免对所述之事填笔润色有所虚构，然而，该杂志在此却收录了作为文学作品成篇的《义虎记》，

① （清）张潮. 虞初新志[M]. 上海：上海古籍出版社，2012. 第45页.

这一方面显示出《虞初新志》在日本的传播范围之广，不仅流传于以文学创作为主的文人群体之间，甚至还传播至更宽、更广的领域；另一方面则深刻地体现出《虞初新志》传至日本之后，学界对其“文多时贤、事多近代”，所收录之篇大抵真人真事的编选体例、旨趣的认可程度以及对其据实结撰的编选特色的极大褒奖之情，影响极为深远。

第二节　森鸥外的藏书《虞初新志》

森鸥外一生之中读了大量的书籍，嗜书如命，其童年时代几乎都是在读书中度过的，可谓遍读家中之藏书。森鸥外对书籍充满着渴求，他不但从书屋借书来读，还大量地购书，广泛搜集世界各国名著以及其所爱读之作进行收藏，私人藏书数量颇丰。在众多书籍之中，森鸥外尤其喜欢阅读中国古典小说作品，这成为其藏书——“鸥外文库”中颇具特色的重要组成部分，是研究森鸥外文学创作活动的极为珍贵的资料。

一、藏书目录与《虞初新志》

前田爱在《鸥外的中国小说爱好》一文中，将“鸥外文库”中所收藏的中国古典小说的主要作品进行了整理，并且按照其藏书用印进行了较为细致的分类，其具体藏书印及书目如下：

A 森文庫

〇夷堅志　宋洪邁撰

〇情史類略　詹々外史評輯馮夢龍先生原本　立本堂藏版。

〇西青散記　清史震林撰　甲戌十日聚珍板排印本。

〇女仙外史　清呂熊撰　釣横軒原刊本　半葉十行、行二十字。

〇剪燈余話　明李昌祺撰　元禄五年壬申十月吉日江南四郎左衛門板。

○小说粋言奚疑主人訳　明治二己巳黄鐘須原屋茂兵衛板(初版宝暦八年風月堂板)。

B 医学士森林太郎図書之記

○隋煬帝豔史　明無名氏撰　明人瑞堂精刊本。

○残唐五代史演伝　明李卓吾評点　羅貫中編輯八巻本。

○第五才子書水滸伝　明金人瑞定七十回　雍正甲寅勾曲外史序芥子園袖珍本。

○石点頭　明天然痴叟撰　墨憨主人評葉敬池梓本。

○虞初新志　清張山来輯 荒井廉平訳　嘉永四年補刻大坂河内屋徳兵衛板(初版文政六年)。

○(本朝虞初新志)　菊池三渓撰　明治十六年十月刻成吉川半七。

C 林太郎(藏书印)

○聊斎志異詳註　清蒲松齢撰　同治丙寅年鐫青柯亭初雕維経堂藏版。

○秋燈叢話

○剪燈新話句解　明翟佑撰 慶安元年刊二条鶴屋町書林仁左衛門。

D 森藏書(藏书印)

○紀暁嵐先生筆記五種　嘉慶丙子北平盛氏重鐫石印本。

○註釈燕山外史　清陳球撰 光緒歳次辛丑季春上海申昌書局石印本。

○(第六才子書西廂記)　光緒丁亥仲夏長威館石印本。

○(第七才子書琵琶記)　光緒壬辰仲夏上海五彩石印本。

E 無印

○虞初読志[①]　同治十三年刊同福堂蔵版袖珍本。

---

① 此处的“虞初読志”，在前田爱发表在『国文学　言語と文芸』(38)中的『鷗外の中国小説趣味』中作“虞初续志”，此处作“虞初読志”为误，当作“虞初续志”。

○槐西雑志　清紀暁嵐撰 壬子冬鐫袖珍本。

○東周列国志　清蔡元方評点乾隆十七年序立文堂藏版。

○通俗繡像隋唐演義　明無名氏撰 道光庚戌刊。

○毛宗嵐評三国演義　清康熙刊金聖嘆序(順治甲申)袖珍本。

○明季稗史彙編　光緒二十二年上海図書集成局印。

○第一奇書金瓶梅　張竹坡評　一百回　無図湖南在兹堂康熙己亥刊版心第一奇書。

○金聖嘆加評西遊真詮　清乾隆庚子刊芥子園刊袖珍本。

○繡像红楼夢　清曹雪撰　済南聚和堂藏版袖珍本。

○繡像争春園　清無名氏撰　同治肆年新鐫厦門文德堂発兑。

○繡像二度梅伝　惜陰堂主人撰　咸豊六年新鐫省城丹桂堂板。

○緑野仙踪全伝　清李局川撰　道光二十年新鐫映雪山房藏板。

○鶏窻解頤　信州松忠敬訳　宝暦二壬申大坂浅野弥兵衛蔵版。

○西京雑記　晋葛洪撰　寅成丙辰鈴木七右衛門等。

○奇談一笑　岡白駒輯　沈華忠雅堂梓。

○入蜀記　宋陸游撰　明治十三年初秋求古堂松崎銅版豆本。①

此处共列举了35部小说，大抵中国古典名著，偶见日本所出之作。其中，带有“虞初”字样的小说为三部，若从藏书印做以区分，印有“医学士森林太郎图书之记”的小说共两部，分别为张山来辑、荒井廉平训点的和刻本《虞初新志》，以及菊池三溪撰《本朝虞初新志》。和刻本《虞初新志》之初版刊行于文政六年(1823)，至嘉永四年(1851)再次由大阪河内屋德兵卫藏板补刻发行。《本朝虞初新志》则由吉川半七于明治十六年(1883)十月刻成，是为日本

① 前田愛. 鷗外の中国小説趣味. 近代読者の成立[M]. 東京：筑摩書房，1989. 第77页.

所出之作。

荒井廉平和刻训点本《虞初新志》是为了满足广大读者的需求而刻版印刷的。当时《虞初新志》在传入日本之后广受好评，人们竞相购买，以至于出现了供不应求、价高难寻的盛况。然而由于运输条件的限制等原因，《虞初新志》传入日本的数量极为有限，因此，和刻训点本《虞初新志》于文政六年(1823)刊刻出版以便读者。尽管如此，由于广大文人对《虞初新志》的需求量非常之大，该书虽然已经相继发行数次，却仍然无法满足市场之需求。因此，至嘉永四年(1851)，荒井廉平和刻训点版《虞初新志》再次补印发行，森鸥外藏书中的《虞初新志》便为此版，即1851年和刻训点补印版。该书现藏于东京大学综合图书馆，书中多见森鸥外的圈点、朱批，是研究他对《虞初新志》解读情况的珍贵资料。

菊池三溪撰有《本朝虞初新志》一书，于明治十六年(1883)刊刻出版，全名《奇文观止本朝虞初新志》，为张潮《虞初新志》的汉文仿作。该书参照《虞初新志》的编选体例、旨趣成书，可谓深受《虞初新志》之影响而问世之作。《本朝虞初新志》在日本享有盛誉，其序文作为汉文赏析之范文收录在日本的小学教材之中，产生了十分深远的影响。由此藏书目录可以看出，森鸥外不仅对张潮《虞初新志》极为认可，对于充分体现了该书之编选风格的汉文仿作——《本朝虞初新志》亦非常喜爱。

此外，“无印”类别中还有一部“虞初”系列小说，为同治十三年(1874)刊同福堂藏版袖珍本《虞初续志》。与鸥外所藏《虞初新志》同样，该书现藏于东京大学综合图书馆，书中亦多见森鸥外的圈点、朱批，十分珍贵。书中的圈点几乎贯穿全篇，随处可见森鸥外的阅读痕迹，足见他对该书的喜爱程度与认真读阅全篇的态度。《虞初新志》与《虞初续志》作为“虞初”系列小说中较有代表性的作品，其影响极其深远。鸥外藏书中收录了此二部作品，再加上在日本深受欢迎的《虞初新志》之汉文仿作——《本朝虞初新志》，足见森鸥外对“虞初”系列小说的喜爱程度，特别是对《虞初新志》的认可。

二、《虞初新志》评点及内容

森鸥外所藏《虞初新志》中随处可见其亲笔圈点的痕迹，且在其中的四篇作品中附有朱批，分别为张明弼《冒姬董小宛传》(卷三)、陈玉瑾《刘医记》(卷十二)、黄周星《补张灵崔莹合传》(卷十三)以及汪价《三侬赘人广自序》(卷二十)，当为森鸥外在读《虞初新志》之时的所作之感，可谓研究森鸥外的文学观之极为珍贵的资料。此外，森鸥外在作读之时的圈点散见于全书各处，足以显示出其细细研读的痕迹。由于这一部分内容较多，且未见森鸥外之具体感想，因此仅将其朱批整理如表7：

表7　森鸥外读《虞初新志》朱批一览表

序号	篇名	著者	原文	朱批
一	《冒姬董小宛传》	张明弼	后辟疆虽不死于兵，而濒死于病。姬凡侍药不间寝食者，必百昼夜。事平，始得同归故里。前后凡九年，年仅二十七岁，以劳瘁病卒。其致病之繇，与久病之状，并隐微难悉，详辟疆《忆语哀辞》中。不惟千古神伤，实堪令奉倩、安仁阁笔也。 琴牧子曰：姬殁，辟疆哭之曰："吾不知姬死而吾死也。"予谓父母存，不许人以死，况裀席间物乎？及读辟疆《哀词》，始知情至之人，固不妨此语也。夫饥色如饥食焉。饥食者，获一饱，虽珍羞亦厌之。今辟疆九年而未厌，何也？饥德非饥色也。栖山水者，十年而不出，其朝光夕景，有以日酣其志也。宛君其有日酣冒子者乎？虽然，历之风波疾厄盗贼之际而不变如宛君者，真奇女，可匹我辟疆奇男子矣。	吴梅村宮尹十絶(選四) 珍珠無價玉無暇， 小字貪看問妾家。 尋到白堤呼出見， 月明殘雪映梅花。 念家山破定風波， 郎按新詞妾按歌。 恨殺南朝阮司馬， 累儂夫婿病愁多。 亂梳雲髻下粧樓， 盡室蒼黄過渡頭。 鈿盒金釵渾拋却， 高家兵馬在揚州。 江城細雨碧桃村， 寒食東風杜宇魂。 欲吊薛濤憐夢断， 墓門深更阻侯門。 記時丁丑初秋， 讀後驟雨， 撰雅事滋生慘情。①
二	《刘医记》	陈玉瑾	篇首余白处	璺

① 朱批原文中未加标点，此处标点为笔者所加，其他朱批同。

续表

序号	篇名	著者	原文	朱批
三	《补张灵崔莹合传》	黄周星	盖灵自别六如后，邑邑亡憀，日纵酒狂呼，或歌或哭。一日中秋，独走虎丘千人石畔，见优伶演剧，灵伫视良久。忽大叫曰：“尔等所演不佳，待吾演王子晋吹笙跨鹤。”遂控一童子于地，而跨其背，攫伶人笙吹之，命童子作鹤飞。捶之不起，童子怒，掀灵于地。灵起曰：“鹤不肯飞，吾今既不得为天仙，惟当作水仙耳。”遂跃入剑池中，众急救之出，则面额俱损，且伤股，不能行，人送其归家。	狂如此亦太不俗
四	《三侬赘人广自序》	汪价	人不贵自然，贵勉然，性不可恃，而习有可通，大抵然矣。	不磨之言
			向有三畏：畏盗，畏猘犬，畏笑面多机智人。	此言有味

（一）评点张明弼《冒姬董小宛传》一则

《冒姬董小宛传》描写得是明清之际的才子佳人冒襄与董小宛的爱情故事，其中见森鸥外朱批一处。

董小宛，名白，一字青莲，诗文书画、针线女红、食谱茶经样样精通。且其姿慧聪颖，神姿艳发，楚楚动人，为明末秦淮八艳之一，亦有“针神曲胜”之称。冒襄，字辟疆，出生在一个名门望族、仕宦之家，幼年开始读书，十四岁之时便文采风流，小有成就。其人英俊潇洒，气质不凡，极富盛名，凡女子见之，无不为之倾心。

董小宛在名流宴席间常常听闻负有气节的风流才子冒辟疆之名，心生钦佩之意，而董小宛身为秦淮一带才色双全的佳人亦十分有名，冒辟疆对其早有耳闻，因此，至秦淮应试赶考之时特意登门造访，然适逢不巧，几经周折之后才得以相见。董小宛对冒辟疆一见倾心，连声称其为“异人，异人!”而辟疆亦觉小宛清丽脱俗，气质不凡，对其印象深刻。

而后小宛母亲去世，碰巧辟疆途经此地，遂得以相见。小宛见到辟疆后泪如雨下，倾诉对母亲的追念之情与对辟疆的思念之意，哭诉这二十日来粒米未进、医药罔效，而辟疆至则顿觉神清气爽之感。当晚小宛请委身于辟疆，遭辟疆拒绝。其后与辟疆同游，辟疆屡次请辞去，小宛苦苦挽留，遂约定他日迎之。

辟疆替小宛赎身迎娶入门，小宛与冒家上下相处得十分融洽，大家都十分喜欢她。闲暇之时，小宛与辟疆抚琴作画，品茶吟诗，风雅至极。此外，小宛还厨艺精湛，餐餐做得精致，生活极其富有情趣。然而辟疆体弱多病，小宛昼夜侍奉，日夜无休百日，毫不间歇，最终积劳成疾，年仅二十七岁便辞世而去，与辟疆夫妻九年。小宛死后，辟疆悲伤至极，哭之曰："吾不知姬死而吾死也。"在末尾小宛去世、辟疆痛哭之处，森鸥外在其余白处将《板桥杂记》中吴梅村的绝句原封不动地写了下来。

《板桥杂记》为清初文学家余怀（1616–1696）于康熙三十二年（1693）写的短篇小说，在《虞初新志》中有所收录。《板桥杂记》中描述了明末秦淮河畔的景致、群艳、见闻等内容，包括《冒姬董小宛传》中秦淮八艳之一的董小宛之点滴轶事。然而由于其篇幅有限，因此所涉较为概略。篇中描写小宛性爱闲静，因喜欢吴门山水而移居半塘，竹篱茅舍较为恬淡。经其户者或闻其咏诗，或闻其鼓琴，均称"此中有人"，可见小宛在闺阁中的风雅之姿。

对于小宛与辟疆之事，则描写更为寥寥，只写到随辟疆游历山水，而并未交待其相识、相许的过程等方面的内容。在小宛入辟疆门处写道："后卒为辟疆侧室，事辟疆九年，年二十七，以劳瘵死。辟疆作《影梅庵忆语》二千四百言哭之。"①《影梅庵忆语》为辟疆悼念小宛所作，附在《虞初新志》收录的《冒姬董小宛传》之后。编者张潮从中选取了十五则，并附有其评点。

除了提及《影梅庵忆语》之外，余怀在《板桥杂记》中还引用了吴梅村的《题冒辟疆名姬董白小像》其中的四首，曰："同人哀辞甚多，惟吴梅村宫尹十绝可传小宛也。"这四首正是森鸥外在余白处所写的内容，并后附有感想，内

① （清）张潮．虞初新志［M］．上海：上海古籍出版社，2012．277–278．以下《板桥杂记》引文同。

容如下：

吴梅村宫尹十絶(選四)

珍珠無價玉無暇，小字貪看问妾家。尋到白堤呼出見，月明残雪映梅花。

念家山破定風波，郎按新詞妾按歌。恨殺南朝阮司馬，累儂夫婿病愁多。

乱梳雲髻下粧樓，盡室蒼黄過渡頭。鈿盒金釵渾拋却，高家兵馬在扬州。

江城細雨碧桃村，寒食東風杜宇魂。欲吊薛涛憐夢断，墓门深更阻侯門。

記時丁丑初秋，讀後驟雨，撰雅事滋生慘情。

这是明末清初著名诗人吴伟业写的七言绝句《题冒辟疆名姬董白小像八首》其中的第二、六、七、八首。① 如题，绝句共有八首，而《板桥杂记》则称其为“吴梅村宫尹十绝”，森鸥外在引用之时，亦随从《板桥杂记》中的写法作“吴梅村宫尹十绝”。余怀在其《板桥杂记》中特意引用该绝句，以示对小宛的哀悼之意，而森鸥外在此将这四首诗用了两页余白的篇幅一字不差地写了下来，说明他在《板桥杂记》中也深深的被其中董小宛的故事所感动，对于吴梅村的绝句更是印象深刻。当读到《虞初新志》中《冒姬董小宛传》的时候，不禁将其写在此处。由此可知，森鸥外对于这四首绝句当十分熟悉，甚至达到能够背诵的程度。

在这四首绝句之后，森鸥外还附有自己的感想，一并写在了余白处，学者林淑丹对其进行了较为细致的研究，指出：“在四首绝句之后，鸥外将自己的感想记录如下：‘记时丁丑初秋，读后骤雨，撰雅事滋生惨情。’其中‘撰雅事’的‘撰’和‘滋生惨情’的‘滋’写得变形严重，因此很难清楚地辨识出来。现将其分别推测为‘撰’、‘滋’，但不能断定。”在森鸥外的感想中，写有“记时丁丑初秋”的字样，“丁丑年为明治十年(1877)，由此可知森鸥外是在这一

① (清)吴伟业著. 吴梅村全集[M]. 上海：上海古籍出版社，1990. 第525页.

年读的该篇文章。当时森鸥外16岁，在这一年成为东京大学医学部的本科生开始学习。"①森鸥外于4月入学，初秋之时当为其入学半年之后。森鸥外一直爱好文学，其大学专攻虽为医学，却一直大量地研读文学作品、从事文学创作等活动，读《虞初新志》亦是其表现之一，可见该书为森鸥外在大学专攻医学之时的所读之书，这更体现出森鸥外对其喜爱之情，是中国古典文学作品中感想颇多、极为认可的一部文学作品。

森鸥外在《冒姬董小宛传》之余白处写有如此篇幅之朱批，在其自身所作感想之余，还将《板桥杂记》中关于董小宛的诗句联系至此处，足以显示出对董小宛之所处境遇的深深感慨，以及对于该人物所凝聚的深厚情感，由此可见森鸥外对该篇内容的感触良多之势与喜读之情。

(二)评点陈玉璂《刘医记》一则

在《刘医记》中，见森鸥外朱批一处，准确地说，是在该篇之余白处写了一个"医"字。

万历年间有一大户人家，在其子身患恶疾即将离世之时，忽然来了一位医生自称刘云山，为其子医治后病愈。然而，医生却不收诊治费，只是让大户之子去毗陵城之司徒庙巷见他。大户之子如约而至，才知刘医已经去世三十七年，其像立于此地，于是在惊愕之余抱像痛哭。其后众人便纷纷前来参观、拜见、求医，奔走无虚日，且甚为灵验，正如文章开头处所述之"其术未行，身死三十七年，而名始著。"②

森鸥外在该篇的余白处写有"毉"字，而鸥外所藏1851年和刻训点版《虞初新志》的"医"原文作"醫"，1823年和刻训点版《虞初新志》中也同样作"醫"。"医"在古语中有"毉"和"醫"两种写法，医本源于巫，医巫不分，因此"毉"的写法当源于此；行医治病经常会用到酒，因此"醫"的写法当源于此。

① 原文："四首の絶句の後に、鷗外は自分の感想を次のように記している。「記時丁丑初秋、讀後驟雨、撰雅事滋生慘情」。「撰雅事」の「撰」と「滋生慘情」の「滋」とは大変くずれているので、はっきりと判読できない。それぞれ「撰」、「滋」と想定してみたが、はっきりと断定はできない。""丁丑は明治十年(一八七七)に当たり、この年に読んだということが分かる。鷗外が十六歳の時で東京大学医学部の本科生となった年である。"林淑丹. 鴎外文学における『奇』[J]. 人間文化論叢. お茶の水女子大学大学院人間文化研究科, 2002(5): (4-1)-(4-11).

② (清)张潮. 虞初新志[M]. 上海: 上海古籍出版社, 2012. 第142页.

《说文解字》注："醫治病工也。殹，恶姿也；醫之性然。得酒而使，从酉。王育說。一曰殹，病聲。酒所以治病也。《周禮》有醫酒。古者巫彭初作醫。於其切"①，由此可以得知行医治病与酒的密切关系。

在日语的汉字用法里，常用汉字作"医"，而其旧体字作"醫"，在常用汉字表里作为参考字体列出，"毉"为"醫"的异体字，而后逐渐统一为"醫"字使用，因此在和刻版《虞初新志》中作"醫"。在《刘医记》中，刘医去世三十七年之后为人治病，且人们拜见其像而求医均有所灵验，比起医者行医治病，刘医更像巫者。森鸥外在此处写了"毉"，一是指出"醫"的异体字为"毉"，二是从字源的角度考虑，似乎"毉"字更符合《刘医记》中"医"的含义，由此可见森鸥外对于汉字之字源、含义、用法颇为熟悉，其扎实的汉文功底由此可观一二。

（三）评点黄周星《补张灵崔莹合传》一则

《补张灵崔莹合传》是一对才子佳人张灵与崔莹的凄美爱情故事，其中见森鸥外圈点一处、朱批一处。

张梦晋，名灵，英俊潇洒，才华横溢，诗文绘画都很擅长，风流豪放，不可一世。他不随便与人结交，唯与唐伯虎作忘年之交，年长仍不娶。一日，张灵独坐家中读《刘伶传》，将家里的酒全都喝完仍意犹未尽，听闻唐伯虎与祝允明宴集虎丘，于是打算前去同饮一杯。由于不想做不速之客，于是张灵穿上破烂的衣服，弄乱了头发，左手拿《刘伶传》，右手拿木杖，一边吟词一边乞讨而行。到了虎丘，众多贵客聚集，张灵每经过一处便拿着手中之书上前曰："刘伶告饮"。张灵虽然衣衫褴褛，但英俊潇洒之气让宾客们觉得他不像乞丐，便以宴间的酒食款待。有几个商人在酌酒赋诗，张灵上前想参与其中，却被其嘲笑。"其诗中有苍官、青十、扑握、伊尼四事，因指以问灵。灵曰：'松竹兔鹿，谁不知耶？'贾人始骇，令赓诗，灵即立挥百绝而去。"②此处的"苍官、青十、扑握、伊尼"，以及"松竹兔鹿"几个字为森鸥外圈点之内容。

---

① （汉）许慎撰．说文解字[M]．北京：中华书局，1963．第 313 页．

② （清）张潮．虞初新志[M]．上海：上海古籍出版社，2012．155-160．以下《补张灵崔莹合传》引文同。

商人们的诗中有“苍官、青十、扑握、伊尼”四个典故，分别指代松、竹、兔、鹿。张灵衣衫褴褛、披头散发，做行乞状，因此遭到商人们的嘲笑，认为一个乞丐怎可能懂得风雅韵诗，于是便嘲讽般地质问他。不料张灵却熟知这些典故而对答如流，并且说道：“谁不知耶？”他的这一反问似的回答既回应了商人们对他的嘲讽，表示商人们不该以貌取人，又显示出张灵狂放不羁的鲜明个性特征。商人们对他的对答如流大吃一惊，急忙请他赋诗，张灵大笔一挥写下上百首诗而去。此处也可以看出张灵的才华横溢、不可一世，挥笔便作上百首诗，足以说明其文章满腹的才子之气。

宴会当晚，唐伯虎作《张灵行乞图》，此图正巧被途经此地的南昌明经崔文博得见，由此得知才子张灵。一直在船中等待父亲的崔文博之女崔莹在舶船岸边之时，曾巧遇先行归去的张灵。虽得张灵求见，却未应允，而后看到父亲崔博文带回来的《张灵行乞图》，方知刚刚遇到的俊貌才子即为张灵，故感叹曰：“此乃真风流才子也。”而张灵亦以崔莹为绝代佳人，世间难得。

自从虎丘一见之后，张灵、崔莹二人便互觉甚好，一见倾心。张灵一直打探崔莹的消息，听闻唐伯虎欲接受江右宁藩宸濠的招揽前往豫章，于是拜托他代其打探。唐伯虎走后，张灵便一直郁郁寡欢，终日纵酒放歌。中秋之时，张灵见虎丘千人石畔演戏，看了好久，忽然大叫其演得不好，要自己上演王子晋吹笙跨鹤的故事，于是上前抓住一名童子按在地上，骑到他的背上，命其做鹤飞。童子非常生气，怒将张灵掀翻在地，于是张灵起身说道：“鹤不肯飞，吾今既不得为天仙，惟当作水仙耳。”于是一跃而入剑池之中，众人急忙将其救出。张灵之面颊、额头均受伤，而且还伤到了腿，无法行走，众人将其送回家。此处森鸥外朱批：“狂如此、亦太不俗”。

张灵一向佯狂不羁，豪放风流。由于日夜思念心仪之人，好友走后尚无音信，于是日夜借酒消愁而更加狂放不已。此番上演“王子晋吹笙跨鹤”，抓一名童子便跨其背上，捶打让其像一样飞起来，此等佯狂之态非张灵之外更无他人。被童子推倒在地之后，他纵身一跃跳入剑池，其不顾性命的不羁之举着实并非常人所能及，正所谓森鸥外朱批之“狂如此、亦太不俗”。这一部分的描写充分衬托出张灵鲜明的人物个性特点，也更加反应出其终日郁郁寡欢、借酒消愁而思念朝思暮想之佳人——崔莹之状。

然而在虎丘一别之后，崔莹被逼无奈不得不入宫，张灵得知这一消息失声痛哭，倒地吐血不止。三日后，挥笔写下“张灵，字梦晋，风流放诞人也，以情死”之绝笔后扔笔断气。短短几个字，充分体现出张灵风流豪放、佯狂不羁的个性特征，以及思念佳人过度、为情而死的痴情才子之态。不只张灵，崔莹在闻得张灵之死讯之后，悲痛欲绝，在张灵墓碑处殉情自杀，亦是一个痴情的女子，可谓才子佳人之十分凄美的爱情故事。

森鸥外对明清才子佳人类小说所读较多，这一点从森鸥外藏书目录便可知晓。其文学作品也深受这类小说的影响，比如在其小说《雁》中所塑造的主人公冈田这一人物形象，他爱读《小青传》，在不知不觉间便受到其潜移默化的渗透所形成的观念等等，可见在森鸥外的文学创作过程中，才子佳人类小说产生了十分深远的影响，特别是张潮所辑之《虞初新志》，其传播之痕迹十分深刻地体现在森鸥外的文学作品之中。

（四）评点汪价《三侬赘人广自序》二则

《三侬赘人广自序》为清初著名小说家汪价的自传，三侬为其字。张潮在篇末评点：“文近万言，读之不厌其长，惟恐其尽，允称妙构。”[①]全文篇幅较长，为自传中所少见之篇。文中记述了作者有生以来的各种经历，让人读之饶有兴致，“惟恐其尽”。森鸥外在此篇中圈点较多，散见于全篇各处。此外，还见其朱批二处。

在自传中，汪价对于出身籍贯等情况并未涉及，只是介绍了平生的一些经历。“我”小时候便喜爱读书，废寝忘食，一读便是一整夜，不知饥寒。喜小酌吟诗，棋艺精湛，涉书林画苑，喜游四方，是为文人之貌。有兄弟一人，适逢乱世，遂隐于市。而“我”于二十余年之内接连灾于火、兵、盗、皂隶，可谓几经波折。妻妾二人，均先“我”而去。生有四子，友爱和睦。朋友于“我”而言，可谓性命之重。

“我”一直喜爱读书，但是视力不是很好，这在自传中有所描述。对此，森鸥外也几乎做了整段圈点：“余短于目，穷睫之力，不及寻丈。道途拱揖，

① （清）张潮．虞初新志［M］．上海：上海古籍出版社，2012．258－271．以下《三侬赘人广自序》引文同。

不辨为谁。迨老而视不加耗，昏暮能审文字点画。灯下书红笺，能作细楷，以光常内敛也。相传文人目多眚，归咎读书，焚膏继晷，以致损明。此言近诬，殆由天分。宋学士作《咨目瞳文》，罪其失职，冤矣。”“贱目眶大而睛露，有议其‘蜂目不祥，鹰目为暴’者，此世俗之惑也。”①

“我”眼神特别不好，视力范围不及一丈远，就连路上遇到熟人拱手作揖也辨识不清是谁。这样的视力原本令人堪忧，但是到了老年之时却没有加重，黄昏时分尚能辨识文字，在灯下能书红笺、作细楷，“以光常内敛也”。此段落森鸥外近乎整段标记，其标记方式大部分为顿点，唯有这句“以光常内敛也”为圈点。对于“我”的视力之弱，让人读后实为同情。然而通过“我”的描述，却并未让人深觉其有哀色，反而为其乐观之精神所感染。在年老之时尚能读书写字，可见其宽慰满足之意。

“我”嗜书如命，几乎彻夜都在读书，以致茶饭不思，冷暖无谓。联系这种生活习惯，难免会让人想到由于“我”夜以继日地读书，用眼过度致使视力达到如此程度，然而在“我”看来却并非如此。一般来说，很多文人都视力不好，而其原因多归咎于读书太多，夜以继日使眼睛太过劳累以致损伤视力。而“我”则认为这种说法不对，视力的好坏乃是与生俱来的。

除视力之外，还有对于眼睛的描写：“我”白眼部分大而黑眼部分小，看起来难免会有目光凶悍之感。对于此般相貌，有“蜂目不祥，鹰目为暴”的说法。然而正如对文人读书过多以致损伤视力的“误解”一样，这也是一种世俗之惑，在“我”看来其并非如此。正如在后面所说之“兽其形而人其心”“人其形而兽其心”，凡事不能看表象，正如人不可看其外表，当透过表面看其本质。森鸥外在此做大段的圈点，可谓对此说较为赞同，颇有感慨。

“我”生长在南方，身体较为纤弱，因此不善骑射。与李御史渡河后改车为马，最初头晕耳鸣，而后逐渐适应，是为“始而惊，既而爽，终而安焉。”在此之后，“我”开始擅长骑马，群骑并出之时，我总是一马当先，习射也是如此。最初之时弓张矢落，被人笑话，于是加紧练习。“我”认真体会射箭的要

① （清）张潮．虞初新志［M］．上海：上海古籍出版社，2012．258-271．以下《三侬赘人广自序》引文同。

义，足足练了三个月，终得要领，得心应手大有进步，由此得知“人不贵自然，贵勉然，性不可恃，而习有可通”（森鸥外圈点），一般的事情大抵都是如此。此处引号部分的圈点处不同于一般的圈点和顿点，而是采用“◎”这种双圈点，可见森鸥外对于这句话的感触程度，余白处附有其朱批曰：“不磨之言”。

以骑射为例，“我”本为南土弱夫，不善骑射，然而持之以恒地练习之后，技艺大有进步，十分熟练。由此，“我”深刻体会到了比起原本的习性，后天的勤奋努力、坚持不懈更为重要。虽然天性似不可违，然而通过反复练习、不断努力是可以做到的，很多事情大抵都是如此。对此，森鸥外也深表赞同，称其为“不磨之言”，由此可知“我”向前看的乐观精神与坚持不懈、通过后天努力不断进步的积极姿态。

除此之外，还有一处见森鸥外朱批：“我”在自传中写道：“向有三畏：畏盗，畏猘犬，畏笑面多机智人。”森鸥外将“畏笑面多机智人”圈点，并朱批：“此言有味”。“我”适逢乱世，几经坎坷，因直言不讳触怒朋党，兴文字狱而被囚。然而即使如此，“我”在狱中仍每天忙于著述，旁若无人，被责问入狱仍不收敛，还继续在此放宕其辞是谓如何。对此，“我”以言相击，且多引典故，足以显示其博学多才，有理有据。“子乌足以知之？”“有是理乎？”的反问充分体现出“我”无所畏惧、刚正不阿、不畏权势、士可杀不可辱的气节。如此铮铮铁骨之士却时运不济，此三畏可以说是由“我”的经历有感而发的深刻感触，正所谓森鸥外朱批之“此言有味”。

此外，还有几处森鸥外的圈点，散见于自传全篇。比如“我”喜爱饮酒，五岁之时便私闯酒窖饮至“沉顿”（森鸥外圈点），家人到处寻找，最后在酒坛旁找到酣睡的“我”。之后僭称“大户”（森鸥外圈点），常设宴待客。“我”一生中共有两次饮至大醉，有一次曾与同饮者四人“倾二罌无剩沥”（森鸥外圈点），且饮时只是觉得其甜美可人无比而毫无“茗艼”意（森鸥外圈点），可见“我”能饮、善饮、好饮之态。还有一次，“我”独自看戏，继而兴发之至与他席之客豪饮，乃至于“玉山颓”矣（森鸥外圈点），由此可观“我”喜欢以酒会友的风雅气质。

“我”洞于茶理，于甲辰之年偶然禁酒，遂而饮茶，于是有句为“我当上奏天帝庭，酒星谪去补茶星。”（森鸥外圈点）“我”喜欢饮酒，对酒当歌可谓人生一大幸事，忽然禁酒当为极其痛苦、难以忍耐之事。然而“我”却以幽默诙谐的口吻道出无法饮酒、只能取而代之转为饮茶之情，可见其极为开朗乐观之态。

“我”喜欢秋末之蟹、夏初之蚕豆，有这两种吃食足矣，其他任何食物都可以抛去。人们说“我”所爱吃之物与“屈到之芰、姬文之昌歜”（森鸥外圈点）异曲同工。楚臣屈到爱食菱角，周文王爱昌歜之味，而“我”则酷爱秋末之蟹与蚕豆，是为个人之所偏好之味也。“屈到之芰、姬文之昌歜”均为历史典故，相传屈到爱吃菱角，病危之时嘱咐其宗老以菱角祭之；周文王爱昌歜之味，孔子听闻后亦食之取味。森鸥外将此处圈点，可谓对此典故颇为留意。

“我”一向不喜欢洗澡，即使是炎热的夏天也仅仅以巾拭汗。然而随着年纪的增大，方觉洗澡可以除污消汗，神清气爽，因此即使是寒冷之时，亦很喜欢“澡室”（森鸥外圈点）。寒冷之日，浴气腾腾、温暖惬意的画面展现在眼前，让人读了有栩栩如生、暖意顿生之感。

“我”的先祖曾学龙虎吐纳之法四十年，夏日盖着厚厚的被子躺在炙热的太阳下也不觉炎热，冬日大桶注满凉水没顶而坐亦不觉寒冷。我虽然没有习练，但是对于玄牝要诀则颇为熟悉，可谓人之三宝——精、气、神至为重要，乃丹药之王也。至房帷之事，有阳弱体虚之士求助于禽虫之法以补身强体，在篇中略有涉及。“蛤蚧，偶虫也，采之以为媚药；山獭，淫毒之兽，取其势以壮阳道。海狗以一牡管百牝，鬻之助房中之术。”（森鸥外圈点）在此分别介绍了蛤蚧、山獭、海狗之功效，可谓药法补体之据。然而“我”却认为“何其戕真败道，贵兽而贱人也!”此前曾说过精、气、神乃丹药之王，人自身的习练至为重要。然而现今却忽视人自身的努力，而将补身之法归结至禽虫之类，贵兽贱人，对此“我”不以为然，深觉当以人为本，加强自身的操练磨砺，而并非赖之于他法。

“我”曾赠诗给邗水桂姬，云：“休将量大欺红袖，但得情痴恕白头”（森鸥外圈点），还收集整理了自幼年至老年所写的诗章词句，其中大部分都已删除，大抵删九存一。有人问“我”大为称快之作，于是选了七首附在自传之中，其中的第四首森鸥外做了圈点：戊子年“我”参加乡试，闻号舍中发出很哀怨的悲鸣声，深觉为考场中的鬼魂，于是大声诵读“我”的《秋啸诗》：“三年龌龊逢逻卒，七义光芒吓主翁。”（森鸥外圈点）之后悲鸣声便就此消失。“我”的诗可以“妥鬼精灵”，可谓其大为称快之意。“我”共附有七首喜爱之作，而森鸥外在其中只圈点了这一首，可见对该诗的喜爱程度。

除圈点之外，还可见森鸥外的标记“」”，散见于全篇。在汪价的自传中，分段叙述了自己生平的经历、趣事，且每段之中亦时有小事几则。森鸥外的“」”标记时而在段末，时而在段中一事结束处，似为对各种经历之间的区分间隔。然并非每件事、每段结束处都有此标记，在此不做详细分析。

如上所述，在《虞初新志》中，共有四篇文章见森鸥外朱批，其中《冒姬董小宛传》中所见朱批篇幅最长，占两页余白，在吴梅村绝句的引用后写有读后之感。而此篇《三侬赘人广自序》则所见圈点最多，几乎分布于全篇，多为诗句词话、典故出处等内容的圈点，亦有对“我”所发感慨的认同。森鸥外藏有《虞初新志》，且据圈点、朱批的情况看来，他细细地品味全篇，感触颇深，《虞初新志》对森鸥外所产生的影响之大从其藏书中便可知晓。

第三节　森鸥外的作品与《虞初新志》

森鸥外十分喜爱《虞初新志》，不仅在读阅之时施有大量的圈点和朱批，而且深受其影响，在他的著作、文学作品中也随处可见《虞初新志》的痕迹。森鸥外写有一篇评论文《读当今诸家小说论》，在文章中，围绕诸批评家的小说论展开点评，并在其中融入了其自身的小说论观点。其中，在评论理想主义的时候，森鸥外引用了张潮《虞初新志》序言部分的内容。

在这一部分，森鸥外主要批判了自然主义和理想主义这两种小说描写手法，其大意为：“虽然古代那种简单质朴的描写手法也很难舍弃，但是仅仅采用这一种手法是不能让我们满足的，像心理学那样很周密而详尽的描写亦十分有必要。心理性的观察是创作小说的权宜之计，但并不是目的，若要让其成为艺术，就必须要有想象力（想）在其中起作用。极端的写实主义者甚至会达到不充分运用想象力，而仅仅是以模仿自然为目的的程度，这便是自然主义的缺点。与此相反，极端的理想主义者往往会缺乏心理性的观察，其作品中所塑造的人物之缺点是没有个性。无论如何，此二者在根本上是格格不入的。"①

森鸥外首先阐述了古代简单质朴的描写手法也是一种方法，但仅仅依靠这一种方法则难免过于单调，需要有细腻的心理性观察描写。于此之时，想象力的作用便显得十分重要。然而，自然主义和理想主义在这一方面都有所欠缺，自然主义缺乏想象力，只是一味地以自然模仿为目的；而理想主义则不注重心理观察描写，其笔下的人物多缺乏个性特征。

在分析抽象的理想主义的缺点之时，森鸥外引用了张潮《虞初新志·自叙》中的一部分，具体内容如下：

> 張心齋の云く：古今小說家言，指不勝僂，大都飣餖人物，補綴欣戚。累牘連篇，非不詳贍，然優孟叔敖，徒得其似，而未傳其眞。强笑不懽，强哭不戚，烏足令躭奇攬異之士心開神釋、色飛眉舞哉！(《虞初新誌·序》)②

开篇的"張心齋の云く"意思为"张心斋云"，据此以示其对张潮之原文的引用。其后则直接引用了《虞初新志·自叙》开篇的内容，从"古今小说家言"至"色飞眉舞哉"。森鸥外在此处以才子佳人的描写为例进行了阐述，指出由于抽象的理想主义者不注重细腻的心理观察与描写，因此其所塑造的人物形象缺乏个性，其笔下的郎才女貌虽为所谓的才子佳人，却是自我想象出来的拟人化、类型化的人物形象，并不是依据细腻的心理观察所应描写出的与众

① 原文："古代の簡素な描写法も棄てがたいが、我々はそれのみで満足するわけにはいかない。心理学の如く、周密に描くこともまた必要である。ただ、心理的観察は小説を作るための方便であり、目的ではない。これを芸術と呼べるものにするためには、想像力(「想」)のはたらきが必要なのである。極端な実際派は、想像力を十分に用いず、ただ自然を模倣することを目的とするような所に至る。これが自然主義の短所である。逆に、極端な理想主義は心理的観察を怠り、個性を失った人物を作中に登場させがちの弊がある。いずれにしても、この両者は根本的に相容れざるものである。"島村輝. 鷗外の小説論を読む——森鷗外『現代諸家の小説論を読む』注釈の試み[J]. 女子美術大学紀要(25)，1996. 61-74.

② 森鴎外. 今の諸家の小説論を読みて［M］. 東京：春陽堂，1896. 第 317 页. 原文为隔点，标点为笔者所加。

不同的、拥有独特人物个性特征的才子佳人。不仅仅这一类人物形象如此，其他任何一个人物塑造手法均为如此。正如张潮在《虞初新志·自叙》中所说的那样，“古今小说家言，指不胜偻，”虽然其数量不在少数，然而却累牍连篇，其人物形象笔法粗糙，有拼凑成文之感。然而，这并非其人物塑造得不够详细丰富，而是如此这般人物仅仅是形似而已，并未能够描写出其真髓所在，因此其乃“强笑不懽，强哭不戚，”无法刻画出鲜明的个性特征，传递出真情实感，也就不足以让读者读后达到心旷神怡、眉飞色舞的状态。

张潮此段内容与森鸥外在《读当今诸家小说论》中所批判的抽象的理想主义之问题所在一致，因此，森鸥外在此特引用此段内容，指出张潮在《虞初新志·自叙》中所提到的问题亦为此意。这一方面体现出森鸥外对《虞初新志》内容的熟悉程度，在分析评判小说的描写手法之时能够引用自如；另一方面也反映了森鸥外对张潮的小说论观点之赞同，对于《虞初新志》的编选体例、旨趣等内容的认可。森鸥外非常喜欢《虞初新志》，对其文学创作产生了十分深远的影响，在其文学作品《雁》《性欲的生活》等小说之中亦随处可见《虞初新志》的痕迹。

一、小说《雁》

《雁》是森鸥外于 1911 年至 1913 年间在日本的文艺杂志《昂》上所连载的小说，描写了一个迫于无奈沦为高利贷者情妇的少女小玉，爱上了一个每天从自己门前经过的大学生冈田，不甘于现状想要追求自己的幸福，却最终出于一个偶然的原因未能表白以失败告终的故事。

男主人公冈田是个美男子，身材魁梧、气色绝佳。作为一名学生，很少有人能够像他那样把生活安排得井井有条。他并不是那种只是一味追求成绩的书呆子，该做的事情会认真做好，该玩的时候会尽情地玩，学习成绩一直在中游以上。冈田每天晚饭后都会去散步，十点之前必回宿舍，周日不是去划船就是去远足。冈田对文学非常感兴趣，喜欢读汉学者写的诗文，因此也特别喜欢逛旧书店。关于冈田的描写，在其中的一段内容中提及了《虞初新志》，原文如下：

> 冈田非常喜欢《虞初新志》，甚至可以全文背诵其中所收录的《大铁椎传》。因此，他在很久之前就有学习武艺的想法，但是一直没有机会，所以也就没有付诸行动。近年来他开始参加赛艇，之后便非常热衷。他进步很快，甚至被同伴推选为选手，而这些可以说是冈田在这一方面的意志发展的结果。
>
> 在《虞初新志》里，还有一篇冈田特别喜欢的文章《小青传》，其中所描写得女子，用比较新的词来形容的话，是一位即使死神在召唤，她也让其候之门外，从容不迫地涂脂抹粉、悉心打扮，将美视为生命的女子。这样的女子是多么让冈田同情啊！对于冈田来说，所谓女子，是美丽的、应该去爱的存在，必须无论身处何种境遇都要随遇而安，去捍卫那份美丽、值得爱的样子。他之所以这样想，也许是因为平时读了香奁体的诗，读了明清的那些令人感伤的、宿命般的所谓才子的文章等，在不知不觉间就受其影响的缘故吧。①

冈田这一人物形象是比较完美的，无论从外貌、身材，还是从学习、日常生活来说都十分出众。冈田喜欢文学，尤其喜欢读汉学者的诗文，特别喜欢《虞初新志》，这一设定充分体现了森鸥外对于该书的喜爱程度。小说中所塑造的男主人公爱好读书，特别指出其尤其爱读《虞初新志》，甚至还涉及了其中所收录的两篇作品的具体内容，并且用一定的篇幅通过对选文内容的描写来突出冈田这一人物形象的特征所在，足以显示出《虞初新志》对森鸥外所

---

① 原文："岡田は虞初新誌が好きで、中にも大鉄椎伝は全文を諳誦することが出来る程であった。それで余程前から武芸がして見たいと云う願望を持っていたが、つい機会が無かったので、何にも手を出さずにいた。近年競漕をし始めてから、熱心になり、仲間に推されて選手になる程の進歩をしたのは、岡田のこの一面の意志が発展したのであった。同じ虞初新誌の中に、今一つ岡田の好きな文章がある。それは小青伝であった。その伝に書いてある女、新しい詞で形容すれば、死の天使を閾の外に待たせて置いて、徐かに脂粉の粧を擬すとでも云うような、美しさを性命にしているあの女が、どんなにか岡田の同情を動かしたであろう。女と云うものは岡田のためには、只美しい物、愛すべき物であって、どんな境遇にも安んじて、その美しさ、愛らしさを護持していなくてはならぬように感ぜられた。それには平生香奩体の詩を読んだり、sentimentalな、fatalistiqueな明清の所謂才人の文章を読んだりして、知らず識らずの間にその影響を受けていた為めもあるだろう。"森鸥外. 雁. 鷗外近代小説集(第六巻)[M]. 東京：岩波書店，2012. 第129页.

产生的巨大影响。

在《雁》中，具体涉及了两篇《虞初新志》所收录的作品，分别为魏禧《大铁椎传》和佚名《小青传》。魏禧《大铁椎传》中描写了一个力大无比、善射箭、神秘莫测的英雄人物形象，他腋下夹着一个重四五十斤的大铁椎，无论吃饭还是拱手作揖均携带不离手，因此而得名大铁椎。他武艺精湛，与强盗决斗的场面让人心惊胆战，惊呼其神乎其技。决斗之后大呼“吾去矣”便策马而去再不复至，充分显示出其神秘莫测的英雄气概。《雁》中的冈田在读完《大铁椎传》之后，萌生了学习武艺的想法，这乃是被大铁椎精湛的武艺、英雄气概与该篇精彩的描写所深深吸引的结果，能够全文背诵亦可说明对其喜爱程度非同一般。虽然冈田未能有机会学习武艺，然而，他将这种热情放在了赛艇这一运动之上，十分热衷并且进步飞快，从零学起直至被推选成为选手，这也是冈田在读了《大铁椎传》之后深受其影响，将学习武艺之劲头转移到赛艇之上，才能取得如此优异的成绩。

此外，《虞初新志》中还有另外一篇冈田十分喜欢读的文章——《小青传》，是一篇红颜薄命的佳人传记。主人公小青，天资聪颖，貌美绝伦，妙解声律，赋诗吟词，可谓才貌双全。十六岁之时，嫁与豪公子生为妾，遭到正室的嫉妒，年仅十八岁便香消玉殒。小青十分注重自己的仪容，无论何时均悉心打扮，楚楚动人。即使是在生病卧床之时，也“明妆冶服”“终不蓬首偃卧”。在小青生命的最后时段，为了将自己的这份美丽永恒地保存下来，她请来了画师为自己作画，共作三张：第一张“得形似未尽其神”，第二张“神是而风态未流动”，第三张乃成。画毕，则将其供于床前，潸然而泣，一恸而绝。小青在平日里自不用说，就连久卧床前生病之时亦十分注重自己的妆容，仍然会梳妆打扮而从不蓬头垢面。在临终前请画师作画，直至画到“极妖纤之致”才笑曰“可矣”，这些点滴小事都可以看出小青将美珍视为生命一样重要。

《雁》的主人公冈田认为作为女子就应该是美丽的、值得去爱的，无论遇到什么情况、身处何种境遇，都一定要将自己的这份美丽捍卫好。小青虽然生病卧床，但是也没有就此无暇顾及自己的形象，依然精心梳洗打扮，而这正是冈田所认为的无时无刻不在保持着自己美丽与值得爱的样子。小青在临终前作画亦是如此，直至画到自己满意为止，正可谓“即使死神在召唤，她也让其候之门外，从容不迫地涂脂抹粉，悉心打扮”，正是这样的女子深深地博得了主人公冈田的同情与怜惜之心。

冈田喜欢读汉学者所写的诗文，平时所读之作多为诸如香奁体的诗、明清才子佳人类作品等。这些让人随着故事情节的跌宕起伏而感伤不已、冥冥中注定的宿命论般的故事潜移默化地影响着冈田，诸如其对女子的看法等感触也大概是读了这些作品之后，在不知不觉间便潜移默化地形成了。森鸥外在《雁》中所塑造的冈田这一人物形象喜欢文学，尤其是汉学，文学作品中特别爱读《虞初新志》，对于一些问题的看法、思维模式，以及日常生活之兴趣爱好等都深受其影响，从这一设定便可以看出森鸥外对于《虞初新志》的喜爱与认可程度。森鸥外在塑造小说人物形象之时涉及了《虞初新志》，甚至还略为详细地介绍了其篇章内容，足以显示出《虞初新志》对森鸥外的文学创作所产生的深远影响与重要作用，成为其文学作品之中不可磨灭的痕迹与精华所在。

二、小说《性欲的生活》

森鸥外的另一部作品《性欲的生活》是他于 1909 年发表的小说，题名《ヰタ・セクスアリス》源自拉丁语 VITASEXUALIS，意思为“性的生活”、“性欲的生活”。依据岩波书店版《鸥外近代小说集》注释：“VitaSexualis(拉丁语)一般被翻译为‘性的生活’，但是在原文第 232 页处(森鸥外写道)，此处作‘性的’会使意思判定不明，‘虽然并非本意，但仍在此处添加一个“欲”字’。因此，应当翻译作‘性欲的生活’。”[①]参照森鸥外第 232 页原文：“称作‘性欲的’并不恰当。Sexual 意思为‘性的’，并不是‘性欲的’。但是‘性’字太过多义，尽管并非本意，但仍在此处添加一个‘欲’字”。[②] 因此，本书也将森鸥外这部

① 原文：“VitaSexualis(羅)一般的に「性的生活」と翻訳されるが、本文二三二頁で「性的」では意味が判りにくく「不本意ながら欲の字を添へて置く」とある。ゆえに「性欲的生活」ととらえるべき。”森鴎外．ヰタ・セクスアリス．鴎外近代小説集(第一巻)[M]．東京：岩波書店，2013．第 225 页．

② 原文：“性欲的といふのは妥でない。Sexualは性的である。性欲的ではない。併し性といふ字があまり多義だから、不本意ながら欲の字を添へて置く。”森鴎外．ヰタ・セクスアリス．鴎外近代小説集(第一巻)[M]．東京：岩波書店，2013．第 232 页．

作品译作《性欲的生活》。

这部作品是森鸥外的自传性文学作品，以其自身的体验为蓝本塑造的主人公金井湛是大学的讲师，担任哲学这门课程的讲授工作。作为一名哲学者，金井并没有热衷于写作出书，而只是一味地讲课。金井很喜欢读小说，讲课的时候会把看起来没有任何关联性的内容联系在一起去说明所讲内容，学生觉得比起那些出版很多书籍的老师来说，金井老师的授课内容更为有趣，而且更加直观易懂。这样的他在某一天忽然产生了想写东西的想法，在几经考虑之后，将自己从6岁开始的幼年时期直至青年时期的性欲记录成文，写成了这部《性欲的生活》。而这些也正是森鸥外的亲身经历，是其自身的体验与感受。该作品发表在1909年的杂志《昴》(7月号)上，但在刊载之后被认为有伤风雅，于是被禁止发售。

《性欲的生活》作为森鸥外的自传性文学作品，其中涉及了菊池三溪的《本朝虞初新志》与张潮的《虞初新志》两部作品，可见其对森鸥外的文学创作所产生的深远影响。在主人公金井14岁的时候，结识了在东京医学校预科学习的与其年纪相仿的少年尾藤裔一，二人迅速成为好友，并且经常在一起玩。关于尾藤裔一，在作品中有如下描写：

> 裔一面部线条并不明显、略微发黄，性格内向、沉默寡言。他精通汉学，很喜欢菊池三溪。我从裔一那里借《晴雪楼诗抄》①《本朝虞初新志》来读，之后听说三溪又出新作了，于是我也跑到浅草那里买来《花月新志》②读。我们二人还一起作诗、写汉文小品文，姑且是一起做着这样的事情来玩。③

① 《晴雪楼诗抄》，菊池三溪于1868年发表的作品。

② 《花月新志》，日本的文艺杂志，1877年1月至1884年10月期间刊行，所收作品多为汉诗文、和歌。

③ 原文："裔一は平べったい顔の黄いろ味を帯びた、しんねりむっつりした少年で、漢学が好く出来る。菊池三渓を贔負にして居る。僕は裔一に借りて、晴雪楼詩鈔を読む。本朝虞初新誌を読む。それから三渓のものが出るからといふので、僕も浅草へ行って、花月新誌を買って来て読む。二人で詩を作って見る。漢文の小品を書いて見る。先づそんな事をして遊ぶのである。"森鸥外. ヰタ・セクスアリス. 鸥外近代小説集(第一巻)[M]. 東京：岩波書店，2013. 第283页.

如前所述，《性欲的生活》为森鸥外的自传性文学作品，在上述描写中也随处可以看到其成长的痕迹。这里所提到的好友裔一在东京医学校预科学习，森鸥外自身也是于明治七年(1874)进入该校学习，并于明治十年(1877)升学至东京大学医学部。裔一擅长汉学，喜读菊池三溪的作品，而菊池三溪则是日本江户后期至明治时期著名的汉学者，写了不少汉诗文，包括金井在裔一那里借来的两部作品《晴雪楼诗抄》和《本朝虞初新志》。其中《本朝虞初新志》是张潮《虞初新志》的汉文仿作，从其书名便很容易可以看出。森鸥外在这里特别提及，足以看出他对该书的喜爱程度。除此之外，金井还读了更多的菊池三溪的作品，只要一出新作，便去买《花月新志》来读。《花月新志》作为日本当时的文艺杂志，刊登了很多汉诗文，菊池三溪的很多作品都被刊载。而当时有诸多著名的作家在这种动向的影响之下也作了许多汉诗，如森鸥外、夏目漱石等。

金井与裔一的交往基本上都是文人式的交流，他们一起作诗、写汉文小品文，都是与汉学相关的内容，而这些基本上都是森鸥外的生活写照。森鸥外很喜欢读书，幼年时代便几乎每天除了读书之外基本不做其他事情，与外出玩耍是绝缘的，也很少与其他小伙伴交流，每天基本上都是在读书中度过。森鸥外 5 岁开始学习汉学，自幼便开始接触《论语》《孟子》等中国典籍，其汉文功底极为扎实，颇有造诣。

这里所写的金井在 14 岁的时候结识了在东京医学校预科学习的裔一，这个年龄和森鸥外进入预科学习的年龄相仿，再加上作诗、写汉文小品文等日常，当为森鸥外那段时期的生活写照，所提及的菊池三溪《本朝虞初新志》等作品亦是森鸥外的爱读之作，足以看出该作品对森鸥外的影响之大，深深地渗透至他的生活轨迹之中。

在主人公金井成长到 15 岁的时候，结识了一位好友古贺，当时二人同住一间宿舍。古贺是一位颧骨突出、面色发红、国字脸、身材魁梧的男生，他性格有棱角，那种愤世嫉俗的言行举止让金井一直深感不快，大家都比较怕他。同年级有位同学爱好作诗，在写给这位古贺的诗中，在其结句中写道：“竹窗夜静读韩非”，可见其与众不同之处。在金井与古贺的交往中，出现了与《虞初新志》相关的内容，原文如下：

初夏的一个令人心情舒畅的傍晚，漫步在神田①的街上，来到旧书店的前面，我停下了脚步逛了起来，古贺也一起逛了起来。在那个时期，日本人的诗集之类的书大概一本五钱左右就可以买到。在柳原②的取附③有个广场，这里竖着一把很大很大的伞，伞下面在让一位大概十二三岁的美丽的女孩跳活惚舞④。我在读VictorHugo⑤的NotreDame⑥的时候，书中写了有关一个小女孩的事情，她取了像Emeraude⑦之类的宝石一样的名字。在读到这里的时候，我就会想起这个在伞下跳活惚舞的女孩，觉得她也许会是那个在伞下跳活惚舞的女孩那样的人。古贺说道：

“虽然我并不知道那个女孩是什么样的人，但是感觉好惨啊！”

“更惨的应该是支那⑧人吧！我听说过他们把婴儿塞进四方形的箱子里，然后让其长成和箱子一样的四方形的形状，之后将其卖给马戏团的事情，也许真的会那样做也说不定。”

“为什么你知道这样的事情？”

“《虞初新志》里就有。”

---

① 神田，现东京都千代田区（当时为神田区）的地名。作为旧书店街，现在仍然非常有名。（原文注释）

② 柳原，从（东京）万世桥至浅草桥之间的神田川南岸当时被称作柳原土手。（原文注释）

③ 曲附，土手起始的地方。（原文注释）

④ 活惚舞，伴着俗曲跳的带有滑稽感的舞蹈，日本江户末期开始到明治、大正时期流行。（原文注释）舞蹈名为かっぽれ，其日文中的汉字表记为“活惚れ”，故在此借用日文汉字表记，将此舞蹈翻译为活惚舞。

⑤ Victorhugo，法国作家维克多·雨果（1802-1885）。

⑥ NotreDame，雨果的代表作之一《巴黎圣母院》。

⑦ Emeraude，《巴黎圣母院》的女主人公艾丝美拉达。

⑧ “支那”二字是当时日本人对中国人的一种蔑称。

“你读的东西好奇妙啊！真是个有趣的家伙。”①

初夏的傍晚，金井和古贺漫步在神田的大街小巷。东京的神田作为旧书店街特别有名，一直到现在仍然如此。之前在提到裔一的时候，说到二人经常在一起作诗、写汉文，而金井与古贺的交往方式亦与之相类似，一起逛书店、谈作品，还谈到了日本人的诗集，很有文人风格。而所有这些爱好读书、作诗等日常生活都是森鸥外自身的写照，是其兴趣爱好的投影。

在金井和古贺漫步之时，遇到了在广场的大伞下跳活惚舞的女孩。十二三岁的美丽女孩在广场的大伞下翩翩起舞，本是一个非常唯美的画面，然而，让她跳的却是活惚舞，一种伴随着俗曲起舞的带有滑稽感的舞蹈，这应该并非出自女孩之本愿。一个美丽的妙龄女孩在人潮涌动的广场上跳着如此之舞，确实有些让人觉得百感交集，对其所处之境遇顿生怜意。金井读雨果的《巴黎圣母院》，在读到女主人公艾丝美拉达的时候，便想起了这个跳舞的女孩，觉得她也许就是眼前所目睹的这个女孩那样的人。《巴黎圣母院》中所塑造的艾丝美拉达非常美丽，迫于生计靠跳舞谋生。眼前的这个美丽的女孩也在迫不得已靠跳舞维持生计，听人指挥卖艺求生，有着与艾丝美拉达类似的命运。

在古贺对这个跳舞的女孩表示同情的时候，金井提到了《虞初新志》中的内容。比起眼前这个跳舞的女孩，更惨的是在《虞初新志》中所读到的一则内容。在故事中，为了能够卖给马戏团表演，会将婴儿塞进四方形的箱子里，然后让其长成和箱子一样的四方形的形状。这种违背自身的生长规律，人为地限制其发育而制造奇形怪状的婴儿之事，确实让人在感到惊奇之余由心底

① 原文：“夏の初の気持の好い夕かたである。神田の通りを歩く。古本屋の前に来ると、僕は足を留めて覗く。古賀は一しょに覗く。其頃は、日本人の詩集なんぞは一冊五銭位で買はれたものだ。柳原の取附に広場がある。ここに大きな傘を開いて立てて、その下で十二三位な綺麗な女の子にかっぽれを踊らせてゐる。僕はVictorHugoのNotreDameを読んだとき、Emeraudeとかいふ宝石のやうな名の附いた小娘の事を書いてあるのを見て、此女の子を思出して、あの傘の下でかっぽれを踊ったやうな奴だらうと思った。古賀はかう云った。「何の子だか知らないが、非道い目に合はせてゐるなあ。」「もっと非道いのは支那人だらう。赤子を四角な箱に入れて四角に太らせて見せ物にしたという話があるが、そんな事もし兼ねない。」「どうしてそんな話を知ってゐる。」「虞初新誌にある。」「妙なものを読んでゐるなあ。面白い小僧だ。」”森鴎外．ヰタ・セクスアリス．鴎外近代小説集(第一巻)[M]．東京：岩波書店，2013．第293页.

里同情其如此之遭遇。尽管在《虞初新志》所收之篇中并未找到类似情节的内容，然而由此设定可知，《虞初新志》作为志怪小说之代表作在日本可谓享誉盛名，其所收之事荒诞奇辟，读之使人拍案一惊，因此在涉及奇闻异事之时不禁首先想到该书之名，足以显示出其笔法精妙、引人入胜之文学魅力。森鸥外在其作品中特意提及《虞初新志》之名，并具体涉及到其中的情节及人物设定，可见他对该书的喜爱程度以及对其文学价值的充分认可。

总体说来，在森鸥外的文学创作中，《虞初新志》的影响是十分巨大的。他藏有和刻本《虞初新志》，并认真研读、施以圈点、朱批；在读其他文学作品之时亦会想起《虞初新志》中的内容并且将其联系起来；在森鸥外的文学作品之中，无论从情节上、还是从人物设定上，都随处可以看到《虞初新志》的痕迹。甚至由于其作品的这一设定，继而影响了其他作家的创作，为其带来创作灵感而成就文学佳作，如江户川乱步的《孤岛之鬼》。森鸥外喜爱中国小说，对《虞初新志》的认可程度自不用说。该书的传播轨迹充分体现于森鸥外的诸多文学作品之中，对其文学创作生涯产生了十分重要与深远的影响。

第六章 芥川龙之介与《虞初新志》

芥川龙之介(1892—1927)，号澄江堂主人，俳号我鬼，日本近代著名作家。其作品以短篇小说居多，约150篇，代表作《罗生门》《鼻》《地狱变》等。芥川在日本文学史上占有很重要的地位，与夏目漱石、森鸥外二位文学巨匠齐名，影响十分深远。为纪念其文学成就，1935年在芥川的好友菊池宽的提议下，设立了“芥川龙之介奖”，是鼓励新人作家进行文学创作的十分重要的奖项。而芥川龙之介之所以取得如此之成就，与他从幼年时期便开始的读书生涯是密不可分的。芥川龙之介有诸多藏书，《虞初新志》便是其中的一部，现藏于日本近代文学馆。书中可见芥川的诸多圈点与朱批，在书末处还有他读该书之后的所作之感，由此可观其仔细研读的痕迹，这足以显示出芥川龙之介对《虞初新志》深有所感以及喜爱之情。

第一节 芥川龙之介的读书生涯

芥川龙之介出生于日本东京都一户经营牧场的家庭，父亲新原敏三与母亲婚后育有三个孩子，芥川为末子，有两个姐姐。其中大姐在芥川出生前一年生病离世，年仅七岁。由于女儿夭折的打击再加上其他一些因素，芥川的生母在芥川出生后七、八个月大的时候精神异常开始发疯，因此芥川从小就被送往外婆家，由其生母的哥哥芥川道章抚养长大。

在芥川家，芥川生母的姐姐对芥川十分疼爱，在他的成长过程中起着十分重要的作用。据芥川描述，“我有一位姨母，特别照顾我的起居生活，现在也仍然照顾着我。在家人中长得和我最像的就是这位姨母，心境上和我相通之处最多的也是这位姨母。如果没有姨母的话，就不知道会不会有现在的我。”[①]芥川龙之介在七、八个月大的时候便到芥川家，作为养子长大成人。从小没有父母的陪伴对于一个孩子来说会使其陷入深深的恐慌之中，造成心灵上的空虚与极度不安。姨母无微不至地陪伴着芥川，悉心照料与关怀备至地抚慰着芥川的心灵。因此，对于芥川来说，没有姨母就不一定会有芥川日后的成就。从这一段话也可以看出，在芥川心里，姨母不仅仅是照顾自己日常起居的人，更是和自己心灵相通、给予自己慰藉的不可替代的存在。芥川的姨母喜欢绘画及文学作品，除了日常起居之外，芥川的启蒙教育基本上也是由姨母完成的。芥川幼年时期几乎都是在读书中度过的，这种爱读书的习惯亦是受到了其姨母潜移默化的影响。

芥川在这样的环境中慢慢长大，在他十一岁的时候生母去世，十三岁之时芥川才入籍正式成为芥川家的养子。实际上，生母精神异常这件事对芥川冲击很大，他怀疑会由于遗传因素导致自己也持有同样的基因，特别是在其晚年时期，伴随着这种怀疑所产生的恐惧感深深影响着他，这一点可以说是导致芥川自杀的重要因素之一。

芥川家为世代在江户幕府任职的士族，颇有传统江户时期的家庭氛围。芥川道章在当时的东京府任职，爱好净琉璃、文人画、俳句等，颇有文人之气概。历代相传的家风使芥川家文学气息甚浓，因此芥川龙之介从小便得以接触众多文学作品。据其回忆，“我家里的书架上有很多的草双纸[②]，从我刚刚懂事的时候升始就非常喜爱这些双草纸，特别是对《西游记》的改编之作《金

① 原文：“伯母が一人ゐて、それが特に私の面倒を見てくれました。今でも見てくれてゐます。家中で顔が一番私に似てゐるのもこの伯母なら、心もちの上で共通点の一番多いのもこの伯母です。伯母がゐなかったら、今日のやうな私が出来たかどうかわかりません。”芥川龍之介. 文学好きの家庭から. 芥川龍之介全集第四巻[M]. 東京：筑摩書房，昭和三十九年. 第163页.

② 草双纸，日本江户时代(1603-1868)中期开始出现的配有插画的通俗读物，江户时代小说的一种。

昆罗利生记》尤为喜爱。”[①]江户时期开始一直延续的传统家风、浓郁的文学气息深深地影响着芥川，家中的诸多藏书则为芥川童年时代不可或缺的陪伴。因此，芥川很早便养成了读书的习惯。

出于这种浓厚的文学气息的熏陶，芥川幼年时期读书欲望便非常旺盛。在小学时期，他的读书量十分惊人，喜读各种书籍。家中的藏书自不用说，附近书屋的书亦几乎全都读过。据其回忆，“上小学的时候，我家附近有一家租书屋，高高的架子上摆满了说唱故事之类的书。在不知不觉间，我就把所有的书都读完了。”[②]芥川除了正常的起居生活之外，其他时间几乎都是在读书中度过的。他嗜书如命，甚至达到废寝忘食的程度。

芥川幼年时期对书籍的涉猎已经颇为广泛，除了本国的文学作品之外，还读了一些外国的著作，其中包括大量的中国古典名著。在谈到童年时期爱读的书目之时，芥川称：“在幼年时期，《西游记》是我最喜欢读的一部著作，这些书到现在依然十分喜爱。作为寓言体作品来说，能够堪称如此之杰作的恐怕在西洋文学作品中一部都没有，著名的班扬所著《天路历程》等作品归根结底也无法与《西游记》相匹敌。除此之外，《水浒传》也是我很喜欢的一部作品，现在仍然甚是喜爱，有一段时间我甚至可以将《水浒传》中一百零八将的名字全都准确地背诵出来。在那段时间，比起押川春浪[③]的冒险小说之类的作

① 原文：“僕の家の本棚には草双紙が一ぱいつまってゐた。僕はもの心のついた頃からこれ等の草双紙を愛してゐた。殊に『西遊記』を飜案した『金毘羅利生記』を愛してゐた。”志保田務，山田忠彦，赤瀬雅子. 芥川龍之介の読書遍歴——壮烈な読書のクロノロジー[M]. 東京：学芸図書株式会社，2003. 第8页.

② 原文：“小学校に通ってゐる頃、私の近所にあった貸本屋の高い棚に、講釈の本などが、沢山並んでゐた。それを私は何時の間にか端から端迄すっかり読み尽くしてしまった。”芥川龍之介. 小説を書き出したのは友人の煽動に負ふ所が多い. 芥川龍之介全集第五巻[M]. 東京：筑摩書房，昭和三十九年. 第421页.

③ 押川春浪(1876-1914)，日本冒险小说作家，代表作《海底军舰》等。

品，对于我来说，《水浒传》《西游记》等要有趣得多。”[①]由此可见，芥川在幼年时期便已经开始接触中国、英国等外国的文学作品，并且对中国四大名著中的《西游记》《水浒传》等古典小说尤其感兴趣，并对其予以了很高的评价。

进入中学之后，芥川的读书热情丝毫不减，开始读《聊斋志异》等志怪类小说。与此同时，他开始更为广泛地接触西洋文学，所读之作多为英译本，一直持续至高中阶段。上大学之后，芥川对中国小说尤为感兴趣，特别是志怪类小说。这一时期他的所读之作有《新齐谐》《西厢记》《琵琶行》等。芥川龙之介一生中读了大量的书籍，对和、汉、西洋文学均造诣很深，这些为其创作生涯奠定了十分扎实的基础，亦产生了极其重大的影响。

芥川上学期间学习成绩一直名列前茅，从小学高年级阶段就开始和同学一起制作传阅杂志，并且开始写一些简单的文章。大正二年（1913），芥川进入东京大学英文学科学习，于次年二月与久米正雄[②]、菊池宽[③]等人发刊同人杂志——第三次《新思潮》[④]。芥川在其创刊号中发表了一篇翻译文，其后，在五月号中发表了小说处女作《老年》，九月号中发表了戏曲《青年与死》。在大正五年（1916）二月创刊的第四次《新思潮》创刊号中，芥川发表了小说《鼻》，受到夏目漱石的极度赞赏，从此开始登上文坛，开启了小说家生涯。

1921 年 3 月，芥川作为日本大阪每日新闻社的海外视察员被派往中国，游历各地，得以亲自感受中国风土人情。芥川幼年时期便喜读中国古典文学作品，对中国持有极其浓厚的兴趣，而此次中国派遣便是他亲身体验中国的风土人情的绝佳机会。在芥川的一生之中，此次中国之行是其仅有的一次海

---

① 原文：“子供の時の愛読書は「西遊記」が第一である。これ等は今日でも僕の愛読書である。比喩談としてはこれほどの傑作は、西洋には一つもないであろうと思ふ。名高いバンヤンの「天路歴程」なども到底この「西遊記」の敵ではない。それから「水滸伝」も愛読書の一つである。これも今以て愛読してゐる。一時は「水滸伝」の中の一百八人の豪傑の名前を悉く暗記してゐたことがある。その時分でも押川春浪氏の冒険小説や何かよりもこの「水滸伝」だの「西遊記」だのといふ方が遥かに僕に面白かった。”芥川龍之介．愛読書の印象．芥川龍之介全集第五卷[M]．東京：筑摩書房，昭和三十九年．第 426 页．

② 久米正雄（1891-1952），日本小说家、剧作家、俳人。

③ 菊池宽（1888-1948），日本小说家、剧作家、记者。

④ 《新思潮》，日本的文艺杂志，1907 年由小山内薰创刊，次年停刊；第二次 1910 年发刊，1911 年停刊。

外游历经历，可谓意义深远。

芥川在中国游历大江南北，北京、上海、杭州、南京、长沙等地均可见其足迹。虽然在此期间，芥川经历了生病住院等不尽人意的情况，以致其成果似乎并未完全达到派遣之初的期待值，然而他仍然写下了《上海游记》《江南游记》《长江游记》《北京日记抄》《杂信一束》几篇纪行文，是为《支那游记》①。此外，还有以此次游历为题材而成篇的《母亲》《湖南之扇》两部小说，可见芥川在派遣中国期间虽然伴有身体不适，却仍有作品问世。

芥川从小体质较为虚弱，在中国期间也因身体不适生病住院三周，致使行程不得不延后。后期由于神经衰弱引起严重的失眠，身体状态不佳，而后又亲眼目睹好友宇野浩二②的精神异常状态，对其打击十分严重，由此使他切身感受到了一种自己也会以发狂而终的危机感，最终选择自杀，年仅35岁。

芥川作为日本近代的著名作家，其文学成就与其读书生涯息息相关。他从幼年时期便开始大量地读书，空余时间几乎都是在读书中度过的。芥川广泛而大量的阅读习惯奠定了其扎实的文学功底，在整个作家生涯中十分受用，为其创作优秀的文学作品产生了十分深远的影响。

第二节　对《虞初新志》的评点

芥川从幼年时期便嗜书如命，一生读了大量的书籍，数量相当惊人，其私人藏书亦数量颇丰。据日本近代文学馆《芥川龙之介文库目录》③统计，从种类上来看，芥川所藏书籍中洋书较多，藏有638部共计809册，可见其对西洋图书的喜爱程度。芥川所藏和汉书的种类虽不及洋书之多，但其数量依然可观，藏有465部共计1822册。此外，还有书画、书简等资料若干。在芥川所藏的465部和汉书之中，汉籍有188部共计1177册，其中包含一部分在日本翻刻的版本，由此可见汉籍在芥川藏书中所占的比例。据笔者按照《芥川

① 芥川龍之介. 支那遊記[M]. 東京：改造社，1925.

② 宇野浩二(1891—1961)，日本小说家、作家。

③ 日本近代文学館. 芥川龍之介文庫目録[M]. 東京：日本近代文学館，昭和52年(1977).

龙之介文库目录》中所做的标识统计，在这 465 部和汉书之中，有芥川圈点、朱批的作品仅为 61 部，可谓为数不多。而《虞初新志》正是这少数作品中的一部，足见芥川对《虞初新志》的喜读程度。

芥川龙之介所藏《虞初新志》为 1823 年荒井公廉和刻训点版，现藏于日本近代文学馆。该版《虞初新志》是为了满足广大读者的需求而刻版印刷的。当时《虞初新志》在传入日本之后非常受欢迎，人们竞相购买，以至于达到供不应求、价高难寻的盛况。然而，由于交通运输条件的限制等原因，《虞初新志》传入日本的数量极为有限，因此，和刻训点版《虞初新志》于文政六年(1823)得以刊刻出版。

在《虞初新志》中，包含芥川朱批的篇章共有十三篇，分别为：魏禧《大铁椎传》、周亮工《盛此公传》、顾彩《焚琴子传》、黄始《山东四女祠记》、佚名氏《花隐道人传》、吴肃公《五人传》、余怀《王翠翘传》、佚名氏《客窗涉笔》、陆次云《湖壖杂记》、黄周星《补张灵崔莹合传》、徐瑶《髯参军传》、周亮工《书钿阁女子图章前》、钮琇《记吴六奇将军事》。除此之外，还有圈点散见于全书各篇之中，随处可见芥川细细研读的痕迹，他对《虞初新志》仔细翻阅的程度可想而知。由于圈点的数量颇多，且未见芥川所作之感，因此，现仅将其朱批做以整理如表 8：

表 8　芥川龙之介读《虞初新志》朱批一览表

序号	篇名	著者	原文	朱批
一	《大铁椎传》	魏禧	宋，怀庆青华镇人，工技击，七省好事者皆来学，人以其雄健，呼宋将军云。	匕首乎
			时鸡鸣月落，星光照旷野，百步见人。客驰下，吹觱篥数声。	觱畢吉切 篥力質切
二	《盛此公传》	周亮工	试后，犹寄语予曰：“盲儿无以慰老亲，子毋嗤。”予为悲动者久之。	雋語動人
三	《焚琴子传》	顾彩	生尝入为其妻鼓琴，茶香入牖，鬓影萧疏，顾而乐之，以为闺房清课，亦人生韵事。	情趣可掬

续表

序号	篇名	著者	原文	朱批
四	《山东四女祠记》	黄始	庭一碑，藤薜网布，碑前古树，半无枝叶，秃而龙身。	好暗指
五	《花隐道人传》	佚名	其友梅溪朱一是诮之曰:"子隐于花，则善矣。然花隐之名益著，得非畏影而走日中者耶？吾见子之愈走而影不息也。"道人嘻然，笑而不答。	結得善
六	《五人传》	吴肃公	一鹭张周无以对，而缇骑以目相视耳语，谓"若辈何为者"，讶一鹭不以法绳之。	陋態如見
			五人毅然出自承曰："我颜佩韦，我马杰，我沈扬，我杨念如，我周文元。"俱就系。曰："吾侪小人，从吏部死，死且不朽。"	壮懐可想見
七	《王翠翘传》	余怀	余读《吴越春秋》，观西施沼吴，而又从范蠡以归于湖。	没乎
八	《客窗涉笔》	佚名	初更，妇人又自炕后出，怒指三人云："吾以汝为真关君，特与诉冤，汝辈何能了吾事!"乃披发吐舌灭灯而去。	一笑
九	《湖壖杂记》	陆次云	将旦，僧先入城观揭榜，果见姓名高列矣。驰归拉生赴宴，至则再视，视上名虽是而籍则非，相顾错愕，生甚惭而僧甚悔，各不复顾，分道叹息而去。	好笑
十	《补张灵崔莹合传》	黄周星	乃屏弃衣冠，科跣双髻，衣鹑结，左持《刘伶传》，右持木杖，讴吟道情词，行乞而前。	何等佯狂
			顾一褫何虑再褫，且彼能褫吾诸生之名，亦能褫吾才子之名乎？"	好气焰
			索笔书片纸云："张灵，字梦晋，风流放诞人也。以情死。"遂掷笔而逝。	好墓誌

续表

序号	篇名	著者	原文	朱批
十一	《髯参军传》	徐瑶	髯仰天大笑，徐谓公子曰："君顾某相国门下士耶？吾行矣。"	結得好
十二	《书钿阁女子图章前》	周亮工	性惟喜镌佳冻，以石之小逊于冻者往，辄曰："欲侬凿山骨耶？生幸不顽，奈何作次恶诺？"又不喜作巨章，以巨者往，又曰："百八珠尚嫌压腕，儿家讵胜此耶？无已，有家公在。"	妙人妙語
十三	《记吴六奇将军事》	钮琇	孝廉奇其言，因问曾读书识字否？丐曰："不读书识字，不至为丐也。"	快語
			既迎孝廉至府，则蒲伏泥首，自称："昔年贱丐，非遇先生，何有今日？幸先生辱临，糜丐之身，未足酬德。"居一载，军事旁午，凡得查先生一言，无不立应。	好鐵丐
			今孝廉既没，青娥老去，林荒池涸，而英石峰岿然尚存。	結末憾有行鑿之痕
十四	末卷卷尾	——	——	大正二年八月廿二日讀了
十五	书末扉页	——	——	之山萬仞一片孤城

一、评点魏禧《大铁椎传》二则

《大铁椎传》描写了英雄人物"大铁椎"的事迹，篇中所见圈点颇多，其中不乏大段的标记，共有朱批二处。

大铁椎这一人物甚为神秘，其相貌丑陋，很少与人交谈，问其姓氏名谁亦不答，因此不知其为何许人，听口音似为楚地一带之人。其右腋下夹有四五十斤重的大铁椎，“饮食拱揖不暂去”[①](芥川圈点)，由此可知大铁椎神秘、力大、寡言的特征，其“大铁椎”之名亦由此而来。据文中描述，“客初至，不冠不袜，以蓝手巾裹头，足缠白布，大铁椎外，一物无所持，而腰多白金。”(芥川圈点)大铁椎初至宋将军家之时，不戴帽不穿袜，而仅仅是头裹蓝手巾，足缠白布而已。他除了大铁椎之外“一物无所持”，然而腰中却裹有很多银子。这些外貌特征与穿着特点都显示出大铁椎的与众不同之处，不离手的大铁椎更体现出他力大无比之势以及唯一所持之物——大铁椎的神秘之感。

大铁椎，不知是何许人，“我”是在宋将军家遇到大铁椎的。“宋，怀庆青花镇人，工技击，七省好事者皆来学，人以其雄健，呼宋将军云。”宋将军擅长武术，七省之内的爱好者都来向他学艺，足见其名气之大，武艺之强。其中“七省”二字旁见芥川朱批“匕首乎”。在芥川看来，此处作“七省”似有不妥，当为“匕首”，即“匕首好事者皆来学”。宋将军威名远扬，广大习武之人不畏路途遥远慕名而来，大铁椎亦是其中一人，由此可以充分体现出宋将军擅长武艺、享有盛誉之势，原文为“七省”无误。而分析朱批可知，芥川之着眼点在于武艺，喜欢舞刀弄枪之人都来习武，如芥川朱批的“匕首”等。这一方面说明了芥川对此处的理解略有偏颇，另一方面则看出他的解读另有其所侧重的视角，是为其独到的见解。

在此篇之中，大铁椎说了三次“吾去矣”，芥川一一进行了圈点。正如张山来评点所说，三称“吾去矣”为篇中点睛之笔——夜半之时曰“吾去矣”后言毕遂不见，而后又不知何时已然归来鼾睡于炕上；闻宋将军大名而来却认为其不为足用，故辞之曰“吾去矣”；以及最后宋将军亲眼目睹大铁椎与强盗决斗场面之后大呼“吾去矣”，而后遂不复至。这三个“吾去矣”深入刻画了大铁椎的神秘莫测、豪放坦诚、胸怀抱负之人物特征，极好地塑造了大铁椎这一英雄人物形象。

在大铁椎与强盗决斗的场面描写之处，芥川进行了整段的圈点：“时鸡鸣月落，星光照旷野，百步见人。客驰下，吹觱篥数声。顷之，贼二十余骑四面集，步行负弓矢从者百许人。一贼提刀纵马奔客曰：‘奈何杀吾兄?’言未

---

① (清)张潮. 虞初新志[M]. 上海：上海古籍出版社，2012. 6-7. 以下《大铁椎传》引文同。

毕，客呼曰：‘椎！’贼应声落马，人马尽裂。众贼环而进，客从容挥椎，人马四面仆地下，杀三十许人。宋将军屏息观之，股栗欲堕。忽闻客大呼曰：‘吾去矣。’但见地尘起，黑烟滚滚，东向驰去，后遂不复至。”

此段可谓全篇最精彩的部分，将大铁椎与强盗决斗的场面描写得十分传神，惟妙惟肖。月落夜半星光照旷野之场景描写体现出此时周围静肃阴森的环境，而吹响觱篥则更加渲染出空旷无人之处的幽静以及决斗的紧张氛围。大铁椎飞驰而下，吹觱篥数声，此处见芥川朱批“觱毕吉切，篥力质切”，是为对“觱篥”二字的注音，由此可见其对汉字的准确把握。觱篥为管乐器，其形似喇叭，声音悲凄，古时羌人吹觱篥用以惊中国马。此处为决斗之场景描写，觱篥之声的烘托恰到好处，芥川对吹响觱篥特别进行了批注，一是对此二字标注其音，二是显示出其对此乐器在如此场面之妙用的感叹之情。

然而，以武艺扬名的宋将军在看到大铁椎与强盗决斗的场面之时却吓得股栗欲堕、大气不敢出，与其之前雄健工技击之形象形成了鲜明的对比，由此更加突出了大铁椎勇猛过人、武艺高强的英勇形象，亦道破了其“吾去矣”后遂不复至的原因。《大铁椎传》全篇所见圈点颇多，且其圈点皆为《大铁椎传》的精彩之处，足以显示出芥川对《大铁椎传》的喜爱之情与准确把握。

二、评点周亮工《盛此公传》一则

《盛此公传》中见芥川圈点二处，朱批一处。

盛此公，名于斯，南陵人。其家境颇丰，少负奇才，饱读诗书，致力于古文词却不太符合官吏的标准，然而依然名气很大。至秣陵结交东南名士，慷慨豪放，东南名士皆愿与其结交。盛此公认为世道将乱，于是散金结客以求有才能之人，一心为国成事，却不料被一个广陵人所欺诈，最终事未成却产益衰落，无奈返乡被人嗤笑。于是，他郁郁寡欢失意至极，所写之文章更加不符合官吏的标准，遂不复事事经常饮酒，没过几年就病了。而后，盛此公又患上眼疾，家境衰落无钱医治，最终双目失明。

虽然盛此公的身体状况如此，却因偶然的机会得以补博士弟子员，为此“予”悲恸许久。盛此公一世之才华，而如今却“俯而与邑之黄口儿争有司阶前盈尺地而不断”，“予”不由得为其悲伤不已。然而，盛此公却寄语“予”曰：

“盲儿无以慰老亲，子毋嗤。”①此句芥川圈点并朱批“只语动人”。

才华横溢、满腔热情却身处如此境遇之盛此公在晚年贫病交加的情况之下“屈其二十年锐往之气”，与黄口儿旅进旅退，实为无奈之举。产益衰落又双目失明，老亲尚在却无法慰藉，百般无奈之下屈居如此，确实令人深深感叹其境遇而为其此举动容不已。芥川此处的“只语动人”道出了盛此公虽为只言片语，却让人深感无奈而又不得不为其所动，可见芥川亦对此深有感触。

除此之外，另见芥川圈点一处，为此文之末段。“嗟夫！此公能文章，而不以文显；好弯弓驰驱，而不以将名；行谊不愧古人，而不以行征；工为诗，而不以诗辟。黄金既尽，日徒愤激，退而自悔，又以盲死。”盛此公工于诗文，亦好武艺，为人品行端正，却未能尽其才而为人所用，虽有满腔热情却终未能仕，乃至最后钱财散尽，失意返乡，最终双目失明，不久离世。这一段话高度总结出盛此公让人感慨的一生，读之无不感到悲恸。芥川将这一段进行圈点，足见其对盛此公才华的充分肯定与其境遇的深深感慨。

三、评点顾彩《焚琴子传》一则

《焚琴子传》中见芥川圈点、朱批一处。

焚琴子，姓章氏，闽之诸生。其为人磊落不羁，才情过人，善诗文，所言感人心脾。然而乡试之时，由于其文“陈实事太过”，恐藏有反叛之嫌，遂不为所录而下第，故痛哭失声放弃诸生之身份。其后学琴于惠州僧上振，十分精通，于是以琴游八闽，被誉为琴师。很多人请焚琴子弹琴、向其学艺，却始终未能有人超越其琴技。他不畏权势，对于不以礼相待的高官权贵敢出言相对或招而不往，佯狂不羁。

焚琴子之妻陈氏，比他小十岁，颇知书达理，而且喜欢听琴。“生尝入为其妻鼓琴，茶香入牖，鬓影萧疏，顾而乐之。”②芥川圈点此句，并朱批“情趣可掬”。此夫妻关系甚为和睦，二人均知书爱乐，闲暇之时抚琴品茶，实为情趣之事。焚琴子不受束缚，豪放不羁，经常酒后耳热，高谈阔论，如此之人

① （清）张潮. 虞初新志［M］. 上海：上海古籍出版社，2012. 10-12. 以下《盛此公传》引文同。
② （清）张潮. 虞初新志［M］. 上海：上海古籍出版社，2012. 52-54. 以下《焚琴子传》引文同。

在家中静然为其妻抚琴，品茶谈笑，茶香琴韵相和，实为风雅之景，可谓人生之一大韵事。

而后，焚琴子之爱徒金兰离世，焚琴子悲伤不已，抚尸痛哭，口吐鲜血，说："吾死后，《广陵散》绝矣。"之后便将琴烧掉，再不复弹之，因此自号曰"焚琴子"。芥川将此句圈点，充分显示出其对焚琴子痛失爱徒极度悲伤之情的深深感叹。

四、评点黄始《山东四女祠记》一则

《山东四女祠记》中见芥川圈点三处，朱批一处。

汉时有傅姓长者，生有四女。由于其膝下无子，恐女儿纷纷嫁人后无人给自己养老，又无人继承家业，于是感到悲伤不已。此四女知晓后，为了侍奉双亲而决定终身不嫁，且俱改男儿装以共伺其亲。四女又饱读诗书，广行善事，其孝行感人，德化相传，遂"庭前古柏树，叶生龙爪，树身生鳞，金色灿然。"而后一日，天神降于庭院，于是"树化为龙，载翁媪及四女上升而去。"①此二处内容为芥川圈点处，均为对庭前古柏树的描写。

此四女终身不嫁以赡养父母的孝行感人至深，甚至使其庭前古树仿似受到点化一般，备受润泽而叶子生出龙爪，树身生出龙鳞，呈金色灿灿之状而备感灵气，遂天神降临之时此树化身为龙，载傅姓长者一家升仙而去。此处通过树的灵化描写从一个侧面反映了四女孝行的感染力之强，更凸显出四女之德化的神奇力量。古柏树经常出现在古代神话传说之中，其巍峨挺拔，可以说是正气、高尚的象征，乂极其富有灵气。此处借古柏树之灵化而突出四女的孝行，可谓此文的点睛之笔。

傅姓长者一家升仙之后，四女之孝行被传为佳话，邻里深深为之所感，为其建祠立碑。时至明朝之时，古祠尚存，然已仿若无人，其碑藤藓满布，"碑前古树，半无枝叶，秃而龙身"，此句芥川圈点，并朱批"好暗指"。四女之孝行感天动地，故庭前古树化身为龙，载傅姓长者一家飞升天界，其事已

---

① （清）张潮. 虞初新志［M］. 上海：上海古籍出版社，2012. 61-62. 以下《山东四女祠记》引文同。

久远。然而，至明朝之时，为其所建之祠、所立之碑尚存，且化身为龙之古树其形尤在，足以显示出四女虽已升仙而去，然而其孝心仍久存于世间，代代延绵不绝为世人所相传，此处对古祠碑文之描写亦可说明四女之精神虽以有形之态得以留存，更以无形之势而广为发扬，正所谓芥川之朱批“好暗指”。

五、评点佚名氏《花隐道人传》一则

《花隐道人传》中见芥川朱批一处。

道人祖先为晋人，在扬州一带做生意，至道人之时家贫，遂弃商读书。道人为人崇尚侠义，砥砺品行，扬州之豪杰听闻其大名多与其结交为友。然适逢变乱，道人壮志受挫，流离失所，遂隐居于市，琴棋书画灌溉种花。

道人所种之花为菊花，繁茂似锦，色彩斑斓，香气宜人，故引来众人观看，门庭若市，甚为壮观。前来看花之人由于始终未得见其主人——道人，故因厅堂匾额上“花隐”之名而称其为“花隐道人”，仿若忘记了其本名为高公旦。对于如此情形，道人之友梅溪朱一是曰：“子隐于花，则善矣。然花隐之名益著，得非畏影而走日中者耶？吾见子之愈走而影不息也。”对于此言，“道人嘻然，笑而不答。”①芥川认为此结尾甚好，朱批“结得善”。

道人行侠仗义，砥砺品行，颇负盛名。虽隐于花，昔日高公旦之大名亦逐渐不为人所提，然而花隐道人之盛名却日益流传开来。道人虽隐姓埋名，却依然广为人知，门庭若市。品行高尚之人无论其姓甚名谁、有名无名都自然让人倾心，正所谓“子之愈走而影不息也”。对于如此之评价，道人既未予以肯定，亦未予以否认，而只是嘻然笑而不答，为读者留下了无限之遐想，正所谓芥川朱批之“结得善”。

六、评点吴肃公《五人传》二则

《五人传》中所见圈点较多，其中不乏大段的圈点，共有朱批二处。

明朝天启年间(1621-1627)，宦官魏忠贤排除异己独揽朝政，其统治一手遮天极其黑暗。时吏部官员周顺昌因反对阉党专权，辞官返乡苏州。周顺昌

① (清)张潮. 虞初新志[M]. 上海：上海古籍出版社，2012. 67-68. 以下《花隐道人传》引文同。

为人正直，极具正义感，为民请命，深受百姓爱戴。会都谏魏大中被捕，其他人怕受牵连均避祸不见，唯有周顺昌为其摆酒践行数日，并于宴席之上大骂魏忠贤。魏忠贤闻此大怒，命人到苏州逮捕周顺昌。听闻此消息之后，“佩韦[①]于是爇香行泣于市，周城而呼曰：‘有为吏部直者来！’”[②]（芥川圈点）。此处足见颜佩韦豪侠仗义的正直之气以及不畏权势的英勇气概。聚集的民众焚香点蜡请愿，持续了四天四夜，然而却仍然无果。

待到当日，吏部囚服，“佩韦率众随之，而马杰[③]亦已先击柝呼市中，从者合万余人。会天雨，阴惨昼晦，人拈香，如列炬，衣冠淋漓，履屐相躏，泥淖没胫骭。吏部舁肩舆，众争吊吏部，枳道不得前。吏部劳苦诸父老，佩韦等大哭，声震数里。”（芥川圈点）。当日大雨，虽为白昼却昏黑阴沉，万余人涌上街头为其请愿，拈香如列炬一般。人们衣冠尽湿步履相踏，道路泥泞不堪，淤泥没过小腿，如此恶劣的天气仍使得民众追随而行。人们拦住吏部之去路，道路阻塞无法前行，哭声响震数里，其聚集人数之多、场面之壮观足见民众一心为周顺昌请愿、其深得民心之情。

当时民众推选了几名秀才上前向巡抚毛一鹭[④]请愿，要求其为民请命恳求天子取消逮捕周顺昌的命令以遂民愿，道：“‘明公剀切上陈，幸而得请吏部再生之日，即明公不朽之年。即不得请，而直道犹存天壤，明公所获多矣！’一鹭张周无以对，而缇骑以目相视耳语，谓‘若辈何为者？’讶一鹭不以法绳之。”（芥川圈点）。如若得请则顺遂民意，其功不可没；即使不得请，其正道犹存于天地间。无论结果如何，于巡抚而言可谓皆有所获，足见请愿者口舌之了得。对此，毛一鹭无言以对，反被旁边的禁卫问道“若辈何为者？”对其不速速处置深感惊讶，此处见芥川朱批“陋态如见”。毛一鹭奉魏忠贤之命前来逮捕“朝廷要犯”，而鉴于请愿民众之声势浩大，故不敢轻易妄为。身为朝廷官员胆小如鼠至此，其陋态可想而知，不堪一睹。

接下来的暴动描写芥川更是做出了整段的圈点：“而杨念如、沈扬两人

① 颜佩韦，商人子弟，明末苏州市民反对魏忠贤斗争中殉难的五位义士之一。

② （清）张潮．虞初新志［M］．上海：上海古籍出版社，2012．73-75．以下《五人传》引文同。

③ 马杰，明末苏州市民反对魏忠贤斗争中殉难的五位义士之一。

④ 毛一鹭，天启年间任应天巡抚，依附于魏忠贤之阉党。

者，攘臂直前，诉且泣曰：‘必得请乃已！’念如故阊门鬻衣人，扬故牙侩，皆不习吏部，并不习佩韦者也。蒲伏久之，麾之不肯起。缇骑怒叱之。忽众中闻大声骂忠贤‘逆贼逆贼’，则马杰也。缇骑大惊曰：‘鼠辈敢尔，速断尔颈矣。’遂手锒铛，掷阶砉然，呼曰：‘囚安在？速槛报东厂！’佩韦等曰：‘旨出朝廷，顾出东厂耶？’乃大哗。而吏部舆人周文元者，先是闻吏部逮，号泣不食三日矣。至是跃出直前夺械，缇骑笞之，伤其额。文元愤，众亦俱愤，遂起击之炳。之炳跳，众群拥而登，栏楣俱折，脱屐掷堂上，若矢石落。自缇骑出京师，久骄横，所至凌轹，郡邑长唯唯俟命，苏民之激，愕出不意，皆踉跄走。一匿署阁，缘桷，桷动惊而堕，念如格杀之。一逾垣仆淖中，蹴以屐，脑裂而毙。其匿厕中、翳荆棘者，俱搜得杀之。”

杨念如①、沈扬②二人亦上前陈词请愿，不许其逮捕周顺昌。此时，“忽众中闻大声骂忠贤‘逆贼逆贼’，则马杰也。”此句芥川不同于之前的顿点标记，改为圆圈标记，有别于其他圈点，十分醒目。在魏忠贤的爪牙、朝廷官员以及广大民众聚集之处破口大骂魏忠贤逆贼，足以看出马杰无所畏惧的精神与极为愤怒之情，着实让人觉得大快人心，由衷敬佩其英雄气概。对于马杰如此之言行，禁卫闻之大惊，故恼羞成怒，将手里的铁链往地上一丢，厉声喝道：“囚安在？速槛报东厂！”而正是此举激怒了广大民众，成为市民暴动的直接导火索。颜佩韦等质疑道：“旨出朝廷，顾出东厂耶？”此句芥川亦有别于顿点标记，改用圆圈标记。

以朝廷之命为名前来逮捕周顺昌，实为东厂矫诏。当时魏忠贤控制东厂进行残酷镇压，诬陷杀害了不少忠良之士，遂对于东厂之种种恶行民众已怨声载道。此番逮捕周顺昌亦是东厂所为，因此直接引起民怨，愤怒之情瞬间迸发。周顺昌的轿夫周文元③当初在听到逮捕周顺昌的消息之时便号泣不止、三日不食，听闻此乃东厂所为，便更是难掩怒火，冲上前去夺取禁卫的武器，被打伤额头。广大民众怒不可遏，蜂拥而上进行围攻，兵士们见此汹汹来袭之势吓得不知所措，企图突破重围，于是四处逃窜落荒而逃。其中有两名兵

① 杨念如，商人，明末苏州市民反对魏忠贤斗争中殉难的五位义士之一。
② 沈扬，市侩，明末苏州市民反对魏忠贤斗争中殉难的五位义士之一。
③ 周文元，明末苏州市民反对魏忠贤斗争中殉难的五位义士之一。

士被杀，多名受伤，毛一鹭吓得魂飞胆丧，趁混乱之时逃出重围，藏在厕中才得以保全性命。

而后，毛一鹭写下秘密文书，将民众暴动之事禀报魏忠贤，魏忠贤听闻之后大怒，于是下令："谁为柝声聚众者？谁为爇香号泣者？谁为骁雄贾勇，党罪囚而戕天使者？必悉诛无赦！"（芥川圈点）。马杰柝声聚众，颜佩韦爇香号泣，杨念如、沈扬上前请愿陈词，周文元大骂魏忠贤逆贼，此外，参与此次暴动的民众亦有上千人之多，如若全部究其罪行予以处决，则必然血流成河，牺牲惨重。故"五人毅然出自承曰：'我颜佩韦，我马杰，我沈扬，我杨念如，我周文元。'俱就系。曰：'吾侪小人，从吏部死，死且不朽！'"此处芥川圈点并朱批"壮怀可想见"。

实际上，除了周文元为周顺昌的轿夫之外，颜佩韦、马杰、杨念如、沈扬四人与周顺昌均毫无交往，且互相之间也并不认识，此次暴动中召集群众、焚香号泣、上前请愿等举动亦属于其自发行为。此番几位豪杰之士甘愿为毫无交往的周顺昌而死，为苏州市民而死，且高呼"从吏部死，死且不朽！"就义之日仍面无惧色，谈笑自若。这种临危不惧的大义凛然之气着实令人钦佩，其壮怀可想而知，英雄气概可感而知，足见义士们为人正直侠义的品格以及对黑暗势力毫不畏惧的愤怒与不满之情。

此五人就义前日，风雨交加，太湖水泛滥。据广陵人言："文焕家居昼坐，忽见五人，严装仗剑，旌旆导吏部来。忽不见，庭井石阑，飞起舞空中，良久乃堕，声轰如雷。"（芥川圈点）。五位义士于就义前一日仿似还仗剑旌旆为周顺昌奔走的模样，而后又忽然不见了踪影，但见庭井石阑飞起舞于空中，持续良久之后才坠落而下，其巨响如雷声般震耳。行刑日五位义士毫无惧色，谈笑自若，在最后一刻仍与黑暗统治进行抗争。而许久才坠落的庭井石阑发出轰鸣般的巨响，可谓五位义士向魏忠贤一手遮天的残酷暴虐统治发出的怒吼之声，亦是对五位义士为周顺昌、为苏州民众牺牲的英雄气概的讴歌。

芥川龙之介对《五人传》全篇圈点、朱批颇多，足见其为五位义士的英雄事迹所感之情，对此篇之内容深有感触而圈点连篇。

七、评点余怀《王翠翘传》一则

《王翠翘传》描写了明朝时期的江南名妓王翠翘投江殉情的故事，其中见芥川朱批一处，圈点若干。

在文章的开篇之处，提及了西施沼吴的典故："余读《吴越春秋》，观西施沼吴，而又从范蠡以归于湖，窃谓妇人受人之托，以艳色亡人之国，而不以死殉之，虽不负心，亦负恩矣。"①在"西施沼吴"旁，芥川朱批"没乎"，即"西施没吴"。西施被越王勾践献给吴王夫差，成为吴王最爱之宠妃。吴王沉迷于其美色，不理朝政，最终导致亡国。吴国的灭亡与西施有着直接的关系，正所谓"西施沼吴"，然而，芥川则对此处颇有疑虑，认为此处当为"西施没吴"，即西施死于吴国。

关于西施的死因可谓众说不一，按《王翠翘传》中的说法为"从范蠡以归于湖"。相传西施与范蠡相恋，然而为了救国而不得不做出牺牲，西施被进献给吴王。吴国灭亡后，西施随范蠡归隐于湖，其所终无从知晓。此处余怀提出质疑称西施以其美色导致吴国灭亡，而后却不以死殉之，虽不谓负心，却可谓负恩。此处原文并未提及西施之死，只是称西施致使吴国亡国后随范蠡归隐于湖，而芥川则认为此处当为西施死于吴国。若按此说，则为西施死于吴国后随范蠡归湖，原文前后意思有所不通。可见芥川对此典故并不熟悉，对此处原文内容的把握亦略有偏颇，其所听闻之西施之死因当为在吴国灭亡之后，西施亦死于吴国之说。

《王翠翘传》开篇提及《吴越春秋》，旨在借西施之结局引出投水殉情"所为耿耿"的王翠翘，与其形成鲜明的对比，进而道出"余故悲其志，缀次其行事，以为之传"的旨趣。王翠翘，山东临淄人，明朝时期的江南名妓。歙人罗龙文，侠游结交宾客。越人徐海，明山和尚，佻狡无赖，好赌成性。罗龙文与徐海在王翠翘处相识，一见如故。其后徐海投奔倭寇，拥兵海上，屡次侵犯江南。在围巡抚阮鹗之时，碰巧王翠翘被掳，遂成为徐海之压寨夫人。徐海对其宠爱无比，甚至军机密事均与其商谈。

---

① （清）张潮．虞初新志[M]．上海：上海古籍出版社，2012．98-100．以下《王翠翘传》引文同。

时直浙总督胡宗宪欲招降徐海，罗龙文闻之，自认为与徐海旧识，且与王翠翘旧好，故借机进见胡宗宪，并自荐前往游说徐海。既往，徐海备酒迎之，曰："足下远涉江湖，为胡公作说客耶？"（芥川圈点）。起初徐海并无降服之心，但与罗龙文饮酒叙旧不提他事，而王翠翘念罗龙文豪侠，且后受贿于他，因此便三番五次劝说，最终徐海归降。

归降当日，"海叩首谢罪，又谢宗宪。宗宪下堂摩其顶曰：'朝廷今赦汝，汝勿复反！'厚劳而出。"（芥川圈点）。徐海归降于朝廷，似皆大欢喜，然而事实并非如此，招降只是个圈套。徐海出而见官兵聚集，无路可退，胡宗宪在被逼无奈之下命令官兵整师前进，将徐海一举歼灭。

事出突然无力反击，徐海大败。接下来的原文芥川进行了大段的圈点："海仓皇投水，引出，斩其首，而生致翠翘于军门。宗宪大飨参佐，命翠翘歌《吴歈》歌，遍行酒。诸参佐或膝席，或起舞捧觞，为宗宪寿。宗宪被酒大醉，瞀乱，亦横槊障袖，与翘儿戏。席乱，罢酒。次日，宗宪颇愧悔醉时事，而以翠翘赐所调永顺酋长。翠翘既随永顺酋长，去之钱唐江中，恒悒悒捶床叹曰：'明山遇我厚，我以国事诱杀之。毙一酋又属一酋，吾何面目生乎？'向江潮长号，大恸投水死。"（芥川圈点）。

徐海投水，翠翘被抓，胡宗宪大摆庆功宴，命翠翘以歌助兴。众部下纷纷敬酒，胡宗宪大醉，席间当众调戏翠翘。第二天酒醒后颇以为糗，于是将翠翘赐给永顺酋长以掩人耳目。翠翘悲痛至极，悔当时劝徐海归降而至此杀身之祸，自认为再无颜面存活于世间，于是仰天长号投水而死。如此整段的圈点，可见芥川对此段内容颇有感触，表现出他对王翠翘遭遇的深深同情与对此处描写得充分认可。此篇作者余怀亦十分同情王翠翘的凄惨遭遇，感慨其"以一死报徐海，其志亦可哀也"。在《王翠翘传》开篇之处，作者即阐述翠翘对于徐海乃公私兼尽，虽为娼家，却重情义至此，有别于西施，这足见余怀对王翠翘的评价之高，对其所处境遇深感无奈。

篇末处张山来评点曰："胡公之于翠翘，不以赐小华，而以赐酋长，诚何心乎？观翠翘生致之后，不能即死，居然行酒于诸参佐前，则其意有所属，从可知已。其投江潮以死，当非报明山也。"（芥川圈点）。小华为罗龙文之号，王翠翘初嫁罗龙文，而后被海盗掳去后改嫁徐海。此番胡宗宪将王翠翘赐给永顺酋长而并未赐给罗龙文，对此张山来对其居心深表疑惑。罗龙文与王翠翘曾为夫妻，由于被海盗掳去才改嫁，并非感情不和。如今海盗已招降歼灭，王翠翘乃自由身，将其赐给原配罗龙文更合乎情理。然而，胡宗宪却将其另赐他人，确实令人费解。对于王翠翘投江而死之事，张山来则认为徐海死后翠翘被抓，在庆功宴上居然依次斟酒并以歌助兴，由其如此之举动可知王翠翘被抓后乃另有他意，最后投江而死并非为徐海殉情，而是另有他因。由此可见，与余怀同情王翠翘的凄惨遭遇、感慨其以一死报徐海之志有所不同，张山来对此则另有一番见解。芥川于此处施以圈点，可见其对此评点亦有所感。

与余怀同情王翠翘的凄惨遭遇、感慨其以一死报徐海之志有所不同，张山来则评点其投江而死之举乃另有他意，并非报徐海以死殉之。芥川于此二处均施以圈点，然并未见其朱批，因此未能知晓其对此所作之感。然而芥川将此二人之评点均施以圈点，亦显示出其甚为感慨之情。

八、评点佚名氏《客窗涉笔》一则

《客窗涉笔》由两个短篇组成，二者并无关联，其中在第一篇中见芥川圈点朱批一处。

康熙年间，天津城外有一间旅店，其后有一个房间晚上闹鬼，于是店主便将其锁了起来。一日，有唱戏者来此，由于无处可住，便要求住在这个房间。店主告知其故以劝之，而其中的扮净者却说其能降服此鬼，于是在这个房间住了下来。唱戏者一行三人，其中一人扮关公，一人扮周仓，一人扮关平。过了一会儿，炕后面出来一位少妇跪着喊冤，扮关公者吓得说不出话来，于是扮周仓者厉声问道：“有何冤？可诉上。”妇人用手指向炕然后又指向自己，于是扮周仓者说待明日替其伸冤。待到次日，三人拆掉炕砖，见里面有一具尸体，询店主乃知，其或为此前住在这里的富家者之妾，于是三人打算晚上少妇出来之时再对此详细询问。到了夜里，妇人又从炕后现身，“怒指三人云：‘吾以汝为真关君，特与诉冤，汝辈何能了吾事！’乃披发吐舌灭灯而去。”[①]此句芥川圈点并朱批“一笑”。

三人自认为扮演逼真而并未被女鬼识破，却不曾想女鬼出现后气愤地指责三人并非真关公，无法为已伸冤，而后“披发吐舌灭灯而去”。埋伏在外面的众人十分吃惊，此三人亦再也不敢进入这个房间。此处之内容可谓全文的点睛之笔，未曾料想的结局使整个故事到这里笔锋一转，女鬼之言行确实让人不禁一笑，回味无穷，芥川之“一笑”亦体现出其让人啼笑的结尾之妙。

九、评点陆次云《湖壖杂记》一则

《湖壖杂记》由若干小故事组成，在其中的四个故事中见芥川圈点三处，朱批一处。

明朝之时，江苏太仓有一巨姓人家，老年无子，故其向十万八千名僧人施斋以求子。斋满之后，又来了十八名僧人前来化斋，家僮因斋僧数量已满便将其拒之门外。然而，其中一位僧人却不顾阻拦径直走入厅堂，以指濡唾作诗为：“十八高人特地来，谓言斋罢莫徘徊。善根虽种无余泽，连理枝头花未开。”[②]该僧一边写，字一边变成了金色。家僮急忙禀报，然而待主人出来之时僧人已消失不见，于是巨姓对该诗顶礼跪拜，而后继续虔诚行善。“积诚一载。忽见‘未’字转动，自下而上，竟成‘半’字，遂得一女。”(芥川圈点)。读该诗可以得知，巨姓向众多僧人施斋已种下善根，然而却限定在十万八千僧，数满之后便无余泽。积德行善之事不应有所限制，巨姓行善之德还远远不够，故“连理枝头花未开”。然而巨姓在受点化之后终有所悟，虔诚行善，遂终“花半开”而得一女。而此“半开”亦意味着积德行善仍须持之以恒，泽润众生，并无止境。诗中“未”字忽然转动变成“半”字，这能够深刻地让人感受到行善之举仿似有使铁树开花之力，顿觉神奇无比，而此处正是芥川圈点之处。

第二则故事发生在明末之时，一僧人昼寝，梦中伽蓝对其说：“有张姓新

---

① (清)张潮. 虞初新志[M]. 上海：上海古籍出版社，2012：133-134. 以下《客窗涉笔》引文同。

② (清)张潮. 虞初新志[M]. 上海：上海古籍出版社，2012：142-146. 以下《湖壖杂记》引文同。

贵人到了，快去迎接!”该僧遂起而出，见一书生倚松叹息，上前一问，果然是张姓，僧人急忙拉其曰“新贵人”。然而，该生未经录科，无法参加乡试，故在此处排闷，新贵人之说更无从说起。由于听信伽蓝之语，该僧深信其为新贵人，故执意要出资为其续取，并说：“吾为若措费，第得科名后无相忘足矣。”于是为其投卷、市参、授餐、僦寓，待科举考试结束后卜筊于伽蓝，得大吉而狂喜。在发榜之前，僧人又拉着书生说：“君候放榜，当必在我舍。”待到发榜之日，僧先入城，见该生姓名高列榜单之上，于是飞奔回去拉其赴宴，然而待再看榜单之时才发现其乃名是籍非，该生未得高中。书生甚惭而该僧甚悔，于是二人分道扬镳，叹息而去。此处芥川朱批“好笑”。

僧人出资让书生参加乡试，完全是企图其“第得科名后无相忘”，其爱慕虚荣、十分势利之心昭然若揭。伽蓝梦中之语与卜筊之大吉使该僧更加坚信其不久便会扬名显赫而大喜，于是发榜之后名是籍非的结果确实如芥川朱批一般十分“好笑”，由此深刻地讽刺了僧人的虚荣势利之举，正如张山来所评点：“此当是寺僧平时势利炎凉，故伽蓝恶而戏之耳。”

第三则故事发生在宋神宗之时，高丽国王求子于佛，而后遂得一子，却昼夜啼哭不止，唯有听到木鱼声才暂时停止哭泣。此声破空而来，或远或近，于是国王命人去寻此声之来源，越寻越远，最后在武林镜湖之畔寻得。只见一僧人端坐诵经，敲击木鱼，于是使者上前将世子之事诉说，并谓之世子臂上有“佛无灵”三字。该僧随使者来到高丽，见到世子后合掌作礼，而世子则笑着点头。僧人说道：“世子是我的师傅，起先为轿夫，辛辛苦苦所赚之钱一点点积攒起来，在湖边建了寺庙。我钦佩其德行，于是拜其为师。吾师第一年腿瘸，第二年失明，第三年被雷击中去世，为此我深感不平，于是，在其臂上写下‘佛无灵’三字，谁知其竟转世于此!”高丽国王闻之，遂在旧地修建寺庙金塔，名曰“高丽寺”。

此篇张山来评点：“使其徒不于臂间书‘佛无灵’三字，则佛竟无灵矣。”(芥川圈点)。辛勤劳苦积蓄多年建寺之后，却接连腿瘸、失明、去世，确实让人感叹其命运之不幸。如若不是其徒弟在手臂处写有“佛无灵”三字，则即使转世，其啼哭不止之故仍然不为人知，可谓真的“佛无灵”。芥川圈点此处，亦为对其命运多舛之同情与对张山来评点之共鸣。

第四则故事发生在杭州武林门内一亩田，内有一座寺庙，由僧人静然作住持。静然一心修行，每天早晚诵经从不懈怠。顺治戊子元旦，静然刚一开始诵经，便有老鼠在房梁之上窥视，以后每次敲响木鱼之时老鼠便来听经，逐渐从房梁到窗户，进而到案头。静然问老鼠："尔来听经耶？"老鼠点头。其后每当诵经之时老鼠便至，诵经结束之后才慢慢离开，如此一年多。一天，听经之后，老鼠有如向静然作礼，而后便不动，已然涅槃了。几天之后，其身坚如石，散发着檀香之香气，于是，静然为其做了一个小龛，按照浮屠之礼将其安葬于塔内。

张山来评点："余亦曾于讲院听经，竟不解所谓。而妇人女子，见其作点首会意状，殊不可解。然异类往往能之，则妇人女子，听经会意，又不足奇矣。"（芥川圈点）。张山来听经不解所谓，而见妇人、女子反能会意，备感疑惑。此篇之中老鼠听经尚能解其意，最终得道圆寂，如此想来，妇人、女子则更加不足为奇了。静然僧人虔诚诵经修行，坚持不懈，而前来听经的老鼠亦每日都来，从不懈怠，故修行须持之以恒，方能修得正果，张山来所谓意即如此。芥川圈点之，可见对其大为赞同。

十、评点黄周星《补张灵崔莹合传》三则

《补张灵崔莹合传》中见芥川朱批三处，圈点一处。

张梦晋，名灵，正德年间吴县人。英俊潇洒，才华横溢，诗文绘画都很擅长，风流豪放，不可一世。舞勺之年参加童子试，以第一名之成绩补弟子员，然而却为此闷闷不乐，认为有才之人不该为文章词句所束缚，于是决心不再应试赶考。张灵不随便与人结交，唯与唐伯虎作忘年之交，年长仍不娶。

一日，张灵独坐家中读《刘伶传》，将家中的酒全都喝完仍意犹未尽，听闻唐伯虎与祝允明宴集虎丘，于是打算去同饮一杯。由于其不想做不速之客，于是"乃屏弃衣冠，科跣双髻，衣鹑结，左持《刘伶传》，右持木杖，讴吟道情词，行乞而前"①。此处芥川朱批"何等佯狂"。衣冠不整披头散发，一手持书

① （清）张潮. 虞初新志［M］. 上海：上海古籍出版社，2012：155-160. 以下《补张灵崔莹合传》引文同。

一手持木杖吟词行乞而前，其佯狂不羁之状有目共睹。张灵生性风流豪放，不受拘束，此时之形象正显示出其鲜明的个性特征。

当晚饮酒作诗，甚为风流，遂唐伯虎作《张灵行乞图》，祝允明作跋，在座者皆为感叹。正巧南昌明经崔文博告假回乡途经此地，见唐伯虎祝允明在此宴饮，于是前来作揖以示其仰慕之情，遂得以见此《张灵行乞图》。崔文博对此画爱不释手，由此得知才子张灵。而此时一直在船中等待的崔文博之女崔莹在舶船岸边之时，曾巧遇先行归去的张灵，虽得张灵求见却未允。而后看到崔博文带回来的《张灵行乞图》，方知刚刚见到的俊貌才子乃张灵，于是感叹曰："此乃真风流才子也。"张灵亦以崔莹为绝代佳人，世间难得。

后来，由于前来检校士子之方志对古文词深恶痛绝，又听说张灵如此放荡不羁，于是取消了其诸生资格。然而张灵由于原本便不愿被文章词句所束缚，有不再应试赶考之意，于是听闻之后大喜，说道："顾一褫何虑再褫，且彼能褫吾诸生之名，亦能褫吾才子之名乎？"此处芥川圈点并朱批"好气焰"。剥夺诸生资格之外还能剥夺什么？难道还能剥夺才子之名吗？此句带有挑衅的口吻足见张灵气焰之盛，将其奔放豪迈、放荡不羁的个性展现无遗。张灵的才子之名可谓有口皆碑，即使不参加科举考试，其才华也是不可磨灭的。如此不拘泥于走仕途而显姓扬名之豪放风流、自由奔放，更体现出其人物形象的魅力所在。

自从此前虎丘一见之后，张灵、崔莹二人便，一见倾心。然而崔莹被逼无奈不得不入宫，在走之前取出《张灵行乞图》题诗其上曰："才子风流第一人，愿随行乞乐清贫。入宫只恐无红叶，临别题诗当会真。"（芥川圈点）。此诗道出了崔莹倾心于张灵，甘愿追随而去的深情以及面对不得不入宫的现实百般无奈的心情。读此诗，可真切地体会到崔莹的才情并茂，亦从另一个方面道出了张灵的才子风流。崔莹将此图交给其父，让其转交给张灵，以求其知晓世间有如崔莹一般痴情之女子倾心于他，以不枉其一生才子之名，之后便痛哭入宫了。

此前张灵听闻唐伯虎欲接受江右宁藩宸濠的招揽前往豫章，于是拜托唐伯虎代其打探崔莹的消息。唐伯虎走后，张灵便一直郁郁寡欢，终日纵酒放歌。中秋之时，张灵见虎丘千人石畔演戏，称其演得不好，上前抓住一童子跨之背上，命其作鹤飞。童子怒而将张灵掀翻在地，于是张灵曰："鹤不肯飞，吾今既不得为天仙，惟当作水仙耳。"于是一跃而入剑池之中，面额腿皆伤，众人急忙将其救出，送归其家。张灵一向佯狂不羁，豪放风流，日夜思念心仪之人，好友走后尚无音信，于是日夜借酒消愁而更加狂放不已。此番上演"王子晋吹笙跨鹤"，抓一名童子便跨其背上，捶打让其起飞，此等佯狂之态非张灵更无他人。而被推倒在地之后便纵身一跃跳入剑池，不顾性命之不羁之状着实非常人所能及。

此后，张灵得知崔莹已经入宫的消息，失声痛哭，在看到《行乞图》后更是悲痛欲绝，倒地吐血不止。三日后，张灵请唐伯虎前来与其话别，说自己即将告别人世，请求以《行乞图》殉葬，并挥手写下"张灵，字梦晋，风流放诞人也。以情死"之后便扔笔断气，此处芥川圈点并朱批"好墓志"。简单几个字便道出了张灵风流才子、放诞不羁的个性特征，以及对崔莹一见倾心、至死不渝的情深意浓，对此极好地进行了概括，可谓好墓志也。而后崔莹得以出宫却闻得张灵之死讯，悲痛欲绝，在张灵墓碑处自杀。唐伯虎随同张灵的遗稿与《行乞图》一并，将崔莹与张灵合葬，立碑题词云："明才子张梦晋、佳人崔素琼合葬之墓。"可谓才子佳人之感天动地之佳话。

十一、评点徐瑶《髯参军传》一则

《髯参军传》中见芥川圈点、朱批一处。

明思宗之时，某姓公子持三千金赶路，途中遇到一僧，其状狰狞，窥探其两三日。到了一家旅舍，公子进去后该僧亦随之而去。起初公子并没放在心上，经旅舍主人提醒，公子方才感到仓皇失措。此时髯参军亦来投宿，其连鬓胡子蜷曲不已，身长八尺有余，腰大十围，须尽赤，公子更为惧怕。髯参军见状询问其情，于是旅舍主人将其持金遇僧之事说了出来。听罢，髯参军提刀大骂僧人，并将其所持铁扁拐曲成环状，扔在炕上曰："如果你能将此铁扁拐复原，则任凭你取公子所持之金；如若不能，则格杀勿论。"僧人见状大哭求饶，髯参军将其铁扁拐复原，放走了他。

第二天上路之时，髯参军主动提出护送公子一程，到达扬州之后方觉安心无患，于是告辞。公子欲以三百金答谢，并邀其去至家一谢，均推辞，说待有机会再去拜访，到时请其准备面十五斤，猪两头，酒一石足矣。数月之后，髯参军果然前来，公子将此前所约之物一一备好。髯参军将酒喝尽，用所佩之刀刺杀猪，又揉面做饼边做边吃，吃了一半之多。

髯参军力气过人，站立之时数十人撞之仍丝毫未动；竖起二指，中开一寸缝隙以绳绕之，命数名健儿用力拉扯仍不能动其半分。见此状，公子请将其举荐朝廷，认为他很快便可挂大将军印，何必在人手下听人所令？听闻此言，“髯仰天大笑，徐谓公子曰：‘君顾某相国门下士耶？吾行矣。’”[①]此处芥川朱批：“结得好”。

髯参军力大无穷，仗义豪侠，乃“真奇杰非常之士”。将公子之举荐拒之门外，不愿供事于朝廷，对于挂大将军印亦毫无所动。此前在问及其名之时亦笑而不答，更凸显出该人物的奇杰神秘。而对于公子之问，髯参军对曰：“君顾某相国门下士耶？”让公子无言以对，之后便离开了，真可谓结得恰到好处。

十二、评点周亮工《书钿阁女子图章前》一则

《书钿阁女子图章前》中见芥川圈点、朱批一处。

韩约素，自号钿阁女士，为梁千秋[②]之侍姬，能识字，又知琴作曲，资质聪颖。见梁千秋作图章，初为治石便得心应手，经其手之石晶莹如玉。而后学篆刻，亦颇得梁千秋真传。然而，其颇怜惜自己之弱腕，不常为人篆刻，喜欢篆刻优质冻石。如有人以石之小逊于冻者往，便会说：“欲侬凿山骨耶？”韩约素不喜欢篆刻巨章，有这样的人来，她便会说：“百八珠尚嫌压腕，儿家讵胜此耶？”[③]此二句芥川朱批“妙人妙语”。

篆刻需要一定的腕力，所以一般女子很难胜任，而韩约素却才艺超群，足见其资质聪颖、勤于钻研之精神。对于不喜篆之石，她能够巧妙而委婉地予以拒绝，又不失妇人之可爱俏皮，正所谓“妙人妙语”。其手艺极佳，又不

① (清)张潮. 虞初新志[M]. 上海：上海古籍出版社，2012：183-184. 以下《髯参军传》引文同。

② 梁千秋，明代著名篆刻家。

③ (清)张潮. 虞初新志[M]. 上海：上海古籍出版社，2012：185-186.

经常为人篆刻，每每答应之后所需要之时日乃达数月之久，因此其所篆之物极为稀少珍贵。由此评点可充分显示出芥川对于韩约素绝妙的篆刻之技、诙谐幽默的言语颇为感慨，足以显示出《虞初新志》所收之篇刻画人物笔法之精湛，赢得了芥川之大加赞赏。

十三、评点钮琇《记吴六奇将军事》三则

《记吴六奇将军事》中见芥川圈点、朱批三处。

吴六奇，早年丧父兄，性好博弈，倾尽家产落魄江湖，遂沦落为丐，人称“铁丐”。一日，铁丐在廊庑下躲避风雪，偶遇海宁孝廉查培继，被邀一同饮酒。孝廉喝得大醉，而铁丐则毫无醉容。孝廉见铁丐衣着单薄，便给他一件棉衣，铁丐没有道谢便走了。第二年暮春之初，二人再次偶遇，孝廉问铁丐是否读书识字，铁丐答曰：“不读书识字，不至为丐也。”①此处芥川朱批“快语”。

铁丐略涉诗书，然由于其好赌成性，乃沦落至此。此句“不读书识字，不至为丐也”正可谓快人快语，充分体现了其鲜明的人物特征。孝廉听闻此言后悚然心动，追问其姓氏里居，认为其乃海内奇杰，故又与其痛饮数月后赠与财物，遣其归粤。其后，恰逢王师由浙入广，铁丐由于屡立奇功，遂数年之间官升通省水陆提督。

铁丐一直感恩于孝廉，于是遣牙将持金三千、物品若干送与孝廉，并邀请孝廉赴粤，一路上安排隆重备至。“既迎孝廉至府，则蒲伏泥首，自称：‘昔年贱丐，非遇先生，何有今日？幸先生辱临，縻丐之身，未足酬德。’居一载，军事旁午，凡得查先生一言，无不立应。”此处芥川朱批“好铁丐”。

当铁丐落魄不堪之时，本以为自己会以贱而终，然幸遇孝廉对其伸以援手，不断开导鼓励他，谓之海内奇杰，于是才得以屡立军功，有今日之成就。如今铁丐飞黄腾达仍不忘当初孝廉知遇之恩，蒲伏泥首叩谢。孝廉在铁丐家住了一年，期间对孝廉之一言一行无不立应，足见其恭敬之意。如今功名显

① （清）张潮. 虞初新志[M]. 上海：上海古籍出版社，2012：200-202. 以下《记吴六奇将军事》引文同。

赫仍能如此，正是为好铁丐也。

铁丐府之园林中有英石峰一座，高二丈许，孝廉对此石甚为赞赏，题曰“绉云”，足见其对此石的喜爱程度。待再次去看之时，该石已然不见，问其缘由，方知该石已被铁丐用大船运至孝廉家，正所谓“查先生一言，无不立应”。文章末尾处称：“今孝廉既没，青蛾老去，林荒池涸，而英石峰岿然尚存。”此处芥川朱批“结末憾有行凿之痕”。英石峰高二丈许，搬运起来极为不便，铁丐特将此石涉江逾岭送至孝廉家，耗资巨大，其诚意可感而知，令人赞叹不已。现今孝廉已然不在，四周一片荒凉的景象，唯有英石峰岿然尚存，意味着铁丐的感恩之情永驻。对此结尾，芥川则认为其“有行凿之痕”而感到遗憾。

此外，芥川在其所藏《虞初新志》二十卷之卷尾处，写有“大正二年八月廿二日读了”的字样，即1913年8月22日读完该书。据志保田务等对芥川龙之介的读书状况调查之统计①显示，芥川于大正二年(1913)7月22日始读《虞初新志》，至读完共历时一个月的时间。同年9月，芥川进入东京大学英文学科学习。从时间上来看，7月应正值其高中毕业时期，可见《虞初新志》是芥川高中阶段所读的书目之一。在这一年，芥川读了日本、西洋诸多文学作品，共计70余部。一年之内的读书量如此之庞大，可见其喜爱读书的程度非同寻常。芥川从小便大量地读书，空余时间几乎都是在读书中度过的，由此可知芥川庞大的读书量以及嗜书程度。正是这惊人的读书量使其在作家生涯中十分受用，奠定了创作优秀文学作品的基础。

这一年之中所读的中国古典文学作品除了《虞初新志》之外，仅有《水浒传》《金瓶梅》和《剪灯夜话》三部，均为明代小说。从数量上来看，芥川这一年所读基本为西洋之作，中国之文学作品为数甚少。芥川中学阶段英文成绩一直很好，进入东京大学之后所读的专业亦是英文，大量西洋文学作品的通读可谓辅助其英文学习的重要因素之一，亦是芥川精通英文之很好的证明。在他所读的这四部中国小说之中，《水浒传》《金瓶梅》为中国四大奇书中的两

① 志保田務、山田忠彦、赤瀬雅子. 芥川龍之介の読書遍歷—壮烈な読書のクロノロジー[M]. 東京：学芸図書株式会社，2003：33.

部，在日本亦可谓家喻户晓之作，而《虞初新志》乃是其同期所读书目，这充分说明了芥川对《虞初新志》的喜爱程度与对其文学价值的认可。

自江户时期以来，《虞初新志》便被列为汉籍学习最高阶段的必读书目之一，是在掌握一定汉文的基础之上所读阅的提高类书籍。若能通读《虞初新志》，则说明汉文已达到一定的水平，汉籍的阅读已得心应手，是衡量汉文水平的重要参照。芥川自幼便开始接触中国古典文学作品，并且产生了十分浓厚的兴趣，其汉文方面的造诣与大量的阅读有着十分密切的关系。《西游记》等书深受芥川的喜爱，他对中国古典文学作品的兴趣从小便已萌生，并一直有所持续。他在高中阶段通读《虞初新志》，书中随处可见其圈点，朱批亦用汉文书写，由此可见芥川较为扎实的汉文功底。而大量的圈点、朱批亦可看出芥川在读《虞初新志》之时感触颇多，对其仔细翻阅的程度可想而知，是其为数不多的写有朱批的藏书中的一部。

芥川除了在卷末标有读毕的时间之外，在书末的扉页空白处，芥川花了两页篇幅写有“之山万仞，一片孤城”的字样，这应当出自王之涣的《凉州词》。“黄河远上白云间，一片孤城万仞山。羌笛何须怨杨柳，春风不度玉门关。”芥川挥笔写下的“之山万仞，一片孤城”便出自这首《凉州词》中的“一片孤城万仞山”。

《凉州词》为边塞诗，描写了戍边战士的怀乡之情。祖国河山的雄伟壮观之势更加衬托出一片孤城巍然耸立的苍凉孤寂之感，由此烘托出戍边战士悲凉凄婉的心境。这句“一片孤城万仞山”虽为写景，却很好地通过广袤无垠的土地之上孑然耸立的一片孤城渲染了孤寂凄凉的气氛。芥川将全诗中的这一句单独摘出写于此处，在某种程度上表达了其孤独凄寂的心境。

芥川自幼便离开父母被送往外婆家，由其舅舅抚养长大，姨母照顾其生活起居。虽然姨母对其各个方面照顾得无微不至，但是长期不得与父母相见致使芥川从小便缺乏父母的宠爱、家庭的温暖。对于一个孩子来说，父母之爱是旁人无法取代的，而温暖的家庭氛围对其成长亦至关重要，因此，芥川的内心从小便一直有一种孤独、不安之感，这种淡淡的忧伤、孤寂的心境深深地影响着他，乃至其成年亦一直伴随着他。

《虞初新志》中收录了大量的明清时人之文，其中不乏只身闯荡江湖的豪侠，如神秘莫测、三称“吾去矣”的大铁椎，豪侠仗义、不为仕途的髯参军；还有狷介孤高的异士，如境遇凄惨、只语动人的盛此公，欲隐于市却“愈走而影不息”的花隐道人等。此外，还有佯狂不羁、为情而死的才子张灵，跳水殉情而死的王翠翘，爱徒离世悲伤欲绝、焚琴不复鼓之的焚琴子，辛苦积蓄修建寺庙后却遭雷击而死的“佛无灵”等。这些人物形象中或多或少都有着难以言表的酸楚与悲伤、命运多舛的凄惨与无奈之感，让芥川不由得想到自己的身世而产生共鸣，正如他在卷尾处所写下的“之山万仞，一片孤城”般的孤寂凄凉之感。

芥川爱读《虞初新志》，书中大量的朱批与圈点可见其细细研读的痕迹，对《虞初新志》的喜爱程度可想而知。究其原因，除了该书的艺术手法、文学成就与价值之外，所收之篇中人物的种种际遇使芥川想到了自身略为悲凄孤寂的身世而感触颇深。作为高中时代的芥川来说，他一直没有摆脱由其幼年时期的际遇所带来的酸楚悲伤之感，这种心境一直伴随着他，并深深地影响着他。芥川读书贯穿其整个生涯，这种孤寂凄凉的心境亦始终伴随着他，而《虞初新志》正是被他所认可、且使之产生共鸣的文学作品之一。

第七章　其他诸家与《虞初新志》

《虞初新志》在日本的传播十分广泛，森鸥外、芥川龙之介、夏目漱石、泉镜花等诸多日本著名作家的藏书目录中均收有《虞初新志》，特别是森鸥外、芥川龙之介所藏《虞初新志》中可见大量的圈点、朱批，足见其对该书的喜爱之情。除此之外，《虞初新志》在日本的传播还体现在其他诸多名家的藏书、感想文以及文学作品之中，如日本著名思想家吉田松阴写有《读〈虞初新志〉》一文，日本著名侦探小说家江户川乱步以《虞初新志》为灵感创作了其代表作——《孤岛之鬼》，日本江户时代的兰学者箕作阮甫、日本政府官员小川为次郎均藏有《虞初新志》，且书中可见其大量圈点、朱批。此外，还有《虞初新志》部分篇章的日文译作《通俗排闷录》等，足以显示出《虞初新志》在日本的传播几乎遍及各个领域，深为人们所喜爱与接受。

第一节　吉田松阴与《虞初新志》

吉田松阴(1830—1859)，名矩方，通称寅次郎，日本江户幕府末期的思想家、教育家、尊王论者。吉田松阴的思想对当时的年轻人产生了十分积极与深远的影响，在日本明治维新中发挥了极其重要的作用，是明治维新的精神领袖。吉田松阴著有《讲孟余话》《幽囚录》《留魂录》等诸多作品，连同其书简、日记等文一并收录在《吉田松阴全集》中，是日本十分有影响力的思想家。

一、吉田松阴的生平

吉田松阴出生在一个下级士族家庭，家境贫寒。父亲杉百合之助为了补贴家用，一直从事于农耕劳作，过着半士半农的生活。尽管如此，杉家却有着作为武士十分严谨正直的家风。杉家兄妹五人，吉田松阴排行第二，上有一个哥哥，下有一个弟弟和两个妹妹，兄妹之间感情极佳。在吉田松阴五岁之时，叔父吉田大助贤良去世，由于其没有子嗣，于是吉田松阴过继到吉田家成为养子。吉田家为代代山鹿流军学[①]之家，吉田松阴承担着继承家业的重任，因此，在入门之初便接受着作为山鹿流兵学继承人所应有的严格教育。主要承担其教育培养任务的是吉田松阴的叔父玉木文之进，他学问造诣极深，创办了私塾“松下村塾”，而后由吉田松阴将其继承发扬，并且培养了诸多在明治维新中发挥重要作用的人物，如伊藤博文、高杉晋作等。

叔父对吉田松阴的教育极为严格，甚至达到珍惜一分一秒的程度。在家中的勤学苦练自不用说，即使在田间耕作之时，叔父亦会把松阴带去，趁其农作之时让他在田间诵读，背诵不下来的时候便会受到鞭挞，时时刻刻地进行着从四书五经到山鹿流兵学的极为严格的教育。对于一个五岁的孩子来说，这种教育是极为严酷的，然而吉田松阴却一直默默接受着，因此，他从小便打下了扎实的知识基础。至十岁之时，吉田松阴便在藩校明伦馆[②]讲授家学，十一岁之时在藩主面前讲说《武教全书》[③]中的篇章，这些都是从幼年时期便开始日积月累的成果。然而，由于这种填鸭式的教育方式，致使当时的吉田松阴还无法成为一名优秀的思想家，而只是知识渊博的秀才型人才。直到其成年前后，随着四处游历、所见所闻的逐渐增多，他才开始感知自己学问的不足之处，于是开始努力拓展视野，把握时代脉搏。

安政一年(1854)，吉田松阴在亲眼目睹美国东印度舰队司令官佩里率领的黑船舰队之时深受震撼，想亲身去体验西欧的先进文明，以备他日为日本所用。因此，吉田松阴企图搭乘美国军舰渡航，然而在历经几番尝试之后均

① 由江户时代前期日本的儒学者、军学者山鹿素行(1622—1685)创办的兵学流派。

② 日本江户时期长洲藩的藩校，被称为日本三大学府之一。

③ 山鹿流军学的始祖山鹿素行所著的兵书，被称为日本武士道的百科全书。

以失败告终，最终自首，并于同年入狱。在狱中，吉田松阴除了自身持之以恒地勤学苦读之外，还给囚犯们讲说《孟子》，掀起了一股人文气息，以此为契机所著之《讲孟余话》成为吉田松阴最具代表性的著作之一。由此可见，从幼年时期便开始诵读的《孟子》对吉田松阴产生了极为重要的影响，而孟子的“性善说”在他心中有着不可替代的作用。

除了给狱中的囚犯讲学之外，吉田松阴在狱中大量地读书，并且对于较有感触之作还写有感想文。在他入狱的1854年末的短短两个月左右的时间内，吉田松阴便读书百余册，速度相当惊人。次年，他更是读了包括《虞初新志》在内的合计四百九十二册书，这些均记载在吉田松阴入狱期间的读书记录——《野山狱读书记》中，其具体书目及数量如下：

正月、靖献遗言·信玄家集·日本外史等、皆为历史书、三十六册。

二月、织田军纪·通鉴·地学正宗等、四十四册。此月除了孟子、地学正宗等书之外皆为历史书。

三月、信长记·韃靼胜败记·和兰兵书等、四十八册(其中四十三册为历史书)。

四月、西洋列国史·战国策抄·坤舆图识补等、四十九册。

五月、清人汪琬文十一篇·鸠巢秘录·国史略等、三十五册。反省自己“此月甚为懒散”。

六月、增订内科撰要·孟子集注并语类等·四十四册。

七月、外史·名物考·八家文等·四十七册。

八月、谢选拾遗·近世丛语·保健大记打闻等、四十二册。

九月、庄子口义·日本政记·接鲁问答等、二十九册。

十月、柳文·庄子正文·佛国历象编等、三十三册。

十一月、元资治通鉴·制外危言·有斐录等、四十五册。

十二月、纪事本末·虞初新志·居易堂集等、四十册。①

① 奈良本辰也. 吉田松陰[M]. 東京：岩波書店，1993：99.

通过这些具体书目可以看出，吉田松阴在入狱第二年的1855年通读了大量的书籍，每月数量均在三四十册左右，可见其庞大的读书量。其中，在五月之时，吉田松阴读了清人汪琬文十一篇、《鸠巢秘录》《国史略》等书共计三十五册，平均每日读一册，可谓为数颇多，然而他却自省曰“此月甚为懒散”，可见其对书籍的汲取程度与对自身要求之高，正是这种勤学苦读造就了日后的吉田松阴。

吉田松阴在狱中的读书生活始于其入狱之初，哥哥杉梅太郎给他送去书籍探望，由此便开始了其大量而迅速的狱中读书生活。松阴在狱中与杉梅太郎的往来书简中明确地记载了送至狱中的物品，是了解其往来的十分重要的资料。除了衣物、药品等生活必需品之外，很重要的一部分便是书籍与笔墨纸砚等文房用品，以供其在狱中读书写作之用，如在入野山狱之初的安政元年，在十一月十四日杉梅太郎写给吉田松阴的书简中，记载了“延喜式二十册、年代记一册”①的内容，为此次送至狱中的书目，此项记载与吉田松阴在狱中的读书细目亦十分吻合。通过二人的往来书简可以知晓，杉梅太郎每隔一段时间便会给吉田松阴送书，由此可见其对书籍的渴求程度。

吉田松阴读书速度十分惊人，送来的书籍很快便会读完，并且要求继续送书。他在读完之后将书籍摘要、所作之感一一记录下来，这些内容通过其书简即可知晓。通过分析其具体书目可知，吉田松阴在狱中所读之书以其较为感兴趣的历史方面的书籍居多。吉田松阴从小便通读四书五经与兵学方面的书籍，甚至可以倒背如流。然而，随着其长大成人，所见所闻的逐渐增多，他深深地意识到自己现有知识体系的不足，并且比起经学、兵学，他还开始对历史方面的书籍产生了浓厚的兴趣。“在1855年(安政二)正月写给哥哥的信中，松阴说道：‘通过读阅历史来知晓贤人、豪杰的言行，以此激发自己的志气是最棒的。’”②由此可知，松阴以史为鉴，通过古人之事而明己之身，以提高自身修养。

---

① 吉田常吉，藤田省三，西田太一郎. 日本思想大系 54　吉田松陰[M]. 東京：岩波書店，1978：154.

② 原文：“一八五五年(安政二)正月の兄への手紙にもあるように、「歴史を読んで賢人や豪傑の言動を知り、それによって志気を激発するのが最高である」ということであった。”奈良本辰也. 日本の思想 19　吉田松陰集[M]. 東京：筑摩書房，1969：17.

在狱中前三个月的书目之中，吉田松阴所读之作尤以历史方面的书籍数量为多，其中，正月所读之书均为此类书籍无一例外，而二月、三月所读之书亦几乎均为历史方面的内容，可见松阴对其喜爱的程度。其余的几个月虽然在书目中并未明确做出具体的数量说明，然而纵观各月所读之书则大体上可以知晓，历史方面的书籍可谓贯穿始终，成为吉田松阴所读书目中不可或缺的重要组成部分。此外，在其后的几个月中，除了历史书籍之外，吉田松阴所读之书还涉及经学等方面，然而尽管如此，却一直未曾间断历史书籍的阅读，为其所读之作中占有相当比例。

在该年十二月，吉田松阴读了《纪事本末》《虞初新志》《居易堂集》等书共四十册，可见《虞初新志》正是这一时期的所读之作。吉田松阴每月读书量惊人，记载中无法将其细目一一列出，只是挑出具有代表性的书籍二、三种罗列出来。《虞初新志》作为十二月所读书籍在此列出，足以显示出该书在当时的知名度之高，以及松阴对其认可程度，是同期较有代表性的、影响颇大的著作之一。

吉田松阴之所以能够成为日本著名的思想家、教育家，这与他从小便开始接受的严格的教育以及其自身不断的努力是分不开的。吉田松阴自幼便喜爱读书，尤其是历史方面的书籍，这从其入狱期间的读书目录亦可知晓。这些日积月累的点滴成果均成为他治学的宝贵财富，扎实的学问基础、勤学苦读的精神成就了他日后作为思想家、教育家的根基，成为在日本十分有影响力的杰出人物之一。

二、吉田松阴读《虞初新志》

如前所述，吉田松阴曾经企图搭乘美国军舰渡航，以求亲自去体验欧洲的先进文明以备他日所用，然而在历经几番尝试之后均以失败告终，最终自首入狱。在入狱期间，吉田松阴除了大量地读书之外，还写有诸多文章，其中多为读书感想文，《安政三年丙辰文稿》[①]中有所收录，并附有宇都宫默霖、

① 吉田松陰著，宇都宮默霖評. 安政三年丙辰文稿[M]. 默霖文庫，1944. 以下《安政三年丙辰文稿》引文同。

土屋萧海的评论。安政三年为1856年，正值吉田松阴入狱的第三年，其中所收录的篇章均为他在此期间所作之文。

宇都宫默霖(1824—1897)，日本江户幕府末期的勤王僧，僧名觉了、鹤梁，于1866年还俗。与吉田松阴一样，宇都宫默霖亦为尊王论者，游历诸国，结交志士。默霖与吉田松阴多有书信往来，他对于松阴的一些思想予以尖锐的指摘，对其国体思想产生了十分重要的影响。土屋萧海(1830—1864)，名枨，字松如，通称矢之助，日本江户幕府末期的武士，与吉田松阴交好，时常探访其松下村塾。他十分擅长文章，吉田松阴亦时常向其求评论文。《安政三年丙辰文稿》中多见此二人的评论，可见松阴与其交流往来之多。在吉田松阴的书简集中也可以看到他与此二人的大量往来书简，入狱期间亦一直与二人有着书信往来，探讨一些学问思想等方面的问题。特别是宇都宫默霖，对于吉田松阴有所偏颇之处会直言不讳地进行指摘，而吉田松阴亦会在深思熟虑之后欣然接受，特别是在安政三年，多见吉田松阴与宇都宫默霖的往来书信与问答探讨等内容的书简。与此同时，吉田松阴与土屋萧海也同样保持着频繁的书信往来，二人对吉田松阴的思想产生了十分巨大的影响。

在《安政三年丙辰文稿》中，收录了诸多吉田松阴的有感之谈，均为手写稿。其中有一篇题为《读〈虞初新志〉》的文章，是吉田松阴对《虞初新志》的感想评论文，于安政三年二月六日写成。据吉田松阴在狱中所读书目可知，他始读《虞初新志》为安政二年十二月，此感想文为读《虞初新志》约两个月之后写成，可见吉田松阴至多在这一段时间之内便将《虞初新志》读完，并颇有所感。除此之外，收录在《安政三年丙辰文稿》中的读书感想类文章还有《读〈史记〉三则》《读白乐天的诗》等，由此可见吉田松阴所感之作均为名家名作，而《虞初新志》正是其中的一部，这充分说明了吉田松阴对该书颇有所感，对其产生了极大的影响。《读〈虞初新志〉》原文如下：

讀《虞初新志》二月六日

《虞初新志》二十卷，大氐神仙怪誕之説，閨閣猥褻之談，誣正教，惑人心，非志道者之所宜道也。況其文工(婉)，其情真，化必無为必有，其害不更甚乎？但其要帰不離于道，而使忠臣孝子

> 義人節婦(讀之)欣然獨笑，不忠不孝不義不節者(讀之)悚然内懼者亦多(有)矣。所謂曲終奏雅者，盖近是。至夫始之以忠孝義烈之姜貞毅先生，終之以不溺輪廻、不喜星相、不信師巫之三儂贅人，則編者之微意可見也，噫是獨可為志道者道而已。
>
> 《新志》所收，《聖師录》及義猴虎犬牛烈狐孝犬諸傳記，或正或怪，未可悉疑。孔子曰："可以人(而)不如鳥乎?"是応作如是觀，何問正怪。

《读〈虞初新志〉》为吉田松阴的感想文，括号中为作者在正文旁的增补内容。正文与增补部分均为手写，由此可见其行文过程中修改的痕迹。吉田松阴在开篇介绍了《虞初新志》的基本构成，共有二十卷，其后便围绕其内容题材、写作手法、人物刻画、编辑思想等内容展开了分析，既体现出对《虞初新志》的猛烈批判，又显示出对该书的充分认可，可谓对其持褒贬相间的态度。

1. 内容题材

吉田松阴在开篇指出《虞初新志》所收各篇"大抵神仙怪诞之说，闺阁猥亵之谈"，如此题材之作"诬正教，惑人心，非志道者之所宜道也"，首先对其所涉题材进行了极为猛烈的批判。此处附有宇都宫默霖之评点，针对吉田松阴对《虞初新志》的批判之言，其评点曰："此等事为文笔别有其人，兄姑置之。"由此可以看出，默霖认为《虞初新志》并非如此之作，对其持肯定态度。在此针对吉田松阴所做之评，以极其肯定的口吻予以明确的反驳，足见其对该书的认可程度。

吉田松阴为尊王论者，在目睹美国东印度舰队司令官佩里率领的黑船舰队之时深受震撼。他深觉幕府的统治疏于国防，要想日本强大，首先要了解西洋一些国家的先进技术，吸取其精华，这样才能强国，与大国平起平坐。他当时企图偷渡美国也正是基于这一点考虑，去了解其先进之处以增强本国实力，这一点可以说是进步的、积极的。《虞初新志》所收个别篇章尚存一些封建礼教等因循守旧的观点，这一点在吉田松阴看来或为"非正教"之属，正所谓"诬正教、惑人心"，并非志道者所宜之道。虽然如此，却仍觉其言辞之偏激。

在《虞初新志·自叙》中，张潮指出其编选“一切荒诞奇僻、可喜可愕、可歌可泣之事”汇集成书，由此可见该书所收“大抵神仙怪诞之说”确实如此。然而，其所选各篇“事多近代，文多时贤”，虽有诸多荒诞离奇之事，却也大抵真人真事，并非凭空捏造。如性喜山水、志在四方的徐霞客，勤学苦练、技艺超群的柳敬亭，忠心耿耿、尽心侍奉其主的郭老仆等，这种难能可贵的真实性正是《虞初新志》极具代表性的特色之一。吉田松阴在此所称“神仙怪诞之说”，当为对《虞初新志》所收之篇多为传奇、志怪类作品的概括，然而却忽略了该书据实结撰的文本特色。

此外，《虞初新志》中还收录了诸多才子佳人的爱情故事，如张明弼《冒姬董小宛传》中的董小宛与冒襄同赏花品茗、共论诗词歌赋，体现出平淡生活中饶有情致的生活姿态；黄周星《补张灵崔莹合传》中张灵与崔莹忠贞不渝的爱情谱写出才子佳人的真爱追求，使人读之无不为之动容。日本著名小说家森鸥外、芥川龙之介对此二篇亦深有感触，其私人藏书中的大量圈点、朱批便为其对才子佳人类内容颇为喜爱的体现。此类题材之作所体现的精神主旨是积极的、向上的，而吉田松阴将此类作品谓之“闺阁猥亵之谈”，可见他对《虞初新志》中所收才子佳人类文章的强烈批判，认为其污秽不堪，有伤风雅。

实际上，除荒诞奇僻之说、才子佳人之谈以外，《虞初新志》中还收录了诸多题材的作品，如忠臣、孝子、侠客、义士等传奇人物的奇技奇行，由此体现出忠、孝、仁、义等精神，让人读之不禁为之振奋，深受鼓舞，可谓与儒家之精神主旨有异曲同工之效。除此之外，还有反映广大文人的爱国精神、下层民众的高尚品格、鸟兽鱼虫的知恩图报等内容的作品，其所宣扬的思想都是积极的、向上的，其中所体现的忠孝节义、高风亮节等精神品质极为难能可贵，读之使人产生正能量，并非吉田松阴所评价之“诬正教，惑人心”。

2. 写作手法

继开篇对《虞初新志》的批判之后，吉田松阴进一步指出“况其文工(婉)，其情真，化必無为必有，其害不更甚乎?”《安政三年丙辰文稿》为手写稿，在原文“其文工”的旁边写有“婉”字，故在此将“婉”字附于括号中。吉田松阴将此作为《虞初新志》的一大“害”，对其写作手法展开了批判。若从其所述之“诬正教，惑人心”这一角度分析，通过巧妙的笔法、真挚的情感，将必无化为必有而无中生有，鼓吹歪门邪道诬蔑正教，蛊惑人心，确实其害更甚。且其文笔优美雅洁、情感真切，更使人读之对其所宣扬之道深信不疑，为之所惑。然而，由其批判内容反而观之，却显示出吉田松阴对《虞初新志》的充分认可与肯定，是对其写作手法、情感表达方式的极高评价。他所批判的“诬正教，惑人心”，正是由于“其文工，其情真”，才能够真挚动人、惟妙惟肖，使得“其害更甚”，是基于对其写作手法高度赞扬基础之上的“批判”。

在《虞初新志·自叙》中，张潮指出该书“事奇而核，文隽而工，写照传神，仿摹毕肖，诚所谓‘古有而今不必无，古无而今不必不有’”。《虞初新志》虽然收录了诸多传奇志怪之作，然而却大抵真人真事，多为时贤之文、近代之事，极具时代气息。其构思新奇、生动传神，笔法细腻，读之使人对其栩栩如生、跃于纸上的描写赞叹不已。《虞初新志》绝妙的写作手法使人读之仿佛身置其中，其绘声绘色的描写方式不由得在读者眼前展开一幅画面，其真挚的情感表达使人读之随着情节的跌宕起伏而或喜或悲、或怒或笑，扣人心弦、引人入胜。吉田松阴虽然对其进行了批判，却从另一个角度印证了该书表现手法之精妙，是《虞初新志》妙笔生花的有力印证。

3. 人物刻画

继开篇对《虞初新志》的猛烈抨击之后，吉田松阴笔锋一转，对其予以较为肯定的评价：“但其要归不离于道，而使忠臣、孝子、义人、节妇(读之)欣然独笑，不忠、不孝、不义、不节者(读之)悚然内惧者亦多(有)矣。所谓曲终奏雅者，盖近是。”与之前的原文相同，括号中的文字为吉田松阴在其手写稿正文旁增补的内容。在开篇之处，吉田松阴批判了《虞初新志》并非志道者所宜之道，而在此却对其予以肯定，指出其要旨并未偏离道之所在，可谓峰回路转，对《虞初新志》予以赞赏。

在《虞初新志·自叙》中，张潮自述其书“读之令人无端而喜，无端而愕，无端而欲歌欲泣，诚得其真，而非仅得其似也”。在《虞初新志》所收之篇中，刻画了形形色色的人物，如忠君之臣、孝顺之子、道义之士、守节之妇，可谓可歌可泣，读之感人肺腑，令人为之所动。吉田松阴称“忠臣、孝子、义人、节妇读之欣然独笑”，可见在《虞初新志》中将这类人物刻画得极为成功，充分反映出其精神所在，使其读之不禁感同身受，在大加赞赏之时仿似看到了自身的影子，“读之欣然独笑”。而不忠、不孝、不义、不节之人读之悚然内惧，这也充分体现出《虞初新志》人物刻画手法之精湛，使读者不禁由作品联想到自身，深有所触。《虞初新志》中不乏有表现因果报应的内容，使如上之人读之不禁联想到自身而惊恐不已，这充分体现出《虞初新志》笔法之传神、人物刻画之精湛，使人读之颇有所感，“诚得其真，而非仅得其似也”。虽然作品中有一些诸如因果循环等方面的思想略为负面，但是这从另一个角度反映出《虞初新志》笔法之精妙，有让人读之颇有所感、其真挚的情感使人读之对其内容深信不疑之效。在吉田松阴看来，尽管《虞初新志》“非志道者之所宜道”，然而其要旨并未偏离道义所在，且其中的篇章使人读之颇有所感，读后或欣慰不已，或惊恐万分，由文章内容感慨至自身，不同的人读之作不同之感，从其结果来看是好的，“所谓曲终奏雅者盖近是”。

《虞初新志》中收录了诸多人物传记，其刻画手法绝妙，寥寥数笔便将人物形象勾勒得淋漓尽致，栩栩如生。在塑造人物之时，各篇选取其较为典型的片段而避免冗长繁杂之文，语言凝练古雅，重点突出各人物极具特色之处。各篇从最能凸显人物特色的方面入手，刻画了大铁椎、髯参军、张灵、花隐道人等诸多经典人物形象，无不体现出鲜明的人物特色，其笔法曼妙、栩栩如生，为《虞初新志》极具代表性的特色之一。

4. 编辑思想

吉田松阴在评价《虞初新志》之时，围绕该书的选文顺序展开了分析，指出其开篇为魏禧《姜贞毅先生传》，末篇为汪价《三侬赘人广自序》。张潮辑《虞初新志》共二十卷，正如吉田松阴所述，其开篇为《姜贞毅先生传》，而末篇却有所不同，为余怀《板桥杂记》。与荒井公廉和刻训点版《虞初新志》相比较可知，和刻版《虞初新志》中并未收录《板桥杂记》，这在其《翻刻〈虞初新志〉序》中有所说明：“《板桥杂记》，东都书肆既刊行之，故除”。因此，和刻版《虞初新志》末篇为《三侬赘人广自序》，这与吉田松阴所说之构成相符。由此可知，和刻本《虞初新志》在翻刻之时对其篇目有所调整，与原本略有差异。

就其人物形象而言，开篇之姜贞毅先生“忠孝义烈”，与吉田松阴在篇中所涉“忠臣、孝子、义人”之气较为相符。开篇始之以如此气概之士，可见编者张潮在《虞初新志》中所蕴含的精神所在。和刻本《虞初新志》终之以三侬赘人广自序，洋洋洒洒近万言，表现出一个不为命运遭遇所困、不喜星命相术、不信巫师之术的人定胜天的人物形象，正所谓“编者之微意可见也”。由此可知，除《虞初新志》的编选内容、写作手法等方面之外，吉田松阴对该书的篇目顺序亦进行了较为细致的分析，可见其细细研读之情况。此处土屋萧海评曰：“真莱山之知己”，“莱山”所指当为《虞初新志》的编者张山来，对于其开篇末篇安排的先后顺序之用意揣摩得十分细致。除《虞初新志》的编选内容、特点等方面之外，吉田松阴由其所编选篇目的顺序等细节之处而见其微意，可谓“知己”。在此，吉田松阴称其“是独可为志道者道而已”，是继猛烈批判之后的又一肯定性评价。

此外，吉田松阴还围绕《虞初新志》中所收录的《圣师录》展开了探讨，称“《新志》所收，《圣师录》及义猴虎犬牛烈狐孝犬诸传记，或正或怪，未可悉疑。”《圣师录》为王言所撰，其开篇称“人之所以异于禽兽，以其存心”，而在禽兽之中，“其存心皆可以为朝廷旌仁孝而扬德威”①，进而分别讲述了鸟类、家禽、猛兽等忠孝仁义、知恩图报之事，其中涉及吉田松阴所述之猴、虎、犬、牛、狐等动物，其心无异于人，甚至“抑恐世之不若者众矣”。对于这些动物传记，吉田松阴认为其“或正或怪”，虽有疑虑却“未可悉疑”。然而其所论述之重点并非于此，而是引用孔子之“可以人而不如鸟乎”，旨在揭示动物尚知忠贞孝义、知遇感恩，而世间之人却往往背信弃义、恩将仇报，连动物都不如，令人痛心不已。为人当遵守最基本的做人准则，仁义礼智信，“是应作如是观”。而对于《圣师录》中这些动物传记，比起其正怪与否，更重要的乃是“可以人而不如鸟乎”这一反问，从而反省自身的言行举止，正而为人。吉田松阴在其感想文之篇末做如此详细之评述，足以显示出对该篇内容的感触良多。

在《虞初新志·凡例十则》中，张潮对该书的编辑思想进行了概括：“是集只期表彰轶事，传布奇文；非欲借径沽名，居奇射利”。《虞初新志》中收录了大量奇闻异事，通过表现奇人、奇事、奇技、奇行之作以传布奇文。然而，其目的并非居奇射利，而是由此以表彰轶事，寓意寄托其中以期广为流传。

---

① （清）张潮．虞初新志［M］．上海：上海古籍出版社，2012．第231页．

正如吉田松阴所述，《虞初新志》始之以为官清廉、忠孝义烈的姜贞毅，终之以坚贞乐观、人定胜天的三侬赘人，此外，还有诸如《圣师录》《义猴传》《义虎记》等信守承诺、知恩图报的动物传奇之事。张潮在编辑之时注重选录如此之作，以宣扬忠、孝、仁、义等积极进步的思想，可谓有寓教于乐之效。

《虞初新志》所收之篇文多时贤、事多近代，所收之文均出自明末清初时人之手，张潮在编辑之时十分注重作品的时效性与新鲜度，在其广搜天下奇事异闻之时，采取随到随评、随录随刻的方式，极大程度地将新出之作展现在读者面前，这也成为《虞初新志》不同于以往之作的新特点，为文言小说发展至清代赋予了新的时代气息。张潮的编辑思想独具特色，其勇于创新的精神为后出之作带来了极大的启迪，因此，该书的编选体例、旨趣等成为文人争相效仿的对象，迅速广泛地传播开来，体现出新的时代特色。

纵观《读〈虞初新志〉》可知，吉田松阴虽然在开篇猛烈地批判了《虞初新志》，然而其后便笔锋一转，对其进行了较为正面的评价。他充分肯定了该书笔法巧妙、情感真挚，读之使人深有所感、反响非凡。且编者张潮在编选之时颇费心思，所收各篇乃是经过精心设计而成。且其所宣扬的忠孝仁义、知恩图报等内容主旨着实令人深有感触，可以看出吉田松阴从整体上来看对《虞初新志》还是予以充分肯定的。

在吉田松阴的感想文之后，土屋萧海亦做感想文如下：

> 野史小说，害道固甚。然夫子删詩存鄭衛之音，蓋亦有深意。《新志》之著亦虽属無用，寓意寄託，實如高説，而文字奇儁，决非他《十二雨樓記》《夜談随録》《夢花縁》及《金瓶梅》《西游記》等作。讀之可長人才思，国朝如曲亭子所撰《八犬傳》《侠客傳》及《夢想兵衛物語》等篇，人倫之常变，摸捉無遺，比之西土諸家戲筆有過無不及。使兄讀之，不知亦作如是觀否？

土屋萧海在开篇指出“野史小说，害道固甚”，与官修正史相对，野史虽然有些内容确有其事，可以补充正史之缺，但其真实性却无从考证。在土屋萧海看来，这类小说危害甚重，不宜于道。然而“孔子删诗存郑卫之音”，当自有其用意所在。开篇提及这些内容，旨在引出作为小说类作品之《虞初新志》。

在土屋萧海看来，《虞初新志》属无用之书，然而对于其文学价值却予以了充分的肯定。《虞初新志》中各篇作品所蕴含之寓意发人深思，且笔法精湛，描写传神，绝非《十二雨楼记》《夜谈随录》《梦花缘》《金瓶梅》《西游记》等作能及。《金瓶梅》《西游记》为“中国四大奇书”中的两部，在日本家喻户晓，有口皆碑，其传播极广，深受广大读者欢迎。在此称《虞初新志》较之有过之而无不及，是为对该书的极高评价，读之可使人才思敏捷，有写作之冲动，发人深思去思考问题，这并不是所有著作都能及的，足以显示出《虞初新志》在日本所产生的巨大影响。

在此，土屋萧海更将《虞初新志》与日本小说家曲亭马琴所撰《南总里见八犬传》《开卷惊奇侠客传》以及《梦想兵卫蝴蝶物语》等作相提并论。曲亭马琴（1767—1848），本名龙泽兴邦，日本江户后期著名的读本作家，其作品几乎家喻户晓，十分畅销，其中以《南总里见八犬传》尤为有名。土屋萧海将《虞初新志》与这些作品齐名，称其内容体现人世间万物变化、世事无常，与西方诸作家之作相比有过之而无不及，继《虞初新志》与其他中国古典名作相比较之后，又将其与日本本国之作以及西洋之作进行对照，充分凸显出该书极具文学特色与价值之处，对其进行了极高之赞赏。

土屋萧海虽为武士，却工于文章，吉田松阴亦时常向其求评论文，可见其文学造诣之深。在评论《虞初新志》之时，土屋萧海分别将其与中国、日本、西方之作进行了比较，指出较之中国《西游记》等作以及西方诸作品，《虞初新志》有过之而无不及，更是列举了在日本家喻户晓、文学成就极高的曲亭马琴的作品，与其相提并论，可见土屋萧海对《虞初新志》的极高评价。

如上所述，吉田松阴作《读〈虞初新志〉》，宇都宫默霖、土屋萧海二人作评。吉田松阴开篇批判了《虞初新志》“诬正教、惑人心”，对此，宇都宫默霖称如此之作其文笔另有其人，并非《虞初新志》，这充分体现了默霖对《虞初新志》的肯定，其并非不宜之道。而吉田松阴本人亦在开篇批判之后，对《虞初新志》的评价渐趋缓和，继而肯定其描写笔法、寓意寄托等文学成就，对该书予以充分肯定。土屋萧海在篇末处作感想文，亦对《虞初新志》予以极高的评价。总体看来，虽然吉田松阴对《虞初新志》略有质疑，然而从整体上来说，三人均对该书持肯定态度，对其文学成就予以很高的评价，这充分显示出《虞初新志》的文学价值与在日本影响力之大、传播之广。

第二节　江户川乱步与《虞初新志》

江户川乱步(1894—1965)，本名平井太郎，日本著名推理小说家，被誉为日本“侦探推理小说之父”，代表作有《阴兽》《怪人二十面相》《孤岛之鬼》等。1954年，日本设立了推理小说奖项——“江户川乱步赏”，是日本推理小说界的最高荣誉，日本著名推理小说家森村诚一、东野圭吾等均曾获此殊荣，由此可见其极大的影响力。1961年，江户川乱步荣获日本天皇颁发的紫绶褒章[①]，足以显示他的卓越成就与在日本推理小说方面所做出的杰出贡献。

一、江户川乱步的生平

江户川乱步出生于日本三重县，父亲平井繁男为经营一家进口机器商店的实业家，家庭生活较为富裕。江户川乱步为长子，他自幼体弱多病，喜爱读书，不善与人交往，几乎每天都是在读书中度过的。在他很小的时候，母亲便经常给他读欧美的侦探小说，因此，从幼年时期开始，江户川乱步便对这类题材的文学作品产生了浓厚的兴趣，对一些作家的作品尤为喜爱，如美国小说家埃德加·爱伦·坡，江户川乱步这一笔名便是源于这一名字的谐音，足以显示出对其作品的喜爱之情。江户川乱步自学生时代开始便显示出对文学创作活动的极大兴趣，当时他曾经在读书之余写有诸多读后感，他将这些内容收集整理并进行分类，编辑成册，竟有三百余页之多。此外，江户川乱步有很多作品的素材亦是他在学生时代写在日记中的内容，由此可见他从很早开始便于无形之中进行着文学创作活动，贯穿于其整个作家生涯之中。

江户川乱步毕业于日本早稻田大学政治经济学部，在他成为专职作家之

① 紫绶褒章，日本政府为学术、艺术领域中有卓越贡献的人颁发的奖项之一。

前，曾经营旧书店、任贸易商社社员、新闻记者、侦探等十余种职业，有着丰富的多种职业体验，这些均充实了他的人生阅历，成为其创作之所以具有独特魅力的宝贵财富。1919 年，江户川乱步与他的两位弟弟一起经营旧书店，期间得以与其最喜爱的书籍接触，广泛阅读。至 1923 年，在江户川乱步 29 岁之时，他日积月累终于写成了短篇小说《二钱铜货》，刊载于日本的侦探小说杂志《新青年》4 月号之中，江户川乱步也因此开始作为推理小说家登上文学舞台，陆续发表新作，颇受瞩目。虽然在此期间曾经伴随着几次心理波动，因此封笔去旅行、经营公寓等而暂时离开文坛，但是他最终仍然选择了回归于推理小说的文学创作活动，并相继出版了诸多作品。江户川乱步的文学创作受其老师——日本的政治家、众议院议员川崎克(1880—1949)影响很大，他专门写有《川崎克》一书，以示对尊师的敬仰之情。川崎克的兴趣十分广泛，文学亦是其中的一个方面，他对于俳人松尾芭蕉十分敬仰。在他的影响下，江户川乱步亦对松尾芭蕉之作十分喜爱，这也体现在他的作品以及与其他作家文人的往来之中。

江户川乱步于 1928 年发表了长篇巨作《孤岛之鬼》[①]，受到了广大读者的极大好评，影响十分深远，是江户川乱步极具代表性的作品之一。在他创作这部代表作的时候，深深地受到了《虞初新志》的影响，甚至在作品之中直接提及了《虞初新志》一书。江户川乱步在其自传性作品《侦探小说四十年》[②]中，回忆了当初创作《孤岛之鬼》的情形：当时其友人岩田准一[③]来看望他，带来了《鸥外全集》中的一册。江户川乱步在翻看之余，注意到在其中的某篇作品之中，提到了中国制造肢体不健全者的故事，对他触动很大，因此迅速体现出对这一话题的浓厚兴趣，而这部作品便是森鸥外的自传性小说——《性欲的生活》。在这部作品中，主人公金井与其好友古贺在看到迫于生计以卖艺为生的美丽女孩在广场上任人驱使，跳着滑稽的舞蹈之时，有如下对话：

---

① 《孤岛之鬼》，江户川乱步的长篇侦探小说，连载于博文馆发行的大众杂志《朝日》(1929 年 1 月号(创刊号)至 1930 年 2 月号)上。

② 《侦探小说四十年》，江户川乱步作为侦探小说作家的自传性作品。

③ 岩田准一(1900—1945 年)，日本画家、民俗研究家。

"虽然我并不知道那个女孩是什么样的人，但是感觉好惨啊。"

"更惨的应该是支那①人吧。我听说过他们把婴儿塞进四方形的箱子里，然后让婴儿长成和箱子一样的四方形的形状，之后将其卖给马戏团的事情，也许真的会那样做也说不定。"

"为什么你知道这样的事情?"

"《虞初新志》里就有。"

"你读的东西好奇妙啊。真是个有趣的家伙。"②

古贺在看到这个跳舞的女孩之时，表现出了对其遭遇的深深同情，而金井则就此话题继而叙述了另外一则见闻，故而提到了《虞初新志》。比起眼前这个跳舞的女孩，更惨的是在《虞初新志》中所读到的一则关于制造异形人的记述。在故事中，为了能够将人卖给马戏团以供其表演观赏之用，会把婴儿塞进四方形的箱子里，让其长成和箱子一样的四方形的形状，以区别于正常的人体形态。这种违背人身的生长规律，人为地限制其成长发育而制造异形人的事情着实骇人听闻，使人在感到惊奇之余闻之生怜，不禁对其真伪产生怀疑。然而，主人公金井却对此表示也许真的会那样做也说不定，进而指出在《虞初新志》中便有如此之内容。

江户川乱步正是在读了这部分内容之后深受启发与影响，深有感触，因此去旧书店找来《虞初新志》细细研读，创作了他的代表性巨作《孤岛之鬼》，而《虞初新志》中的奇闻异事便是江户川乱步创作这篇小说的出发点。实际上，除了《虞初新志》之外，他还找了一些西洋与肢体不健全者内容相关的书籍，这些内容均体现在其所创作的《孤岛之鬼》中。与森鸥外《性欲的生活》相同，《虞初新志》这部作品之名直接体现在原作的行文之中，足见其对著者的深深触动与巨大影响，这深刻地显示出《虞初新志》的引人入胜与文学魅力所在，

① "支那"二字是当时日本人对中国人的一种蔑称。

② 原文：「何の子だか知らないが、非道い目に合はせてゐるなあ。」「もっと非道いのは支那人だらう。赤子を四角な箱に入れて四角に太らせて見せ物にしたという話があるが、そんな事もし兼ねない。」「どうしてそんな話を知ってゐる。」「虞初新誌にある。」「妙なものを読んでゐるなあ。面白い小僧だ。」森鴎外．ヰタ・セクスアリス．鴎外近代小説集(第一巻)[M]．東京：岩波書店，2013：293.

在日本传播之广、影响之大由此可观。

二、《孤岛之鬼》与《虞初新志》

《孤岛之鬼》为江户川乱步极具代表性的推理小说，作品中的主人公箕浦还不到30岁便头发全白，是一家贸易商会的职员。在他25岁的时候，与同事初代相恋，并决定结婚。然而与此同时，还有另一位求婚者对初代展开了迅猛的攻势，其名为诸户。

诸户是箕浦学生时代的学长，一直对他抱有同性之爱慕。诸户对女性有厌烦之感，然而此番却向初代展开迅猛的攻势向其求婚，对此箕浦怀疑是以拆散他们为目的的行动。诸户的父亲丈五郎是其父亲与家中有身材缺陷的女佣之间所生之子，之所以会发生关系，仅仅是对其抱有好奇之心的冲动行为。丈五郎遗传了他母亲的基因，亦先天有身材方面的缺陷，因此遭到父亲的嫌弃，母子二人被赶出家门，过着乞讨般的生活，因此在她们的生活中充满了对世道的憎恨与诅咒。母亲去世后，丈五郎更加极端，他诅咒正常人，见到有身体缺陷的人就领养，企图让其生出不正常的孩子以报复社会，创造一个“异形”的国度。丈五郎自身也找到个比自己身体缺陷还严重的姑娘，生下了诸户。然而，诸户并没有遗传双亲的缺陷，完全是个正常人，因此也遭到双亲的憎恨。

某日，箕浦的女友初代突然在自家离奇被杀，于是寻找到蛛丝马迹的箕浦和诸户来到了诸户儿时曾经生活过的、亦与初代的出生身世有关的“异形”之岛。在这个孤岛上，即使出生之时为健全人，也会通过人工的手段让其成为有身体缺陷者，制造出各种各样的异形人。在孤岛上，诸户和箕浦二人有一段对话，其中提到了《虞初新志》：

“箕浦君，因为在这一片漆黑之中，我向你坦白，他们是想制造身体不健全的人。”

“你读过中国的《虞初新志》吗？那本书中写有为了卖给马戏团，将婴儿塞进箱子里来制造肢体不健全的人的故事。此外，我还记得在雨果的小说中也读到过在过去的法国，医生们也从事着同样的买卖的事情。制造身体不健全的人这种事情大概在哪个国家都有吧。"①

与森鸥外《性欲的生活》同样，在江户川乱步的《孤岛之鬼》中，亦提到了《虞初新志》中的内容，且同为制造异形人的话题。在《性欲的生活》中所叙述的是将婴儿塞进箱子里，让其成为四方形的怪形人以卖给马戏团，供其表演观赏之用。然而，在《孤岛之鬼》中更是将其夸大升级，称其将婴儿塞进箱子里，人为地去制造肢体不健全的畸形人，可见其细节略有差异。在《孤岛之鬼》的主人公簑浦与诸户的对话中指出，制造肢体不健全者的事情无论 在中国还是在法国，大概在世界各国都有。虽然在原文中提到法国雨果的小说中涉及了医生贩卖肢体不健全者的事情，然而并未涉及具体的书名与内容。而在中国，则不但叙述了将婴儿塞进箱子制造异形人的情节，还具体指出这一内容是在《虞初新志》中读到的，这足以显示出作为《孤岛之鬼》创作的出发点，《虞初新志》对江户川乱步所产生的巨大启发作用与深远影响。

然而，据笔者所查，在《虞初新志》中却并无涉及如此情节的内容，与其略为相关的仅有陈鼎《薛衣道人传》和陆次云《湖壖杂记》两篇，然而却也并非《孤岛之鬼》中所提到的把婴儿塞进箱子里的情节，而只是与人的肢体分解略为相关的内容。

《薛衣道人传》是关于神医薛衣道人的故事，其医术精湛，各种恶疮只要敷上药很快便能痊愈，像四肢折断这种重伤亦可以完治，刳腹洗肠、破脑濯髓宛如华佗再世。有人被贼人断了头，已经身首异处，然经其医治，半个月后恢复如前，并无不适。其家人以金拜谢亦不受，入终南山修道，再无踪迹，其医术未能传世。虽然此篇内容与肢体异常相关，但是却与将正常人塞进箱子以制造异形人并无关联，只是涉及到断臂折股、身首异处等人体结构的修

① 原文："「簑浦君、この死の暗闇の中だから、打ち明けるのだけれど、彼らは不具者製造を思い立ったのだよ。君ははシナの虞初新志という本を読んだことがあるかい。あの中に見世物に売るために赤ん坊を箱詰めにして不具者を作る話が書いてある。また、僕はユーゴーの小説に、昔フランスの医者が同じような商売をしていたことが書いてあるのを読んだおぼえがある。不具者製造というのは、どこの国にもあったことかもしれない。"江戸川乱步. 孤島の鬼[M]. 東京：春陽堂書店，1986. 第264页.

复医治。

《湖壖杂记》由若干小故事拼而成篇，其中的一则故事讲述了与分尸相关的内容。顺治八年十二月，一群小孩在池边玩耍，忽见红色的螃蟹浮于池上。当时正值严冬时节，能够见此情景甚为惊奇，于是便勾取之。随钩而上有一个很重的袋子，打开一看，内有一具被肢解的尸体，故急忙禀报布政使。布政使依据蟹有八足而推断其为八足子巷丁八所为，欲逮捕之。后得知他与巷中皮匠之妇有私，遂合谋将皮匠杀害，分尸投于池中。此篇亦与制造四方形婴儿无关，只是涉及了分尸、肢解的内容。

江户川乱步在其作品中特意提出《虞初新志》之名，并具体涉及到其中的情节，可见他对该书的喜爱程度与对其内容的熟悉程度。然而，其所述内容在《虞初新志》中并未提及，而仅有两篇与肢体分解相关的内容，其原因无从知晓。《薛医道人传》与《湖壖杂记》这两篇短篇分别为治病救人与侦破办案的题材，表面上看来并无交集，然而分析其具体内容可知，这两篇均涉及了与人体肢解相关的内容。《薛衣道人传》中所塑造的神医薛衣道人妙手回春，一般性顽疾自不用说，就连身首异处之人亦能起死回生，恢复如初毫无不适之感。此乃肢体的异常状态，经过神医之妙手将其进行“重组修复”，又重新恢复为正常状态。江户川乱步或由此获得灵感，在其作品中体现出将正常的人体进行“重新组合”，以制造“异形人”这一关于肢体重新建构的内容。《湖壖杂记》中涉及了将尸体肢解之后装入袋子投于池中的案件，在《孤岛之鬼》中虽然未见与此相类似的分尸投湖事件，却有关于身体发育畸形的小孩子的描写，为在马戏团中进行杂技表演的孩童，他的身体异常柔软，甚至可以将其肢体宛如被折断、肢解一般地进行弯曲，钻进一个口径极小的花瓶之中，这或为江户川乱步由该篇内容获得启发而塑造的人物形象。

在《虞初新志》中，并未直接找到在《孤岛之鬼》中所涉及的婴儿入箱的内容，因此其具体故事情节的真伪辨识无法进行。然而尽管如此，却由此可以得知，《虞初新志》作为志怪类小说，其中收集了诸多奇闻异事，在日本流传范围极广，深为人们所熟知与喜爱。《孤岛之鬼》为文学作品，虽然话题中所涉及的《虞初新志》确有其书，然而其内容却难免有人为的添减润色成分，故此处或为江户川乱步在读到《虞初新志》中与肢体分解相关的内容之时，甚觉其荒诞离奇而获得灵感，做四方形婴儿制造一说以示该书之猎奇。此外，《虞初新志》在传入日本之后众多文人争相阅读，极受欢迎，影响深远。其中所收录的荒诞奇辟、诡异却不失滑稽之事十分引人入胜，让人读之欲罢不能，《虞初新志》亦由此成为志怪传奇类小说的代名词在日本享誉盛名。在《孤岛之鬼》中，制造奇形怪状的人体展示品之说可谓闻所未闻，离奇荒诞，让人觉得新奇之余难免有所感触。而在提到这类奇闻异事之时则当属《虞初新志》为其不二之选，因此，在此说如此之内容在《虞初新志》中有所收录，乃是指诸如此类奇辟诡异之事当首推《虞初新志》，作为志怪类小说的代名词在日本享誉盛名。虽然出于偶然的机缘，使江户川乱步得以找来《虞初新志》细细研读，然而正是由此才显示出该书的魅力所在，由其中的一个片段便激发出江户川乱步对《虞初新志》的极大兴趣，甚至成为《孤岛之鬼》创作的契机与出发点，这充分体现出《虞初新志》的文学价值与魅力所在，由此可见《虞初新志》作为志怪类小说之杰出代表在日本传播之深远，影响力之大。

第三节　《虞初新志》译评三家

除了在诸家之感想文、文学作品中体现出日本的文人学者对《虞初新志》的喜爱之情外，还有其他诸多传播方式亦显示出《虞初新志》在日本广为流传的痕迹，其具体表现形式为私人藏书中的圈点、朱批，以及对其部分篇章的日译等，无一不反映出《虞初新志》在日本的传播范围之广、形式之多、影响之大，可见该书作为一部优秀的文学作品，得到了中国以及海外日本广大读者的充分认可，体现出极高的文学价值。

一、《通俗排闷录》译《虞初新志》十九篇

《通俗排闷录》著者为石川雅望(1754—1830)，字子相，号六树园、五老山人等，狂歌名宿屋饭盛，日本江户后期的国学者、狂歌师。除狂歌与狂文之外，石川雅望还通晓和汉书籍，被称为狂歌师中的学者，著有对《源氏物语》进行考证之作《源氏余滴》《雅言集览》等，改编自中国白话小说之读本《天

羽衣》《近江县物语》等，以及译作《通俗排闷录》，著述颇丰。

《通俗排闷录》分别刊行于文政十一年(1828)和文政十二年(1829)，共前后两帙，是清人孙洙所作文言小说选集《排闷录》的译作。该书在中国早已失传，因此，《通俗排闷录》这一译作便显示出其文献存传的重要意义。孙洙(1711—1778)，字临西，号蘅塘，以蘅塘退士之名编有《唐诗三百首》一书，影响极其深远。《排闷录》为孙洙的另一部代表作，虽然早已失传，却由石川雅望译成日文留存至今，可见该书在日本的传播经久不衰与巨大影响力。通过《通俗排闷录》一书可观孙洙《排闷录》的选文标准、编选体例、旨趣以及所收录的各篇内容等，显示出石川雅望这一译作的重要意义。

《通俗排闷录》中收录了《虞初新志》《虞初续志》《聊斋志异》《池北偶谈》等多篇小说中的作品，其中包含大量《虞初新志》中的篇章，可见以《虞初新志》为代表的清代笔记小说在当时日本的流行盛况。在《通俗排闷录》中，收录较多之作为《虞初新志》《虞初续志》《聊斋志异》中的文章，据笔者统计，《通俗排闷录》中所收各个作品中的文章数为《虞初新志》19 篇，《聊斋志异》14 篇，《虞初续志》9 篇，此外则零散地收录了其他作品中的文章，如《池北偶谈》《坚瓠集》系列等。

《通俗排闷录》按所选篇目的内容主旨分门别类，分为一卷至十一卷。其中第七卷分为上、下两卷，故全书共计十二卷。该书中所收录的《虞初新志》各篇并非原封不动地保留原题目，而是以该篇主人公的名字命名为题，其中偶见与原题目相同之篇。为了将其与《虞初新志》相对照，现将《通俗排闷录》中所录出自《虞初新志》的各篇从目录中摘出，归纳整理如表 9：

表 9《通俗排闷录》与《虞初新志》篇名对比表

卷次	著者	《通俗排闷录》中的篇名	《虞初新志》中的篇名
卷之一　孝行之部	王洁	《哑孝子》	《哑孝子传》
	王晫	《孝丐》	《孝丐传》
	宋曹	《鬼孝子》	《鬼孝子传》

续表

卷次	著者	《通俗排闷录》中的篇名	《虞初新志》中的篇名
卷之二　忠义之部	陈鼎	《义牛》	《义牛传》
	徐芳	《义犬》	《义犬记》
卷之五　高谊之部	钮琇	《熊公》	《人觚》
	钮琇	《黄中》	《事觚》
	陆次云	《宝婺生传》	《宝婺生传》
卷之八　义侠之部	吴肃公	《五人传》	《五人传》
	徐瑶	《髯参军传》	《髯参军传》
	王猷定	《义虎传》	《义虎记》
卷之九　玩世之部	李焕章	《宋连璧》	《宋连璧传》
	陈鼎	《狗皮道士》	《狗皮道士传》
	陈鼎	《雌雌儿》	《雌雌儿传》
	方亨咸	《武风子》	《武风子传》
	周亮工	《刘酒》	《刘酒传》
卷之十　仙缘之部	陈鼎	《薜衣道人》	《薜衣道人传》
卷之十一　灵异之部	顾珵美	《卖米者》	《闻见卮言》
	陆次云	《周侍御》	《纪周侍郎事》

如表9所示，《通俗排闷录》中共收录了《虞初新志》译作19篇，从数量上来看，为《通俗排闷录》中所收作品数量最多的小说，由此可知《虞初新志》的知名度与极高的文学成就，其优秀篇目云集，不胜枚举。从内容方面来看，所选之篇共涉及孝行、忠义、高谊、侠义、玩世、仙缘、灵异这几个方面，较为广泛地涵盖了《虞初新志》所收之篇的各个主题。这种按编选主题划分卷次的方式有别于原作，显示出与《虞初新志》不同的新特点，然而从其选文标准、编辑体例来看，则仍然体现出与原作较为相似之处。《通俗排闷录》中所收录的诸多篇章可谓在日本影响深远，其中有些内容还被翻译、并收录在日本的文学读物之中，如《义虎记》等。

《通俗排闷录》中所收录的各篇以篇中主人公的名字命名，如王洁《哑孝子传》在《通俗排闷录》中题为《哑孝子》，徐芳《义犬记》、陆次云《纪周侍郎事》则分别题为《义犬》《周侍御》，有别于《虞初新志》显示各篇体裁的传、记、纪之命题，《通俗排闷录》以其主人公命名的方式可谓其独具特色之处。此外，钮琇《人觚》《事觚》、顾琨美《闻见卮言》这些篇名并非体现人名之作，石川雅望亦以主人公的名字命名，如《人觚》中的一则讲述了熊公廷弼督学江南之事，故题名为《熊公》；《事觚》中的一则叙述了老农黄中拾金不昧悉数归还之事，故题名为《黄中》；《闻见卮言》中的一则描述了米中掺水的卖米者遭雷劈致死之事，故题目为《卖米者》等，其所收各篇皆以篇中所出现的人物而重新命名，体现出与《虞初新志》命题之不同之处。

然而，这三篇均为若干奇闻异事的汇编，除上述内容之外，还有其他人物之事有所记载，如《人觚》中还记述了薛姓村民在入城途中，遇见被兵掠走投井的妇人之魂魄，答应前往其投井之处替其敛尸埋棺之事；《事觚》中还叙述了樵人遇龙、女子化男、与爱姬失散后重逢等几则奇闻异事；《闻见卮言》中还描述了应试者召仙求问自己是否中榜却被戏弄、雷神刻字于柱等奇异见闻，均收录在《虞初新志》的原文之中。然而，观《通俗排闷录》中这三篇的原文可知，石川雅望在翻译之时对于原作乃是有所删减，只保留了其中关于熊公、黄中、与卖米者这三则内容，其余均未予收录，故其题目亦有所更改，仅体现出其所翻译部分的内容主题。由此可以分析，石川雅望在翻译孙洙《排闷录》之时并非原封不动地悉数收录，而是有所选择地对其进行删减，由此可观其关注点与编选标准。特别是有如此种由若干奇闻异事汇编之篇，石川雅望仅分别选取了其中的一则收录在《通俗排闷录》之中，可见其在编选之时经历了仔细筛选的过程。

石川雅望虽然对《虞初新志》的篇名进行了调整，然而也有保持其题目原封不动之篇，如卷五陆次云《宝婺生传》、卷八吴肃公《五人传》、徐瑶《髯参军传》这三篇。此外，卷八中王猷定《义虎记》虽然并未同其他篇目一样仅以“主人公”义虎命名，然而其题目却被改为《义虎传》，以区别于原著，可见石川雅望在翻译之时既非全部遵循原著，亦非全然经过自身修改，其篇目之中既有保留《虞初新志》原貌之篇，又有略做改动之处，足以体现出其作为译作的新特点。此外，石川雅望在翻译之时并未收录篇末张山来的评点，而只是保留了原文部分，且随着行文有改动之处，体现出其灵活多变，有自己编选标准的译作特色。

除了石川雅望的《通俗排闷录》之外，还有其他文学作品亦收录了《虞初新志》中的若干篇目，如：川上眉山[①]《今古奇谈》、大贺顺治《支那奇谈集》等。另外，村濑栲亭[②]《艺苑日涉》、喜多村信节[③]《嬉游笑览》中也可以看到《虞初新志》在日本流传的痕迹。《虞初新志》除了作为一部文学作品广为人知之外，其中所收录的各篇亦以各种各样的形式广泛传播，被翻译、转载，散见于各个文学媒介之中。在《虞初新志》的影响下创作的文学作品亦有数篇，如《明清军谈》[④]中的《吴县民夫死义》以《虞初新志》中所收录的《五人传》为底本成篇，足见《虞初新志》传播广泛而深远，形式灵活多样。

二、箕作阮甫评《虞初新志》四篇

箕作阮甫(1799-1863)，名虔儒，字痒西，号紫川，日本江户末期的兰学者、兰医。箕作阮甫出生在日本冈山县津山市的一个医者之家，父亲箕作贞固为津山藩医，受其影响，箕作阮甫亦学习医学，同时还通晓语言学、兵学、宗教学等诸多领域的学问。他创办了日本最初的医学杂志《泰西名医汇讲》，除了《外科必读》等医学方面的著作之外，还有诸如《海上炮术全书》《极西史影》《玉石志林》等诸多领域的译著，是为具有综合性知识储备、知识面极为广博的学者。此外，箕作阮甫不仅开设了作为东京大学医学部前身的种痘所，在美国东印度舰队司令官佩里赴日之时，还作为幕府的翻译员极为活跃，在诸多领域均发挥了极大的才能。

箕作阮甫知识建构极为丰富，除了医学、语言学、宗教学等领域之外，他对文学也较为喜爱，藏书中有诸多文学方面的书籍，《虞初新志》亦是其中的一部，现藏于日本早稻田大学图书馆，书中有“学半 吉田 二階堂氏藏书 啓白水青山 □忘□ 醒斋图书 锻冶桥第箕作氏记”[⑤]之印记，亦可见其在作读之

① 川上眉山(1869-1908)，日本：明治时期的小说家。
② 村濑栲亭(1744-1819)，日本：江户时代后期的汉学者。
③ 喜多村信节(1783-1856)，日本：江户时期的国学者。
④ 《明清军谈》，共二十卷，撰者不详。
⑤ (清)张潮辑，荒井公廉训点. 虞初新志[M]. 冈田仪助等发行，文政六年(1823).

时的圈点、朱批，由此可观其细细研读的痕迹。在箕作阮甫所藏《虞初新志》之中，可见诸多圈点，散见于各篇之中，其中有四篇文章还附有朱批，分别为陈鼎《啸翁传》、来集之《樵书》、钱宜《记同梦》、周亮工《因树屋书影》。

（一）陈鼎《啸翁传》

《啸翁传》塑造了一位善啸的年长者啸翁这一人物形象，篇幅较短，全文重在描写其仰天长啸之绝世反响。篇中见箕作阮甫圈点若干，朱批二处。

在开篇之处，描写了啸翁曾于清夜独自一人登至山顶长啸，“山鸣谷应，林木震动，禽鸟惊飞，虎豹骇走，山中人已寐者，梦陡然醒，未寐者，心悚然惧，疑为山崩地震，皆彷徨罔敢寝。”①箕作阮甫将这一连的描写分别以顿点、圈点两种形式进行了标注，并在余白处写有“余波”的字样。对于一般之长啸，其声传数里即已甚为罕见，而啸翁之啸可使山谷林木为之所震，飞禽走兽为之惊飞骇走，仿似山崩地裂翻江倒海之势，使人心悚体惧无法安眠，而箕作阮甫的“余波”之批语则言简意赅地概括了啸翁之啸的不同凡响。

相传啸翁之啸乃是自幼之时传自啸仙，故能有如此翻江倒海之势。对其发啸之时的声音变化过程，文中较为细致地进行了描写：“初发声，如空山铁笛，音韵悠扬。既而如鹤唳长天，声彻霄汉。少顷移声向东，则风从西来，蒿莱尽伏，排闼击户，危楼欲动。再而移声向西，则风从东至，訇然荡然，如千军万马，驰骤于前。又若两军相角，短兵长剑紧接之势。久之，则屋瓦欲飞，林木将拔也。”对于这一部分描写，箕作阮甫亦分别以顿点、圈点两种形式进行了整段的标注，足见他对此内容的喜爱与深有所感，亦可体现出其描写手法之惟妙惟肖，啸翁之啸响彻云天、余音绕梁之效由此可观。最初之时，其声犹如空山铁笛般空旷悠扬，仿似一股天籁之音遥遥传来甚为强烈。之后其声愈发响亮，宛如鹤唳长天般响彻云霄，逐渐迸发出其宏广嘹亮之声。既而其啸依次向东、西移声，声势浩大，犹如千军万马、短兵长剑之争，亦有窗摇户震、危楼欲动之势。久之，则“屋瓦欲飞，林木将拔”，其长啸宛如巨风席卷般不同凡响。

在篇末处，叙述了“啸翁能医，工画，善歌，垂八十，声犹绕梁云。”可见

① （清）张潮. 虞初新志[M]. 上海：上海古籍出版社，2012：132-133. 以下《啸翁传》引文同。

啸翁除此之外还有多种特长爱好，年逾八十其声仍绕梁而不绝，箕作阮甫将“声犹绕梁云”几字进行了圈点，并于余白处朱批“结尾不脱声字”。《啸翁传》可谓以啸翁之“啸”贯穿全篇，在末尾处虽然对其兴趣爱好进行了简要的叙述，然而在结尾处仍然以其“声”结尾，首尾一致与题目相呼应，亦充分体现了啸翁之名的由来，正所谓箕作阮甫批语之结尾点题之意。《啸翁传》篇幅短小，语言精炼，描写传神，箕作阮甫对其圈点之处几乎近全文的一半之多，且有两处朱批，足见他对该篇作品的喜爱之情。

(二)来集之《樵书》

《樵书》为三则小故事的汇编，其中前两则为赶考之考生请仙询问场中题的故事，其内容与拆字相关，未见圈点、朱批。而在第三则故事的末尾处，见箕作阮甫朱批一处，是为对其内容所作之感。

第三则故事叙述了青州之番民通晓以木易人足之术，适逢某郡丞途经此地，两位掌管文书之官员同游，夜宿于客邸。其中“一人与妇人淫，其夫怨之，易其一足。一人不与妇淫，其妻怨之，易其一足。”①次日，二人于厅堂之中徘徊不前，郡丞方知此事，遂逮其人，才使得二人之足如故。

这则故事的侧重点在于以木易人足之术，且能够来回变换自如，确实让人为之一奇，而以木易人足亦成为一种惩罚方式体现在本篇之中。在篇末处，附有辑者张山来的评点，仅为对第三则故事所作之感：“淫其妇而仅易其足，可谓罪重而罚轻矣。”在张潮看来，犯下如此之罪行却仅仅以木易其足，这一惩罚方式过轻，远远不及其罪之深重，即所谓罪重而罚轻。与此相对应，箕作阮甫则将目光投向另一位官员，在此处作朱批曰：“不淫其妇而易一足者可谓至冤矣”。张潮着眼于对淫其妇之官员罪罚过轻，而箕作阮甫则为另一位官员不平，认为他并没有淫其妇，然而却承受以木易足之惩罚，可谓非常之冤。张潮在作评之时，仅仅针对第三则故事发表了感想，且侧重于惩罚之轻重这一点，箕作阮甫之朱批亦是围绕第三则故事的惩罚轻重问题有感而发，其内容与张潮之感相对应，由此显示出箕作阮甫之着眼点与张潮有异曲同工之妙，由此可观其对本篇内容与张潮之评点的把握。

---

① (清)张潮. 虞初新志[M]. 上海：上海古籍出版社，2012：135-136. 以下《樵书》引文同。

（三）钱宜《记同梦》

《记同梦》由“三妇合评《牡丹亭还魂记》”其中的一妇——钱宜所作，讲述了她与其夫二人同梦之奇闻，其中见箕作阮甫圈点二处，朱批一处。

清代著名学者吴吴山的三位妻子陈同、谈则、钱宜曾合评明朝汤显祖之《牡丹亭还魂记》，于刻成之时将完成之作供于庭中，并设其主人公杜丽娘之位，折红梅一支、备酒果以示祭奠。当晚，钱宜与其夫吴吴山二人同梦，梦中于牡丹盛开之亭后见一似为杜丽娘之美人，问其姓氏居所皆不应，而只是拈青梅一颗笑而不语。其后，大风将牡丹花吹得漫天飞舞，美人不见，遂惊醒。梦醒之时二人为之惊奇不已，深觉杜丽娘果有其人，故由钱宜作画题诗，将梦中美人之姿留存以传世。吴吴山亦和诗一首曰：“白描真色亦天然，欲问飞来何处仙。闲弄青梅无一语，恼人残梦落花边。”[①]箕作阮甫将此诗之后两句施以顿点，即描写在梦中询问美人芳名之时，其只是转身摘下一颗青梅拈玩不语之态，以及美人于忽而风起漫天牡丹花飞舞处消失不见之“闲弄青梅无一语，恼人残梦落花边”这一句。梦中得以一睹杜丽娘之风采，然而却未得之一语，此梦以纷飞之花惊醒，实为让人颇感遗憾之“恼人残梦”。尽管如此，却更体现出杜丽娘的神秘莫测与曼妙之态，莞尔一笑之姿与漫天飞舞之花有机融合在一起，虽有遗憾却显得更为唯美，令箕作阮甫深有感触，故施以圈点。

在篇末处，张山来引用了清初闺秀结社之一的蕉园诗社之主要成员——顾启姬之评，称：“丽娘见形于梦，疑是作者化身。”箕作阮甫将此句施以顿点，并朱批曰“佳评”。钱宜资质聪颖，她并非出身书香门第，然而在其夫吴吴山的影响熏陶之下，经过其勤学苦读，仅仅于数年间便精通文墨，进步非凡。且其为人温婉稳重，美丽贤惠，从顾启姬评梦中之杜丽娘乃钱宜之化身这一点来看，亦可充分体现出对她的高度评价。而箕作阮甫对此也深有同感，称其所评为佳评，对其大加赞赏。此篇之中，箕作阮甫亦着眼于张潮之评点抒发自身感想，虽然此评为张潮所引他人之评，然而继此引用之后其继续评道：“此语可云妙悟”，由此可见箕作阮甫之“佳评”亦与此同工，可以看出在读《虞初新志》之时，张潮在篇末的评点亦为其颇为关注、深有感触的内容之

① （清）张潮. 虞初新志[M]. 上海：上海古籍出版社，2012. 176-177. 以下《记同梦》引文同。

一，这更加显示出箕作阮甫不仅对于张潮的编选之篇颇为喜爱，对于其文笔亦极为认可。

（四）周亮工《因树屋书影》

《因树屋书影》由若干小故事组成，为各地奇闻异事之汇编，其中有一则见箕作阮甫圈点二处、朱批一处。

此则故事叙述了亳州有一人形似骨碌，故人称孙骨碌。该人在出生之时“有首有身，身上具肩”①，然而无臂无手；其“身下具尻”，然而却无腿无足，即仅有身体而无四肢之“骨碌”之形。箕作阮甫在此将上述关于孙骨碌体态之引文施以圈点，可见其颇为惊奇感触之状。

由于其父无子，而孙骨碌为男儿之身，因此父亲将其养育成人。然而由于如此之体态，故一切生活起居均需人照料，见宾客之时有人将其抱出以见，站立之时则倚门而立，偶有失去平衡扑地而倒的情况，如此情形实为让人颇感不幸而深表同情。然而，他却与常人一样结婚，并育有三子，长子登进士，次子为诸生，皆出类拔萃。孙骨碌虽然先天肢体残缺，然而其家愈发富贵，其子优秀，可谓塞翁失马，各自之造化深不可测。

在篇末处，张潮评点曰：“此君之父，因无子而育之，可也；但不识何等女子，居然肯嫁之乎？”孙骨碌虽然体态异于常人，然而毕竟骨肉至亲，再加上其父无子，故细心养育待其长大成人可以理解。然而对于其成家生子，张潮则显示出不可思议状，称“但不识何等女子，居然肯嫁之乎？”此句评点箕作阮甫将其圈点，并朱批“奇评”。读此篇之内容，读者多惊讶于孙骨碌异于常人的体态、感叹于其子的出类拔萃，然于此之时，张潮却作做此之评，使人读之不禁赞叹其独特之视角，充分体现出他评点的特色与独特魅力。

如前所述，《因树屋书影》为若干奇闻异事之汇编，而箕作阮甫唯独将目光投向此篇，且并非感叹于所述内容之奇，而是对于张潮之评点颇有所感，如同前两篇一样对于评点内容抒发感想，这充分显示出箕作阮甫对张潮所作之评的感叹之情与赞美之意。比起正文内容，箕作阮甫更着眼于张潮的评点，

① （清）张潮．虞初新志［M］．上海：上海古籍出版社，2012．188－193．以下《因树屋书影》引文同。

并对其施以圈点、朱批抒发自身之感想，可见其不仅对《虞初新志》所收之篇甚为喜爱，还对其编者张潮极为关注。正是张潮独特的视角与颇具特色的编选体例、旨趣，才使得《虞初新志》作为一部文学成就极高的著作得以广为传播，家喻户晓。

三、小川为次郎评《虞初新志》一篇

小川为次郎(1851-1926)为明治政府于1881年设立的财政整理部门——统计院的官吏，爱好收藏书画藏品，所收有诸多国宝、重要文化财产级别的珍品，其个人藏品甚至达到可开展览会之规模，且均为珍品，由国家购买收藏，可见他对于收藏之喜爱程度与其藏品之珍贵。此外，小川为次郎还有诸多藏书，《虞初新志》便是其中的一部，现藏于日本早稻田大学图书馆，书中有“江连氏藏书 川氏藏书之记”的印记，亦可见其作读之时的圈点若干，散见于各篇之中。此外，还有三篇短文可见小川为次郎之朱批，分别为《大铁椎传》《记老神仙事》《圆圆传》，其中前两篇中所批为小川为次郎对于原文个别内容所作的训点，以帮助其转换为日文语序进行阅读，在此恕不详言。而在《圆圆传》中，则可见小川为次郎散见于全篇的圈点，以及朱批二处。

陆次云《圆圆传》讲述了明末清初秦淮八艳之一的陈圆圆之事，开篇在交代“圆圆，陈姓，玉峰歌妓也”这一基本信息之后，便称其“声甲天下之声，色甲天下之色”①，倾国倾城，可谓才貌双全。小川为次郎特将对其声、色之描写施以顿点，可见他对此颇有所感。陈圆圆之美貌可谓举世无双，总兵吴三桂曾因倾慕其名而欲以千金迎娶之，却不料先为明怀宗妃子之父——田畹所得，为此吴三桂与陈圆圆二人均颇为沮丧。

时李自成之军攻城略地，时局动荡不安，田畹甚为担忧，唯恐祸及自身，遂将此心事诉之于陈圆圆。对此，陈圆圆建议其“曷不缔交于吴将军，庶缓急有借乎？”(小川为次郎顿点)此吴将军即为仰慕陈圆圆之吴三桂，其如此之提议或为眼下较为可行之法，然而却难以排除她对于此前未能嫁与吴三桂之不满的私心，企图以此为机与吴三桂有所接触。对于如此之提议，田畹认为如

① (清)张潮．虞初新志[M]．上海：上海古籍出版社，2012．130-132．以下《圆圆传》引文同。

今之世道即使有与其结交之意亦为时已晚，于是陈圆圆游说其曰：“吴慕公家歌舞有时矣。公鉴于石尉，不借人看，设玉石焚时，能坚闭金谷耶？盍以此请，当必来，无却顾。”（小川为次郎顿点）陈圆圆劝说田畹与吴三桂结交，然而田畹对此却持否定态度，因此，陈圆圆对其进行了进一步的游说，企图以观赏歌舞为由邀请之。如此之由似乎颇为可行，田畹遂前往邀请吴三桂。对于如此邀请，“吴欲之而故却也，强而可。至则戎服临筵，俨然有不可犯之色。”（小川为次郎顿点）如此之举充分体现出吴三桂作为朝廷要员装腔作势、惺惺作态之姿，他既想前去观赏歌舞，又恐有失其威严，因此故意推辞、面露难色，以缓解其受邀随即前往之有碍颜面之姿，表面上显示出受邀勉为其难而赴约之态。

最初吴三桂衣着戎装，威风凛凛，高高在上，然而，当“一淡妆者，统诸美而先众音，情艳意娇”现身于席间之时，吴三桂一改先前之姿态，急忙命人解下戎装，换为轻裘，对其神魂颠倒、心荡神移，而此淡妆者即为陈圆圆，足见其倾国倾城之貌。对于此句对陈圆圆之描写，小川为次郎区别于先前之内容，用双圈点进行标注，足见其意有所感。在陈圆圆于席间行酒之时，吴三桂问其曰：“卿乐甚”？对于此问，陈圆圆细语曰：“红拂尚不乐越公，矧不逮越公者耶？”（小川为次郎顿点）如此之回答可谓颇有深意，其倾心于吴三桂之态溢于言表，而吴三桂亦甚为满意，会心颔首。于是，在田畹问其寇至将如何应对之时，吴三桂随即对曰：“能以圆圆见赠，吾当保公家先于保国也。”（小川为次郎顿点）田畹迫于无奈，只好勉强答应，于是吴三桂载陈圆圆而去。对于吴三桂如此做法，小川为次郎朱批“吴已露马脚”。先前吴三桂欲迎娶陈圆圆，却被田畹抢先一步未能如愿，而如今仍垂涎于其美貌，以此为交换条件，甚至承诺将保其安危优先于保国，可见吴三桂对陈圆圆之痴迷程度，亦为其日后的“一怒冲冠为红颜”埋下隐患，即所谓其已经露出马脚。

其后李自成占领了京师，陈圆圆随即为其所得。李自成命陈圆圆唱歌，然而在听闻之后却认为其“音殊不可耐”，与其美貌无法同日而语，随即命歌姬演唱西调，并辅之以各种乐器，李自成更是随着旋律以手击拍与其相合，歌声极妙。曲毕之时，李自成问陈圆圆作何感想，陈圆圆答曰：“此曲只应天上有，非南鄙之人所能及也。”（小川为次郎圈点）如此作答，充分显示出陈圆圆对于当世之时局以及自身之处境颇为熟知，由此可观其机智从容与谦卑姿态，李自成对此十分满意，其后便对她十分宠爱。

而吴三桂则先是投降于李自成，在听闻其家已被闯王所抄、父亲已被闯王所捉之后，称待他回去之后李自成自会归还。然而，在听闻陈圆圆已为闯王所占之时，则顿时怒发冲冠、怒不可遏，于是“三桂拔剑砍案曰：‘果有是，吾从若耶！’”小川为次郎将此句施以顿点，并朱批：“吴亦小丈夫也哉噫”。吴三桂在听闻被抄家、父亲被捉之时均并无太大反应，甚至对于其父在李自成手中之安危亦未显示出担心之状。然而，在听闻陈圆圆被其所占之时却一反常态，顿时怒目相向，称与李自成不共戴天，甚至不顾其父被杀之危险，毅然决然地起兵围剿李自成，将其激怒，遂吴三桂之父亲被杀。然而，吴三桂此番出兵既非为国出征，亦非替父报仇，而仅仅是因为其爱妾陈圆圆被李自成所占，因此才一怒之下起兵，正如在此篇篇末处，《圆圆传》之著者陆次云提及的吴梅村所作《圆圆曲》中的诗句：“冲冠一怒为红颜”（小川为次郎顿点）所述之状。自古以来贪图美色误国误家之例不在少数，吴三桂此举亦暴露出其难过美人关、不顾大局的狭隘之举，正如小川为次郎朱批之吴三桂亦小丈夫，难成大举也。

在吴三桂出兵围剿李自成之时，或许不知者认为其乃效法春秋时期的申包胥，是为君为父报仇之忠孝之士，然而“曷知其乞师之故，盖在此而不在彼哉！”吴三桂之所以发兵围剿李自成，此举并非为君为父以此借兵复国，而只是为了爱妾陈圆圆一人之为，其意在此非彼也。小川为次郎在此句处做以双重圈点，足见其对此深有感慨。

通过如上分析可知，小川为次郎在此篇之中有诸多圈点，朱批二处，可见在读《圆圆传》之时感触颇深，亦可显示出对此篇内容的喜爱，是在《虞初新志》中深有感触的篇章之一。除此篇之外，其他各篇之中亦散见小川为次郎的圈点，可见其对《虞初新志》慢慢研读、细细品味情景，充分体现出该书的文学魅力所在。

《虞初新志》作为一部文学作品，在日本的广泛传播不仅体现在诸多作家对其收藏与解读以及编选其中的部分篇章译以日文等方面，甚至一些思想家、医者、收藏家等诸多名家均读过《虞初新志》，并对该书予以充分的认可与高度赞扬，其深深为之感动、感触良多的状况亦可通过多种资料有所了解。《虞初新志》在日本的传播不仅局限于文学界，其传播范围之广、影响力之大甚至达到使人叹为观止的程度，是在日本极受欢迎的文学作品之一。

结　语

文言小说集《虞初新志》刊行于1700年，是明清时期“虞初”系列小说中具有代表性、文学成就极高的志怪类小说。辑者张潮“文多时贤，事多近代”等编选体例、旨趣体现出不同于以往文学作品的新特点，为其之后的文学创作带来了新的启示，为明清时期的小说攀登新高峰起到了十分重要的积极作用，影响深远。除中国之外，《虞初新志》的影响还波及海外日本，反响很大。该书在中国刊行之后，于1717年之前便已传入日本，并且广泛地传播开来，掀起了文人争相阅读的高潮，甚至还出现了人们争相购买，故而价格上涨、一书难求的盛况。由此可见，《虞初新志》在传至日本之后迅速传播开来，广受读者青睐，其在日本深受欢迎的程度与极大的知名度。

《虞初新志》在日本的传播范围极为广泛，和刻本的大量刊行、汉文仿作的相继出现、诸多文人私人藏书中的《虞初新志》及其圈点、朱批、作家作品中对《虞初新志》的提及、《虞初新志》的感想文、《虞初新志》在日本杂志中的刊载等，其在日本的传播与接受以各种各样的形式体现出来，足以显示出《虞初新志》在日本所产生的深远影响。

首先，和刻本的相继刊刻发行可谓《虞初新志》在日本广为传播的最为直接的表现形式。《虞初新志》传至日本之后，迅速受到广大文人的喜爱，引起了极大的反响。然而，由于市场需求太大，出现了供不应求的盛况，求书之人颇为困惑，有基于此，浪华书肆刊刻“国字旁译”的和刻本《虞初新志》以便读者。该书初版刊行于1823年，之后又陆续发行了5种后印本，一直持续至明治时期，由此可见其传播的盛况，可谓经久不衰。和刻本《虞初新志》在发行之时，先后经历了刊刻出版、校正、补印等一系列出版过程，各版本之间的排版顺序亦略有调整，由此可以看出和刻本《虞初新志》在其刊行过程中不断的修改、完善，这充分体现出《虞初新志》在日本传播的轨迹。和刻本《虞初新志》在翻刻之时既最大程度地还原了中国本《虞初新志》的原貌，又充分体现出和刻本的特征，其刊行极大地促进了《虞初新志》在日本的传播，使更多的读者能够得以阅读，具有促进书籍流通与文化交流的重大意义。

其次，诸多汉文仿作的相继出现可谓《虞初新志》广为日本文人所接受的最为直接的产物。和刻本《虞初新志》的刊刻使得更多的读者能够得之一阅，极大地促进了该书在日本的传播。其极高的文学成就为广大文人所接受，进而成为其争相效仿的对象，出现了诸多模仿其编选体例、旨趣而成书的汉文仿作，如以“虞初”命名的《本朝虞初新志》《日本虞初新志》，广搜日本传奇小说译以汉文的《译准绮语》，据实结撰、寓意其中的《谭海》《谈丛》，所收均为真人真事、可作为察风观俗之资料的《当世新话》等。各汉文仿作既很好地继承了《虞初新志》广收天下奇闻异事的搜罗状况、所收之事大抵真人真事的据实之风和传布奇文、寓意其中的寓教义旨、文末评点等编选体例、旨趣，又有着各自不同于原作的新特点，是在《虞初新志》的影响下相继问世的一系列文学佳作，为日本汉文小说的创作掀起了一股新的风潮，在其发展史上产生了十分巨大的影响。

再次，《虞初新志》作为日本文人汉籍学习水平的衡量标准可谓对其文学成就的极大认可与赞赏。《虞初新志》不仅是文人所热衷喜读的书作，作为当时衡量汉籍学习水平的必读书目之一亦十分受重视。在江户幕府时期的汉籍学习指导书《初学课业次第》中，将《虞初新志》作为汉籍学习提升阶段所必读的五部小说之一列出。在同一时期的汉籍学习方法书《读书矩》中，将《虞初新志》作为汉籍学习最高阶段的书目，与《文心雕龙》《四库全书提要》等书籍一同列出，这均显示出《虞初新志》受到文人的重视程度以及对其文学成就的极大认可。日本著名汉学者盐谷温在其《支那文学概论讲话》中，在介绍清代传奇体小说的代表作之时，将《虞初新志》作为其中所列举的五部小说之一列出，亦可看出该书作为广收奇闻异事之志怪类小说在日本受到了极高的评价，成为衡量汉籍学习水平与文学成就的标志性著作。

再次，诸多学者文人藏书中的《虞初新志》及其圈点、朱批可谓该书为之所接受的痕迹及印证。日本诸多名家的私人藏书中均藏有《虞初新志》，其认真研读之笔迹清晰可见，十分珍贵。如日本著名作家森鸥外的诸多藏书之中，《虞初新志》是其中少有的附有圈点与朱批的作品，足以显示出对其喜爱与欣赏之情。著名作家芥川龙之介在高中阶段即已读完《虞初新志》，除书中随处可见的圈点、朱批之外，还于空白处见其挥墨之笔，可见其对《虞初新志》文学价值的认可以及对该书所产生的共鸣。日本著名思想家吉田松阴在读毕《虞初新志》之后，写有感想文一篇，虽然包含对该书的批判成分，然而对于其描写手法、寓意寄托、充满真情实感等文学成就则予以充分的肯定及高度评价，这充分显示出《虞初新志》在日本传播之广、影响力之大。除了文人之外，《虞初新志》还见于兰医箕作阮甫、政府部门的官吏小川为次郎的藏书之中，并附有圈点、朱批，由此可见《虞初新志》在日本的传播可谓遍及各个领域，影响渗透至方方面面。

最后，作家作品中的提及、刊物的转载可谓《虞初新志》在日本广泛传播、深为各个领域所接受的直接载体。日本著名作家森鸥外深受《虞初新志》的影响，在其文学作品之中也随处可见其痕迹，如在他的评论文《读当今诸家小说论》中，森鸥外在评论理想主义的时候，直接引用了《虞初新志》的序言部分作为范例；在《雁》《性欲的生活》等森鸥外创作的小说中，亦直接提及了《虞初新志》一书，足以显示其深远的影响与重要作用，《虞初新志》为之所接受的痕迹一览无遗。江户川乱步在创作其代表作《孤岛之鬼》之时，深深地受到了《虞初新志》的影响，是该书创作的契机与出发点，他甚至在作品的人物对话中直接提及了《虞初新志》中的内容，这充分体现出《虞初新志》作为志怪类小说之杰出代表的文学价值与魅力所在。此外，《虞初新志》还被其他刊物转载，如《义虎记》被刊载于日本动物行为学相关的杂志《动物文学》之中，这充分显示出《虞初新志》不仅传播于以文学创作为主的文人层面，还渗透至更多、更广的领域，产生了极其广泛的影响。

《虞初新志》在日本广泛传播，为诸多文人学者所接受，影响极其深远，其流行之盛况亦以各种各样的形式呈现出来。探究其原因，乃是与日本文学的发展背景、日本文人的嗜奇之风、《虞初新志》的文学价值以及和刻本《虞初新志》的刊刻发行等因素息息相关。

首先，日本文学的发展背景为《虞初新志》的广为流传提供了契机。在中国，小说这一文学体裁在产生之初便被视为九流之外的杂书，长期处于边缘地位，经过漫长的发展过程，其价值才逐渐为广大文人所认可，开始登上历史舞台，在日本亦是如此。与其他文学体裁相比，小说的发展较晚，在其他体裁较为成熟之时，小说才初露头角。在《译准绮语·自序》中，著者菊池三溪交代了其作为《虞初新志》汉文仿作的创作背景，由此可概观日本文学之发展脉络。"我邦文章，至近世，诸体悉备，莫手可措也。独至于野史小说，前修未见染鼎。"[①]至近代，日本文学诸体裁均发展得较为成熟，可谓百花齐放，唯独野史小说这一领域鲜有成就，可见其发展不平衡之势。特别是对于志怪之作、奇闻之谈，"如狐狸之妖，厉鬼之怪，则本邦文士概视以为荒诞不经之事，曾不上之笔端。"[②]《虞初新志》正是在这样的背景下传入日本的。

在日本之文人尚未涉及这一领域、甚至小说这一文学体裁尚未为人所熟知、所重视之时，《虞初新志》即以日本文坛以鲜有之姿态展现于广大文人面前，使其或惊叹于书中所收奇闻异事之新奇，或感慨于志怪小说这一文学体裁之独特，因此迅速引起了极大地反响。诚然，传统的轻视小说等反对之声亦在所难免，然而，诚如菊池三溪、近藤元弘之总览文坛时局、意识到日本的小说领域、特别是志怪小说这一文学体裁尚未得以发展的文人学者亦不在少数，而《虞初新志》的出现则成为其至关重要的敲门砖，为日本小说领域的发展开启了一扇崭新的大门，诸多文人纷纷踏门而入，《虞初新志》迅速成为志怪类小说的代名词，在日本广泛传播开来，影响极为深远。

其次，日本文人的嗜奇之风是《虞初新志》广为流传的直接原因。《虞初新志》所收多为传奇志怪之作，其"荒诞奇僻、可喜可愕、可歌可泣之事"极大地满足了日本文人的嗜奇之好，使其读之或惊奇不已，或感慨万千，深深为之所吸引而欲罢不能。在荒井公廉训点的和刻本《虞初新志·序》中，对该书传

---

① 王三庆，庄雅州，陈庆浩，等. 日本汉文小说叢刊(第一辑第一册)[M]. 台北：台湾学生书局有限公司，2003：403.

② 王三庆，庄雅州，陈庆浩，等. 日本汉文小说叢刊(第一辑第一册)[M]. 台北：台湾学生书局有限公司，2003：153.

至日本的反响进行了简要的概括："《虞初新志》舶来已久，其事悉奇，其文皆隽，览者莫不拍案一惊，为小说家'珍珠船'以购之。"由此可见，《虞初新志》广集天下之奇闻异事，且文辞隽美、引人入胜，读之使人深感惊奇而拍手叫绝，因此争相购买，是以该书在日本广泛传播开来，在广大文人之间掀起了一股更为猛烈的嗜奇之风。

近藤元弘在其《日本虞初新志·凡例五则》中便谈及了其嗜奇之好："樵史性多奇僻，故每逢异书奇传，辄为购求借览焉。尝读清张山来《虞初新志》及郑醒愚《虞初续志》，反复不措，颇有所会意也。然事皆系于西土，至本朝，未见有如此者，岂不一大憾事乎！"文中开篇即指出了近藤元弘"性多奇僻"，凡遇到奇书异传则必购之一读以满足其嗜奇之心，而《虞初新志》则正是如此之书。其后，近藤元弘还进一步阐述了收录如此奇闻异事之作皆出自西土，然而日本却"未见有如此者"，着实为一大憾事。正是在近藤元弘读罢《虞初新志》意有所感以及日本未见有如此传奇之作，才促使其编成了汉文仿作《日本虞初新志》。

有如近藤元弘之文人不在少数，依田学海亦是其中的一位。在其《本朝虞初新志·序》中，依田学海叙述道："顷读张山來《虞初新志》，意有所感，乃遍涉群书，博纂异闻，体仿前人，文出自己，釐为若干卷。"依田学海正是在读罢广收天下奇闻异事的《虞初新志》之时"意有所感"，才促使其写成家喻户晓的代表作《本朝虞初新志》，与近藤元弘之"颇有所会意"而编成《日本虞初新志》有异曲同工之效。正是日本文人的嗜奇之风，使得《虞初新志》在传入日本之后迅速受到广大文人的青睐，广泛流传，经久不衰。

再次，《虞初新志》的文学价值是其广为流传的根本原因。《虞初新志》"事奇而核，文隽而工，写照传神，仿摹毕肖，"其文笔婉丽，笔歌墨舞，凝练古雅的叙事方式令人赏心悦目。其所录之事不仅引人入胜，还寓意其中，情感真切，真挚动人，使人读之深有所感，极具文学价值。日本著名思想家吉田松阴虽然对于《虞初新志》予以猛烈的批判，然而却仍然称赞其写作手法曰："其文工，其情真"，土屋萧海亦评曰："寓意寄托，实如高说，文字奇隽，读之可长人才思"。由此可见，《虞初新志》的写作手法、真情实感、寓意其中的显著特色是其广受赞誉的主要原因，这显示出该书所收之作篇篇精良，充分体现出其价值所在。

在依田学海《谭海》之叙文中，分析了该书作为《虞初新志》汉文仿作的主要特色：据实、寓劝诫、广见闻。《虞初新志》事多近代，所收大抵真人真事，《谭海》亦据实而谈，其所述之事属实。《虞初新志》表彰佚事、劝善惩戒，《谭海》则寓教于人。《虞初新志》广收一切荒诞奇僻、可喜可愕、可歌可泣之事，传布奇文，《谭海》则使人读之长见识，广见闻。从其编选旨趣来看，《谭海》充分仿效了《虞初新志》的编选风格，这正是该书为广大日本文人所认可的极具特色之处。

日本著名小说家森鸥外、芥川龙之介藏有《虞初新志》，书中多见其圈点、朱批，可见其细细研读之痕迹以及深深为之所吸引、感慨良多情况。该书还成为森鸥外以及日本著名侦探小说家江户川乱步的创作素材，森鸥外的代表作《雁》《性欲的生活》，以及江户川乱步的代表作《孤岛之鬼》均深受其影响，作品中甚至直接体现出《虞初新志》之名，足以显示出其对该书文学价值的充分认可以及对其文学创作所产生的深远影响。

《虞初新志》故事尚奇，叙事雅洁，语言凝练，字字珠玑，其所涉及的忠孝仁义、知恩图报等内容题材与儒家所宣扬之精神主旨有异曲同工之效，因此，该书不仅为广大文人所喜爱，还得到了江户时期儒者阶层的充分认可，作为汉籍学习最高水平的衡量标准，成为其提升阶段的必读书目之一而被编入纲目之中，这充分显示出《虞初新志》独具特色之处以及极高的文学价值，可谓该书在日本广为流传的根本原因。

最后，和刻本《虞初新志》的刊刻发行是其广为流传的催化剂。日本文学的发展背景、日本文人的嗜奇之风以及《虞初新志》的文学价值使得该书传至日本之后迅速而广泛地传播开来，为广大读者争相购买以求之一读。然而，由于交通运输等因素的限制，出现了供不应求的局面，在此背景之下，和刻本《虞初新志》刊刻发行以便读者，极大地促进了该书在日本的传播。正是由于《虞初新志》广受欢迎而供不应求，才促使该书的和刻本得以出版，而和刻本《虞初新志》的刊行又更大程度地促进了该书在日本的流传，使得更多、更广的读者层能够得之一阅，传播至更深、更广的领域，可谓其广为流传不可或缺的催化剂。

结 语

《虞初新志》具有极高的文学价值，无论是其编选体例、旨趣，还是所收各篇的表现手法、艺术特色均体现出该书极高的文学成就，因此作为志怪类小说的代名词在日本享誉盛名。《虞初新志》传入日本之后，迅速引起了极大的反响，它影响了一批作家文人的文学创作，不仅为日本文学界提供了新的创作范式与文本素材，还渗透至其他诸多领域，传播范围极为广泛。《虞初新志》的日传为日本文学佳作的相继出现做出了不可磨灭的贡献，促进了日本小说领域不断推陈出新的巨变，是在日本影响极大的文学杰作。

附 录

附录一：森鸥外藏和刻本《虞初新志》所见朱批

森鸥外所藏和刻本《虞初新志》现藏于日本东京大学综合图书馆鸥外文库，其具体出版情况如下：

出版者	大坂：河内屋德兵卫、近江屋平助
出版年	嘉永4(1851)(印)
尺　寸	10册；25. 1×17. 5cm
注　记	题签之书名：《虞初新志 校正》 文政6年(1823)癸未六月序之书名：《翻刻虞初新志》 刊记：嘉永四年(1851)辛亥五月补刻 四周单边有界9行20字 白口单鱼尾 板框：17. 8×12. 5cm 印记：医学士森林太郎图书之记 鸥外藏书

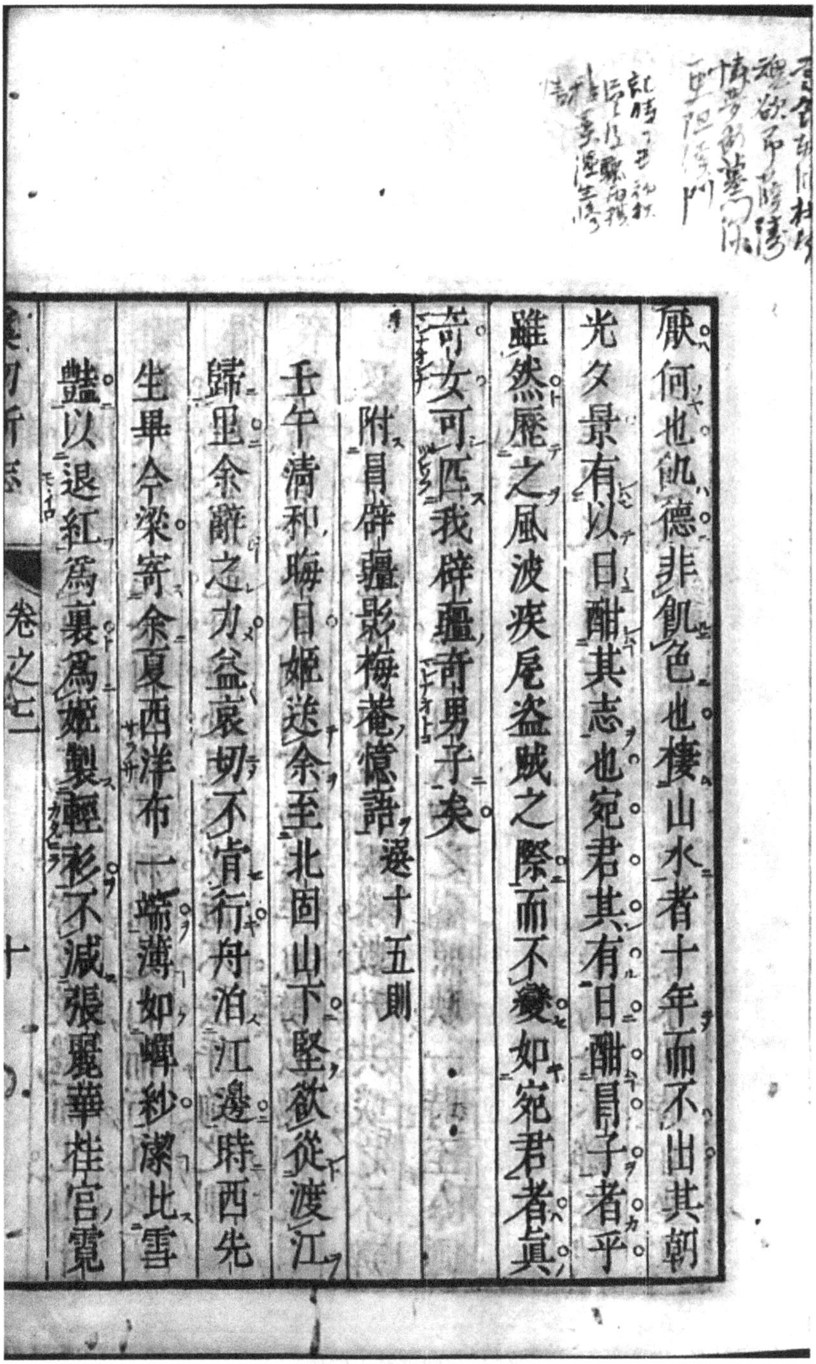

厭何也飢德非飢色也棲山水者十年而不出其朝光夕景有以日酬其志也宛君其有日酬冒子者乎雖然歷之風波疾厄盜賊之際而不變如宛君者真奇女可匹我辟疆奇男子矣

附冒辟疆影梅菴憶語 選十五則

壬午清和晦日姬送余至北固山下堅欲從渡江歸里余辭之力益哀切不肯行舟泊江邊時西先生畢今梁寄余夏西洋布一端薄如蟬紗潔比雪豔以退紅為裏為姬製輕衫不減張麗華桂宮霓

卷之三 十

张明弼《冒姬董小宛传》

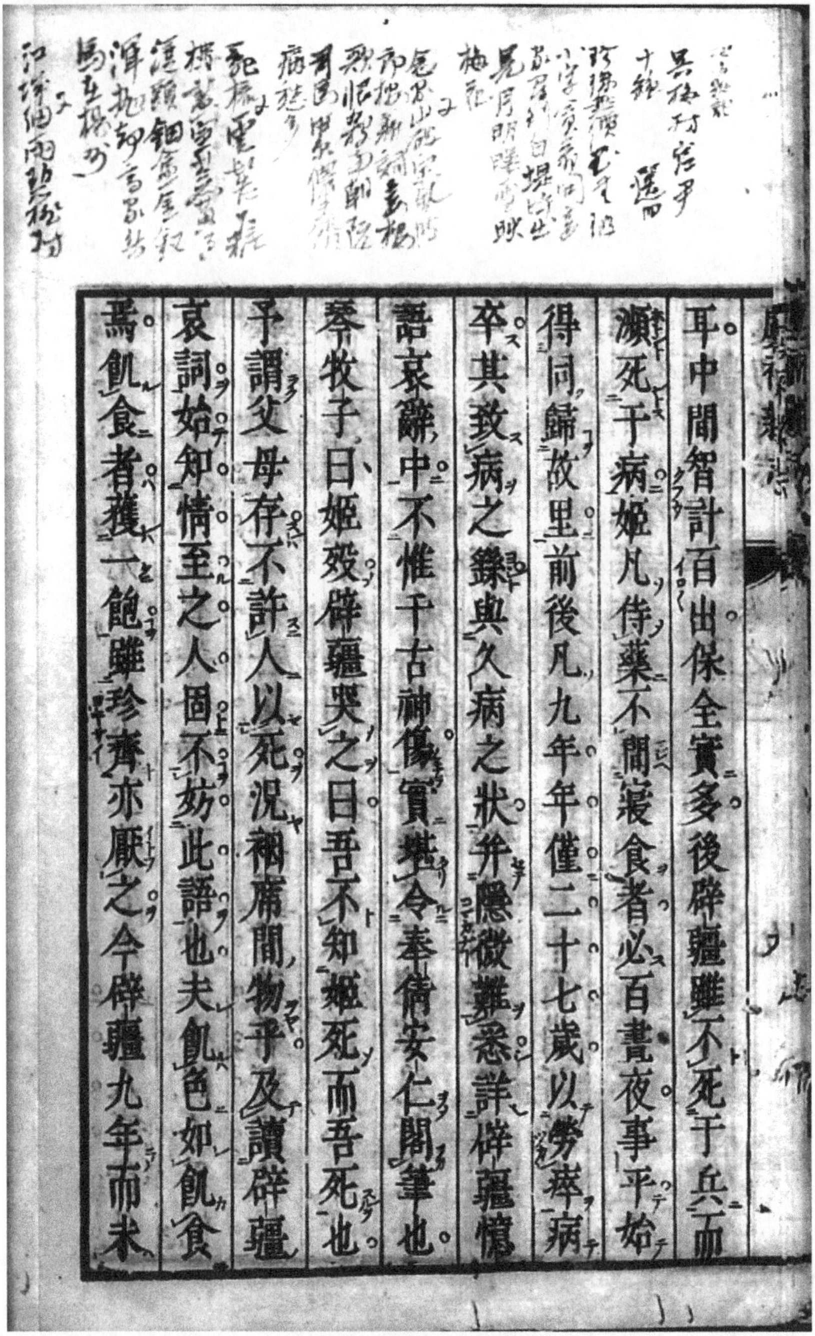
耳中間智計百出保全實多後辟疆雖不死于兵而
瀕死于病姬凡侍藥不間寢食者必百晝夜事平始
得同歸故里前後凡九年年僅二十七歲以勞瘁病
卒其致病之繇與久病之狀并隱微難悉詳辟疆憶
語哀辭中不惟千古神傷實堪令奉倩安仁閣筆也
琴牧子曰姬殁辟疆哭之曰吾不知姬死而吾死也
予謂父母存不許人以死況裀席間物乎及讀辟疆
哀詞始知情至之人固不妨此語也夫飢色如飢食
焉飢食者獲一飽雖珍羞亦厭之今辟疆九年而未

张明弼《冒姬董小宛传》

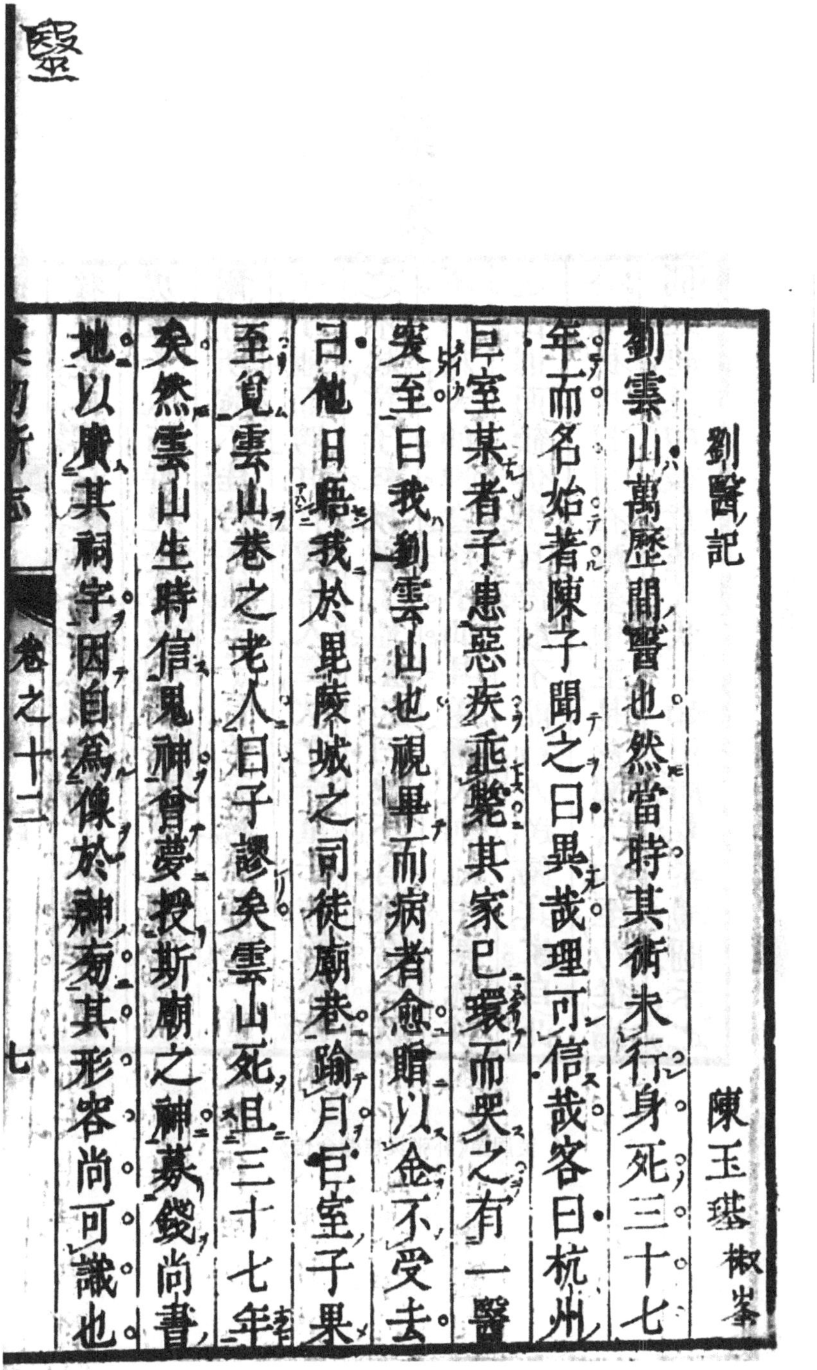

醫

劉醫記　　陳玉堪　椒峯

劉雲山萬歷間醫也然當時其術未行身死三十七年而名始著陳子聞之曰異哉理可信哉客曰杭州巨室某者子患惡疾垂斃其家已環而哭之有一醫突至曰我劉雲山也視畢而病者愈贈以金不受去曰他日晤我於毘陵城之司徒廟巷踰月巨室子果至覓雲山巷之老人曰子謬矣雲山死且三十七年矣然雲山生時信鬼神曾夢投斯廟之神募錢尚書地以廣其祠宇因自爲像於神旁其形容尚可識也

虞初新志　卷之十二　七

陈玉堪《刘医记》

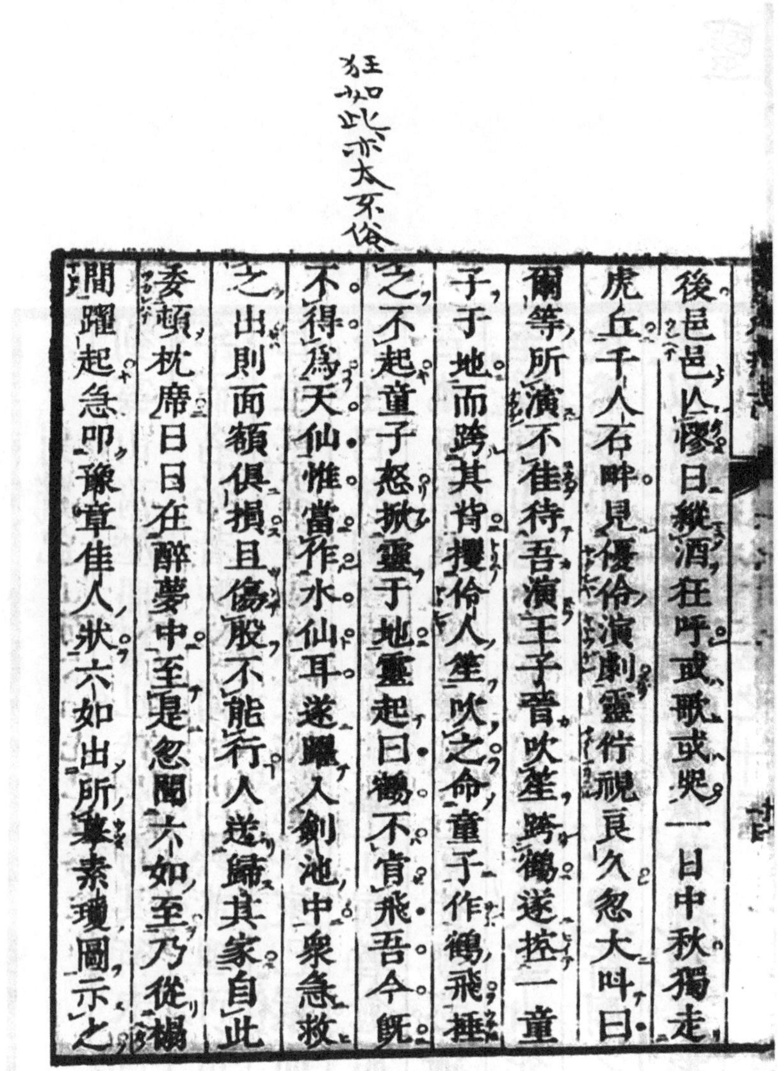

後邑邑以憀日縱酒狂呼或歌或哭一日中秋獨走虎丘千人石畔見優伶演劇靈佇覩良久忽大叫曰爾等所演不佳待吾演王子晉吹笙跨鶴遂捉一童子于地而跨其背攫伶人笙吹之命童子作鶴飛童之不起童子怒掀靈于地靈起曰鶴不肯飛吾今既不得為天仙惟當作水仙耳遂躍入劍池中衆急救之出則面額俱損且傴僂不能行人送歸其家自此委頓枕席日日在醉夢中至是忽聞六如至乃從榻間躍起急叩豫章佳人狀六如出所摹素瓊圖示之

黄周星《补张灵崔莹合传》

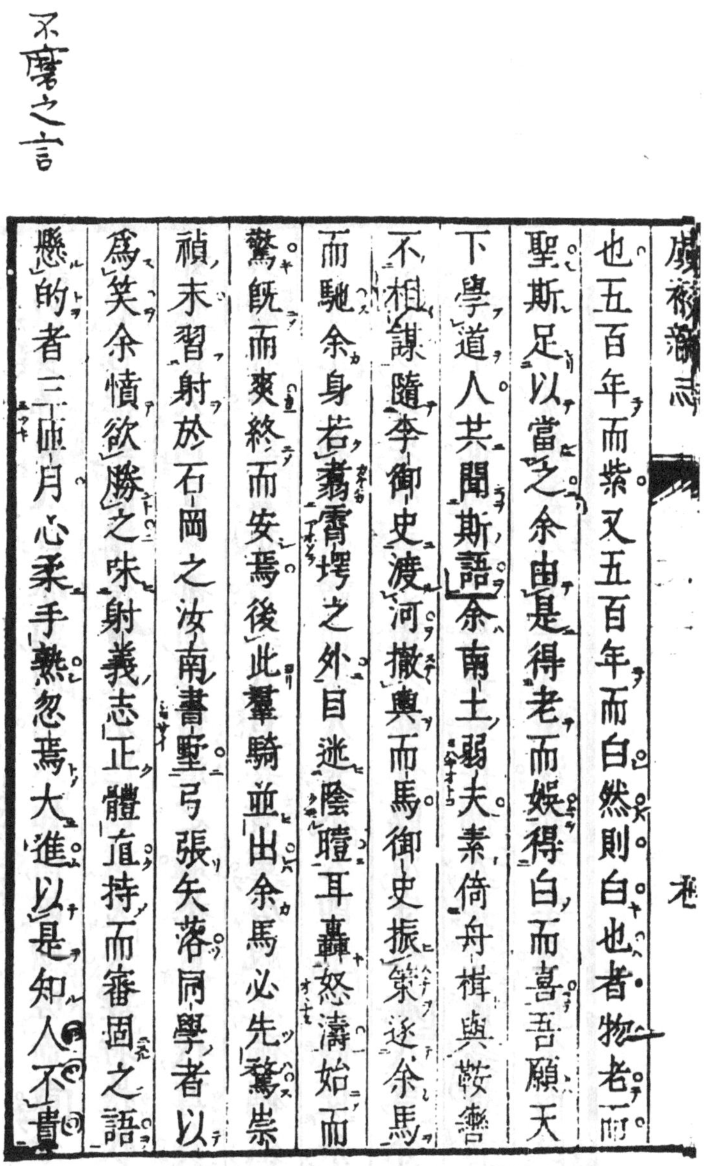
不磨之言
虞初新志　卷
也五百年而紫又五百年而白然則白也者物老而
聖斯足以當之余由是得老而娛得白而喜吾願天
下學道人共聞斯語余南土弱夫素倚舟楫輿轎
不相謀隨李御史渡河撤輿而馬御史振策逐余馬
而馳余身若翥霄塄之外目迷陰曀耳轟怒濤始而
驚既而爽終而安焉後此羣騎並出余馬必先鶩崇
禎末習射於石岡之汝南書墅弓張矢落同學者以
爲笑余憤欲勝之味射義志正體直持而審固之語
懸的者三匝月心柔手熟忽焉大進以是知人不貴

汪价《三侬赘人广自序》

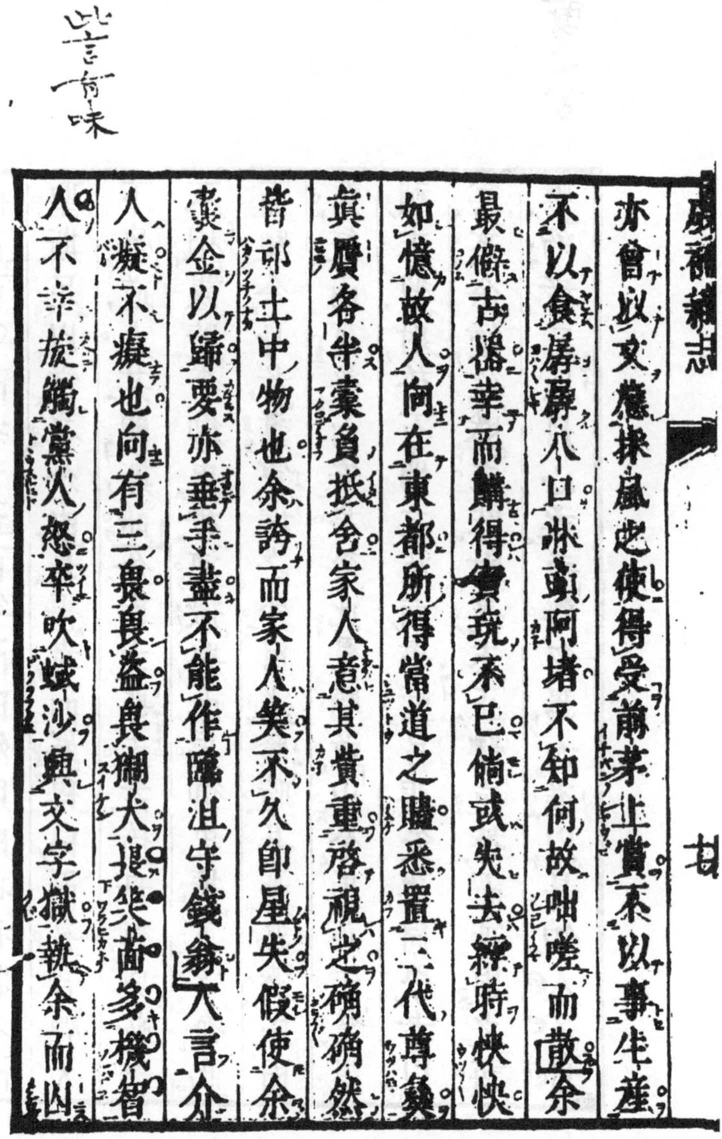
此言有味
虞初新志
亦曾以文應採風之使得受前茅止賞不以事生産
不以食屑屑八口米鹽阿堵不知何故咄嗟而散余
最僻古器幸而購得賞玩不已倘或失去輒時怏怏
如憶故人向在東都所得常道之臚悉置三代尊彝
眞贋各半橐負抵舍家人意其貴重啓視之確然
皆邨土中物也余詡而家人笑不久即星失假使余
橐金以歸要亦垂手盡不能作[illegible]泪守錢翁大言介
人癡不癡也向有三臭臭盎臭獺犬退然面多機智
人不許旋觸黨人怒卒吹毀沙典文字獄執余而囚

汪价《三侬赘人广自序》

附录二：芥川龙之介藏和刻本《虞初新志》所见朱批

芥川龙之介藏和刻本《虞初新志》现藏于日本近代文学馆芥川龙之介文库，据《芥川龙之介文库目录》①记载，其具体出版信息如下：

书　名	虞初新志
卷　次	卷1-20；补遗
册　数	10册
著　者	张潮辑
训点者	荒井公廉训点
出版年	文政6(1823)序

① 日本近代文学馆. 芥川龙之介文库目录 日本近代文学馆所藏资料目录2[M]. 东京：日本近代文学馆，昭和52年(1977). 第30页.

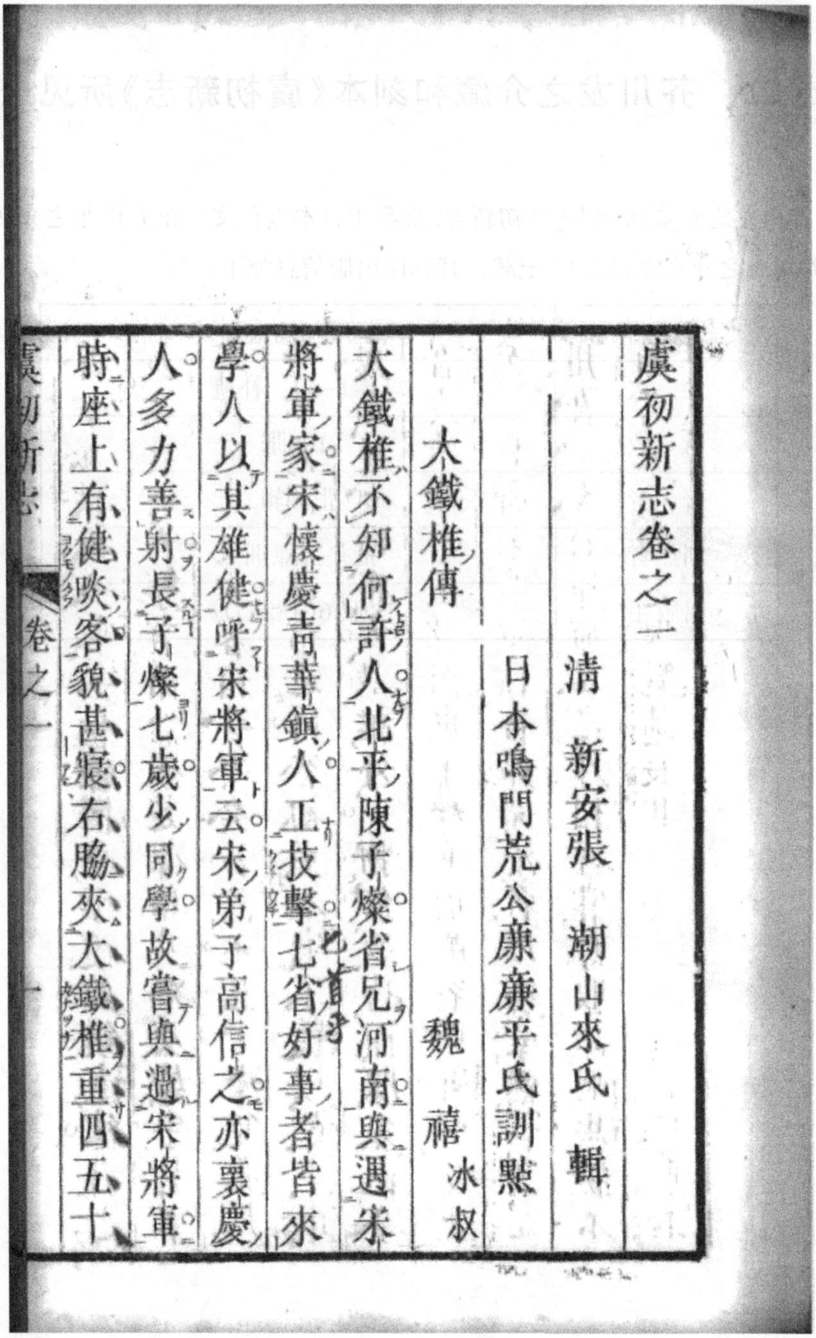
虞初新志卷之一

清　新安張　潮山來氏　輯

日本鳴門荒公廉廉平氏訓點

大鐵椎傳　魏　禧　冰叔

大鐵椎不知何許人北平陳子燦省兄河南與遇宋將軍家宋懷慶青華鎮人工技擊七省好事者皆來學人以其雄健呼宋將軍云宋弟子高信之亦懷慶人多力善射長子燦七歲少同學故嘗與過宋將軍時座上有健啖客貌甚寢右脇夾大鐵椎重四五十

虞初新志　卷之一　一

魏禧《大铁椎传》

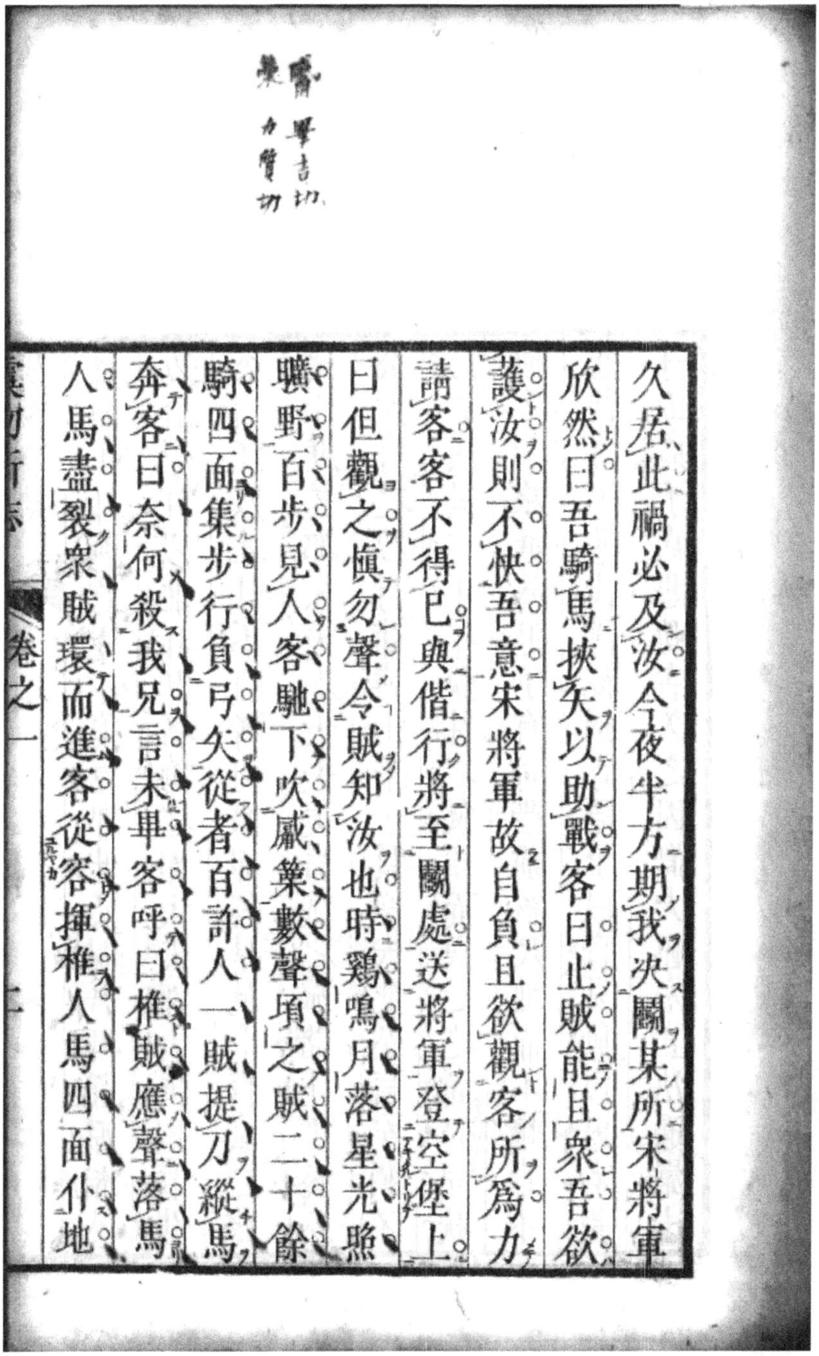

觱　畢吉切
篥　力質切

久居此禍必及汝今夜半方期我决鬬某所宋將軍
欣然曰吾騎馬挾矢以助戰客曰止賊能且衆吾欲
護汝則不快吾意宋將軍故自負且欲觀客所為力
請客客不得已與偕行將至鬬處送將軍登空堡上
曰但觀之愼勿聲令賊知汝也時鷄鳴月落星光照
曠野百步見人客馳下吹觱篥數聲頃之賊二十餘
騎四面集步行負弓矢從者百許人一賊提刀縱馬
奔客曰奈何殺我兄言未畢客呼曰椎賊應聲落馬
人馬盡裂衆賊環而進客從容揮椎人馬四面仆地

虞初新志　卷之一　二

魏禧《大铁椎传》

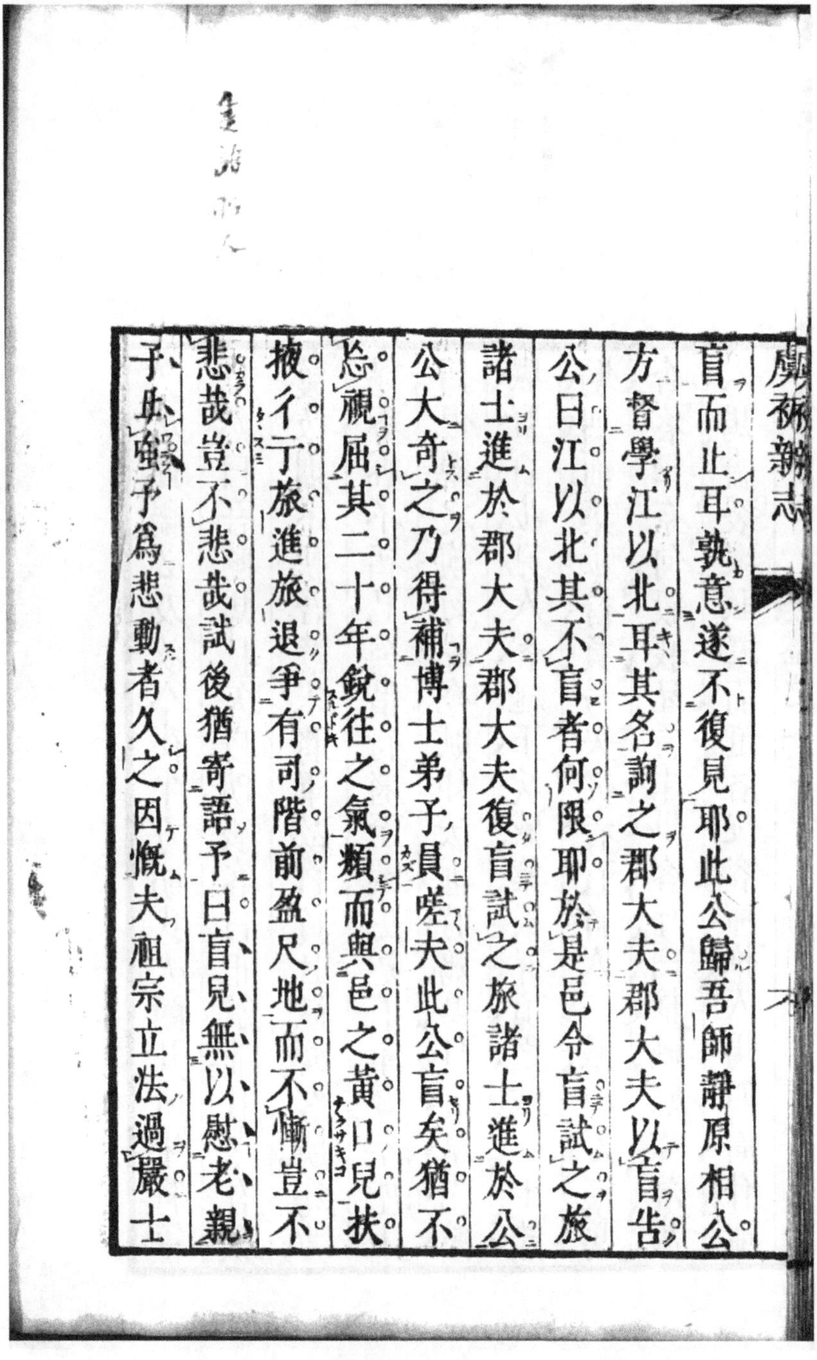
虞初新志

盲而止耳孰意遂不復見耶此公歸吾師靜原相公
方督學江以北耳其名詢之郡大夫郡大夫以盲告
公曰江以北其不盲者何限耶於是邑令盲試之旅
諸士進於郡大夫郡大夫復盲試之旅諸士進於公
公大奇之乃得補博士弟子員嗟夫此公盲矣猶不
忘覼屈其二十年銳往之氣類而與邑之黄口兒扶
掖彳亍旅進旅退爭有司階前盈尺地而不慚豈不
悲哉豈不悲哉試後猶寄語予曰盲見無以慰老親
子乎予爲悲動者久之因慨夫祖宗立法過嚴士

周亮工《盛此公传》

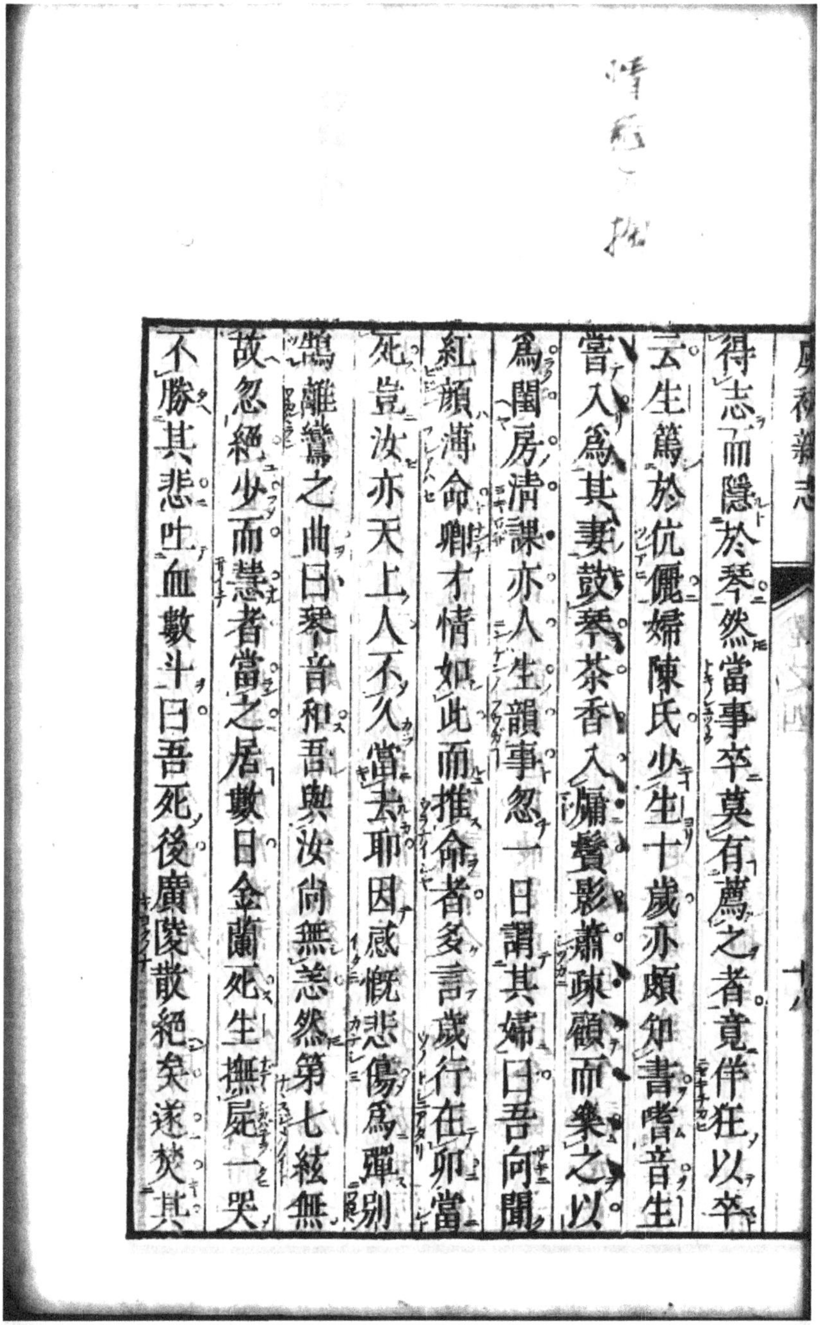

虞初新志　十九

得志而隱於琴然當事卒莫有薦之者竟佯狂以卒
云生篤於伉儷婦陳氏少生十歲亦頗知書嗜音生
嘗入爲其妻鼓琴茶香入簾鬢影蕭疏顧而樂之以
爲閨房清課亦人生韻事忽一日謂其婦曰吾向聞
紅顔薄命卿才情如此而推命者多言歲行在卯當
死豈汝亦天上人不久當去耶因感慨悲傷爲彈別
鵠離鸞之曲曰琴音和吾與汝尚無恙然第七絃無
故忽絶少而慧者當之居數日金蘭死生撫屍一哭
不勝其悲吐血數斗曰吾死後廣陵散絶矣遂焚其

顾彩《焚琴子传》

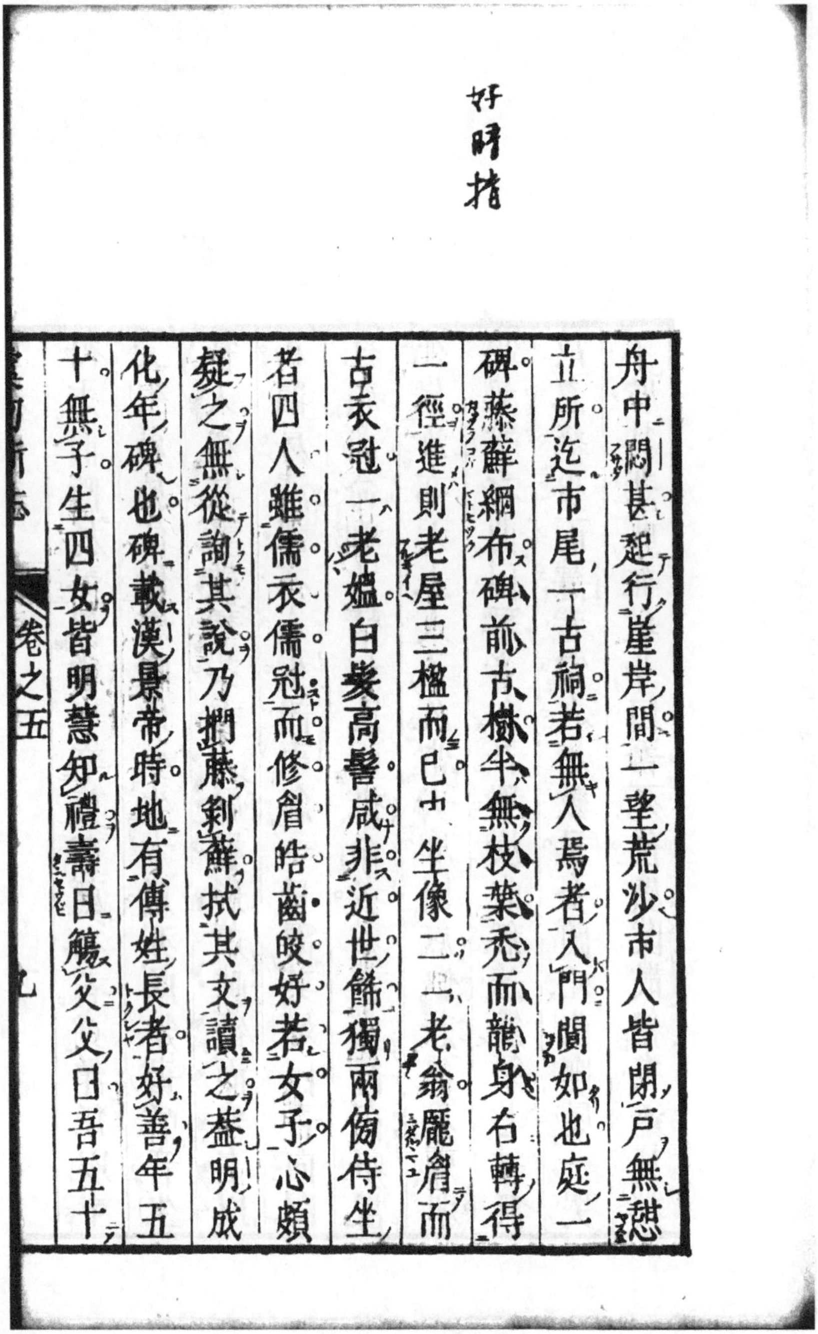
好時措

舟中悶甚起行崖岸間一望荒沙市人皆閉戸無憩
立所迄市尾一古祠若無人焉者入門闃如也庭一
碑蒸蘚綱布碑前古樹半無枝葉禿而龍身右轉得
一徑進則老屋三楹而已中坐像二一老翁龐眉而
古衣冠一老媼白髮高髻咸非近世飾獨兩傍侍坐
者四人雖儒衣儒冠而修眉皓齒皎好若女子心頗
疑之無從詢其說乃捫藤剔蘚拭其文讀之葢明成
化年碑也碑載漢景帝時地有傳姓長者好善年五
十無子生四女皆明慧知禮壽日觴父父曰吾五十

虞初新志 卷之五 九

黄始《山东四女祠记》

纔觀者如堵不見主人見其扁額曰花隱咸謂之花隱道人若忘其昔之爲高公旦者其友梅溪朱一是請之曰子隱於花則善矣然花隱之名益著得非畏影而逐日中者耶吾見子之愈走而影不息也道人嘻然笑而不荅 結得著

張山來曰從來隱於花者頗多高人韻士而菊則尤與隱者相宜妙在全不蹈襲淵明一字所以爲高

卷五終

佚名氏《花隐道人传》

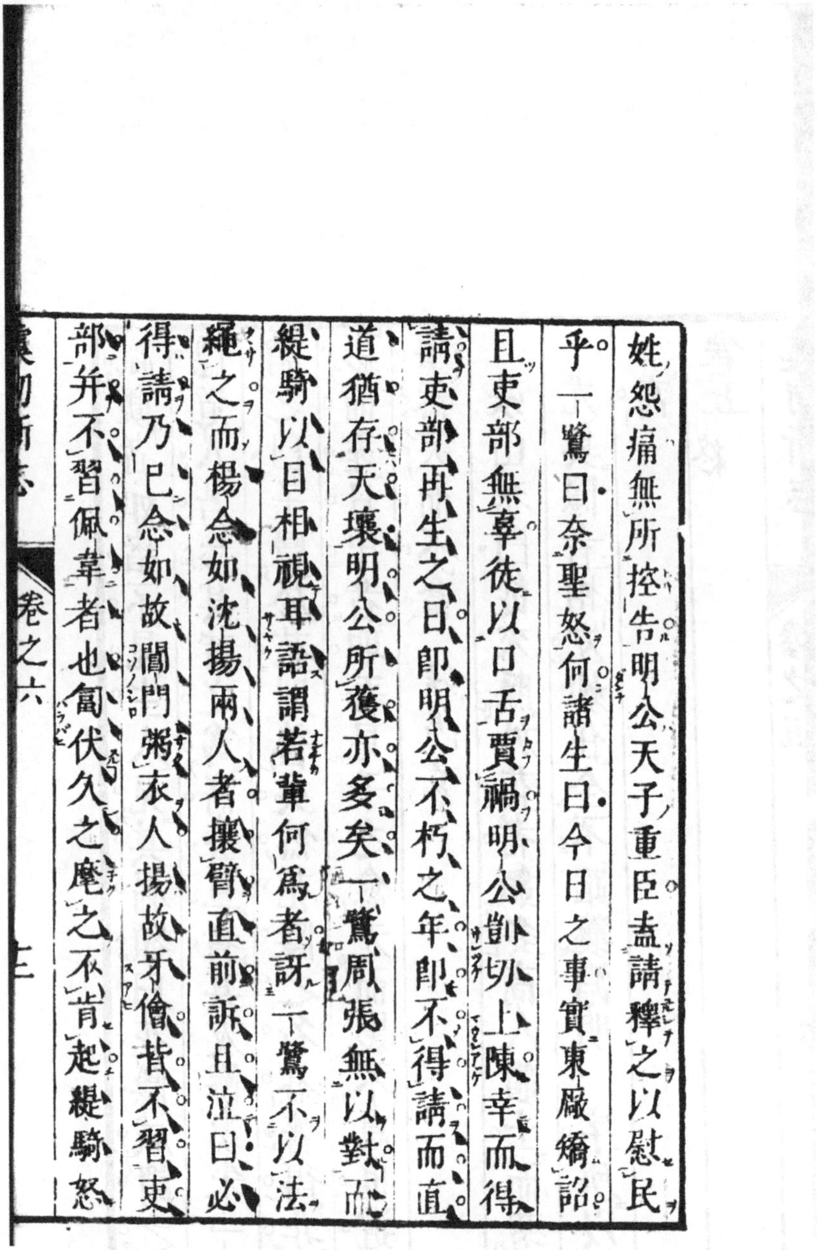
姓怨痛無所控告明公天子重臣盍請釋之以慰民
乎一鷺曰奈聖怒何諸生曰今日之事實東廠矯詔
且吏部無辜徒以口舌賈禍明公剴切上陳幸而得
請吏部再生之日即明公不朽之年即不得請而直
道猶存天壤明公所獲亦多矣一鷺周張無以對而
緹騎以目相視耳語謂若輩何爲者訝一鷺不以法
繩之而楊念如沈揚兩人者攘臂直前訴且泣曰必
得請乃已念如故閶門粥衣人揚故牙儈皆不習吏
部并不習佩韋者也匐伏久之麾之不肯起緹騎怒

虞初新志　卷之六　十三

吴肃公《五人传》

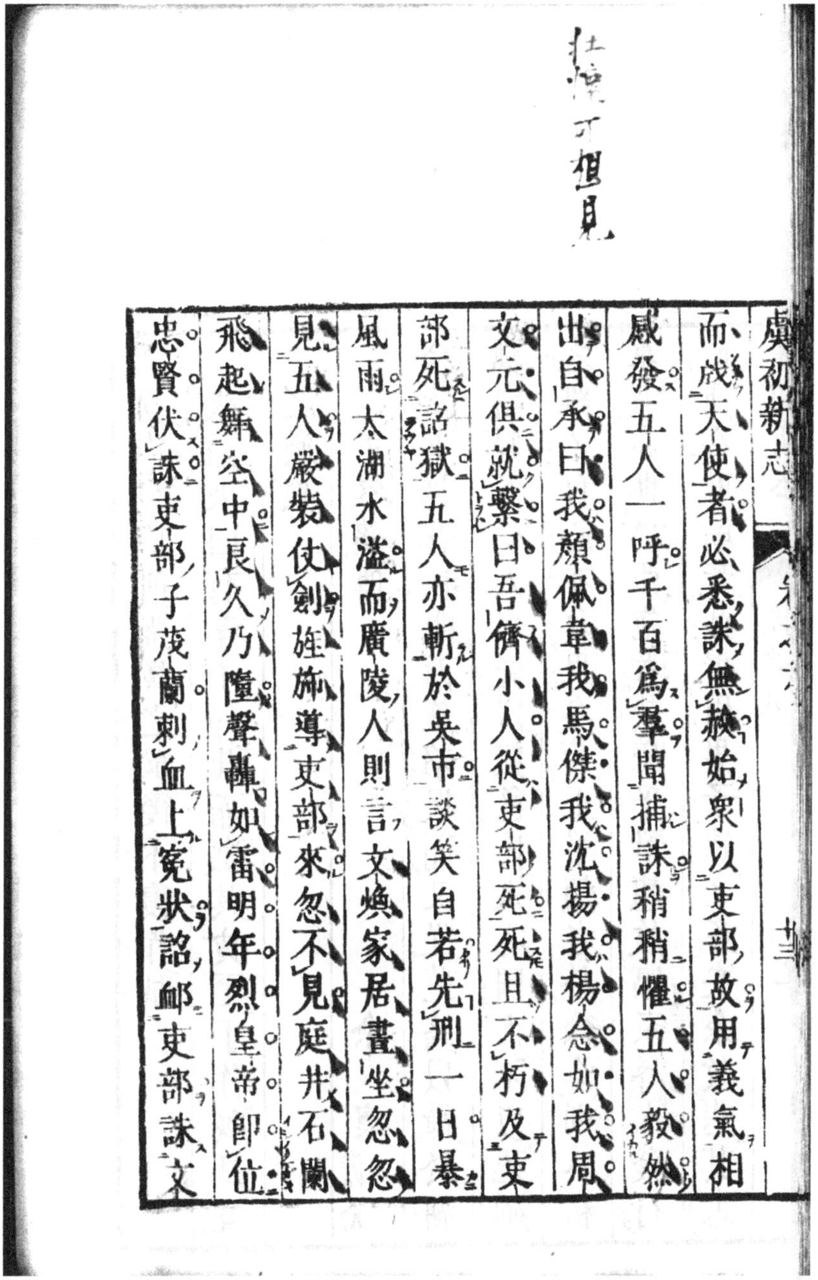
壯懷可想見

虞初新志

而戕天使者必悉誅無赦始衆以吏部故用義氣相感發五人一呼千百爲羣聞捕誅稍稍懼五人毅然出自承曰我顏佩韋我馬傑我沈揚我楊念如我周文元俱就繫曰吾儕小人從吏部死死且不朽及吏部死詔獄五人亦斬於吳市談笑自若先刑一日暴風雨太湖水溢而廣陵人則言文煥家居晝坐忽忽見五人嚴裝仗劍旌旆導吏部來忽不見庭井石闌飛起舞空中良久乃墮聲轟如雷明年烈皇帝卽位忠賢伏誅吏部子茂蘭刺血上冤狀詔卹吏部誅文

吴肃公《五人传》

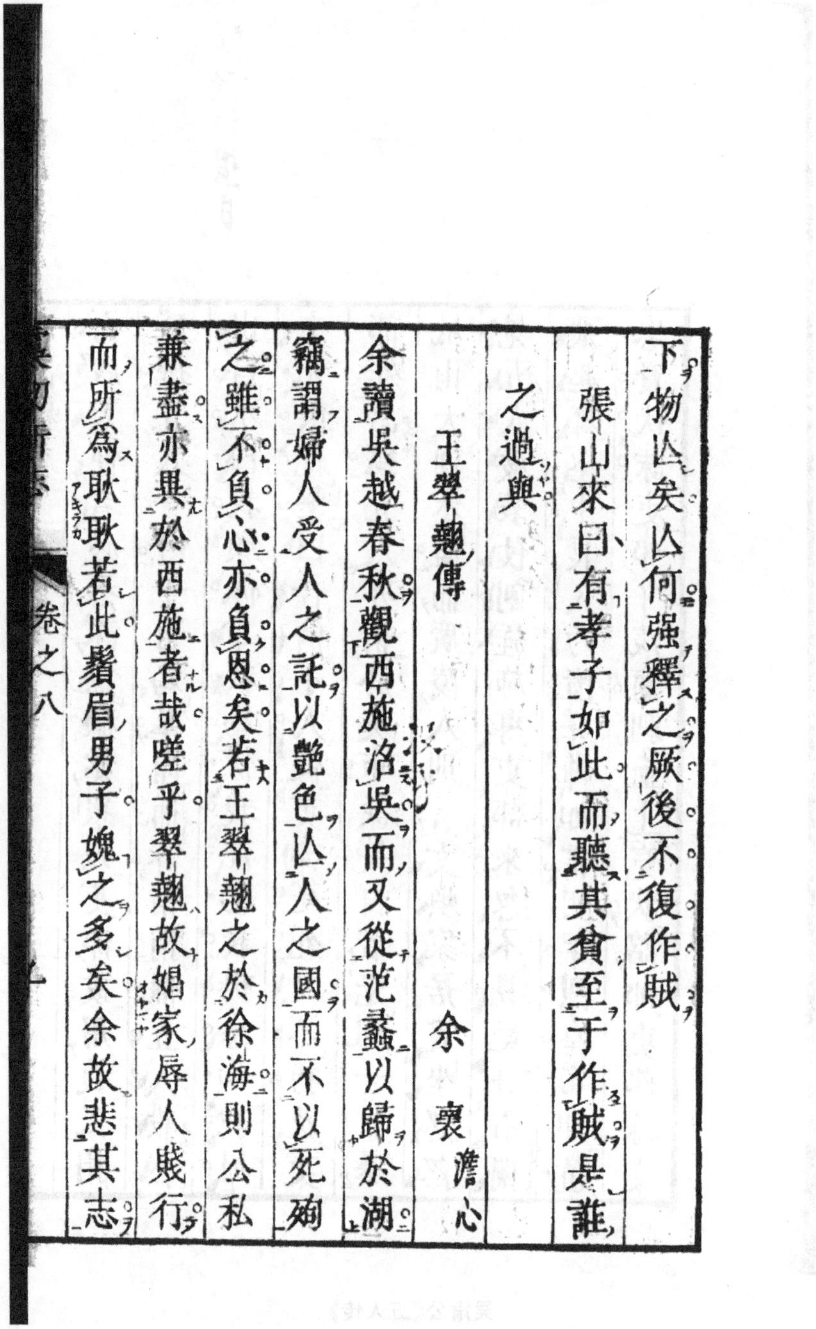
下物亾矣亾何強釋之厥後不復作賊
張山來曰有孝子如此而聽其貧至于作賊是誰
之過與
王翠翹傳　余褱澹心
余讀吳越春秋觀西施沼吳而又從范蠡以歸於湖
竊謂婦人受人之託以艷色亾人之國而不以死殉
之雖不負心亦負恩矣若王翠翹之於徐海則公私
兼盡亦異於西施者哉嗟乎翠翹故娼家辱人賤行
而所爲耿耿若此鬚眉男子媿之多矣余故悲其志
虞初新志　卷之八

余怀《王翠翘传》

拜謝忽隱去至明日三人啓炕磚視之下果有一屍詢店主云此屋本一富家者前年遷去某賃之其鄰佑云屋主向有一妾後不復見殆寃死耶衆云今夜必復至當細詢之至夜三人仍裝像於室衆伏戶外伺之初更婦人又自炕後出怒指三人云吾以汝爲眞關君特與訴寃汝輩何能了吾事乃披髮吐舌滅燈而去衆大驚三人不敢復入室

張山來曰此鬼謬矣卽非眞關君豈不可藉其力以鳴于官而究其寃耶

虞初新志　卷之十一　十三

佚名氏《客窗涉笔》

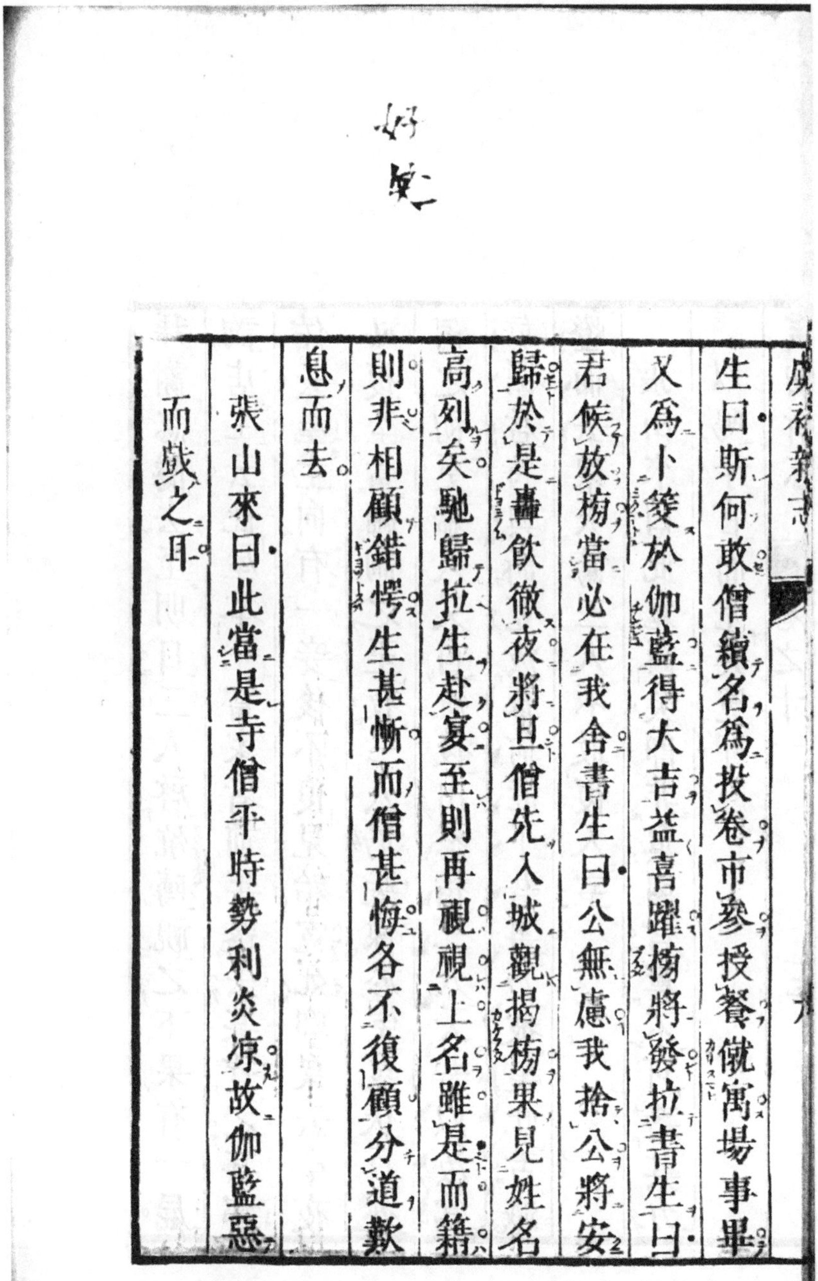

虞初新志

生曰斯何敢僭續名爲投卷市參授餐僦寓場事畢又爲卜筊於伽藍得大吉益喜躍榜將發拉書生曰君候放榜當必在我舍書生曰公無慮我捨公將安歸於是轟飲徹夜將旦僧先入城覩揭榜果見姓名高列矣馳歸拉生赴宴至則再覩覩上名雖是而籍則非相顧錯愕生甚慚而僧甚悔各不復顧分道歎息而去

張山來曰此當是寺僧平時勢利炎涼故伽藍惡而戲之耳

陆次云《湖壖杂记》

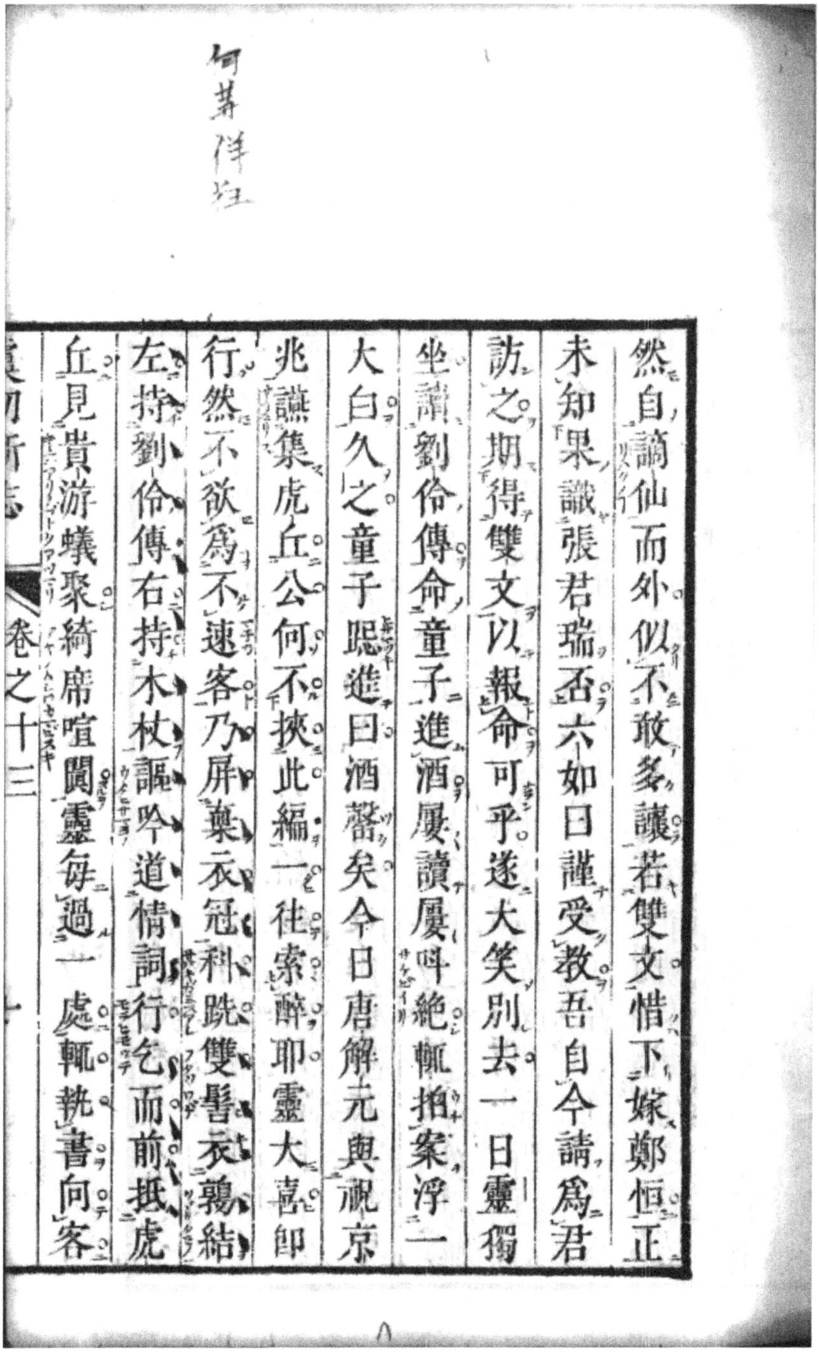
何其佯狂

然自謫仙而外似不敢多讓若雙文惜下嫁鄭恒正未知果識張君瑞否六如曰謹受教吾自今請爲君訪之期得雙文以報命可乎遂大笑別去一日靈獨坐讀劉伶傳命童子進酒屢讀屢呼絕輒拍案浮一大白久之童子跽進曰酒罄矣今日唐解元與祝京兆讌集虎丘公何不挾此編一往索醉耶靈大喜即行然不欲爲不速客乃屏棄衣冠科跣雙髻衣鶉結左持劉伶傳右持木杖謳吟道情詞行乞而前抵虎丘見貴游蟻聚綺席喧闐靈每過一處輒執書向客

虞初新志 卷之十三

八

黄周星《补张灵崔莹合传》

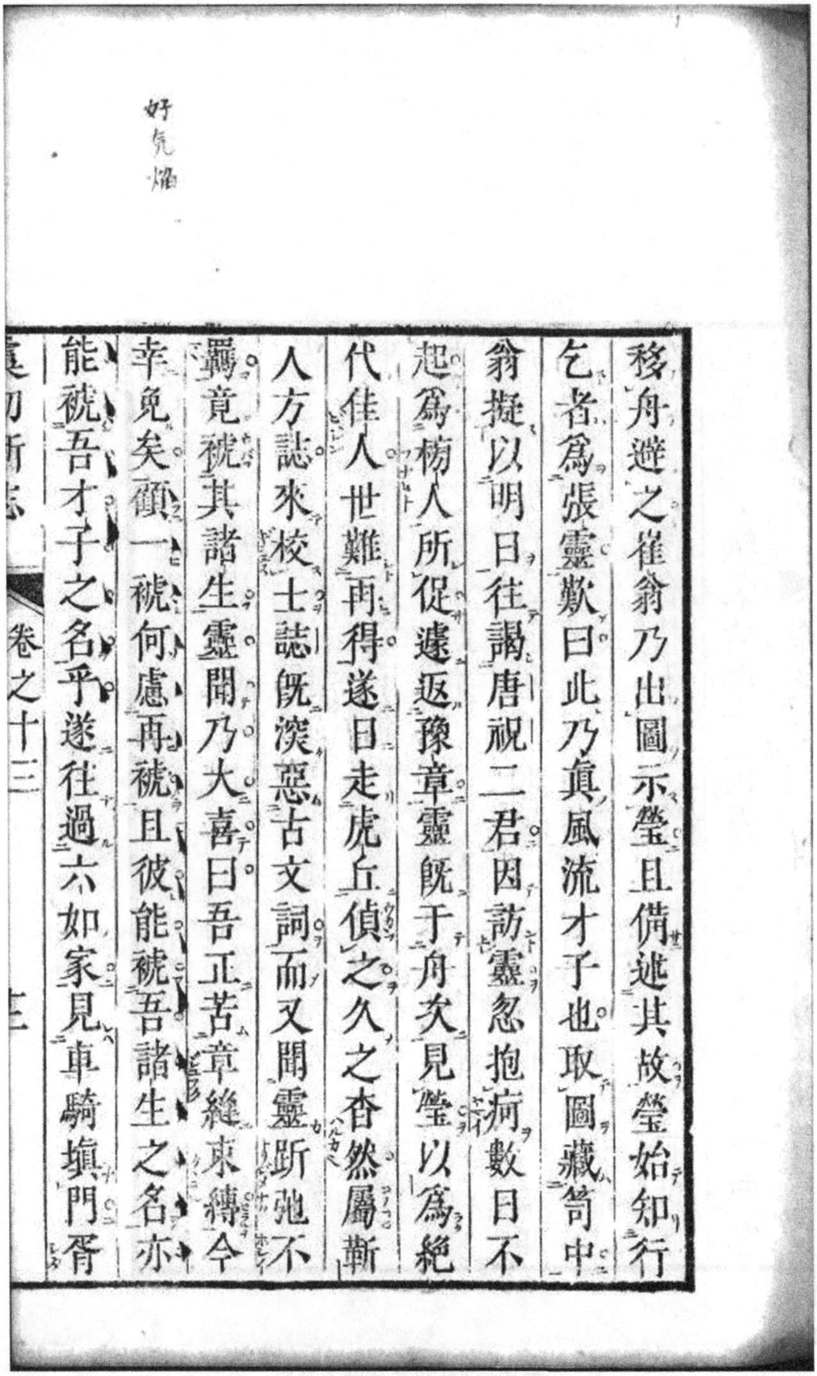

好氣焰

移舟避之崔翁乃出圖示瑩且備述其故瑩始知行
乞者爲張靈歎曰此乃眞風流才子也取圖藏笥中
翁擬以明日往謁唐祝二君因訪靈忽抱痾數日不
起爲梯人所促遽返豫章靈旣于舟次見瑩以爲絶
代佳人世難再得遂日走虎丘偵之久之杳然屬靳
人方誌來校士誌旣深惡古文詞而又聞靈跅弛不
羈竟褫其諸生靈聞乃大喜曰吾正苦章縫束縛今
幸免矣顧一褫何慮再褫且彼能褫吾諸生之名亦
能褫吾才子之名乎遂往過六如家見車騎塡門胥

虞初新志　卷之十三　三

黄周星《补张灵崔莹合传》

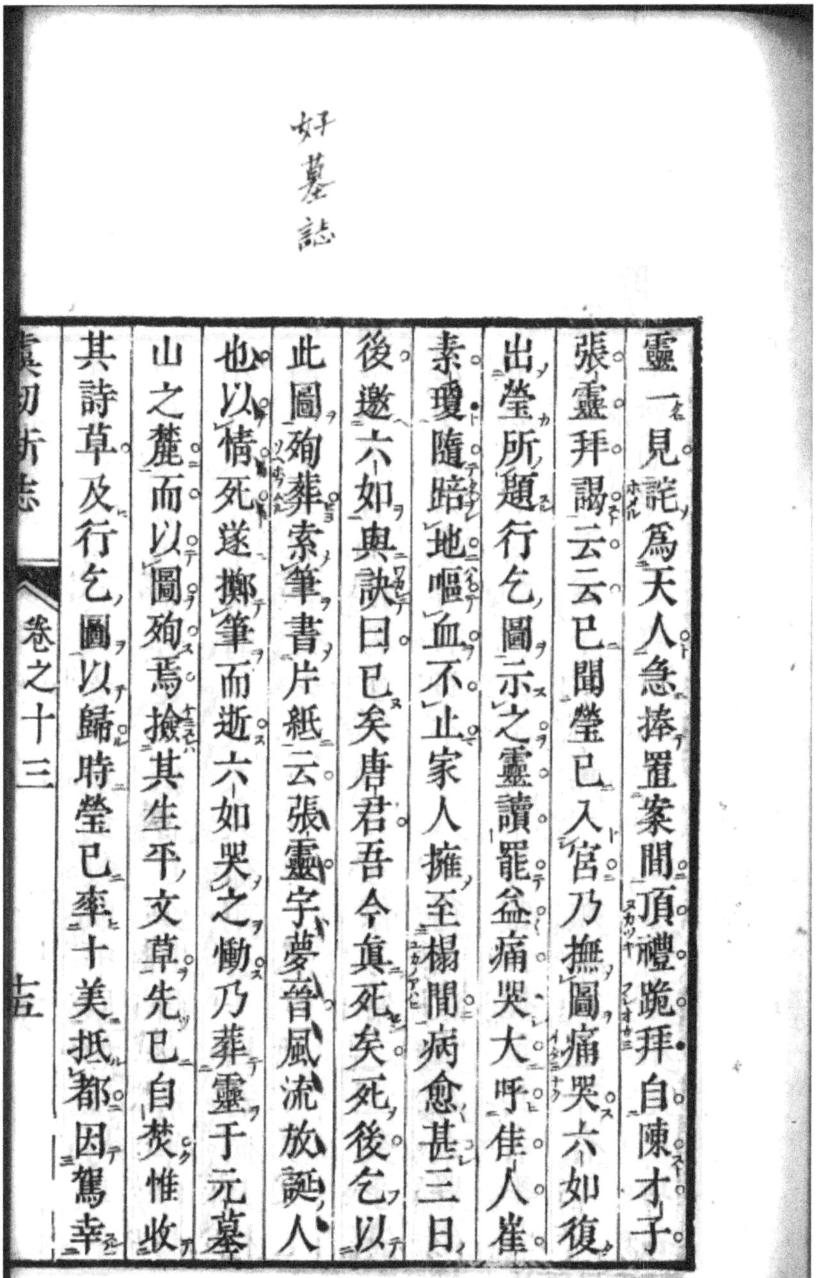
好墓誌

靈一見詫爲天人急捧置案間頂禮跪拜自陳才子張靈拜謁云云已聞瑩已入宮乃撫圖痛哭六如復出瑩所題行乞圖示之靈讀罷益痛哭大呼佳人崔素瓊隨踣地嘔血不止家人擁至榻間病愈甚三日後邀六如與訣曰已矣唐君吾今眞死矣死後乞以此圖殉葬索筆書片紙云張靈字夢晉風流放誕人也以情死遂擲筆而逝六如哭之慟乃葬靈于元墓山之麓而以圖殉焉撿其生平文草先已自焚惟收其詩草及行乞圖以歸時瑩已率十美抵都因駕幸

虞初新志　卷之十三　十四

黄周星《补张灵崔莹合传》

虞初新志

選小本作廷是

起朝廷亟用兵以參軍威武殺賊中原如拉朽耳今首相某吾師也吾馳一紙書旦夕且掛大將軍印烏用隷人麾下爲髯仰天大笑徐謂公子曰君顧某相國門下士耶吾行矣

結得好

論曰蔣翁所稱髯參軍殆眞奇傑非常之士矣乎當思宗時如參軍者自不乏人誠得十數輩爲大將建義旗進止自如賊固不足平乃當日握重兵者率皆選軟凡庸退葸不前何無一人類參軍也即有一二摧鋒陷陣之士而朝廷之上顧束縛之不克以功名

徐瑶《髯参军传》

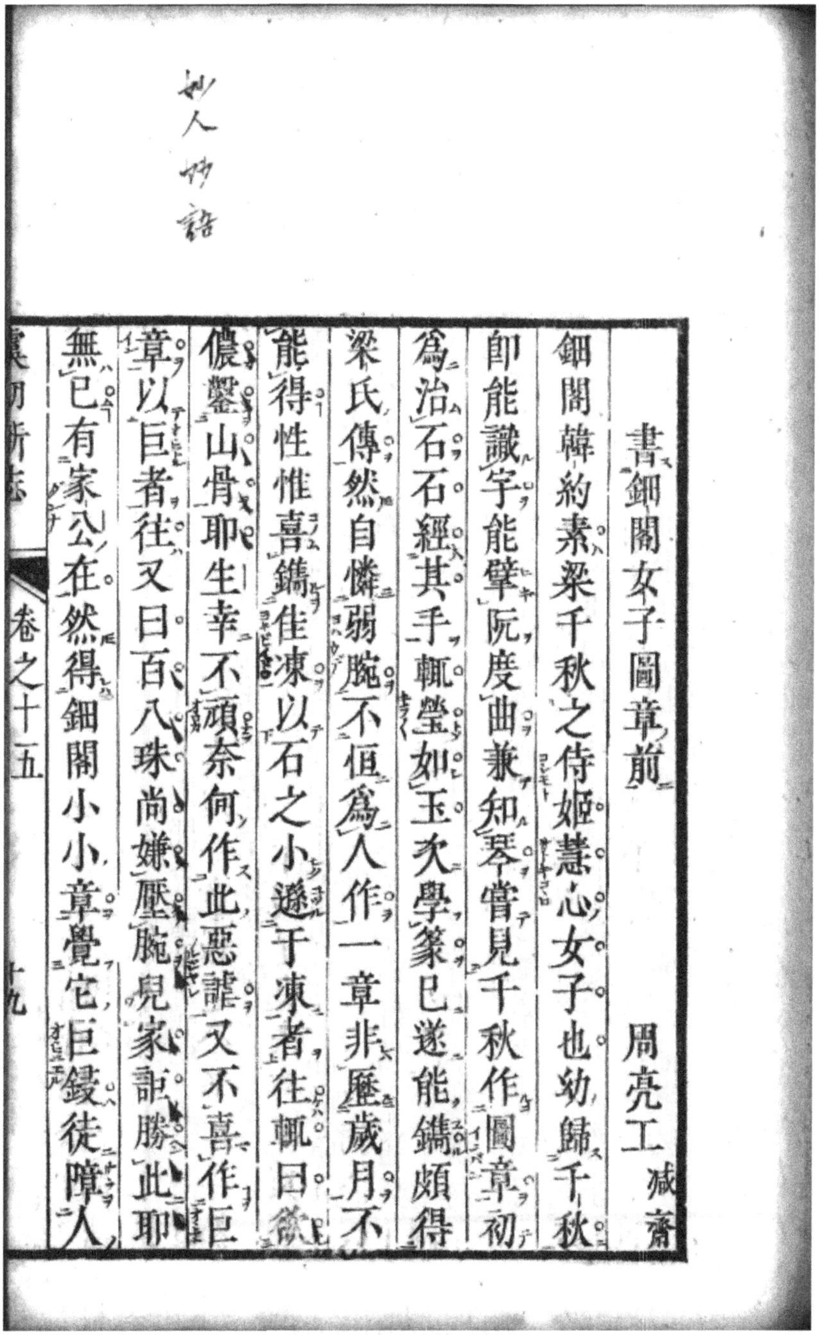

書鈿閣女子圖章前　周亮工　減齋

鈿閣韓約素梁千秋之侍姬慧心女子也幼歸千秋卽能識字能擘阮度曲兼知琴嘗見千秋作圖章初爲治石石經其手輒瑩如玉次學篆已遂能鐫頗得梁氏傳然自憐弱腕不恒爲人作一章非歷歲月不能得性惟喜鐫佳凍以石之小遜于凍者往輒曰欲儂鑿山骨耶生幸不頑奈何作此惡謔又不喜作巨章以巨者往又曰百八珠尚嫌壓腕兒家詎勝此耶無已有家公在然得鈿閣小小章覺它巨鏤徒障人

卷之十五　十九

周亮工《书钿阁女子图章前》

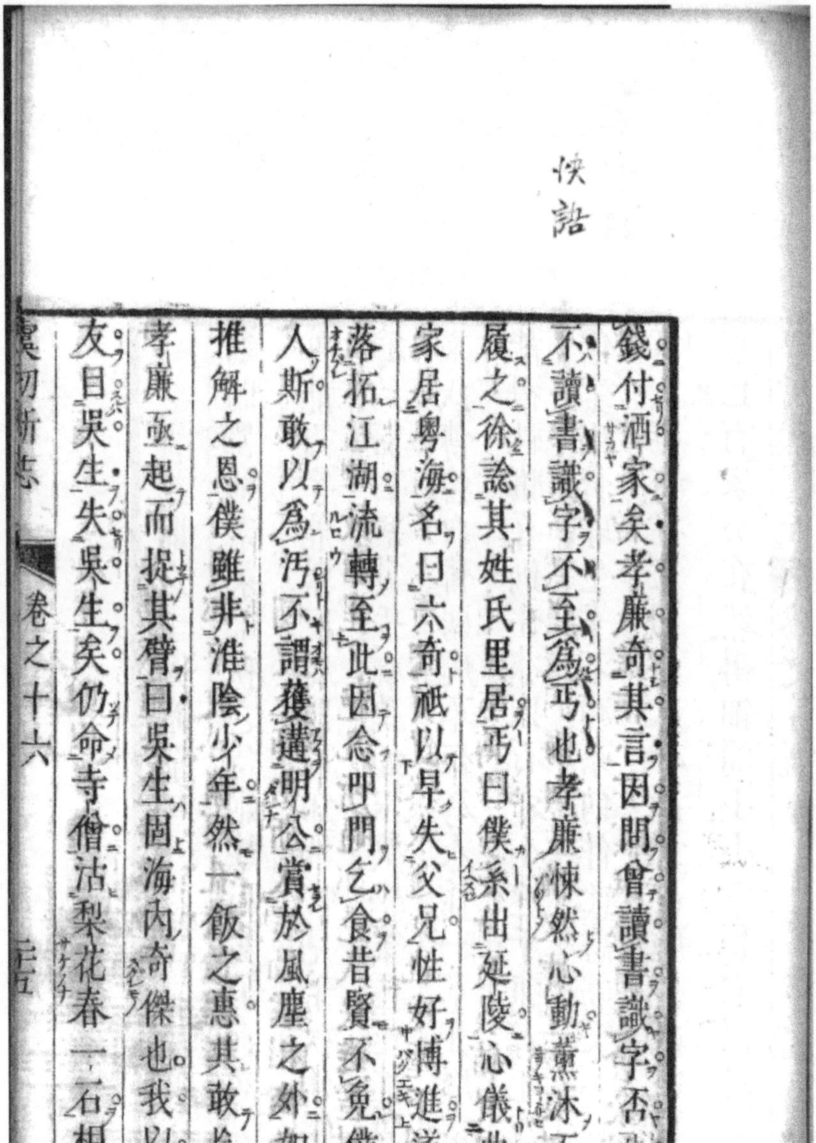
快語

錢付酒家矣孝廉奇其言因問曾讀書識字否丐曰
不讀書識字不至爲丐也孝廉悚然心動薰沐而衣
履之徐詰其姓氏里居丐曰僕系出延陵心儀曲逆
家居粵海名曰六奇祗以早失父兄性好博進遂致
落拓江湖流轉至此因念叩門乞食昔賢不免僕何
人斯敢以爲汚不謂獲邂明公賞於風塵之外加以
推解之恩僕雖非淮陰少年然一飯之惠其敢忘乎
孝廉亟起而捉其臂曰吳生固海內奇傑也我以酒
友目吳生失吳生矣仍命寺僧沽梨花春一石相與

虞初新志　卷之十六　三五

钮琇《记吴六奇将军事》

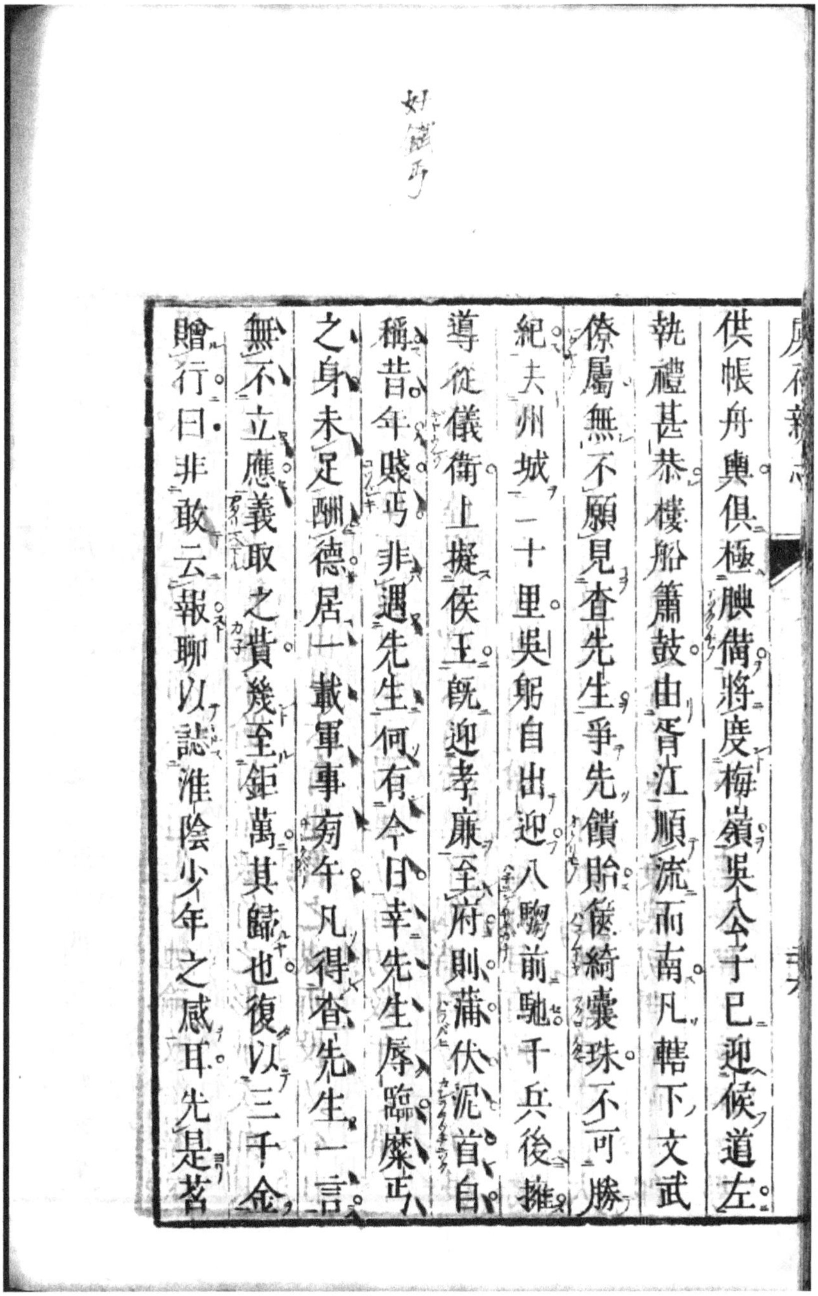

廣虞初新志

供帳舟輿俱極腆備將度梅嶺吳公于已迎候道左
執禮甚恭樓船簫鼓由胥江順流而南凡轄下文武
僚屬無不願見查先生爭先饋貽倭綺囊珠不可勝
紀去州城一十里吳躬自出迎八騶前驅千兵後擁
導從儀衛上擬侯王既迎孝廉至府則蒲伏泥首自
稱昔年賤丐非遇先生何有今日幸先生辱臨糜此八
之身未足酬德居一載軍事旁午凡得查先生一言
無不立應義取之贐幾至鉅萬其歸也復以三千金
贈行曰非敢云報聊以誌淮陰少年之感耳先是者

钮琇《记吴六奇将军事》

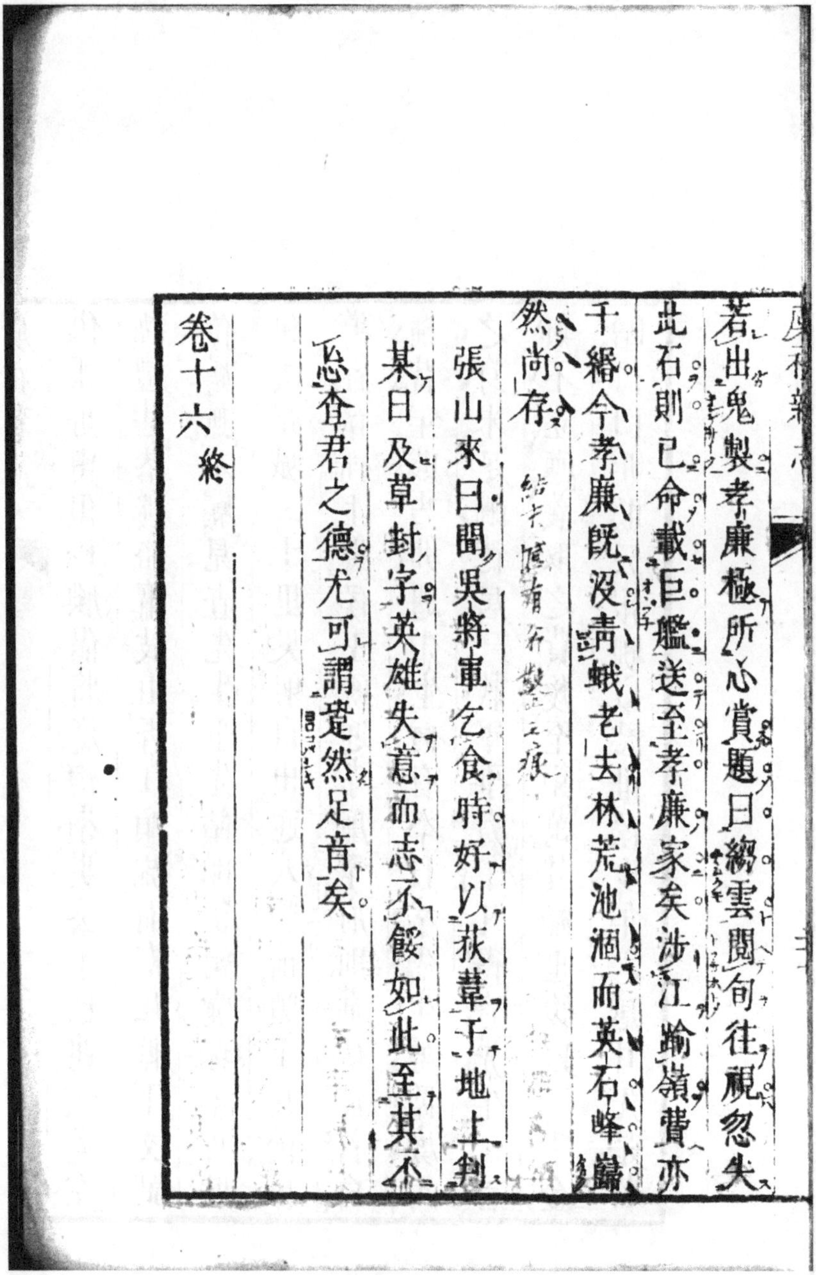
若出鬼製孝廉極所心賞題曰綴雲閣旬往視忽失
此石則已命載巨艦送至孝廉家矣涉江踰嶺費亦
千緡今孝廉既沒靑蛾老去林荒池涸而英石峰巋
然尚存

張山來曰聞吳將軍乞食時好以荻葦于地上判
某日及草封字英雄失意而志不餒如此至其不
忘査君之德尤可謂跫然足音矣

卷十六終

钮琇《记吴六奇将军事》

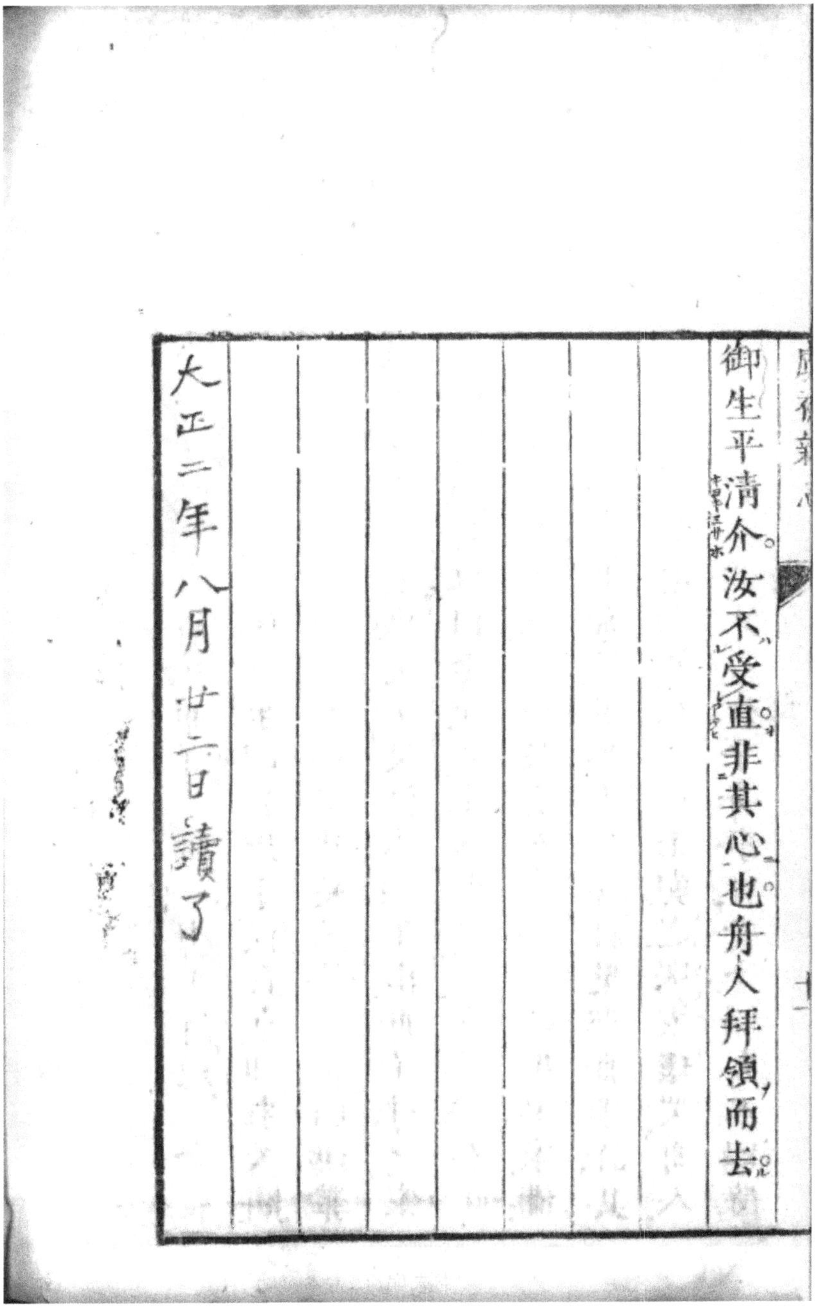

御生平清介。汝不受直。非其心也。舟人拜領而去。

大正二年八月廿二日讀了

二十卷末

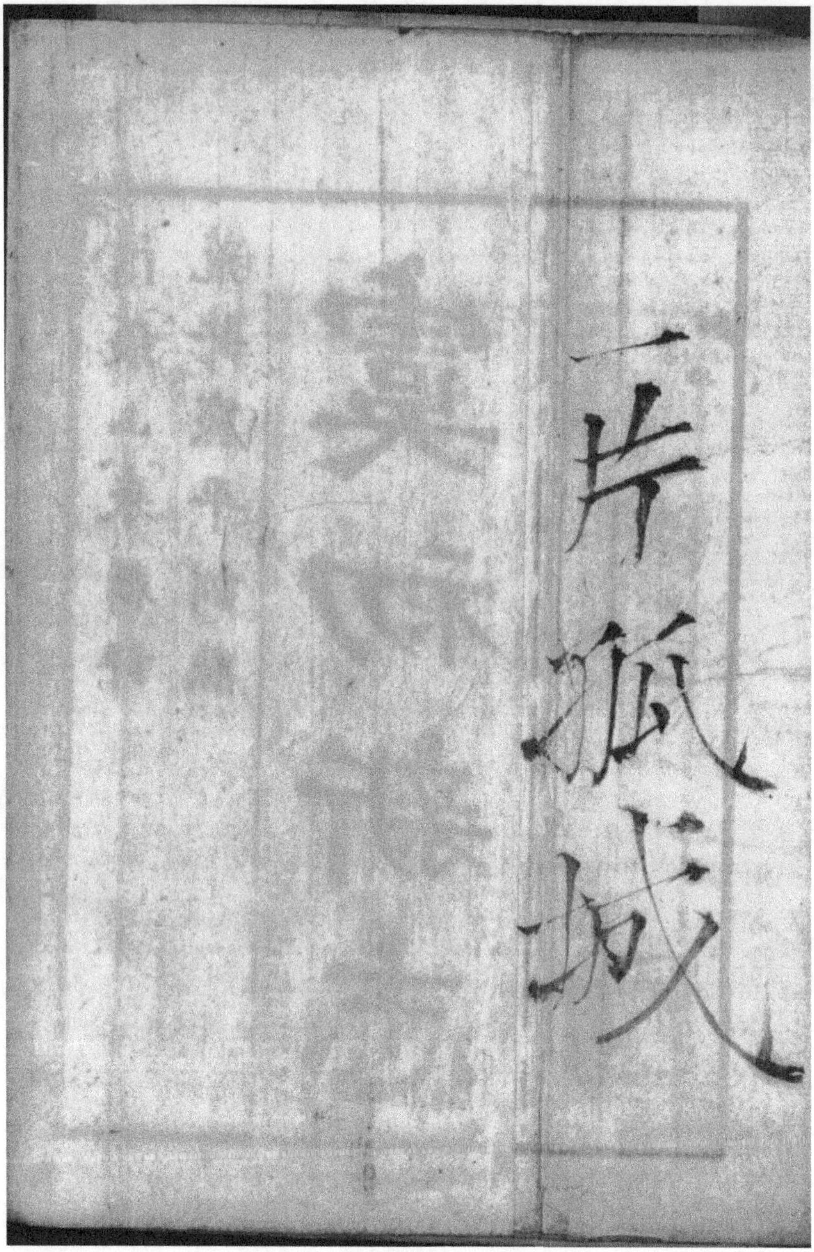

书末扉页

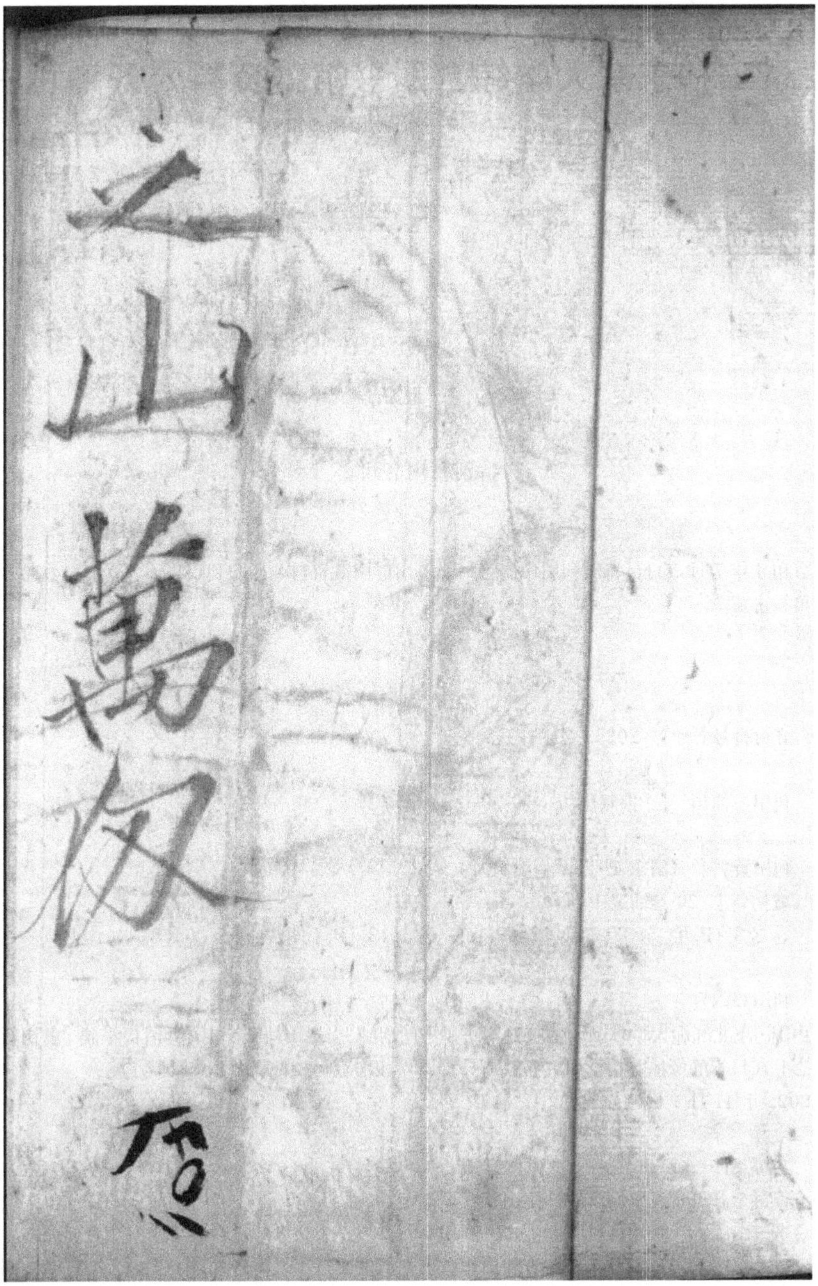

书末扉页

附录三：东京大学综合图书馆藏资料公开许可书

東大図情サ第 21-1 号
令和 4 年 7 月 11 日

中国・東北師範大学外国語学院日本語科
徐 雄 彬 殿

東京大学附属図書館長
坂 井 修 一

特別利用許可書

令和 4 年 7 月 7 日付特別利用申請書による当館所蔵資料の標記利用につき、下記の通り許可します。

記

1. 許可番号 [2022－21]

2. 利用の種類 [掲載出版]

3. 利用資料名（請求記号）・利用箇所
『虞初新志 20 巻補遺 1 巻』・
巻之 3（P.九、十）、巻之 12（P.七）、巻之 13（P.十四）、巻之 20（P.六、十七）

4. 利用の内容
中国・東北師範大学外国語学院日本語科専任講師 李颯氏執筆予定の『清代小説「虞初新志」在日本的伝播与接受研究』において、当該出版物の付録として掲載予定。
2022 年 11 月 1 日発行予定。

5. 許可条件
・ 資料を許可した目的以外に使用しないこと。
・ 当該出版物、映像資料等の中に、利用した資料が東京大学総合図書館所蔵資料であることを明示すること。また、利用にあたり改変を行った場合には、その旨を併せて明示すること。
・ 利用の結果生じた一切の責任は、申請者が負うこと。

以上

附录四：日本近代文学馆藏资料公开许可书

所蔵資料公開承認書

2022年7月22日

（申請者）
東北師範大学外国語学院日本語科専任教師
李　颯様

公益財団法人　日本近代文学館
理事長　中島国彦

先に申請のあった当館所蔵資料の公開に関しては、下記の通り承認いたします。

記

使用資料名	『虞初新志』（芥川龍之介文庫）
使用箇所	芥川龍之介の書き込み： 巻之一：一頁、二頁、六頁、 巻之四：十八頁、 巻之五：九頁、二十頁、 巻之六：十二頁、十三頁 巻之八：九頁 巻之十一：十三頁 巻之十二：九頁 巻之十三：十頁、十二頁、十五頁 巻之十五：十六頁、十九頁 巻之十六：二十五頁、二十六頁、二十七頁 補遺：十一頁 付加頁（書き込み：「之山万仞　一片孤城」）
使用目的	書物の出版 図版として掲載する予定（計22枚）
掲載刊行物	書名：『清代小説「虞初新志」在日本的伝播与接受研究』 発行者：吉林大学出版社 発行予定日：2022年11月　部数：10部
その他	

提供条件
・上記の目的以外には使用しないでください。
・記載内容に変更があった場合は、速やかにご連絡ください。

・記載内容に変更があった場合は、承認の条件を変更することがあります。
・当該資料に関わる著作権法上の問題は利用者の責任で処理してください。
なお、著作権者への許諾申請と同じ書類を当館へもお送りください。
・当該資料が日本近代文学館所蔵である旨を記載してください。
・当該資料を掲載した刊行物を1部御寄贈ください。

以上

参考文献

一、中文文献

[1](清)張潮輯. 虞初新志[M]. 1683.

[2](清)張潮輯. 虞初新志[M]. 康熙三十九年(1700).

[3](清)張潮輯. 虞初新志[M]. 小嫏嬛山馆，咸丰元年(1851).

[4](清)张山来著. 虞初新志[M]. 上海：新文化书社，1934.

[5](清)张山来著. 虞初新志[M]. 上海：上海进步书局，19--.

[6](清)張潮輯. 虞初新志[M]. 上海：商务印书馆，19--.

[7](清)新安张潮辑. 虞初新志[M]. 上海：商务印书馆，民国年间.

[8](清)张潮辑. 虞初新志[M]. 北京：文学古籍刊行社，1954.

[9](清)张潮辑. 虞初新志[M]. 石家庄：河北人民出版社，1985.

[10](清)张潮辑. 虞初新志[M]. 上海：上海古籍出版社，2012.

[11](清)张潮.《心斋聊復集》[M]. 诒清堂刻本，清康熙二十一年.

[12](清)张潮.《昭代丛书》[M]. 上海：上海古籍出版社，1990.

[13](清)张潮.《檀几丛书》[M]. 上海：上海古籍出版社，1992.

[14](清)张潮.《幽梦影》[M]. 郑州：中州古籍出版社，2008.

[15] 虞初志合集[M]. 上海：上海书店. 1986.

[16] 笔记小说大观[M]. 扬州：江苏广陵古籍刻印社，1983.

[17] 古本小说集成[M]. 上海：上海古籍出版社，1994.

[18] 舒凤閶. 最乐草堂叢钞[M]. 民国中. 写本.

[19](清)永瑢等. 四库全书总目[M]. 北京：中华书局，1965.

[20] 袁行霈，侯忠义. 中国文言小说书目[M]. 北京：北京大学出版社，1981.
[21] 宁稼雨. 中国文言小说总目提要[M]. 济南：齐鲁书社，1996.
[22] 侯忠义，刘世林. 中国文言小说史稿[M]. 北京：北京大学出版社，1993.
[23] 上海图书馆. 中国丛书综录[M]. 北京：中华书局，1961.
[24] 中国古籍总目编纂委员会. 中国古籍总目[M]. 北京：中华书局，上海：上海古籍出版社，2010.
[25] 王重民. 中国善本书提要[M]. 上海：上海古籍出版社，1983.
[26] 章钰. 清史稿艺文志及补编[M]. 北京：中华书局，1982.
[27] 安徽省图书馆. 安徽文献书目[M]. 合肥：安徽人民出版社，1961.
[28] 严绍璗. 日藏汉籍善本书录[M]. 北京：中华书局，2007.
[29] 王宝平. 中国馆藏和刻本汉籍书目[M]. 杭州：杭州大学出版社，1995.
[30] 王宝平. 中国馆藏日人汉文书目[M]. 杭州：杭州大学出版社，1997.
[31] 谢忠岳. 天津图书馆藏日本刻汉籍书目[M]. 天津：天津社会科学院出版社，1996.
[32] 张宝三. 台湾大学图书馆藏珍本东亚文献目录——日本汉籍篇[M]. 台北：台大出版中心，2008.
[33] 曾祖荫，黄清泉等. 中国历代小说序跋选注[M]. 武汉：长江文艺出版社，1987.
[34] 四库禁毁书丛刊[M]. 北京：北京出版社，2000.
[35] 姚觐元、孙殿起. 清代禁毁书目(补遗)•清代禁书知见录[M]. 北京：商务印书馆，1957.
[36] 李梦生. 中国禁毁小说百话[M]. 上海：上海古籍出版社，1994.
[37] 李梦生. 增订本中国禁毁小说百话[M]. 上海：上海书店出版社，2006.
[38] 王彬. 清代禁书总述[M]. 北京：中国书店出版社，1999.
[39] 谢国桢. 明清笔记谈丛[M]. 上海：上海古籍出版社，1981.
[40](汉)许慎撰. 说文解字[M]. 北京：中华书局，1963.
[41] 王三庆，庄雅州，陈庆浩，等. 日本汉文小说叢刊(第一辑第一册)[M]. 台北：台湾学生书局有限公司，2003.
[42] 鲁迅. 中国小说史略[M]. 北京：中华书局，2010.
[43] 谭正壁. 中国文学家大辞典[M]. 上海：上海书店，1981.
[44] 严绍璗. 日本藏汉籍珍本追踪纪实——严绍璗海外访书志[M]. 上海：上海古籍出版社，2005.
[45] 严绍璗. 汉籍在日本的流布研究[M]. 南京：江苏古籍出版社，1992.

[46] 严绍璗. 中国典籍在日本的流传与影响[M]. 杭州大学出版社，1990.
[47] 杨守敬. 日本访书志[M]. 沈阳：辽宁教育出版社，2003.
[48] 邓长风. 明清戏曲家考略续编[M]. 上海：上海古籍出版社，1997.
[49] 彭斐章. 中外图书交流史[M]. 长沙：湖南教育出版社，1998.
[50] 陆坚，王勇. 中国典籍在日本的流传与影响[M]. 杭州：杭州大学出版社，1990.
[51] 路工. 访书见闻录[M]. 上海：上海古籍出版社，1985.
[52] 王勇. 中日"书籍之路"研究[M]. 北京：北京图书馆出版社，2003.
[53] 王勇. 中日汉籍交流史论[M]. 杭州：杭州大学出版社，1992.
[54] 王勇，大庭修. 中日文化交流史大系·典籍卷[M]. 杭州：浙江人民出版社，1996.
[55] 大庭修著，徐世虹译. 江户时代日中秘话[M]. 北京：中华书局，1997.
[56] 李树果. 日本读本小说与明清小说——中日文化交流史的透视[M]. 天津：天津人民出版社，1998.
[57] 金文京. 东亚汉文训读起源与佛经汉译之关系—兼谈其相关语言观及世界观. 文化移植与方法：东亚的训读·翻案·翻译[M]. 桂林：广西师范大学出版社，2013.
[58] 严绍璗. 日本中国学史稿[M]. 北京：学苑出版社，2009.
[59] 王晓平. 日本中国学述闻[M]. 北京：中华书局，2008.
[60] 钱婉约. 从汉学到中国学——近代日本的中国研究[M]. 北京：中华书局，2007.
[61] 王向远. 中国题材日本文学史[M]. 上海：上海古籍出版社，2007.
[62] 後藤昭雄. 日本古代汉文学与中国文学[M]. 北京：中华书局，2006.
[63] 高文汉. 日本近代汉文学[M]. 银川：宁夏人民出版社，2005.
[64] 张哲俊. 中国古代文学中的日本形象研究[M]. 北京：北京大学出版社，2004.
[65] 李庆. 日本汉学史[M]. 上海：上海外语教育出版社，2002.
[66] 苗壮. 笔记小说史[M]. 杭州：浙江古籍出版社，1998.
[67] 严绍璗. 日本中国学史[M]. 南昌：江西人民出版社，1991.
[68] 季羡林. 比较文学与民间文学[M]. 济南：山东文学出版社，1991.
[69] 严绍璗，王晓平. 中国文学在日本[M]. 广州：花城出版社，1990.
[70] 宋莉华. 明清时期的小说传播[M]. 北京：中国社会科学出版社，2004.
[71] 占骁勇. 清代志怪传奇小说集研究[M]. 武汉：华中科技大学出版社，2003.
[72] 周光培. 清代笔记小说[M]. 石家庄：河北教育出版社，1996.
[73] 吴圣昔. 明清小说与中国文化[M]. 南京：南京大学出版社，1991.
[74] 孙虎堂. 日本汉文小说研究[M]. 上海：上海古籍出版社，2010.

[75] 何庆善. 论张潮存传文献的业绩[M]. 徽学(第二卷), 2002.
[76] 戚福康. 中国古代书坊研究[M]. 北京：商务印书馆, 2007.
[77] 徐学林. 徽州刻书[M]. 合肥：安徽人民出版社, 2005.
[78] 方维保, 汪应泽. 徽州古刻书[M]. 沈阳：辽宁人民出版社, 2004.
[79] 刘尚恒. 徽州刻书与藏书[M]. 扬州：广陵书社, 2003.
[80] 李致忠. 古书版本学概论[M]. 北京：北京图书馆出版社, 2003.
[81] 王清原. 小说书坊录[M]. 北京：北京图书馆出版社, 2002.
[82] 卢贤中. 古代刻书与古籍版本[M]. 合肥：安徽大学出版社, 1995.
[83] 黄裳. 清代版刻一隅[M]. 济南：齐鲁书社, 1992.
[84] 李寅生. 中日古代帝王年号及大事对照表[M]. 成都：四川辞书出版社, 2006.
[85] 李小龙.《虞初新志》版本考[J]. 文献, 2018(1)：135-150.
[86] 陆学松. 小说、传记与传记体小说——从《虞初新志》重审"虞初体"内涵[J]. 社会科学家, 2017(8)：142-147.
[87] 李青唐, 徐开亚.《虞初新志》中士人的志趣人生及其表现[J]. 浙江树人大学学报, 2017(3)：88-94.
[88] 胡钰. 论《虞初新志》中清初世人情态及文学韵味[J]. 兰台世界, 2015(30)：112-113.
[89] 刘和文. 文多时贤事多近代——《虞初新志》所表现的士人心态及其文化意蕴[J]. 明清小说研究, 2005(2)：114-123.
[90] 王恒展, 宋瑞彩. 奇人奇技抒奇怀——《虞初新志》奇人小说散论[J]. 蒲松龄研究, 2004(2)：135-145.
[91] 陈清茹. 明清传奇小说评点的审美差异——以《虞初志》和《虞初新志》之评点比较为例[J]. 中州学刊, 2003(5)：70-72.
[92] 孙虎堂. 日本明治时期"虞初体"汉文小说集述略[J]. 国外文学, 2011(3)：37-43.
[93] 代智敏. "虞初"系列小说选本研究[J]. 贵州文史丛刊, 2008(4)：45-49.
[94] 谢春玲. "虞初"系列小说及其研究述评[J]. 科技信息(科学教研), 2007(13)：254-255.
[95] 秦川. 明清"虞初体"小说总集的历史变迁[J]. 明清小说研究, 2002(2)：61-71.
[96] 王定勇. 张潮在扬州的刻书事业[J]. 扬州文化研究论丛, 2015(2)：113-121.
[97] 刘和文. 论清初刻书家张潮的图书广告思想与实践[J]. 中国出版, 2013(6)：70-72.
[98] 刘和文. 论张潮治文献学之方法[J]. 图书馆, 2011(3)：48-50.

[99] 丰吉. 张潮：康熙年间的“社会新闻大师”[J]. 徽学春秋，2011(3)：48-49.

[100] 龙江莉. 张潮之古籍保护文献二札[J]. 图书馆学刊，2011(3)：125-126.

[101] 安平秋，宋景爱. 论张潮的编辑思想[J]. 中国典籍与文化，2007(4)：56-61.

[102] 宋景爱. 张潮交游考[J]. 中国典籍与文化，2007(2)：69-76.

[103] 刘和文. 张潮与康熙文坛交游考[J]. 明清小说研究，2007(2)：249-258.

[104] 刘和文. 论张潮对文献学的贡献[J]. 图书与情报，2005(2)：93-96.

[105] 刘和文. 张潮年谱简编[J]. 安徽师范大学学报(人文社科版)，2003(6)：732-736.

[106] 潘承玉. 张潮：从历史尘封中披帷重出的一代诗坛怪杰[J]. 苏州大学学报(哲社版)，2002(1)：53-59.

[107] 陈捷. 姚文栋在日本的访书活动[J]. 中国典籍与文化，2012(2)：139-143.

[108] 王铁策. 东瀛访书、购书、刻书——杨守敬《清客笔话》漫记[J]. 东瀛探骊，1999(8)：20-25.

[109] 周振鹤. 和刻本汉籍与准汉籍的文化史意义[J]. 中国典籍与文化，2012(1)：39-43.

[110] 王勇. 从“汉籍”到“域外汉籍”[J]. 浙江大学学报(人文社会科学版)，2011(6)：5-11.

[111] 张静. 唐朝时期“日籍”的汉化现象[J]. 兰台世界，2011(6)：7-8.

[112] 董强，张敏. 日本汉籍数字化的整合——以“全国汉籍——日本所藏中文古籍数据库”为例[J]. 科技与出版，2011(9)：73-76.

[113] 王勇. 遣唐使时代的“书籍之路”[J]. 甘肃社会科学，2008(1)：69-74.

[114] 宋东映. 明代中日书籍之路[J]. 科教文汇，2008(10)：220-222.

[115] 王勇. 鉴真东渡与书籍之路[J]. 郑州大学学报(哲社版)，2007(9)：107-111.

[116] 胡孝德. 清代中日书籍贸易研究[J]. 中国经济史研究，2007(1)：142-149.

[117] 贺宇红. 书籍东渐——宁波“中日海上书籍之路”的传播与交流[J]. 中国文化遗产，2006(5)：37-41.

[118] 祝国红. 中国商人与古代中日书籍交流[J]. 济南职业学院学报，2005(4)：37-39.

[119] 陈正宏. 域外汉籍及其版本鉴定概说[J]. 中国典籍与文化，2005(1)：14-19.

[120] 王勇. “丝绸之路”与“书籍之路”——试论东亚文化交流的独特模式[J]. 浙江大学学报(人文社会科学版)，2003(5)：5-12.

[121] 张静. 唐宋时期中日“汉籍环流”现象初探[J]. 杭州师范学院学报(自然科学版)，2003(11)：173-175.

[122] 赵苗. 日本汉文小说管窥：以《谭海》为中心[J]. 郑州大学学报(哲社版)，2011(4)：138-141.
[123] 罗小东. 日本汉文小说的发展及其理论探析[J]. 明清小说研究，2012(2)：237-252.
[124] 庞焱. 近代日译中文书在日本的传播和影响[J]. 广东外语外贸大学学报，2010(9)：89-92.
[125] 牛建强. 江户时代中国文化对日本之影响——侧重于江户前中期狭义的文化考察[J]. 暨南学报(哲社版)，2008(1)：122-140.
[126] 曲金燕. 20世纪清代文言小说研究述评[J]. 甘肃社会科学，2006(4)：142-145.
[127] 陈文新. 论清代传奇体小说发展的历史机遇[J]. 社会科学研究，1994(1)：124-128.
[128] 杨玉成. 小众读者—康熙时期的文学传播与文学批评[J]. 中国文哲研究集刊(19)，1990(9)：55-106.
[129] 中山步. "和刻本"的定义及其特点[J]. 图书馆杂志，2009(9)：77-78.
[130] 刘曼丽、戴晓芹. 汉籍文献宝库中的又一奇葩——和刻本[J]. 图书馆理论与实践，2008(2)：45-47.
[131] 郗志群、陈建堂. 杨守敬藏书中的和刻本汉籍及其价值[J]. 首都师范大学学报(社科版)，2003(2)：24-27.
[132] 张惠宝，李国庆. 中国图书馆藏和刻本汉籍及其文献价值[J]. 图书馆工作与研究，1999(2)：3.
[133] 方品光. 中日文化交往信物——馆藏和刻本古籍述略[J]. 上海高校图书情报学刊，1998(4)：54-56.
[134] 李逎扬. 中国典籍在日本之发展——和刻本溯源[J]. 社会科学战线，1992(2)：335-337.
[135] 李志芳.《日本国见在书目录》初探[J]. 图书馆学研究，2009(9)：99-101.
[136] 郎燕珂. 日本的中国学文献索引初探[J]. 北京图书馆馆刊，1996(1)：127-132.
[137] 李进益.《虞初新志》在日本的流播及影响[C]. 见：93中国古代小说国际研讨会学术委员会编. 93中国古代小说国际研讨会论文集. 北京：开明出版社，1996. 524-545.
[138] 王磊. 清初编辑家张潮的稿源渠道[N]. 中国社会科学报，2014-5-21.
[139] 李进益. 明清小说对日本汉文小说影响之研究[D]：[博士学位论文]. 台北：台湾

文化大学，1993.
[140] 李贞. 清代至民初“虞初”系列选集研究[D]：[博士学位论文]. 上海：复旦大学，2011.
[141] 宋景爱. 张潮研究[D]：[博士学位论文]. 北京：北京大学，2007.
[142] 曲金燕. 清代文言小说研究[D]：[博士学位论文]. 苏州：苏州大学，2008.
[143] 中山步. 和刻本清人著述研究[D]：[博士学位论文]. 上海：复旦大学，2008.
[144] 王军明. 清代小说序跋研究[D]：[博士学位论文]. 济南：山东大学，2014.
[145] 代智敏. 明清小说选本研究[D]：[博士学位论文]. 广州：暨南大学，2009.
[146] 任明华. 中国小说选本研究[D]：[博士学位论文]. 上海：华东师范大学，2003.

二、日文文献

[1](清)張潮輯，荒井公廉訓點. 虞初新志[M]. 皇都：聖華房，文政六年(1823)
[2](清)張潮輯，荒井公廉訓點. 虞初新志[M]. 大阪：群玉堂河内屋，文政六年(1823).
[3](清)張潮輯，荒井公廉訓點. 虞初新志[M]. 大阪：大阪書林，文政六年(1823).
[4](清)張潮輯，荒井公廉訓點. 虞初新志[M]. 大阪：岡田種玉堂，文政六年(1823).
[5](清)張潮輯，荒井公廉訓點. 虞初新志[M]. 大阪：冈田仪助，京师：植邑藤右衛門等，文政六年(1823)..
[6] 菊池三溪著，依田學海評點. 奇聞觀止本朝虞初新誌[M]. 東京：文玉圃，明治十六年(1883).
[7] 菊池三溪著，依田學海評點. 奇聞觀止本朝虞初新誌[M]. 東京：吉川半七，明治十六年(1883).
[8] 菊池三渓著，阿多俊介譯註. 新訳本朝虞初新誌[M]. 東京：六合館，1931.
[9] 菊池三渓. 譯準綺語[M]. 写本.
[10] 倉野憲司. 古事記[M]. 東京：岩波書店，1991.
[11] 西宮一民. 古事記[M]. 東京：新潮社，昭和五十四年(1979).
[12] 武田祐吉. 古事記[M]. 東京：角川書店，昭和四十八年(1973).
[13] 坂本太郎，家永三郎，井上光貞，等. 日本書紀[M]. 東京：岩波書店，2003.
[14] 佐藤一斎. 初学課業次第[M]. 出版地不明：出版者不明，天保 3 年(1832).
[15] 六樹園翁譯，溪齋英泉畫. 通俗排悶錄[M]. 三都書肆，文政十二年(1829).
[16] 六樹園翁譯，渓齋英泉畫. 通俗排悶録[M]. 江戸：伊勢屋忠右衛門，1828.
[17] 余懷著，山崎長卿譯，桑孝寛句讀. 板橋雜記[M]. 江戸：和泉屋庄治郎，1803.

[18] 林長孺. 鶴梁文鈔(正編)[M]. 東京府: 林圭次, 1881.
[19] 林長孺. 鶴梁文鈔(続編)[M]. 東京府: 林圭次, 1881.
[20] 森鸱外. 今の諸家の小説論を読みて[M]. 東京: 春陽堂, 1896.
[21] 森鷗外. ヰタ・セクスアリス[M]. 東京: 岩波書店, 2013.
[22] 森鷗外. 雁[M]. 東京: 岩波書店, 2013.
[23] 森鷗外. 森鷗外全集[M]. 東京: 筑摩書房, 昭和34年(1959).
[24] 芥川龍之介. 芥川龍之介全集[M]. 東京: 筑摩書房, 昭和四十三年(1968).
[25] 坪内逍遥. 小説神髓[M]. 東京: 岩波書店, 2010.
[26] 藤原佐世. 日本國見在書目録[M]. 日本: 名著刊行会, 1996.
[27] 藤原佐世. 日本國見在書目録[M]. 1851. 写本.
[28] 向井富. 商舶載来書目[M]. 文化元年(1804), 写本.
[29] 長澤規矩也. 和刻本漢籍分類目録[M]. 東京: 汲古書院, 昭和51年(1976).
[30] 長澤規矩也. 和刻本漢籍分類目録補正[M]. 東京: 汲古書院, 昭和55年(1980).
[31] 長澤規矩也. 和刻本明清資料集[M]. 東京: 汲古書院, 昭和49年(1974).
[32] 長澤規矩也. 和刻本漢籍随筆集[M]. 日本: 古典研究会, 1974.
[33] 長澤規矩也. 江戸時代支那学入門書改題集成[M]. 東京: 汲古書院, 昭和五十年(1975).
[34] 内閣文庫漢籍分類目録[M]. 日本: 内閣文庫, 1956.
[35] 大庭脩. 宮内廳書陵部蔵舶載書目[M]. 日本: 関西大学東西学術研究所, 昭和47年(1972).
[36] 東京大学総合図書館漢籍目録[M]. 日本: 東京大学総合図書館, 1995.
[37] 日本近代文学館. 芥川龍之介文庫目録[M]. 東京: 日本近代文学館, 昭和52年(1977).
[38] 国民図書株式会社. 日本小説年表附総目録[M]. 東京: 国民図書, 1929.
[39] 青木和夫. 日本の歴史[M]. 東京: 中央公論社, 昭和49年(1974).
[40] 奈良本辰也. 吉田松陰[M]. 東京: 岩波書店, 1993.
[41] 吉田常吉, 藤田省三, 西田太一郎. 日本思想大系54 吉田松陰[M]. 東京: 岩波書店, 1978.
[42] 吉田松陰著, 宇都宮默霖評. 安政三年丙辰文稿[M]. 日本: 默霖文庫, 1944.
[43] 玖村敏雄, 吉野浩三. 安政三年丙辰文稿解説[M]. 日本: 默霖文庫, 1944.
[44] 片山冲堂稿, 赤松渡, 植田倬編. 冲堂先生遺稿[M]. 大阪: 片山岬, 1919.

[45] 大庭脩. 木片に残った文字——大庭脩遺稿集[M]. 日本：柳原出版株式会社，2007.

[46] 松浦章. 江戸時代唐船による日中文化交流[M]. 日本：思文閣出版，2007.

[47] 大庭脩. 漢籍輸入の文化史[M]. 日本：研文出版，2006.

[48] 高島俊男. 本と中国と日本人と[M]. 日本：築摩書房，2004.

[49] 徳田武. 近世日中文人交流史の研究[M]. 日本：研文出版，2004.

[50] 池田温. 東アジアの文化交流史[M]. 日本：吉川弘文館，2002.

[51] 王勇，久保木秀夫. 奈良・平安期の日中文化交流[M]. 日本：農山漁村文化協会，2001.

[52] 大庭脩. 漂着船物語——江戸時代の日中交流[M]. 東京：岩波書店，2001.

[53] 大庭脩. 漢籍輸入の文化史[M]. 日本：研文出版，1997.

[54] 大庭脩，王勇. 典籍[M]. 日本：大修館書店，1996.

[55] 中西進，厳紹璗. 日中文化交流史叢書・文学[M]. 日本：大修館書店，1995.

[56] 彌吉光長. 大坂の本屋と唐本の輸入[M]. 日本：未刊史料による日本出版文化，1988.

[57] 波多野太郎，矢嶋美都子. 漢籍版本のてびき[M]. 日本：東方書店，1987.

[58] 長澤規矩也. 漢籍整理法[M]. 日本：汲古書院，1986.

[59] 大庭脩. 江戸時代における中国文化受容の研究[M]. 東京：同朋舎，昭和 59 年(1984).

[60] 大庭脩. 江戸時代の日中秘話[M]. 日本：東方書店，1980.

[61] 岡野他家夫. 書物から見た明治の文藝[M]. 日本：東洋堂，昭和 17 年(1942).

[62] 今田洋三. 江戸の本屋さん[M]. 日本：日本放送出版協会，昭和 52 年(1977).

[63] 長澤規矩也. 図解和漢印刷史[M]. 日本：汲古書院，1976.

[64] 上里春生. 江戸書籍商史[M]. 日本：名著刊行会，昭和 44 年(1969).

[65] 大庭脩. 江戸時代における唐船持渡書の研究[M]. 日本：関西大学東西学術研究所，1967.

[66] 岡本さえ. 清代禁書の研究[M]. 日本：東京大学出版会，1996.

[67] 日本漢文小説学研究会. 日本漢文小説の世界——紹介と研究[M]. 日本：白帝社，2005.

[68] 池沢一郎，宮崎修多，德田武，等. 漢文小説集[M]. 東京：岩波書店，2005.

[69] 徳田武. 近世近代小説と中国白話文学[M]. 日本：汲古書院，2004.

[70] 仁平道明. 和漢比較文学論考[M]. 日本：武藏野書院，2000.

[71] 村山吉广. 近代日本と漢学[M]. 日本：大修館書店，1999.

[72] 三浦叶. 明治漢文学史[M]. 日本：汲古書院，1998.

[73] 三浦叶. 明治の漢学[M]. 日本：汲古書院，1998.

[74] 德田武. 読本と清朝筆記小説[M]. 日本：べりかん社，1990.

[75] 濱政博司. 日・中・朝の比較文学研究[M]. 日本：大阪和泉書院，1989.

[76] 前田愛. 近代読者の成立[M]. 東京：筑摩書房，198 9.

[77] 德田武. 日本近世小説と中国小説[M]. 日本：青裳書店，1987.

[78] 水田紀夫. 近世日本漢文学史論考[M]. 日本：汲古書院，1987.

[79] 和漢比較文学会. 和漢比較文学研究の諸問題[M]. 日本：汲古書院，1986.

[80] 伊藤虎凡，祖父江早昭二，凡山昇. 近代文学における中国と日本[M]. 日本：汲古書院，1986.

[81] 会沢卓司，長尾光之，山口建治. 清末の中国小説[M]. 日本：栄光堂印刷出版部，昭和 53 年(1978).

[82] 小川貫道. 漢学者傳記及著述集覧[M]. 日本：名著刊行会，1977.

[83] 魚返善雄. 漢文の世界[M]. 東京：東京大學出版會，1963.

[84] 麻生磯次. 江戸文学と中国文学[M]. 東京 ：三省堂，1976.

[85] 林淑丹. 森鷗外と中国古典小説-「奇」と「才子佳人小説」を中心に[M]. 東京：富士ゼロックス小林節太郎記念基金，2004.

[86] 林淑丹. 森鳴外における"奇"と中国の明清小説——《雁》と《虞初新志》との関連を中心に[M]. 東京：富士ゼロックス小林節太郎記念基金，2002.

[87] 長谷川泉. 森鷗外論考[M]. 東京：明治書院，昭和 41 年(1966).

[88] 長谷川泉. 森鷗外[M]. 東京：明治書院，昭和 40 年(1965).

[89] 花月新誌[M]. 東京：花月社，18--.

[90] 張蕾. 芥川龍之介と中国-受容と変容の軌跡[M]. 日本：国書刊行会，2007.

[91] 庄司達也，篠崎美生子. 芥川龍之介年譜[M]. 東京：翰林書房，2004.

[92] 志保田務，山田忠彦，赤瀬雅子. 芥川龍之介の読書遍歴一壮烈な読書のクロノロジー[M]. 東京：学芸図書株式会社，2003.

[93] 吉田精一，芥川比呂志. 芥川龍之介[M]. 東京：明治書院，昭和 42 年(1967).

[94] 林淑丹.《虞初新志》版本考[J]. 语文与国际研究，2008(5)：97-112.

[95] 德田武.『明清軍談』と『虞初新志』「五人伝」[J]. 国文学 解釈と教材の研究，2005(6)：24-32.

[96] 成瀬哲生. 抽禁処分と『虞初新志』——異本新考[J]. 新しい漢字漢文教育, 2005(40): 23-36.

[97] 林淑丹. 森鴎外『雁』と『虞初新志』の「大鉄椎伝」[J]. 比較文学・文化論集, 2000(17): 92-100.

[98] 林淑丹. 森鴎外『雁』の文学的背景としての『虞初新志』[J]. 鴎外, 1999(1): 128-141.

[99] 林淑丹. 鴎外文学における「奇」[J]. 人間文化論叢, 2002(5): (4-1)-(4-11).

[100] 成瀬哲生.《虞初新志》の初出原本について[J]. 中国古典小説研究動態, 1994(7): 40-47.

[101] 成瀬哲生.《虞初新志》異本考[J]. 汲古, 1993(24): 11-18.

[102] 菊池三渓. 奇文観止本朝虞初新誌序[J]. 日本全国小学生徒筆戦場, 1892(7): 12-13.

[103] 寺内ちょ. ドイツ時代の鷗外の読書調査——資料研究. 比較文学研究[J]. 東大比較文学会, 1957(6): 106-137.

[104] 島村輝. 鷗外の小説論を読む——森鷗外「現代諸家の小説論を読む」注釈の試み[J]. 女子美術大学紀要, 1995(25): 61-75.

[105] 前田愛. 鷗外の中国小説趣味[J]. 国文学言語と文芸, 1954(38): 48-55.

[106] 前田愛. 明治の読書生活[J]. 言語生活, 1969(4): 15-26.

[107] 前田愛. 明治初期文人の中国小説趣味[J]. 国文学言語と文芸, 1967(51): 25-33.

[108] 竹内実. 明治の中国小説[J]. 人文学報, 1966(53): 47-83.